Über das Buch

Journalistin Elisa Gerlach hat genug von der Liebe, nachdem sie ihren Freund in flagranti mit einer anderen erwischt hat. Hals über Kopf verlässt sie Hamburg, als ein Studienfreund ihr einen Job bei der *Morgenzeitung* in München anbietet. In der neuen Redaktion muss sie sich vor dem Chefredakteur und den Kollegen beweisen und stürzt sich nach einem Todesfall bei einer Gasexplosion in die Recherche.

Für Kriminalhauptkommissar Henri Wieland scheint es sich dabei um einen Routinefall zu handeln, bis ein Mord geschieht, der seine persönlichen Dämonen auf den Plan ruft. Elisas eigenwillige Recherchen nerven ihn, doch als sie dem Mörder gefährlich nahe kommt, muss Henri handeln ...

Über die Autorin

Liv Morus wuchs im Rheingau auf. Heute lebt sie mit ihrer Familie in der Nähe von München, wo auch ihre Krimireihe um Journalistin Elisa Gerlach und Kriminalhauptkommissar Henri Wieland angesiedelt ist. Mehr auf www.livmorus.de.

Liv Morus

Liebe. Schmerz. Tod.

Der 1. Fall für
Elisa Gerlach und Henri Wieland

Kriminalroman

Bibliografische Information der Deutschen Nationalbibliothek:
Die Deutsche Nationalbibliothek verzeichnet diese Publikation in der Deutschen Nationalbibliografie; detaillierte bibliografische Daten sind im Internet über http://dnb.dnb.de abrufbar.

1. Auflage 2017
Copyright © 2017, Liv Morus
www.livmorus.de
kontakt@livmorus.de

Lektorat: Anke Höhl-Kayser, www.textehexe.com
Covergestaltung: Anne Gebhardt, papierprintit GmbH, Konstanz
Covermotiv: shutterstock_350068739

Herstellung und Verlag: BoD – Books on Demand, Norderstedt

ISBN: 978-3-7460-3070-8

Prolog

Kennt jemand auch nur eine einzige Liebesgeschichte, die wirklich gut ausgegangen ist? Adam und Eva? Romeo und Julia? Prinz Charles und Lady Di? Brad und Angelina? Dass ich nicht lache! Niemals war die große Liebe für die Ewigkeit. Ich dachte immer, wir wären die Ausnahme. Bei uns wäre es anders. Unsere Liebe wäre etwas Besonderes. Du warst das Beste, was mir passieren konnte. Du hast das Beste in mir geweckt. Du hast mich angesehen und du hast erkannt, was sonst keiner gesehen hat. Sogar ich selbst habe daran geglaubt, dass ich so bin wie ich bin. Du und ich – mehr brauchten wir nicht, um glücklich zu sein! Dachte ich ...

Bis ich euch vorhin zusammen gesehen habe. Ein kurzer Blick und mein Herz ist zerbrochen. Ich wusste nicht, dass Liebe so wehtun kann! Dass sie einen nicht nur glücklich macht, sondern auch unfassbar verletzt! Was soll ich jetzt tun? Wie soll ich weitermachen, als sei nichts geschehen?

Ich muss weg von dir, aber ich kann nicht. Ich möchte mit dir reden, aber ich kann nicht. Ich will dir wehtun, wie du mir wehgetan hast, aber ich kann nicht. Der Schmerz zerreißt mich. Was soll ich tun? Ich muss etwas tun ...

Elisa schreckte aus dem Schlaf hoch. Wo war sie? Was war passiert? Langsam gewöhnten sich ihre Augen an das Dämmerlicht. Die Erinnerung kam zurück. Die nächtliche Fahrt auf der verlassenen Autobahn. Das monotone Motorengeräusch, das sie hatte schläfrig werden lassen. Der Parkplatz an der Raststätte. Der unbequeme Sitz des Transporters, auf dem sie sich zusammengerollt hatte.

Der Klingelton ihres Handys drang in Elisas Bewusstsein. War sie davon wach geworden? Sie tastete nach der Tasche, die im Fußraum lag, und zog das Handy heraus. Es war Sasha.

»Ja?« Elisas Stimme klang noch schlaftrunken. Sie räusperte sich.

»Wo bist du?«, fragte ihre Schwester.

»Irgendwo zwischen Göttingen und Kassel.«

Elisa richtete sich im Sitz auf. Draußen dämmerte es bereits, die Sonne würde bald aufgehen.

»Das hab ich mir gedacht. Der Transporter steht nicht mehr vor dem Haus.« Sasha schluckte hörbar. »Du bist schon losgefahren ...«

»Ich konnte nicht schlafen.«

Und ich hasse tränenreiche Abschiedsszenen ...

»Dann hättest du auch mitkommen können«, meinte Sasha. Sie war mit ein paar Freunden auf die Reeperbahn gegangen. Für sie war es ein ganz normaler Samstagabend gewesen.

»Mir war nicht danach.«

»Ich hätte dich gern zum Abschied gedrückt«, sagte Sasha. Ihre Stimme wackelte verdächtig. Gleich würde sie losheulen.

»Sasha! Mach es mir doch nicht noch schwerer!«

»Gute Fahrt«, schluchzte Sasha und legte auf.

Eigentlich war Elisa immun gegen das Weinen ihrer kleinen Schwester, aber jetzt spürte sie selbst Tränen in sich aufsteigen. Hatte sie doch überstürzt gehandelt? Innerhalb von zwei Tagen hatte sie ihr ganzes Leben auf den Kopf gestellt und war nun dabei, alles was ihr lieb und wichtig war, hinter sich zu lassen. Sie konnte nicht wegen Sasha bleiben, sie musste weg aus Hamburg. Weg von allem, was mit Carsten zu tun hatte. Sie wollte ihm nie wieder begegnen, nie wieder mit ihm sprechen, durch nichts an ihn erinnert werden ...

Elisa krümmte sich über dem Lenkrad zusammen. Die Tränen liefen über ihre Wangen. Einige tropften direkt auf ihre alte Jeans. Sie zitterte, obwohl sie sich zum Schlafen eine Fleecejacke über das T-Shirt gezogen hatte. Den ganzen letzten Tag war sie so damit beschäftigt gewesen, ihren Umzug zu organisieren, dass sie kaum an Carsten gedacht hatte, doch jetzt war alles wieder da. Die Verzweiflung. Die Enttäuschung. Die Wut. Ihre Trauer. Elisas Tränen flossen unablässig weiter.

6

Plötzlich klopfte jemand an die Windschutzscheibe. Elisa zuckte zusammen. Sie hob den Kopf und fuhr erschreckt zurück. Vor dem Transporter stand ein Koloss von einem Mann mit wettergegerbtem Gesicht und grauen Haaren, seine massige Figur wirkte bedrohlich. In der Nacht hatte es Elisa für eine gute Idee gehalten, den Transporter sichtgeschützt zwischen einigen großen LKWs abzustellen. Nun wurde ihr bewusst, dass es tatsächlich niemand bemerken würde, wenn der Mann sich ihr näherte. Hatte sie die Türen wirklich verschlossen?

»Du musst keine Angst haben!«, rief er und machte ihr damit noch mehr Angst. Sie sah, dass die Fahrertür des LKWs, der direkt gegenüber von ihrem Transporter parkte, offen stand. In der Windschutzscheibe hing ein Nummernschild mit dem Namen *Ronny*. Warum schlief der Kerl nicht wie alle anderen auch? Würde sie jemand hören, wenn sie laut schrie? Elisa sah unauffällig zu den anderen LKWs. Kein Lebenszeichen.

»Ist alles in Ordnung?«, fragte der Mann. Elisa hatte Mühe, ihn durch die Scheibe zu verstehen. Er musterte sie und fragte noch mal:»Ist alles in Ordnung?«

Das klang nicht bedrohlich. Auch der Blick aus seinen hellblauen Augen war eher mitfühlend. Neugierig. Ronny sah nicht aus wie ein Gangster, der im nächsten Augenblick über sie herfallen würde.

»Warum weinst du, Mädchen?«, fragte er.

Mädchen?!?

Elisa war über dreißig! Wie alt mochte er sein? Über fünfzig? Über sechzig?

»Ich tu dir nichts, Mädchen. Willst du 'nen Kaffee?«

Er hatte einen Becher in der Hand, den er in ihr Sichtfeld hob. Elisa schüttelte den Kopf. Sie wischte sich die Tränen aus dem Gesicht.

»Wenn du das Fenster aufmachst, muss ich nicht so schreien!«, rief Ronny durch die Scheibe. Er deutete zu den anderen LKWs.»Die Jungs werden sauer, wenn ich sie wecke.«

Elisa schätzte die Entfernung zur Raststätte ab. Falls er ihr zu nahe kam, würde sie lossprinten. Er war breit gebaut, er sah nicht gerade wie der geborene Läufer aus. Sie musste einfach Abstand halten. Elisa griff nach ihrer Tasche und schob die Tür auf. Sie ließ sich vom Sitz gleiten.

»Ich muss mal zum Waschraum.«

Sie verschloss die Tür des Transporters. Aus der Nähe sah der Mann plötzlich harmlos aus in seinem karierten Flanellhemd. Elisa war sogar ein Stück größer als er.

»Hast du Liebeskummer?«, fragte Ronny unvermittelt.

»Wenn ein hübsches Mädchen weint, ist doch meistens einer von uns Jungs schuld daran.«

Elisa sah erstaunt zu ihm. Der kräftige Trucker war ein Frauenversteher. Wie hatte sie vor ihm Angst haben können?

»Mein Freund hat mich betrogen. Ich hab ihn mit einer Kollegin im Bett erwischt.«

Elisa sah Carsten und Suki wieder vor sich, wie sie engumschlungen in seinem Bett lagen. Wie Carsten mit einer Hand durch Sukis Haare gefahren war und mit der anderen über ihren nackten Körper – genau wie er es immer bei Elisa gemacht hatte. Sukis Lachen hallte immer noch in Elisas Kopf nach.

»Scheiße.« Ronnys Gesicht verzog sich, die Falten hingen allesamt nach unten.

»Du sagst es.«

Ronny deutete mit dem Kopf auf den Transporter.

»Deshalb fährst du weg? Ziehst du um wegen ihm?«

»Er war mein Chef. Ich kann nicht mehr mit ihm zusammenarbeiten.«

»Nee, klar ...« Er trank einen Schluck Kaffee. »Was machst du dann?«

»Ich hab einen neuen Job am anderen Ende der Republik.«

»Krass.«

»Ja, das ist wirklich krass.«

Plötzlich so weit weg von zu Hause zu sein. Ganz allein.

»Was hat dein Freund dazu gesagt?«

»Carsten? Keine Ahnung! Ich habe nicht mehr mit ihm geredet seit ...« Elisa brach ab und kaute auf ihrer Lippe. »Er hat ein paarmal angerufen. Aber ich bin nicht drangegangen. Was gibt es da noch zu reden? Es ist aus.«

»Das tut mir leid, Mädchen.« Ronny lächelte Elisa unbeholfen zu.

»Ich heiße Elisa.«

Sie gab ihm die Hand.

»Ronny.« Er räusperte sich. »Ich kann mir denken, wie beschissen es dir jetzt geht. Ich war mal verheiratet, ist 'ne Weile her. War damals schon mit dem Truck unterwegs. Hat mir nicht gefallen, dass ich meine Frau immer wieder allein lassen musste, aber was will man machen? Auf jeden Fall kam ich eines Tages früher nach Hause als geplant. Da hab ich sie mit 'nem anderen Kerl im Bett erwischt. Hat sich rausgestellt, dass sie mich schon länger betrogen hat. Mit dem und mit anderen.«

»Das tut mir leid«, sagte Elisa. Ronny zuckte mit den Schultern und trank einen Schluck Kaffee. »Wenn du jetzt nicht mehr mit ihr verheiratet bist, dann hast du ihr wohl auch nicht verzeihen können?«

»Nee! Hab mich scheiden lassen. Jetzt bin ich besser dran!«

»Wirklich?«

»Klar. Ich kenne hier und da ein paar Mädchen, bei denen ich vorbeischaue, wenn mir danach ist. Nichts Festes, nichts Kompliziertes.«

»Nichts, was einem wehtun kann?«

»So ungefähr.«

Ronny nickte.

»Wie lange dauert es, bis es nicht mehr wehtut?«

»Schon 'ne Weile. Es kommt darauf an, wie viel du noch an ihn denkst.« Er deutete mit dem Kopf zum Transporter. »Wenn du wegfährst, ist's leichter.«

»Das ist der Plan.« Elisa merkte selbst, dass ihr Lächeln verunglückte. Ronny betrachtete sie und trank dann seinen Becher in einem Zug leer.

»Der Typ muss ein Idiot sein.«

»Danke, Ronny, das ist lieb.«

Er knüllte den Becher in der Hand zusammen.

»Tja, ich muss dann mal los. Geht's jetzt besser?«

»Ja, irgendwie schon. Danke.«

»Mach's gut!«

»Du auch.«

Er stieg in den LKW. Elisa ging hinüber zur Raststätte. Sie suchte den Waschraum auf. Als sie in den Spiegel über dem Waschbecken sah, musste sie unwillkürlich lachen. Sie selbst sah weitaus furchterregender aus als Ronny. Sie kippte sich einen Schwall kaltes Wasser ins Gesicht und trocknete sich mit ein paar Papierhandtüchern ab. Zum ersten Mal seit zwei Tagen verspürte sie Hunger. Im Selbstbedienungsrestaurant der Raststätte, das um diese Uhrzeit wie ausgestorben war, kaufte sie sich eine Nussschnecke, die überraschend lecker war. Nachdem sie sie verschlungen hatte, holte sie sich an der Theke noch einen Becher Kaffee.

Draußen wurde es immer heller, der Himmel war wolkenlos, die Sonne würde bald aufgehen. Es sah nach einem weiteren heißen Sommertag aus.

Elisa ging nicht auf direktem Weg zum Transporter zurück, sondern drehte mit ihrem Kaffeebecher in der Hand eine Runde über den Parkplatz. An der Auffahrt zur Autobahn zeigte ein Schild die Entfernungen zu den großen Städten an der Strecke an. Elisas Ziel war die letzte Stadt in der Liste: München 500 km. Und zum ersten Mal dachte sie nicht mehr an das, was passiert war, sondern an das, was auf sie zukam. Ihr neues Leben.

Henri war eingedöst – das war ihm noch nie passiert, wenn er eine Frau nach Hause begleitet hatte. Meistens stellte er sich schlafend, bis sie irgendwann eingeschlafen war, dann schlich er sich aus der Wohnung.

Alicia schlief tief und fest an seine Schulter geschmiegt. Im Dämmerlicht, das durch das offene Fenster fiel, betrachtete er ihr hübsches Gesicht. Sie hatte eine Stupsnase und sinnliche Lippen. Dunkelblonde Locken umrahmten ihr Gesicht.

Sie passte genau in Lenz' Beuteschema; lieb und süß. Henris Kollege war es gewesen, der sie in der Kneipe, in der sie kellnerte, angesprochen hatte, doch sie hatte sich mehr für Henri interessiert und sehr offensichtlich mit ihm geflirtet. Lenz hatte sich nach einer Weile zurückgezogen, weil er angeblich nach seinem arthritisgeplagten Vater schauen musste. Obwohl sie eigentlich weggegangen waren, weil *ihm* zu Hause die Decke auf den Kopf gefallen war.

Henri sah sich um, wie er sich an einem Tatort umsah, wenn er mehr über das Mordopfer oder den Mörder erfahren wollte. Alicias Einzimmerappartement war klein, doch sie hatte das Beste daraus gemacht. Die Wände waren in warmen Gelbtönen gestrichen und ein Wandtattoo verkündete in geschwungener Schrift *My home is where my heart is*. Ein Paravent trennte das Bett und den Kleiderschrank vom übrigen Raum ab. Es war aufgeräumt – auch in der kleinen Kochnische –, wirkte aber nicht penibel ordentlich. Auf den bunten Sofakissen lag eine aufgeschlagene Zeitschrift, auf dem Tischchen stand eine verschnörkelte Kaffeetasse. Es war gemütlich bei Alicia.

Und Henri hatte viel Spaß mit ihr gehabt. Mehr als mit jeder anderen, mit der er geschlafen hatte, seit Lenz ihn vor ein paar Monaten – um genau zu sein, an Claires und Henris Hochzeitstag – in einen seiner Single-Clubs geschleppt hatte. Doch als er Alicia nun ansah, empfand er gar nichts.

Was ist mein Problem?

Sie war vielleicht ein bisschen zu jung für ihn, sie studierte noch – Medizin, wenn er sie richtig verstanden hatte. Aber abgesehen davon war sie eine liebenswerte und attraktive Frau. Sie war an ihm interessiert und hatte durchblicken lassen, dass sie mehr suchte als eine kurze Affäre. Mehrmals hatte sie betont, dass sie normalerweise nicht gleich mit jeder neuen Bekanntschaft ins Bett ging. Sie war ein anständiges Mädchen, eines mit dem man eine gemeinsame Zukunft planen konnte. Und doch ließ sie ihn kalt.

Was stimmte mit ihm nicht? Warum konnte er sich nicht auf sie einlassen? Warum fühlte er nichts? War seine Liebe erschöpft? Hatte man nur ein bestimmtes Maß an Liebe für ein Leben zur Verfügung?

Oder waren es die vielen Mordfälle, bei denen sich herausstellte, dass das Tatmotiv letztendlich Liebe war? Liebe in all ihren Facetten. Besitzergreifende Liebe. Egoistische Liebe. Hoffnungslose Liebe. Selbstzerstörerische Liebe. Einseitige Liebe. Enttäuschte und verletzte Liebe, die sich in ihr Gegenteil verkehrte, in Hass.

Ganz am Anfang, als Henri in die Mordkommission gekommen war, hatte ein erfahrener Kollege geschätzt, dass über 80 Prozent der Mordfälle, die sie untersuchten, Beziehungstaten waren. Nach all den Jahren war

Henri überzeugt davon, dass der Anteil der Morde aus verletzter und verletzender Liebe noch viel höher anzusetzen war. 90 Prozent oder mehr.

Henri zog langsam seinen Arm unter Alicia weg und schob stattdessen ein Kissen unter ihren Kopf. Sie lächelte im Schlaf, wurde aber nicht wach. Henri sammelte seine Kleider vom Boden auf und beobachtete Alicia, während er hineinschlüpfte. Nach seiner Erfahrung war das der kritische Moment. Wenn sie jetzt aufwachte, würde es peinlich werden. Doch Alicia schlief tief und fest.

Henri hatte vorgesorgt. Als sie gefragt hatte, ob er noch ein Glas Wein trinken wollte, hatte er bereits seinen Bereitschaftsdienst erwähnt. Jetzt riss er ein Blatt von einem Post-it-Block auf ihrem Schreibtisch und kritzelte eilig eine kurze Nachricht. *Muss zu einem Einsatz! Danke für die schöne Nacht!*

Henri klebte das Post-it an den Paravent, sodass Alicia es gleich sehen konnte, wenn sie aufwachte. Sie war so intelligent, dass sie schnell erkennen würde, dass Henri sie nicht wiedersehen wollte. Aber das hatte er auch nie behauptet. Er hatte ihr nichts vorgespielt.

Er zog die Wohnungstür leise hinter sich ins Schloss und lief die Treppe hinunter. Wohin jetzt?

Henri wusste, dass er nun – nach dem leichten Halbschlaf neben Alicia – nicht mehr ohne die Hilfe einer Schlaftablette würde einschlafen können. Tabletten kamen jedoch nicht infrage, denn er hatte nicht gelogen, als er von seiner Rufbereitschaft gesprochen hatte. Er musste jederzeit einsatzbereit sein. Henri warf einen Blick auf die Uhr, als er hinaus auf die Straße trat. Die Dämmerung wich bereits dem Tag, es würde nicht mehr lange dauern, bis die Sonne aufging. Alicia wohnte nicht weit vom Olympiapark entfernt. Er konnte eine Runde laufen gehen. Wer wusste schon, ob und wann er während des Bereitschaftsdienstes dazu kam?

Im Auto hatte er immer eine Tasche mit Sportsachen, verschiedene Schuhe und Klamotten fürs Laufen und für das Basketballtraining beim Polizeisport. Den Wagen hatte er in der Nähe von Alicias Kneipe stehen lassen. Sie wohnte nicht weit entfernt davon. In wenigen Minuten war er dort und zog sich im Auto um. Seine Laufuhr und den iPod mit seiner Laufliste hatte er nicht dabei, aber das störte ihn nicht. Es ging ums Laufen, nicht darum, einen Strecken- oder Geschwindigkeitsrekord zu brechen. Am Sonntagmorgen war es ruhig in der Stadt, am lautesten waren Henris Gedanken, als er durch die Straßen Richtung Olympiapark lief. Warum zerbrach er sich nach einem netten One-Night-Stand den Kopf über die Liebe? Warum konnte er sich nicht einfach von diesem überbewerteten Konzept verabschieden und ein bisschen Spaß haben? Henri war genervt von seiner eigenen Grübelei.

Doch es dauerte nicht lang, bis er in seinen regelmäßigen Laufrhythmus verfiel und seine Gedanken sich aus ihren festen Mustern lösten, frei herumschwirrten und schließlich neue Ideen produzierten. Beim Laufen fügten sich oft die Puzzleteile in seinem Kopf neu zusammen und brachten ihn der Lösung eines Falles näher.

Nur dass er gerade keinen offenen Fall hatte, den er dringend lösen sollte. Sie hatten ihren letzten Fall vor ein paar Tagen aufgeklärt. Eine junge Frau hatte ihrer Großmutter einen Bärlauchsalat vorgesetzt und dafür versehentlich – zumindest sagte sie das – giftige Herbstzeitlose verwendet. Die alte Frau war wenige Stunden nach dem Essen verstorben. Diesmal war es Dr. Vogel, der Rechtsmediziner gewesen, der die Puzzleteile zusammengesetzt hatte, nachdem der Hausarzt keine Todesursache hatte feststellen können. Henri und sein Team hatten nur die Aussagen aller Beteiligten aufgenommen und waren noch dabei, die Informationen für die Staatsanwaltschaft aufzubereiten. Er war froh, dass er nicht derjenige war, der entscheiden musste, ob die junge Frau zur Verantwortung gezogen werden würde.

Als Henri am Park ankam, war es bereits hell. In wenigen Augenblicken würde die Sonne zu sehen sein. Henris Schritte waren inzwischen vollkommen regelmäßig, er hatte seinen Laufrhythmus gefunden. Er lief in Richtung See, bog dann aber links ab und folgte dem Weg hinauf auf den Olympiaberg. Er wollte zusehen, wie die Sonne über München aufging. Es war ein klarer Tag, er konnte bis weit in die Berge schauen.

Henri blieb stehen und streckte sich. Von hier oben sah die Stadt so friedlich aus, doch er wusste es besser. Dort unten gingen Menschen aufeinander los und töteten einander, vollkommen egal wie idyllisch die Sonne vom Himmel schien. Man konnte nur hoffen, dass nicht heute schon wieder jemand durchdrehte und einen anderen ermordete. Ob aus Liebe oder warum auch immer.

Sonntag

Der Raum drehte sich um Carina. Ihr wurde schwarz vor Augen. Schwindel erfasste ihren ganzen Körper. Sie klammerte sich an die Armlehnen des Schreibtischstuhls. Für einen Moment ließ das Schwindelgefühl nach, um gleich darauf mit heftiger Übelkeit zurückzukommen. Carina würgte und schnappte mühsam nach Luft. Atmen! Atmen! Dann war die Schwindelattacke so plötzlich vorbei, wie sie gekommen war. Die Übelkeit ebbte ab, zurück blieb ein Gefühl der Benommenheit. Gierig atmete Carina ein, doch die abgestandene Luft im Arbeitszimmer schmeckte schal, als sei sämtlicher Sauerstoff verbraucht.

Carina zog sich an der Tischplatte hoch. Ihre Beine zitterten. Als sie das Fenster kippte, kam von draußen drückend schwüle Luft herein. Es knisterte, als seien die Luftmoleküle elektrostatisch aufgeladen. Die Spannung in der Luft war greifbar. Ein kaum spürbarer Windhauch brachte die Schmetterlinge in Bewegung, die an dem bunten Mobile an der Decke flatterten. Sie sank auf den Stuhl zurück.

Der Stapel mit den unkorrigierten Heften auf der linken Seite des Schreibtischs schien immer noch riesengroß zu sein. Rechts lagen die Hefte, die sie schon durchgesehen hatte. Eigentlich hatte Carina mit den Aufsätzen bereits am Vortag fertig sein wollen, doch als Adrian am Telefon so verzweifelt klang, hatte sie ihm ein Treffen im Café nicht abschlagen können. Auch wenn es ihr nicht so schien, als könne sie ihm wirklich helfen. Sie konnte nichts tun, außer ihm zuzuhören und ihn in den Arm zu nehmen.

Und jetzt saß sie in der Hitze da mit dem verbleibenden Heftstapel. Carina seufzte. Die Schwindelattacke hatte sämtliche Energie aus ihr herausgesaugt. Sie brauchte dringend einen Koffeinschub, um ihren Kreislauf wieder in Schwung zu bringen. Der Wunsch nach einem Kaffee war so stark, dass Carina meinte, den Geruch wahrnehmen zu können. Dabei hatte sie es so lange ohne Kaffee ausgehalten.

Nein, sie würde nicht schwach werden. Sie richtete sich auf und straffte die Schultern. Kein Kaffee. Sie würde auch ohne auskommen.

Carina stand auf und ging in die Küche. Sie trank ein Glas Wasser. Ob sie sich eine weitere Tasse von diesem widerlichen Tee aufbrühen sollte? Judith sagte immer: »Viel hilft viel«. Aber sie hatte leicht reden. Dieser Tee löste Brechreiz aus. Allein der Gedanke an den bittersüßen Geschmack ließ Carina schaudern.

Sie ging zurück ins Arbeitszimmer, setzte sich an den Schreibtisch und zog entschlossen das nächste Heft vom Stapel. Emily Jacobi. Das versprach zumindest eine unterhaltsame Lektüre. Emily hatte eine überbordende Fantasie. Schon nach dem dritten Satz musste Carina schmunzeln. Die Heldin von Emilys Geschichte hatte große Ähnlichkeit mit ihrer Schöpferin. Sie war genauso pfiffig und vorlaut. Sie aß pausenlos Zimtwecken, genau wie die Figuren in Emilys letztem Aufsatz, und Carina konnte das schwedische Kleinstädtchen, das Emily beschrieb, mit den roten Häusern und den konkurrierenden Kinderbanden deutlich vor sich sehen. Vielleicht würde Emily sich freuen, wenn sie ihr das Wort *falunrot* beibrachte. Sie nahm es mit solchen Dingen sehr genau.

Von draußen war das Greinen eines Babys zu hören. Carina musste nicht aufstehen und durch das Fenster hinunterschauen. Sie wusste, dass die junge Mutter aus der Erdgeschosswohnung ihr acht Wochen altes Baby im Kinderwagen zum Schlafen in den Garten hinausgeschoben hatte und dass es sich nun bemerkbar machte, weil es Hunger hatte. Carina hatte schon öfter verstohlen hinter dem halb vorgezogenen Vorhang beobachtet, wie das Baby im Schatten der Kastanie gestillt wurde. Die Mutter hob es aus dem Wagen, küsste das Baby und drückte es an sich, bis es genug von ihren Zärtlichkeiten hatte und immer dringender nach einer Mahlzeit verlangte. Beim Trinken legte das Baby eine Hand auf die Brust der Mutter, während sie mit der freien Hand sanft über seinen Hinterkopf strich – ein Anblick, der Carina so berührte, dass sie schon mehrmals davon geträumt hatte.

Carina spürte, wie sich ein Schweißtropfen zwischen ihren Brüsten bildete. Es war heiß. Das Greinen des Babys war verstummt. Carina griff nach dem Stift, um *falunrot* auf den weißen Korrekturrand zu schreiben.

Plötzlich zerriss ein Knall die sonntägliche Stille. Carina zuckte zusammen. Mit der Stiftspitze hinterließ sie eine fahrige Spur quer über Emilys ausladender Schrift. Das war kein Donner gewesen, obwohl bei diesem schwülen Wetter jederzeit mit einem Gewitter zu rechnen war. Der Knall war lauter gewesen als ein Donner. Lauter und unheilvoller. Das war eine Explosion. Als hätte sich die unheimliche Spannung, die in der Luft lag, entladen. Ganz in ihrer Nähe.

ELYSIUM stand in schwarzen Metalllettern an der Hauswand. Es war keine der typischen alpenländischen Schreibschriften, die Elisa im Vorbeifahren an einigen anderen Häusern gesehen hatte. *Haus Gundula, Ludwigslust* – das waren geschwungene, verspielte Schriftzüge. *Elysium* war dagegen in geradlinigen, eleganten Großbuchstaben geschrieben.

Elysium – die Insel der Seligen. Elisa hatte die Fotos in der Mail überflogen, den unterschriebenen Mietvertrag an die angegebene Nummer gefaxt und keinen weiteren Gedanken daran verschwendet. Doch nun wurde sie neugierig. Sie sah an der Fassade nach oben. Die beiden Dachgauben, die sie erkennen konnte, gehörten vermutlich zu der Wohnung, die sie gemietet hatte. Das Haus war weiß gestrichen und von einer weiß getünchten Mauer umgeben. Zu beiden Seiten der Eingangstür rankten sich Rosenstöcke an Spalieren an der Hauswand empor. Elisa konnte vom erhöhten Sitz des Transporters erkennen, dass hinter der Mauer auf der linken Seite des Eingangs ein farbenfroher Rosengarten angelegt war.

Sie stopfte den Stadtplan in ihre ausgeleierte Umhängetasche und stieg aus. Rechts des Eingangs stand ein Mülltonnenhäuschen hinter der Mauer, daneben führte ein kleiner Weg an der Hauswand entlang zu einem Carport. Elisa klingelte. Eine große, grauhaarige Frau öffnete die Tür. Sie mochte in den Sechzigern sein.

»Ich bin Elisa Gerlach.«

Die Augen der Frau, die von einem ungewöhnlichen Veilchenblau waren, leuchteten auf und sie lächelte herzlich. Sie trat einen Schritt auf Elisa zu und griff nach ihren Händen.

»So früh habe ich Sie noch nicht erwartet! Sie hatten immerhin mehrere hundert Kilometer zurückzulegen. Wann sind Sie losgefahren, Sie Ärmste?! Sie müssen ja die halbe Nacht durchgefahren sein! Oder haben Sie unterwegs übernachtet? Und dann so ganz allein zu fahren ...«

Musste die Frau niemals Luft holen?

»Kommen Sie bitte herein, Elisa. Ich darf doch Elisa zu Ihnen sagen, ja? Ich heiße Karen. Kommen Sie!« Sie zog Elisa ins Haus, ohne mit dem Reden aufzuhören. »Sie müssen erschöpft sein nach der langen Fahrt. Darf ich Ihnen etwas zu trinken anbieten? Einen Kaffee? Tee? Wasser?«

Karen klang nicht bayrisch. Ihr Hochdeutsch hatte einen plattdeutschen Tonfall, wie er Elisa aus dem Norden vertraut war.

»Danke, im Moment nicht.« Elisa hatte die Kaffeepausen, die sie auf der Fahrt gemacht hatte, am Ende nicht mehr gezählt. Immer wieder hatte sie angehalten, um mit einem neuen Koffeinschub gegen die Müdigkeit anzukämpfen.

»Dann zeige ich Ihnen das Haus. Kommen Sie!«

Karen zog Elisa an der Hand hinter sich her durch eine Diele, von der auf der rechten Seite jeweils eine Treppe nach oben und eine Treppe nach unten abzweigte. Geradeaus stand eine Wohnungstür sperrangelweit offen.

»Wir wohnen hier unten im Erdgeschoss und im ersten Stock«, erklärte Karen. »Ich zeige Ihnen gleich alles, dann kennen Sie sich aus. Haben Sie keine Hemmungen, Sie dürfen gern durch die Wohnung gehen, wenn Sie in den Garten möchten.«

Sie betraten einen großen Raum, der mit einer cremefarbenen Sitzgruppe und einer Kommode nur sparsam möbliert war. Durch die bodentiefen Fensterscheiben konnte Elisa auf eine breite Veranda und einen gepflegten Garten hinaussehen. Überall lagen Bücher- und Zeitschriftenstapel. Keine Illustrierten, sondern Sach- und Fachblätter aus verschiedenen Themenbereichen – *Spektrum der Wissenschaft, GEO, Science, Essen & Trinken.*

»Hier ist das Klavierzimmer mit der Bibliothek und dahinter der Wintergarten.« Karen deutete auf eine Schiebetür, die halb offen stand. Elisa sah einen schwarzen Flügel. »Ich habe Ihnen ja geschrieben, dass ich Klavierlehrerin bin. Hier unterrichte ich meine Schüler. Das wird Sie nicht stören, wenn Sie tagsüber bei der Zeitung sind. Sie werden bei der *Morgenzeitung* anfangen, nicht wahr? Wir haben die *Morgenzeitung* abonniert. Wenn Sie wollen, können Sie sich gerne ein paar Ausgaben anschauen.« Karen klopfte auf einen Zeitungsstapel, den sie auf dem niedrigen Wohnzimmertisch vorbereitet zu haben schien, setzte dann aber gleich ihre Führung fort. »Da ist das Esszimmer und hier ist die Küche.«

Im Esszimmer stand eine lange Tafel vor einem großen Buffet voller Porzellan und Gläser. Wie im Wohnzimmer waren Möbel und Textilien in hellen Farben gehalten. Elegant und stilvoll wie der Schriftzug an der Hauswand.

Ein zeitloses, überaus geschmackvolles Elysium.

Die Küche war groß und gut ausgestattet. Genügend Einbauschränke boten Stauraum, sodass die Arbeitsflächen nicht vollgestellt waren wie in Carstens Yuppie-Küche, in der es schon schwerfiel, Platz für ein kleines Brett zu finden, wenn man eine Zwiebel schneiden wollte.

»Durch die Glastür kommt man in den Gemüsegarten. Ich habe dort viele Kräuter angepflanzt. Wenn Sie wollen, können Sie sich gern bedienen. Petersilie, Schnittlauch, Salbei, Thymian ...«, zählte Karen auf, unterbrach sich jedoch selbst, als schnelle Schritte auf der Treppe laut wurden. »Das wird mein Sohn sein«, erklärte sie und rief dann laut: »Bärchen! Kommst du eben mal?«

Bärchen war eine groteske Verniedlichung, denn der Mann, der gleich darauf den Raum betrat, war so groß, dass er den Kopf einziehen musste, um nicht am Türstock anzustoßen.

»Ich möchte dir unsere neue Mieterin vorstellen. Das ist Elisa Gerlach. Vielleicht könntest du ihr beim Ausladen helfen? Sei doch so nett!« Sie wandte sich wieder an Elisa. »Große Möbelstücke werden Sie nicht mitgebracht haben, die Wohnung ist ja möbliert. Aber vielleicht haben Sie schwere Umzugskisten?«

Sie gaben sich die Hand, während Karen noch redete. Bärchens Blick scannte Elisa und blieb kurz an ihrer zerrissenen Jeans und der abgenutzten

Tasche hängen. Elisa waren seine extrem dunklen Augen und der dezente dunkle Bart am Kinn aufgefallen. Und der unfreundliche Blick, mit dem er sie musterte. Sie antworteten gleichzeitig.

»Ich muss sofort los. Vielleicht kann Anna euch helfen«, sagte er.

»Ich habe nicht viel, nur einen Sessel«, sagte Elisa.

»Na dann ...« Er griff nach einem Autoschlüssel, der auf der Kommode lag, und wandte sich an seine Mutter. »Ich melde mich. Bis später.«

»Bis später, Bärchen.«

Er verzog das Gesicht, sagte aber nichts und verschwand. Karen zuckte mit den Schultern.

»Gehen wir nach oben.«

Im ersten Stock blieb sie nicht stehen, sondern wies nur kurz auf die Wohnungstür am Treppenabsatz.

»Hier sind unsere Schlafzimmer. Ihre Wohnung ist ein Stockwerk weiter oben, Elisa. Kommen Sie!« Auf der zweiten Treppe wurde Karen langsamer und atmete hörbar, doch dann waren sie im Dachgeschoss angelangt. Als Karen die Wohnungstür öffnete, blickte Elisa in einen hohen, lichtdurchfluteten Raum. Vom Dachgiebel, der sich als dicker Holzbalken längs durch das Zimmer zog, fielen die Dachschrägen nach unten. Zum Boden hin war darunter noch so viel Platz, dass bequem ein Sofa und Einbauschränke an der linken Wand und eine Küchenzeile an der hinteren Wand Platz fanden. Durch zwei breite Gaubenfenster fiel der Sonnenschein in den Raum. In der Mitte stand ein Tisch mit vier Stühlen. Erst als Elisa ein paar Schritte in den Raum hinein gemacht hatte, sah sie die verglaste Dachgaube auf der rechten Seite, die den Blick auf eine kleine Dachterrasse freigab.

»Ein toller Raum!«

»Mein verstorbener Mann war Architekt. Das war sein Atelier«, erklärte Karen. »Er hat das Haus selbst entworfen.«

Karen deutete auf die Dachschrägen neben der großen Gaube. »Hier am Schreibtisch können Sie sich einen Arbeitsplatz einrichten, wenn Sie möchten. Das WLAN-Passwort habe ich auf dem gelben Klebezettel aufgeschrieben. Und auf der anderen Seite finden Sie den Schlafraum und das Bad.«

Durch das vorgelagerte Bad entstand ein kleiner Flur zum Schlafzimmer. Es gab keine Tür, die den Schlafbereich abgrenzte. Die ganze Wohnung war ein riesiger Raum, der durch die Dachgauben und die Abmauerung zum Bad in mehrere Bereiche unterteilt war.

Elisa machte einen Schritt hinaus auf die Dachterrasse, auf der ein kleiner Tisch und zwei Klappstühle standen. Im ersten Stock zog sich ein Balkon über die ganze Hausbreite und bildete das Dach für die Veranda im Erdgeschoss.

Auch Karen trat nach draußen. Im Garten erklang lautes Gebell. Ein Border Collie sprang auf dem Rasen in der Mitte des Gartens herum und bellte zu ihnen herauf.

»Das ist Luna. Dann kann Anna nicht weit sein«, sagte Karen und rief laut: »Anna!«

»Was ist?« Die Stimme kam aus dem Kirschbaum in der Ecke des Gartens. »Komm mal raus! Unsere neue Mieterin ist da!« An Elisa gewandt erklärte sie: »Anna ist meine Enkelin. Sie verbringt die meiste Zeit in ihrem Baumhaus.«

»Ich kann euch sehen«, verkündete Anna.

Elisa beugte sich nach vorn und erkannte durch eine Lücke im Laub das Baumhaus, das in der Baumkrone fest eingewachsen war. Es musste sich schon geraume Zeit in diesem Baum befinden. Ein Teenager mit dunklen Haaren streckte den Kopf durch den Eingang, von dem eine Strickleiter nach unten hing. Luna sprang noch immer zwischen Rasenmitte und Strickleiter hin und her.

»Komm runter, Anna. So kannst du Elisa nicht begrüßen!«

»Kann ich schon!« Annas Stimme klang bockig.

»Lassen Sie sie«, sagte Elisa zu Karen und winkte zu dem Mädchen hinüber. »Ich sehe dich, Anna. Freut mich, dich kennenzulernen. Ich bin Elisa.«

»Schön.« Anna verschwand wieder im Baumhaus.

»Es ist im Moment etwas schwierig mit ihr«, sagte Karen. »Dabei ist sie so ein liebes Mädchen.« Sie zuckte mit den Schultern und ging wieder hinein. »Hier auf dem Tisch liegt Ihr Schlüssel. Ich hoffe, die Wohnung entspricht Ihren Vorstellungen.«

»Mehr als das. Sie ist sehr schön!«

Karen lächelte zufrieden.

»Ich wünsche Ihnen eine gute Zeit in unserem Haus. Sagen Sie Bescheid, wenn Sie etwas brauchen.«

Sie wandte sich zur Tür.

»Danke. Das ist sehr freundlich. Es sieht so aus, als hätte ich alles, was ich benötige.«

Die Wohnung war schöner als sämtliche Wohnungen, in denen Elisa jemals gewohnt hatte. Das war schon mal ein gutes Omen. Wenn jetzt noch alles mit dem neuen Job glattging ...

Hoffentlich kein Kind. Hoffentlich kein Kind. Wie ein Mantra gingen die Worte durch Henris Kopf, als er seinen Wagen vor der Polizeiabsperrung parkte. Zwei große Feuerwehrlöschzüge versperrten die Straße. Henri sah keinen Rauch, die Häuser, die er im Blickfeld hatte, waren unversehrt, doch

18

mehrere Feuerwehrmänner liefen zwischen dem Eingang eines weißen Bungalows und den Löschzügen hin und her.

Wenn Henri zu einem Tatort gerufen wurde, war er durch die Kollegen der Zentrale meistens vorgewarnt. Sie gaben weiter, was sie erfahren hatten: ein Toter mit Schussverletzung, ein Sturz aus dem Fenster, eine Messerstecherei. Doch hier hatte es gebrannt und keiner hatte ihm sagen können, was ihn erwartete. Als die Feuerwehrleute einen Toten in den Trümmern des Hauses gefunden hatten, war die Polizei verständigt worden, aber niemand wusste, ob es noch mehr Leichen gab. Und Kinderleichen waren das Schlimmste.

Als Henri ausstieg, bremste Lenz hinter ihm. Obwohl er früher nach Hause gegangen war als Henri, sah er mit den dunklen Ringen unter den Augen aus, als hätte er die Nacht durchgemacht.

»Sollte Tanja nicht kommen?«

Lenz schloss das Fenster und stieg aus.

»Hat niemanden für die Kinder.«

Ihre Kollegin war vor Kurzem von ihrem notorisch fremdgehenden Mann geschieden worden, der sich seither nicht mehr verpflichtet fühlte, spontan auf die gemeinsamen Kinder aufzupassen, wenn Tanja während der Bereitschaft einen kurzfristigen Einsatz hatte.

»Hast du schon erfahren, was hier los ist?« Henri machte eine vage Kopfbewegung zu den Feuerwehrwagen.

»Ich weiß nur, dass von einem Toten die Rede war.«

»Gehen wir rein.«

Sie zeigten dem Uniformierten an der Absperrung ihre Dienstausweise und schlüpften unter dem rot-weißen Band durch. Die Haustür stand offen, noch immer war nichts von einem Brand zu sehen.

»Henri Wieland! Lange nicht gesehen, Herr Hauptkommissar!«

Gregor Huber stand auf einmal auf der Türschwelle. Mit dem Feuerwehrkommandanten hatte Henri vor einigen Monaten bei einem Brand am Schlachthof zu tun gehabt. Sie schüttelten sich die Hand.

»Ist besser, wenn wir uns nicht sehen, Gregor. Es gibt jedes Mal Tote.«

Gregor nickte Lenz kurz zu. »So wie hier.«

»Ist der Brand gelöscht?«

»Das war keine große Sache. Sieht nach einer Explosion am Gasherd in der Küche aus. Wir waren schnell vor Ort und konnten das Feuer löschen, bevor es auf andere Räume übergegriffen hat.«

»Ein Toter, stimmt das?«

»Ja. Der Leichnam ist ziemlich stark verbrannt, laut Rechtsmediziner sehr wahrscheinlich ein Mann.«

Also kein Kind.

19

»Demnach ist Dr. Vogel schon da?«, fragte Lenz.

»Vor zehn Minuten gekommen.«

»Wissen wir, wer hier wohnt?«, fragte Henri.

»Die Nachbarin, die uns alarmiert hat, hat gesagt, dass das Haus einem Ehepaar namens Hildebrand gehört.«

»Ihr habt ganz sicher nur *einen* Leichnam gefunden?«

»Wir haben das ganze Haus durchsucht, da ist sonst niemand. In der Küche gibt es auch keine Trümmer, unter denen noch jemand liegen könnte. Soll ich euch den Brandort zeigen?«

Henri nickte. Sie zogen Plastiküberzieher an und folgten Gregor ins Haus. Der Bungalow war L-förmig angelegt. Gregor deutete auf die Treppe neben der Haustür.

»Nach oben geht's zu den Schlafzimmern. Links ist das Wohnzimmer, wir müssen geradeaus.«

Sie betraten ein großes Esszimmer, dessen antike Möbel im hinteren Teil stark verrußt waren. Durch die Tür zur Küche musste es heftig gequalmt haben. Henri sah hinüber zu der Fensterfront, die auf eine große Terrasse und einen noch größeren Garten hinausging. Im Rasen war ein Pool eingelassen, der sommerlich leuchtete.

»Nicht schlecht, die Hütte«, meinte Lenz.

»Die Nachbarin hat gesagt, dass der Besitzer Zahnarzt ist«, sagte Gregor und verbesserte sich, als sein Blick auf den Leichnam am Küchenboden fiel: »... war.«

Henri betrachtete den Toten. Seine sterblichen Überreste. Er mochte die Floskel nicht, aber hier passte sie. Die Arme waren vor dem Brustkorb in Boxerpose angewinkelt. Das Feuer hatte nicht sämtliches Fleisch vernichtet, an den Knochen hingen teilweise Klumpen schwarz verkohlten Gewebes. An den Oberarmen war die Haut verbrannt, darunter hatten sich die Muskeln zusammengezogen, Henri konnte einzelne Muskelfasern erkennen. Er holte tief Luft und sah sich im Raum um.

Die Wucht der Explosion hatte den Fensterstock aus der Wand gerissen. Wo vermutlich eine Spüle gewesen war, klaffte ein großes Loch in der Wand. Das Feuer hatte rings um die Kochstelle in der Mitte des Raumes gewütet. Von der Kücheneinrichtung war nicht mehr viel übrig außer ein paar angebrannten Metalltöpfen und einer Pfanne, die von der Explosion neben das Loch in der Wand auf den Boden geschleudert worden sein musste. Der Tote lag zwischen den Überresten des Kochblocks und der offenen Hauswand. Es roch nach verkohltem Metall und verbranntem Gewebe. Alles war mit feuchtem schwarzem Ruß bedeckt.

»Wissen wir sicher, dass es sich um den Besitzer des Hauses handelt?«, fragte Henri. Dr. Vogel, der Rechtsmediziner, der den Toten untersuchte, stand auf und begrüßte Henri und Lenz. Wie immer machte er seinem Namen alle Ehre, indem er beim Sprechen seinen langen dünnen Hals nach vorn schob und nervös hin- und herwackelte.

»Natürlich sind wir nicht sicher, dass der Tote Dr. Hildebrand ist. Erst die Obduktion kann eine hundertprozentig einwandfreie Identifikation ermöglichen. Das muss Ihnen doch klar sein, so wie der Körper aussieht.«

Henri wagte einen Blick auf das Gesicht des Toten. Lippen und Nase waren verbrannt, die Zähne zwar verrußt, aber noch als solche zu erkennen. Um die Augenhöhlen waren einzelne Muskelfasern erhalten, die sich über die Wangenknochen bis zum Kiefer spannten. In den Augenhöhlen lagen dunkle Klumpen, wahrscheinlich die Augäpfel. Die Haare waren vollständig verbrannt, der Schädel glänzte schwarz.

Wie eine ägyptische Mumie.

»Ich muss seine Zähne untersuchen«, sagte Dr. Vogel. »Wenn er Zahnarzt ist, wird es irgendwo Unterlagen über seine eigenen Zähne geben.«

Ob er sich selbst die Zähne untersucht hatte? Oder hatte man als Zahnarzt einen Kollegen des Vertrauens, den man aufsuchte? Bei dem man vielleicht mit genauso mulmigem Gefühl im Wartezimmer saß wie Henri erst vor ein paar Wochen, als er zur mehr als zwei Jahre überfälligen Zahnkontrolle gegangen war ...

»Und wenn die Zähne nicht weiterhelfen, muss ich eine DNA-Probe nehmen. Sagen Sie den Kollegen von der Spurensicherung, dass sie unbedingt hier im Haus DNA-Proben zum Abgleich nehmen müssen.«

Lenz verdrehte die Augen.

»Das machen die Jungs automatisch, Dr. Vogel«, sagte Henri beschwichtigend. »Sie scheinen aber jetzt schon zu der Annahme zu neigen, dass es sich bei dem Toten um einen Mann handelt?«

»Natürlich ist das noch keine hundertprozentig sichere Erkenntnis ...«

»Natürlich nicht«, warf Lenz ein.

Dr. Vogel blinzelte irritiert und sein Kopf wackelte noch stärker als vorher hin und her, doch er fuhr unbeirrt fort: »... aber die Größe des Beckenknochens deutet darauf hin, dass wir es mit einem Mann zu tun haben.«

»Ich schätze mal, dass Sie auch noch nichts dazu sagen können, ob die Explosion beziehungsweise der Brand die Todesursache war, oder?«, fragte Lenz spitz.

»Selbstverständlich nicht!« Dr. Vogel war entrüstet. »Jetzt auch nur eine Vermutung in diese Richtung auszusprechen wäre hochgradig unseriös. Da müssen Sie wirklich die Obduktion abwarten.«

Er beugte sich über den Leichnam und setzte die Untersuchung fort.

»Wir untersuchen die Statik. Es scheinen keine tragenden Wände beschädigt zu sein, aber wir müssen sichergehen«, sagte Gregor und stieg durch das Loch in der Wand nach draußen. Glassplitter und verkohlte Trümmerteile knirschten unter den Sohlen seiner schweren Stiefel. Henri und Lenz blieben an der Tür stehen. Der Boden war noch nass vom Löschwasser. Wenn sie sich den Brandort näher ansahen, würden sie unweigerlich Spuren zerstören, von denen es ohnehin nur wenige gab. So wenig der Rest des Hauses abbekommen hatte, so zerstörerisch war das Feuer in der Küche gewesen.

Lenz warf einen Blick auf die Leitung, die neben dem Kochblock aus dem aufgeplatzten Parkett herausragte und rief nach draußen:»Gregor! Ist jemand auf die Idee gekommen, das Gas abzustellen?«

»Schlauberger!«, kam es von draußen zurück. Sie hörten das dröhnende Lachen von mehreren Feuerwehrmännern.»Wir haben das Gas angelassen, weil wir heute gegrillte Kommissare essen wollen. Was glaubst du denn?«

»Man wird ja wohl mal fragen dürfen«, verteidigte sich Lenz.

»Gibt's hier was zu lachen?«

Hinter Henri und Lenz tauchte das Team von der Spurensicherung auf. Die Kollegen trugen weiße Schutzanzüge und große Metallkoffer, in denen sich ihre Ausrüstung befand. Henri musste zweimal hinschauen, um einzelne Personen zu erkennen, nur bei einem war das nicht schwer.»Arnie« Arnold, von dem keiner wusste, wie sein Vorname wirklich lautete, war ein Koloss von einem Mann. Groß und muskelbepackt, sein Schutzanzug drohte an mehreren Stellen zu platzen. Er schüttelte Henri die Hand, als ob er einen Pumpenschlegel bediente.

»Habt ihr gute Stimmung?«, erkundigte er sich laut lachend und ließ den Blick bereits aufmerksam durch den Raum gleiten. Bei dem verbrannten Körper stockte er kurz.»Lustig sieht das nicht aus.«

»Ist es auch nicht.«

Henri fasste kurz zusammen, was sie bisher in Erfahrung gebracht hatten. Sie traten zur Seite, um die Kollegen in die Küche zu lassen.

»Wir schauen uns oben um.«

»Ist gut, dann steht ihr hier nicht im Weg«, meinte Arnie, während er eine Kamera aus einem der Koffer nahm.

Henri und Lenz gingen die Treppe hoch in den ersten Stock, den das Feuer nicht erreicht hatte. Vom Treppenabsatz führten offene Türen in zwei Schlafzimmer. Das größere Zimmer verfügte über einen begehbaren Kleiderschrank, der sowohl Damen- als auch Herrenbekleidung enthielt.

»Sieht nach teuren Marken aus«, meinte Lenz, als er einen Blick auf die Etiketten geworfen hatte.

»Zahnärzte zählen immer noch zu den Besserverdienern.« Henri zog sich

Gummihandschuhe an und öffnete den Spiegelschrank über dem Waschbecken im Bad. »Ausschließlich Damenpflegeprodukte.«

Durch das Fenster erkannte Henri einen Zaun auf der gegenüberliegenden Straßenseite und dahinter hohe Bäume; die Idylle des Nymphenburger Schlossparks mit blauem Himmel und strahlendem Sonnenschein. Das Wetter scherte sich nicht um den Tod.

Henri sah sich das Schlafzimmer näher an. Die Bezüge des ungemachten Doppelbettes waren mit winzigen rosa Blümchen bedruckt und Kissen in verschiedenen Rot- und Rosatönen stapelten sich am Kopfende. Auf der Kommode neben dem Bad lagen Unmengen von Schmuck und an den cremefarbenen Wänden hingen zarte Pastellbilder.

Das zweite Schlafzimmer wirkte dagegen nüchtern. Schwarz-weiße Bettwäsche, ein schwarzes Bettgestell, weiße Wände – lediglich ein paar gerahmte Fotografien von Segelbooten brachten an einer der Wände etwas Farbe in den Raum. Lenz kam aus dem kleinen Bad, das zu diesem Zimmer gehörte.

»Ausschließlich Herrenpflegeprodukte«, sagte er.

Henri musterte die zusammengeknüllte Bettdecke.

»Wir können wohl von getrennten Schlafzimmern ausgehen.«

»Sieht so aus.«

»Vielleicht kann uns die Nachbarin, von der Gregor gesprochen hat, mehr sagen.«

»Idealerweise hat sie außerdem eine Vermutung, wo sich die Dame des Hauses aufhält.«

Lenz warf noch mal einen kurzen Blick in das größere Schlafzimmer, bevor sie zurück zur Treppe gingen.

»Ganz schön rosa. Da würde ich auch die Flucht ergreifen.«

»Keine vorschnellen Schlussfolgerungen«, meinte Henri. »Warten wir erst ab, was wir über den Zustand dieser Ehe erfahren.«

»Solange kannst du mir ja erzählen, wie es um den Zustand *deines* Liebeslebens bestellt ist«, meinte Lenz beiläufig. »Hattest du noch einen schönen Abend?«

Henri winkte ab.

»Die war doch ganz süß«, meinte Lenz.

»Schon ...«

»Dir ist echt nicht zu helfen, weißt du das?«, setzte Lenz an. »Was ist denn mit dir los? Der Kleinen stand auf der Stirn geschrieben, dass sie mit dir ins Bett wollte!«

»Schon ...« Henri grinste schief.

»Ach so.« Lenz schüttelte den Kopf. »Was ist dann dein Problem? Die war doch zum Verlieben!«

23

Er blieb auf der Treppe stehen und sah Henri fragend an. Henri zuckte mit den Achseln.

»Ich glaube, ich kann mich nicht mehr verlieben.«

»Nur weil Claire ...«

Plötzlich stand Tanja in der Eingangstür des Bungalows.

»Hi, Jungs!«, sagte sie atemlos. »Da bin ich!«

»Tanja!«, bemerkte Lenz geistreich.

»Was ist mit deinen Kindern?«, fragte Henri.

»Ich hab sie zu meinen Eltern gebracht.«

»Das wäre nicht nötig gewesen. Wir sind zu zweit, das reicht. Es ist noch gar nicht abzusehen, ob das überhaupt ein Fall für uns ist. Kann auch ein Unfall am Gasherd sein.«

»Oder Suizid. Oder eine manipulierte Gasleitung. Man kennt das ja.« Tanja zückte ihr Notizbuch. »Dann bringt mich mal auf den aktuellen Stand.«

Elisa ließ sich auf einen der Klappstühle fallen. Sie setzte die Wasserflasche an und trank sie leer, ohne abzusetzen. Sasha musste den Kasten Mineralwasser für sie in den Transporter gestellt haben, als sie ihr beim Einladen geholfen hatte. Elisa schloss die Augen und lehnte sich zurück. Die Sonne schien ihr warm ins Gesicht. Insekten brummten um sie herum und Vögel zwitscherten in den Bäumen.

Im Baum knackte ein Zweig. Elisa spähte durch die Augenlider. Karens Enkelin beugte sich aus der Öffnung des Baumhauses und sah zu ihr hinüber. Der Hund, der sich unten am Baumstamm hingelegt hatte, hob den Kopf.

»Bist du fertig mit Ausladen?«, fragte Anna.

»Fast.« Ein paar Kisten noch und der große Sessel. Den konnte Elisa nicht allein die Treppe hochtragen. Karen machte zwar einen rüstigen Eindruck, aber das Gewicht des Sessels konnte sie ihr nicht zumuten. Nachdem Bärchen ihr seine Hilfe verwehrt hatte, blieb nur noch das Mädchen. Elisa richtete sich auf, doch Anna war schon wieder im Inneren des Baumhauses verschwunden.

»Kannst du mir mit dem Sessel helfen, Anna?«, rief Elisa laut.

»Mmh«, kam es unbestimmt zurück.

Schwierige Phase. Dann eben nicht. Vielleicht konnte sie den Sessel erst mal unter den Carport stellen. Möglicherweise ließ sich Bärchen später für einen kleinen Nachbarschaftsdienst erweichen. Elisa stand auf. Arme und Beine schmerzten gleichermaßen, die Arme von den schweren Kisten, die Beine von den vielen Treppenstufen.

Großvaters alter Lederlesesessel stand ganz hinten im Transporter. Das

Erinnerungsstück hätte sie niemals zurückgelassen. In diesem Sessel hatte Großvater gesessen und vorgelesen. Mal für alle seine Enkel, mal für Elisa allein. Er war immer für sie da gewesen, wenn ihre Eltern im Hotel eingespannt waren. Wenn Elisa an ihn dachte, dann sah sie ihn in seinem Lieblingsmöbelstück vor sich. Sie schob den Sessel zur Tür. Mit Sashas Hilfe hatte sie ihn hineinbekommen, allein würde sie ihn nicht hinausbekommen. Also erst mal das Fahrrad und die letzten Kisten. Elisa hob das alte Hollandfahrrad vom Sperrmüll heraus. Jasper hatte es mit einer neuen Bremse versehen und generalüberholt, von Elisa stammte die knallrote Lackierung. *Rasende Feuerwehrreporterin* war Carstens Bezeichnung für sie gewesen, als er bei der *Abendzeitung* begonnen hatte.

»Cooles Rad.«

Elisa zuckte zusammen. Sie hatte Anna nicht kommen hören. Wie ein Schatten stand sie auf einmal hinter Elisa. Sie trug schwarze Jeans, ein schwarzes T-Shirt und schwarze halbhohe Stiefel. Bei den Temperaturen musste ihr wahnsinnig heiß sein. Ihre schwarz gefärbten Haare waren wirr hochgesteckt, nur ihre braunen Augenbrauen verrieten ihre eigentliche Haarfarbe. Die dunklen Augen wurden durch Lidstriche und schwarzen Lidschatten betont. Es war schwer, ihr Alter zu schätzen. Vierzehn, fünfzehn vielleicht.

»Ist mein zuverlässiger Begleiter, der mich überall hinbringt.« Auch wenn das Rad schon alt war, hatte Elisa noch nie eine Panne damit gehabt.

»Hast du gar kein Auto?«

Elisa schüttelte den Kopf. Anna warf einen Blick in den Transporter.

»Sieht schwer aus, der Sessel.«

»Ist er auch. Kannst du mir helfen?«

Anna nickte. Sie sah schmächtig aus, aber sie packte kräftig mit an, als sie den Sessel aus dem Transporter hoben. Selbst ihre Fingernägel waren schwarz lackiert. Mit der Stiefelspitze stieß Anna, die vorging, die angelehnte Haustür auf. Sofort schlüpfte der Hund zwischen ihren Füßen nach draußen.

»Luna!«, sagte sie leise, aber in strengem Ton. »Geh wieder ins Haus.«

Mit eingezogenem Schwanz verschwand der Hund im Wohnzimmer. Elisa und Anna schleppten den Sessel die Treppe hoch.

»Sehr nett, dass du mir hilfst«, sagte Elisa. »allein könnte ich das Ding nie ins Dachgeschoss befördern.«

»Mmh«, machte Anna.

Schweigend legten sie die restlichen Stufen zurück. Elisas Wohnung war inzwischen vollgestellt mit Umzugskartons, Taschen und Plastikboxen. Sie stellten den Sessel neben dem Sofa ab.

»Danke.«

»Mmh.«

Anna wandte sich bereits zur Tür. Ihre schweren Stiefel polterten auf der Treppe. Unten steckte Karen den Kopf aus der Wohnzimmertür.

»Das ist aber nett, dass du Elisa hilfst, Anna. Wollt ihr eine kleine Erfrischung? Ich habe Saft gemacht.«

»Sind noch nicht fertig«, verkündete Anna in einem Tonfall, in dem ein klares *Nerv nicht* mitschwang.

Sie lief zum Transporter und belud sich mit einem Umzugskarton.

»Geht's?«, fragte Elisa. Anna nickte bloß und stieg die Treppe hoch.

Eine Viertelstunde später war der Transporter leer.

»Jetzt habe ich doch Durst. Probieren wir mal Omas Saft«, sagte Anna. Elisa folgte ihr in die Wohnung im Erdgeschoss. Karen erwartete sie draußen auf der Veranda, wo sie Gläser und eine große Karaffe auf den Tisch gestellt hatte. Anna ließ sich neben Karen auf das Rattansofa fallen, Elisa nahm einen der Sessel.

»Eis?«, fragte Karen.

»Ja, bitte. So kalt wie möglich.«

Elisa trank einen großen Schluck Saft. Frisch gepresst – Elisa schmeckte Orangen, Grapefruit und Kiwi heraus.

»Lecker.«

»Ein paar Vitamine können Sie bestimmt gut gebrauchen«, sagte Karen und lächelte. Anna verdrehte die Augen.

Die Veranda nahm fast die gesamte Hausbreite ein, daneben lag ein Wintergarten. Der Balkon spendete Schatten, während der Rest des Gartens in der Sonne lag. In der Mitte ein gepflegter Rasen, dahinter bunte Blumenrabatten, rechts der große Kirschbaum, links eine glyzinienbehangene Pergola, davor ein gemauerter Grill.

Spießige Idylle. Schöne spießige Idylle.

Karen folgte Elisas Blick.

»Das hat alles mein verstorbener Mann entworfen. Er hat sich gern mit schönen Dingen umgeben.«

Und mit schönen Menschen. Karen war auch im Alter noch attraktiv. Sie hatte graue Haare und faltige Haut, doch ihre aufrechte Haltung und der klare Blick verrieten viel Energie.

»Sie fangen gleich morgen bei der Zeitung an?«

»Ja, um neun.«

»Dann sind Sie wegen des Jobs in den Süden gekommen?«

»Genau.« Elisa fragte zurück. »Sie hören sich selbst auch nicht gerade wie eine Original-Münchnerin an?«

Karen lächelte.

»Nein. Ich komme aus Hamburg, genau wie Sie.«

»Ich habe nur in den letzten Jahren in Hamburg gelebt. Aufgewachsen bin ich an der Nordsee. Meine Eltern haben ein Hotel in Sankt Peter-Ording. Sie sind dagegen eine echte Hanseatin, oder?«

»Durch und durch. Ich lebe zwar seit über vierzig Jahren hier, aber meinen Dialekt werde ich nie ablegen. Das ist immer noch meine Heimat.« Karen kicherte wie ein kleines Mädchen. »Deshalb habe ich Sie auch ausgesucht.«

Karen hatte auf Elisas eiliges Such-Inserat in der Online-Mietbörse geantwortet und ihr die Wohnung angeboten. Nachdem sich sonst niemand gemeldet hatte, hatte Elisa sofort zugesagt. Sie brauchte ein Dach über dem Kopf. Und dieses schien nicht das schlechteste zu sein. Dafür konnte sie gern bei Karen ein paar Heimatgefühle wecken. Elisa gratulierte sich selbst dazu, dass sie unter der Überschrift *Nordlicht sucht Wohnung in München* inseriert hatte.

»Ihr Jobwechsel kam sehr plötzlich, wenn Sie sich erst vorgestern nach einer Wohnung umgesehen haben?«, bohrte Karen weiter.

»Ein Studienkollege arbeitet in der Redaktion der *Morgenzeitung*. Über ihn habe ich die Stelle kurzfristig bekommen.«

»Sie sind wohl nicht gebunden, wenn Sie eben mal ans andere Ende der Republik ziehen können?«

Anna verdrehte wieder die Augen, aber sie sagte immer noch nichts.

»Nein, bin ich nicht«, sagte Elisa knapp.

»Dann ist das hier ein richtiger Neubeginn für Sie«, fasste Karen zusammen und strahlte Elisa an.

»Kann man so sagen«, meinte Elisa. »Neue Stadt und neuer Job.«

»Und vielleicht eine neue Liebe?«

Karen kicherte wieder und zwinkerte Elisa zu.

»Oma, das ist echt peinlich!«, sagte Anna, bevor Elisa etwas erwidern konnte, und stand auf. Sie knallte ihr Glas auf das Tablett und stapfte die breite Treppe hinunter in den Garten. Luna folgte ihr und ließ sich unter dem Kirschbaum nieder, während Anna auf der Strickleiter nach oben in ihr Baumhaus stieg.

»Ich muss jetzt mal weiter auspacken.« Elisa stellte ihr Glas auf das Tablett und stand auf. »Danke für den Saft.«

Von der Nachbarin hatten Henri und Lenz erfahren, dass der Zahnarzt Adrian Hildebrand hieß. Er hatte mit seiner Frau Judith bereits in dem Bungalow gewohnt, als sie selbst mit ihrem Mann vor über zehn Jahren nebenan eingezogen war. Anfangs hatten sie engeren Kontakt gepflegt, doch die kinderlosen Hildebrands hatten sie sich zurückgezogen, als die Nachbarn gleich

27

mehrfach Nachwuchs bekamen. Sie beschwerten sich zwar nicht über das Kindergeschrei im Garten, aber man merkte doch, dass es sie störte. Seither gingen die Nachbarn höflich miteinander um, der Kontakt beschränkte sich auf freundliches Grüßen und ab und zu ein kurzes Gespräch am Gartenzaun. Wie es um die Ehe der Hildebrands bestellt war, konnte man vom Gartenzaun aus nicht erkennen. Die Nachbarin wusste nicht mit Sicherheit, wo Judith Hildebrand sich zurzeit aufhielt, aber sie vermutete, dass sie im Fitnessstudio war, denn sie hatte das Haus am Vormittag mit einer großen Sporttasche unter dem Arm verlassen.

Tanja hatte bei ihrer Überprüfung des Obergeschosses das Kursprogramm von *Lady Fit* gefunden. Ein Anruf ergab, dass Judith Hildebrand tatsächlich dort trainiert, das Studio aber vor etwa einer Viertelstunde verlassen hatte.

»Dann dürfte sie gleich hier sein«, meinte Lenz. »Falls sie nicht noch etwas anderes vorhat.«

»Warten wir draußen.« Henri ging zur Haustür.

»Ich frage mal nach, ob Dr. Vogel oder Arnie schon was Neues für uns haben«, meinte Tanja und verschwand Richtung Küche.

Henri und Lenz verließen das Haus, um an der Gartenpforte zu warten. Die Feuerwehrfahrzeuge waren weg. Hinter der Absperrung standen einige Schaulustige. Ein kleines Mädchen mit blonden Zöpfen drängte sich nach vorn.

»Was ist denn passiert?«, fragte sie. »War das eine Explosion, der Knall, den wir gehört haben?«

Henri nickte.

»Das ist richtig. Es gab eine Explosion. Mehr können wir im Moment noch nicht dazu sagen. Wir müssen Sie alle jetzt bitten, weiterzugehen und Platz für die Einsatzkräfte zu machen.«

Henri sprach laut und bestimmt. Die meisten trollten sich, nachdem an der Hausfront sowieso nichts zu sehen war. Ein paar Leute blieben jedoch nach einigen Schritten wieder stehen und warfen ihnen weiter neugierige Blicke zu. Das blonde Mädchen diskutierte mit zwei Jungen in ihrem Alter. Henri sah ein silbernes Cabrio in die Garageneinfahrt einbiegen, ein Porsche 911.

»Das könnte sie sein. Versuch du, die restlichen Leute auch noch loszuwerden. Ich rede mit ihr.«

Lenz winkte den Streifenbeamten, der an der Tür stand, zu sich und gemeinsam gingen sie auf die verbliebenen Schaulustigen zu. Henri lief zu dem Cabrio, das vor der Garage angehalten hatte. Eine schlanke Frau stieg aus und sah sich mit gerunzelter Stirn um.

»Was ist denn hier los?«, fragte sie Henri, als er sie erreicht hatte. Ihre langen roten Haare glänzten in der Sonne und sie roch frisch geduscht.

»Sind Sie Judith Hildebrand?«

»Ja, die bin ich.« Ihre Schultern strafften sich.

Henri zückte seinen Ausweis.

»Henrik Wieland, Kriminalpolizei. Ich muss Ihnen leider mitteilen, dass sich in Ihrem Haus eine Explosion ereignet hat ...«

»Eine Explosion? Aber es ist doch gar nichts kaputt!« Sie musterte die Hausfassade von oben bis unten.

»Hinten in der Küche ...«

Wieder fiel sie Henri ins Wort.

»Wie ist das denn passiert? War es eine Gasexplosion?«

»Es sieht ganz danach aus. Unsere Experten untersuchen gerade die Küche. Wissen Sie, wo Ihr Mann sich in den letzten Stunden aufgehalten hat?«

»Nein. Er hat noch geschlafen, als ich gegangen bin. Ich weiß nicht, was er vorhatte. Vielleicht ist er zum Segeln gegangen.«

Henri sah den Leichenwagen der Gerichtsmedizin die Straße entlang auf sie zufahren und beeilte sich zu sagen: »Leider muss ich Ihnen mitteilen, dass wir einen stark verbrannten Leichnam in der Küche gefunden haben. Die Möglichkeit besteht, dass es sich dabei um Ihren Mann handelt.«

»Adrian? Adrian soll tot sein?« Ihre Stimme wurde ganz hoch und dünn.

»Die Identifikation ist schwierig und wahrscheinlich erst durch eine Zahn- oder DNS-Untersuchung bei der Obduktion zweifelsfrei möglich. Aber wenn nicht noch andere Personen Zugang zu Ihrem Haus haben, dann ist die Wahrscheinlichkeit, dass es sich um Ihren Mann handelt, sehr hoch.«

»Andere Personen? Nein ... niemand ... Es kann nur Adrian ...« Sie schlug die rechte Hand vor den Mund. Ihr schmaler Ehering glänzte in der Sonne.

»Oh, mein Gott!«, flüsterte sie. »Adrian ist tot.«

»Mein herzliches Beileid, Frau Hildebrand.«

Keine Routine der Welt konnte das Gefühl der Hilflosigkeit verhindern, das Henri in diesem Moment immer überwältigte. Was konnte man jemandem Tröstliches sagen, der gerade erfahren hatte, dass er einen geliebten Menschen verloren hatte?

Die Mitarbeiter der Rechtsmedizin hoben den Transportzinksarg aus dem Wagen und trugen ihn zur Eingangstür.

Schlechtes Timing. Ganz schlechtes Timing.

Judith Hildebrand schien Dr. Vogels Mitarbeiter zunächst nicht wahrzunehmen, doch als sie realisierte, was die beiden Männer trugen, stieß sie einen Schrei aus und stürzte sich auf den Sarg.

»Nein! Nein! Nein!«, schrie sie. »Adrian!«

Die Schaulustigen, die von Lenz und dem Beamten weggeschickt worden waren, hörten ihre Schreie und drehten sich sofort wieder um. Henri war mit wenigen Schritten bei Judith Hildebrand und zog sie sanft am Arm von dem Sarg weg. Er bedeutete den Mitarbeitern von der Rechtsmedizin mit einer energischen Kopfbewegung, schnell im Haus zu verschwinden.

»Nein! Nein! Nein!«, schrie Judith noch immer. Sie wollte den Männern folgen, doch Henri hielt sie fest.

»Sie können nicht in die Küche gehen, Frau Hildebrand.« Mit einem Blick auf die neugierigen Leute vor dem Haus schob er sie hinein, zog sie aber gleich in den Wohnzimmerbereich. Er machte die Zimmertür fest hinter sich zu, so dass sie nicht sehen würde, wenn man den Leichnam im Sarg aus dem Haus trug.

»Setzen Sie sich, Frau Hildebrand.«

Sie ließ sich auf einen der braunen Ledersessel sinken. Alle Energie war aus ihrem Gesicht gewichen, die Schultern hingen nach unten und sie starrte auf den Boden.

»Warum lassen Sie mich nicht ...«, begann sie, doch dann brach ihre Stimme.

»Ich möchte Ihnen diesen Anblick ersparen. Behalten Sie Ihren Mann lebendig in Erinnerung, so wie Sie ihn kannten.«

Sie beugte sich nach vorn, ihre Schultern bebten und die langen roten Haare fielen wie ein Vorhang über ihr Gesicht. Es sah aus, als krümme sie sich vor Schmerzen. Schließlich begann sie, mit dem Oberkörper langsam vor und zurück zu wippen.

»Frau Hildebrand?«

Sie reagierte nicht.

»Möchten Sie mit meiner Kollegin sprechen oder mit einem unserer Psychologen?«

Manchmal wollten Frauen lieber mit einer Frau reden, aber Judith schien alles egal zu sein. Sofern sie Henris Worte überhaupt wahrnahm.

»Frau Hildebrand, gibt es jemanden, den wir für Sie anrufen können, der Ihnen beisteht? Verwandte oder eine Freundin?«

Keine Antwort. Nur stetiges Auf- und Abwippen, begleitet von einem monotonen Wimmern.

Carina packte den Heftstapel in ihre große Ledertasche. Endlich fertig! Ihr Kreislauf war zwar wieder stabil, aber sie schwitzte. In der Wohnung war es unerträglich schwül. Michael hatte sich mit dem *Kicker* auf den kleinen Balkon gesetzt. Carina holte sich ein Glas Wasser und ging hinaus zu ihm.

»Ich bekomme hier keine Luft. Gehst du mit zu einem Spaziergang im Park?«

»Ich habe vorhin schon eine Runde gedreht, als ich die Zeitung geholt habe.« Michael sah kurz auf. »Aber ich komm noch mal mit, wenn du willst ...«

»Nein, nein, lies nur deine Zeitung. Ich werde nicht lange gehen, ich brauche einfach bloß ein bisschen frische Luft.«

Michael nickte und vertiefte sich wieder in den *Kicker*. Carina schlüpfte in ihre Sandalen und lief die Treppe hinunter. Noch bevor sie die Haustür öffnete, hörte sie draußen laute Kinderstimmen. Auf der wenig befahrenen Straße war immer etwas los, hier trafen sich die Kinder aus der ganzen Nachbarschaft zum Spielen. Diesmal waren es Emily, Moritz und Nico, die auf ihren Rollern um die Wette fuhren.

»Hallo, Frau Engl!«, rief Emily sofort, als sie Carina sah. Manchmal fand Carina, es wäre besser, nicht so nah bei der Schule zu wohnen, wenn sie am Nachmittag beim Einkaufen oder auf der Straße Schülern oder – noch schlimmer – deren Eltern begegnete. Bei Emily war es in Ordnung. Sie plauderte immer kurz mit ihrer Lehrerin, tauchte dann aber auch bald wieder in der Kindermeute unter. Jetzt kam sie mit fliegenden Zöpfen auf Carina zugefahren.

»Frau Engl, wissen Sie, was bei Hildebrands passiert ist? Sie sind doch mit denen befreundet.«

»Bei Hildebrands?« Carina hatte auf einmal ein ungutes Gefühl im Bauch.

»Ja. Haben Sie denn nicht den lauten Knall gehört? Und die Feuerwehr?« Emily schaute sie aus weit aufgerissenen blauen Augen an. »Haben Sie wirklich nichts gehört?«

»Doch ...« Nach dem lauten Knall hatte erst mal Stille geherrscht, kurz darauf war das Martinshorn zu hören gewesen, doch Carina hatte vom Fenster aus keinen Brand oder Rauch ausmachen können. »Ich wusste nicht, dass bei den Hildebrands was passiert ist. Warst du dort? Weißt du mehr?«

»Sie haben uns weggeschickt. Es waren ganz viele Feuerwehrleute da ...«

»Aber das Haus ist nicht kaputt«, mischte sich Moritz ein, der mit seinem Roller neben Emily gestoppt hatte. »Man konnte gar nichts sehen.«

»Wisst ihr, ob jemand verletzt wurde?«, fragte Carina. Was war mit Judith und Adrian?

Die Kinder zuckten mit den Achseln.

»Keine Ahnung.«

»Habt ihr einen Krankenwagen gesehen?«

»Nein. Nur Feuerwehr und Polizei. Und noch ein paar Leute ohne Uniformen.«

»Und so ein Auto mit ganz schwarzen Scheiben«, ergänzte Moritz.

Carina schluckte.

»Ich werde mal hingehen und fragen, ob ich vielleicht helfen kann«, sagte sie und rang sich für die Kinder ein Lächeln ab. »Spielt ihr nur hier weiter.«

»Die lassen Sie sowieso nicht da rein.«

»Wahrscheinlich. Aber ich will trotzdem mal fragen.«

Emily und Moritz fuhren zu Nico hinüber, der mit Kreide Parkplätze für die Roller auf den Asphalt malte. Carina setzte sich in Bewegung, erst langsam, dann immer schneller. Als sie in die Zuccalistraße einbog, sah sie die Fahrzeuge vor dem Haus der Hildebrands. Ein Streifenwagen, ein Transporter, aus dem gerade ein hünenhafter Mann in einem weißen Schutzanzug einen Koffer holte, und ein Leichenwagen mit weit geöffneter Heckklappe. Carina schnappte nach Luft. Sie rannte los.

»Warten Sie!«, rief sie hinter dem Mann her, der auf dem Weg ins Haus war. »Warten Sie! Was ist passiert?«

Carina schlüpfte unter dem rot-weißen Absperrband durch. Er drehte sich um und musterte sie unwillig.

»Eine Explosion. Sie können hier nicht einfach ...«

»Wurde jemand verletzt?«

Sein Blick hinüber zu dem Leichenwagen nahm Carina den letzten Rest Hoffnung.

»Beide?«, fragte sie leise.

Der Mann schüttelte den Kopf.

»Treten Sie bitte zur Seite«, mischte sich der uniformierte Beamte ein, der vor der Haustür postiert war. Zwei Männer in schwarzen Anzügen kamen hinter ihm aus dem Haus. Sie trugen einen Metallsarg zwischen sich.

Carina schlug die Hände vor den Mund. Der Mann im weißen Anzug zog sie zur Seite, damit die beiden mit dem Sarg passieren konnten.

»Kennen Sie die Hildebrands näher?«, fragte er.

»Ich bin ... eine Freundin.«

»Warten Sie mal hier.«

Er steckte den Kopf ins Haus und rief laut: »Henri! Kannst du mal eben rausschauen? Hier ist eine Dame, die mit den Hildebrands befreundet ist.«

Einen Moment später trat ein ernst aussehender Mann in Zivilkleidung aus dem Haus und nickte dem im Schutzanzug zu.

»Danke, Arnie.«

Arnie verschwand im Haus, der andere wandte sich an Carina.

»Henrik Wieland, Kripo.« Er reichte ihr die Hand.

»Carina Engl. Ich bin eine Freundin von Judith und Adrian. Können Sie mir sagen, was passiert ist?«

»Wir wissen noch nichts Genaues, nur dass sich in der Küche eine Explosion ereignet hat ...«

»Wer?«, unterbrach Carina ihn und deutete auf den Leichenwagen, dessen Heckklappe die Männer gerade verschlossen.

»Wir haben einen stark verbrannten Leichnam gefunden, von dem wir ausgehen, dass es sich um Adrian Hildebrand handelt.«

»Adrian«, wiederholte Carina tonlos. »Dann ist Judith ...?«

»Frau Hildebrand war zum Zeitpunkt der Explosion nicht hier. Inzwischen ist sie eingetroffen. Sie steht unter Schock und spricht nicht mehr. Vielleicht könnten Sie mit ihr reden?«

Carina nickte.

»Natürlich.«

Er hielt ihr die Tür auf und ließ sie eintreten.

»Links im Wohnzimmer.«

Carina warf einen Blick Richtung Küche, sah aber nur noch mehr Leute in weißen Schutzanzügen. Judith saß zusammengekrümmt auf einem der Sessel im Wohnzimmer. Sie wiegte sich vor und zurück und schluchzte leise.

»Judith«, sagte Carina nur.

Ihre Stimme schien zu Judith durchzudringen. Sie hob den Kopf und sah Carina an.

»Es tut mir so leid«, flüsterte Carina. »Es tut mir so leid.«

Sie beugte sich zu Judith herunter, drückte ihre Freundin fest an sich und strich ihr über den Rücken.

Nach einer Weile trat der Kommissar zu ihnen. Carina sah zu ihm hoch.

»Wir wollen Frau Hildebrand im Moment nicht weiter mit unseren Fragen behelligen, das hat Zeit. Ich fürchte nur, dass sie fürs Erste nicht hier im Haus bleiben kann. Dieser Teil des Hauses ist zwar nicht beschädigt, aber die Techniker sind noch mitten in ihren Untersuchungen.«

Carina richtete sich auf und sah Judith an.

»Du kommst mit zu uns. Du kannst bei uns bleiben, solange du willst.«

Judith reagierte nicht. Carina zog sie aus dem Sessel hoch.

»Komm, ich nehme dich mit.«

»Wenn Sie mir noch Ihre Adresse sagen könnten?« Der Kommissar nahm ein Notizbuch zur Hand.

»Wir wohnen gleich um die Ecke.«

Carina nannte ihm ihre Adresse und Telefonnummer. Er gab ihr seine Karte.

»Sie können mich jederzeit anrufen. Wir melden uns morgen bei Frau Hildebrand, wenn wir erste Erkenntnisse von der Spurensicherung und der Rechtsmedizin haben.«

»In Ordnung.«

Carina legte den Arm um Judith und führte sie aus dem Wohnzimmer. In der Diele versuchte sie, den Blick zur Küche zu versperren, doch Judith schien kein Interesse zu haben, in diese Richtung zu schauen.

Als Elisa nach dem Schlüssel des Transporters suchte, fiel ihr Blick in den Spiegel neben der Wohnungstür. Sie war verschwitzt, ihr braunes Haar hing in dunklen Strähnen herunter. Kein Zustand, in dem man vor die Tür ging, aber sie wollte den Transporter an der Vermietstation abgeben und mit dem Rad zurückfahren. Da machte es wenig Sinn, vorher zu duschen. Der Schlüssel lag nicht auf dem Bord unter dem Spiegel und war auch in Elisas Umhängetasche nicht zu finden. Während sie in der Tasche herumwühlte, klingelte ihr Handy.

»Sasha!«

»Wie ist die Wohnung?«

»Sie ist toll, war früher ein Architektenatelier.«

»Schick mir Fotos!«, forderte Sasha Elisa auf. »Wie ist die Vermieterin?«

»Nett, aber ziemlich neugierig. Sie hat mich ausgefragt über den Job und ob ich liiert bin.«

»Oh ...«

»Ich hab nicht viel erzählt, aber ich habe das Gefühl, dass ihr das auf Dauer nicht reichen wird.«

»Wusstest du, dass Thomas Mann mal um die Ecke von deiner neuen Wohnung gewohnt hat?«

Sasha hatte Literatur studiert und ihre Abschlussarbeit über das Künstlerbild von Thomas Mann geschrieben. Sie musste es wissen.

»Wenn du es sagst.« Elisa wollte sich hinsetzen, doch auf dem Sofa und dem Sessel stapelten sich Kartons und Taschen. Sie öffnete die Dachterrassentür und ließ sich draußen auf einem der Klappstühle nieder. In der Vordertasche ihrer Jeans drückte etwas. Der Schlüssel des Transporters. Elisa zog ihn heraus.

»Wie lief das Spiel?«

»Wir haben verloren.«

Elisa und Sasha spielten seit Jahren zusammen Beachvolleyball, sie wussten blind, was die andere dachte und tat. Sasha hatte sich nun eine neue Partnerin suchen müssen. Yvonne war keine schlechte Spielerin. Aber es war klar, dass es nicht so sein würde wie mit Elisa.

»Das wird schon. Ihr müsst euch noch aufeinander einspielen.«

»Du fehlst mir, Elisa. In meinem ganzen Leben warst du immer da. Und jetzt bist du so weit weg«, beschwerte sich Sasha.

»Du wirst auch ohne mich gut klarkommen, kleine Schwester.«

Sasha gehörte zu den Leuten, die immer auf den Füßen landeten, egal was passierte.

»Hm ...«

»Was hast du?«

»Na ja ...« Sasha druckste herum.

»Sag schon!«

»Na ja ... besser du erfährst es von mir ... gestern Abend ... bei Hedi ... ist Suki mir über den Weg gelaufen. Sie hat angedeutet, dass sie bald bei Carsten einziehen wird ...«

»Einziehen ...? Sie wird bei ihm einziehen?!?«

Wenn sie so schnell auf die Idee kam, bei ihm einzuziehen, dann steckte doch mehr dahinter als der Sex, bei dem Elisa sie erwischt hatte.

Carsten hatte ein paarmal versucht, Elisa anzurufen, aber seine Versuche, sie zurückzugewinnen, waren mehr als lasch gewesen. Warum sollte er sich noch mit Elisa herumschlagen, wenn Suki schon bereitstand?

»Wer weiß, wie lange er mich mit ihr betrogen hat!«, stöhnte Elisa. »Und ich Idiotin höre schon die Hochzeitsglocken läuten und sehe unsere zukünftigen Kinder vor mir, während er kein bisschen daran denkt ...«

»Er hat dir nie einen Antrag gemacht!«

»Nein, das hat er nicht. Aber wenn man mal zwei Jahre zusammen ist, ist es doch in unserem Alter normal, an so was zu denken.«

»Habt ihr wirklich schon über Kinder gesprochen?«

»Nein«, gab Elisa zu. »Ich habe mir nur manchmal unsere gemeinsame Zukunft vorgestellt und da kamen auch Kinder vor. Ich bin 33, bei mir tickt noch keine biologische Uhr, aber ich konnte mir wirklich vorstellen, mit Carsten zusammenzubleiben und eine Familie zu gründen. Das ist noch nicht mal eine Woche her. Und jetzt hasse ich ihn!«

»Er ist ein aalglattes, egoistisches Arschloch«, sagte Sasha unumwunden. Sie war noch nie ein Fan von Elisas Freund gewesen. »Auch wenn es jetzt wehtut, bin ich froh, dass es nichts wird mit eurer gemeinsamen Zukunft. Du brauchst jemanden, der *dich* liebt und nicht nur sich selbst!«

Eine Träne lief über Elisas Wange. Sie wischte sie mit dem Handrücken weg und richtete sich entschlossen auf.

»Soll Suki doch bei ihm einziehen. Sie wird ihn schon nach einer Woche nerven mit ihrem albernen Gekicher. Es sei denn, sie ist eine fleißigere Hausfrau als ich.«

»Dann stehen ihre Chancen ja nicht schlecht.«

Sasha lachte. Elisa sah auf die Uhr.

»Ich bringe jetzt den Transporter zurück, bevor die Vermietstation schließt.«

»Mach das. Ich wünsch dir morgen einen guten Start bei der *Morgenzeitung*!«

»Danke.«

Elisa beendete das Gespräch, nahm den Schlüssel und ging hinein. Sollte sich doch Suki in Zukunft um Carstens Wäsche kümmern. Sie würde schon bald merken, dass er in den eigenen vier Wänden nicht der tolle Hecht war, den er in der Redaktion markierte. Er schwang meistens große Worte, denen selten Taten folgten.

Elisa wollte nichts mehr mit ihm zu tun haben. Sie hatte die größtmögliche Distanz zwischen ihnen geschaffen. Das sollte es leichter machen, nicht mehr an ihn zu denken.

Als Elisa das Fahrrad zurück in den Transporter wuchtete, erschien Anna plötzlich lautlos hinter ihr.

»Warum lädst du dein Fahrrad wieder ein?«, fragte sie.

»Ich nehme es mit zur Autovermietung und fahre von dort mit dem Rad zurück.«

»Ach so.« Anna nickte und erkundigte sich dann übergangslos: »Hat dich dein Freund betrogen?«

Elisa drehte sich zu Anna um.

»Steht das auf meiner Stirn geschrieben?«

»Nein. Ich hab nur gehört, wie du telefoniert hast.«

»Du kannst in deinem Baumhaus hören, was ich auf der Dachterrasse sage?!?«

»Du hast nicht gerade leise gesprochen.«

»Oh ... dann ist deine Großmutter wohl inzwischen auch im Bild.«

Anna grinste und schüttelte den Kopf.

»Sie ist in der Küche. Sie hat bestimmt nichts gehört.«

»Aber sie hätte gern ...«

Elisa musste lachen.

Anna lehnte sich an den Transporter und musterte Elisa neugierig. Auch wenn sie äußerlich nicht viele Gemeinsamkeiten hatten, sah sie Karen auf einmal ziemlich ähnlich.

»Hast schon richtig gehört. Carsten, mein Freund, der außerdem mein Chef war, hat mich mit der Volontärin betrogen und ich habe sie in flagranti dabei erwischt.«

»Und deshalb bist du weg von Hamburg?«

»Ich konnte auf keinen Fall länger mit ihm zusammenarbeiten, also musste ich kündigen. Ich hätte nicht unbedingt so weit wegziehen müssen, aber hier habe ich einen neuen Job bekommen. Über einen alten Studienfreund. Also habe ich zugegriffen.«

»Habt ihr zusammengewohnt?«

Elisa nickte.

»Ich bin vor zwei Jahren zu ihm in die Wohnung gezogen.«

»Und da hast du ihn mit ihr erwischt?«

»Er dachte, ich übernachte bei meiner Schwester. Das habe ich öfter mal gemacht, wenn es spät wurde.« Elisa überlegte. »Wer weiß, wie lange er das schon ausgenutzt hat.«

Anna sah Elisa mitleidig an.

»Ist Scheiße, wenn man jemanden liebt, und der liebt einen nicht zurück.«

»Du sagst es.« Elisa musterte Anna. »Sprichst du aus Erfahrung?«

Anna wurde rot.

»Na ja ...«

Sie zögerte, aber nachdem Elisa ihr von Carsten erzählt hatte, konnte sie nicht kneifen. »Da ist ein Junge in meiner Parallelklasse. Er heißt Tim. Er ist so süß ...«

»Aber?«

»Er sieht mich nicht.« Das war kaum vorstellbar. Anna konnte man in ihrer schwarzen Montur nicht übersehen. »Er grüßt mich nicht. Ich weiß nicht mal, ob er meinen Namen kennt.«

»Hast du jemals mit ihm gesprochen?«

Anna schüttelte den Kopf.

»Woher weißt du dann, dass er nett ist?«

»Er lächelt so süß. Ich krieg immer Herzklopfen, wenn er an mir vorbeiläuft.«

»Vielleicht sieht er nur süß aus, ist aber in Wirklichkeit ein Idiot?«, gab Elisa zu bedenken, hielt dann aber inne. »Entschuldige, ich glaube, ich bin gerade nicht der richtige Gesprächspartner für ein junges Mädchen, das auf die große Liebe hofft.«

»Glaubst du nicht mehr an die große Liebe?«

»Ich möchte schon an die große Liebe glauben, aber meine Erfahrung sagt mir, dass es schwer ist damit.« Elisa fuhr sich durch die Haare. »Irgendwann kommt immer der Zeitpunkt, wo sie wehtut.«

Henri betrachtete Tanjas ordentliche Schrift, mit der sie Dutzende Zettel ihres Notizblocks beschrieben hatte.

»Du kannst wirklich zu deiner Familie heimgehen, Tanja. Hier ist nicht mehr viel zu tun.«

Der Gerichtsmediziner hatte den Leichnam mitgenommen, und auch die Feuerwehrleute hatten längst alles zusammengepackt und den Brandort verlassen. Nur die Kollegen von der Spurensicherung schwirrten herum und würden noch eine Weile zu tun haben, bis sie vollständig rekonstruieren konnten, was geschehen war.

»Die Kinder wollen mit Oma und Opa an den See fahren, das ist schon in Ordnung.«

»Dann solltest du mitfahren. Lenz und ich machen das hier schon.«

Henri wusste, dass es Lenz nichts ausmachte, am Sonntag zu arbeiten. Genau wie ihm selbst.

Tanja sah von ihren Notizen auf.

»Meinst du?«

»Ja, meine ich. Das ist eine dienstliche Anordnung. Fahr an den See!«

»Aber was ist mit den Infos?« Sie wedelte mit dem Block.

»Es war super, dass du hier warst und alle Informationen zusammengetragen hast, aber es reicht vollkommen aus, wenn die morgen im Computer landen. Geh schon!«

Noch ein unsicherer Blick zu Lenz, doch als auch er ihr zunickte, steckte Tanja den Block in die Tasche.

»Okay, dann seh ich euch morgen im Büro.«

Sie ging zur Tür. Henri fiel auf, dass sie zugenommen hatte, ihre Jeans spannte am Po und an den Oberschenkeln. Frustspeck.

»Als ob sie überkompensieren müsste.« Auch Lenz schaute Tanja hinterher.

»Vermitteln wir ihr das Gefühl, dass sie nicht genug arbeitet?«

»Sie setzt sich selbst unter Druck.«

»Oder Marius hat sie blöd angeredet.« Der Kollege war eher für seine große Klappe als für sein Feingefühl bekannt.

»Das nimmt sie hoffentlich nicht ernst.«

Lenz zuckte mit den Achseln. Henri würde mit Tanja reden müssen.

»Schauen wir mal, wie weit die Spurensicherung ist.«

In der ausgebrannten Küche untersuchten zwei Kollegen das Loch, das die Explosion in die Wand gerissen hatte. Einer maß die Entfernung der einzelnen Trümmerteile von der Wand, der andere notierte die Angaben.

»Wo ist Arnie?«, fragte Henri.

Der mit dem Maßband deutete mit dem Kopf nach draußen. Henri und Lenz gingen zurück ins Esszimmer und betraten von dort die Terrasse, auf der viele kleine und große Kübel mit Zitrusstämmchen und Bougainvilleen mediterranes Flair verströmten. Zwischen Terrasse und Swimmingpool leuchtete eine gepflegte Rasenfläche in sattem Grün. Sie wurde von Blumenbeeten eingefasst, die akkurat mit einem Schneckenzaun vom Rasen abgegrenzt waren.

Arnie untersuchte gerade die bodentiefen Fenster von außen.

»Es deutet nichts darauf hin, dass sich jemand gewaltsam Zutritt verschafft hat«, meinte er zu Henri und Lenz.

»Nach dem, was Judith Hildebrand uns gesagt hat, müssen wir davon ausgehen, dass es sich bei dem Toten um ihren Mann handelt. Niemand sonst hatte Zugang zum Haus.«

Arnie richtete sich zu voller Größe auf und verzog das Gesicht.

»Alles klar?«, fragte Henri.

»Die Knie.« Arnie winkte ab. »Ihr wollt meine Meinung hören?«

»Deine durch hieb- und stichfeste Beweismittel untermauerte Meinung.«

Arnie grinste.

»Hieb- und stichfest ist noch nichts, aber wir haben ein paar ganz brauchbare Hinweise. Die Wucht der Explosion war so gleichmäßig, dass wir von einer Gasexplosion ausgehen können. Das Gas muss sich am Herd entzündet haben. Das passt zur Streuung der Trümmerteile und zur Auffindsituation des Leichnams.«

»Das Gas wird sich doch nicht einfach so entzünden?«, fragte Lenz.

»Wir haben hinten an der Wand eine angekohlte Pfanne gefunden. Womöglich wollte sich der Mann zum Frühstück ein Ei braten und hat den Herd eingestellt. Wenn aus irgendeinem Grund zu viel Gas ausgetreten ist, kann die Gaskonzentration in der Luft hoch gewesen sein. Hat er dann ein Feuerzeug gezündet, reichte vielleicht schon ein Funken als Zündquelle aus.«

»Gab es einen Defekt am Herd oder warum könnte zu viel Gas ausgetreten sein?«

»Wir müssen uns die Gaszuleitung genauer anschauen, dazu kann ich noch nichts sagen.«

»Es kann also ein Unfall gewesen sein?«

»Danach sieht es zumindest auf den ersten Blick aus.«

Henri dachte an Tanjas Worte.

»Oder Suizid?«

Arnie zuckte mit den Achseln.

»Da wird euch die Witwe mehr sagen können als die Spurenlage an der Brandstelle. Wenn sich jemand mit Gas umbringen will, ist es leicht, das wie einen Unfall aussehen zu lassen. Habt ihr einen Abschiedsbrief gefunden?«

»Nein.« Henri machte sich Notizen. »Ich rede morgen mit Judith Hildebrand. Sie war heute nicht ansprechbar.«

»Und wenn jemand die Gasleitung manipuliert hat?«, fragte Lenz. »Würdet ihr das merken?«

»Auf den ersten Blick sieht es nicht so aus, aber wir schauen uns das noch genauer an. Normalerweise ist Fremdeinwirken leichter erkennbar, aber hier sind die Gasleitungen so eingebaut, dass wir erst mal rückverfolgen müssen, wo genau die Zuleitung zu dem Kochblock in der Mitte verlaufen ist.«

»Arnie!«, rief einer der weißgekleideten Kollegen durch das Loch, das die Explosion in die Wand gerissen hatte. »Kommst du mal?«

Arnie wandte sich an Henri und Lenz.

»Ich melde mich, wenn ich neue Infos habe.«

Er ging ins Haus. Henri überflog seine Notizen. »Lassen wir Arnie und seine Leute weitersuchen. Ich werde die Akte anlegen. Vielleicht haben wir morgen früh schon Neuigkeiten von Arnie oder Dr. Vogel. Ansonsten sollten wir uns bald mit Judith Hildebrand unterhalten. So heftig, wie sie reagiert hat, kann ich mir nicht vorstellen, dass sie einen Suizid für möglich hält.«

»Das kann man nie wissen. Unser Beruf ist wie die menschliche Natur.«

Lenz wackelte mit dem Kopf hin und her.

»Werden wir jetzt philosophisch? Wie ist unser Beruf denn?«

»Voller Überraschungen.«

»Möchtest du wirklich nichts essen, Judith?« Carina sah ihre Freundin besorgt an. »Ich kann dir gern eine Suppe warmmachen.«

Judith schüttelte den Kopf. Seit Carina sie in ihre Wohnung gebracht hatte, saß sie auf der Sofakante und starrte auf ihre Fußspitzen. Sie wollte keinen Kaffee, kein Wasser, kein Essen. Sie sprach nicht und sie weinte auch nicht. Sie starrte einfach nur vor sich hin.

Carina hatte Judith in den Arm genommen, um sie zu trösten. Aber sie hatte nach einer Weile gemerkt, dass ihre Freundin nicht umarmt werden wollte. Ihr Körper war steif geworden und sie hatte sich nach hinten gelehnt. Carina hatte sie losgelassen und war von ihr abgerückt. Doch ab und zu streichelte sie sanft über Judiths Rücken. Sie sollte sich auf keinen Fall allein fühlen.

Michael, der in der Küche die Spülmaschine ausgeräumt hatte, steckte den Kopf durch die Tür. Carina warf ihm einen hilflosen Blick zu.

»Judith will nichts essen«, sagte sie. »Aber ich finde, sie sollte wenigstens eine Kleinigkeit ...«

»Lass sie!«, unterbrach Michael Carina. »Wenn sie nichts essen will, dann braucht sie im Moment auch nichts.«

Michael ging vor Judith in die Hocke und sprach sie direkt an.

»Möchtest du eine Schlaftablette nehmen und dich hinlegen, Judith?«, fragte er.

Judith hob den Kopf und sah Michael an. Ihr Blick war nicht mehr so starr wie vorher. Sie nickte.

»Ich hol die Schlaftabletten.« Michael richtete sich auf und ging ins Bad.

Carina strich wieder über Judiths Rücken.

»Etwas Schlaf wird dir guttun.«

»Vielleicht wache ich dann ja auf und merke, dass alles nur ein böser Traum war.« Judiths Stimme krächzte, sie hatte lange nicht gesprochen.

»Schön wäre es.«

Carina lief eine Träne über die Wange. Sie wischte sie verstohlen weg.

Michael brachte Judith die Schlaftabletten mit einem Glas Wasser.

»Ich nehme gleich zwei«, sagte Judith und griff nach dem Blister.

»Viel hilft viel, nicht wahr?« Carina lächelte schief.

Michael nahm Judith den Blister aus der Hand, als sie die Tabletten heruntergeschluckt hatte.

»Zwei reichen«, sagte er. »Ich bereite dir das Sofa im Arbeitszimmer vor. Carina gibt dir was zum Anziehen.«

»Komm, such dir aus, was du zum Schlafen am liebsten anziehen möchtest.«

Natürlich suchte sich Judith keins von Carinas mädchenhaften Nachthemden aus, sie nahm einfach ein weißes T-Shirt. Es war etwas kurz, denn Judith war größer als Carina. Ihre trainierten Beine und ihr flacher Bauch waren zu sehen, als sie aus dem Bad kam. Sie schlüpfte schnell unter die Decke auf dem Sofa.

»Wir sind nebenan. Melde dich, wenn du was brauchst«, sagte Carina.

Judith antwortete nicht, sondern rollte sich zusammen und zog die Decke über die Schultern bis zum Kinn, obwohl es im Arbeitszimmer fast so warm war wie draußen.

Carina schloss die Zimmertür und folgte Michael ins Wohnzimmer.

»Sie tut mir so leid«, sagte sie leise.

Michael nahm sie in den Arm. Carina schmiegte ihren Kopf an seine Brust. Sie musste sich nicht länger beherrschen, sondern konnte ihren Tränen freien Lauf lassen.

»Es ist einfach schrecklich!«, schluchzte sie.

»Adrian? Weinst du wegen Adrian?«

»Ich weine, weil es mir für beide so leidtut. Wegen einer blöden Explosion ist Adrian tot und Judith ist allein.« Sie lehnte sich zurück und sah Michael an. »Auf einmal ist nichts mehr, wie es war. Sie kommt vom Training zurück und ihr Mann ist tot.«

»Du hast recht, es ist furchtbar für Judith.«

Michael strich zärtlich eine Haarsträhne, die sich aus einer Klammer gelöst hatte, aus Carinas Gesicht. Er küsste eine Träne auf ihrer Wange weg.

»Zum Glück haben wir keinen Gasherd.«

Carina drückte sich wieder fest an Michael. Er küsste ihre Haare und suchte ihren Mund. Ihr Kuss war leidenschaftlich und intensiv. Als müssten sie einander ihre Liebe beweisen, wenn jederzeit zu befürchten war, dass das Schicksal aus heiterem Himmel dazwischenfunkte.

»Wir sollten auch bald ins Bett gehen«, sagte Michael leise und strich zart über Carinas Brust.

»Michael!« Carina ließ ihn los. »Wir können doch nicht ... jetzt, wo ... wenn Judith hier bei uns ist und nebenan schläft!«

Er grinste.

»Sie hat Schlaftabletten genommen.« Er küsste sie wieder. »Komm schon, Carina, viel hilft viel!«

Elisa fuhr über die Max-Joseph-Brücke und bog ab. Thomas-Mann-Allee – dann konnte es nicht mehr weit sein. Auf dem Rad- und Fußgängerweg war viel los. Unterhalb des Weges floss die Isar mit starker Strömung, durch das Laub der Bäume konnte Elisa nicht erkennen, ob dort auch Leute badeten. Außerdem musste sie gehörig aufpassen, dass sie keinen Spaziergänger umfuhr. Nachdem der zweite Hundehalter sie beschimpft hatte, wechselte sie auf die Straße.

Vorher hatte sie sich nicht weiter damit beschäftigt, doch als Elisa sich jetzt umsah, wurde ihr klar, dass sie in einem der besseren Stadtviertel gelandet war. Stattliche Villen umgeben von großen Gärten, eine gepflegte Grünanlage und gut gekleidete Menschen. Elisa stellte fest, dass das Loch in ihrer Jeans ungefähr doppelt so groß wie am Morgen war.

Ein dunkelblauer BMW fuhr deutlich schneller an Elisa vorbei, als es erlaubt war, um dann direkt vor ihr rechts abzubiegen. Elisa musste bremsen, sonst wäre sie am Heck des Wagens hängengeblieben.

»Blödmann!«, schimpfte sie.

Auch sie musste rechts abbiegen. Weit war es nicht mehr bis zu Karens Haus. Als sie dort ankam, sah sie den BMW unter dem Carport stehen und Bärchen stieg gerade auf der Fahrerseite aus. Der hatte ihr noch gefehlt!

Elisa stieg vom Rad und schob es die letzten Meter bis zum Carport. Bärchen bemerkte sie erst, als sie unmittelbar vor ihm stand. Er musterte ihr Rad mit dem gleichen grimmigen Blick, mit dem er ein paar Stunden zuvor sie selbst taxiert hatte.

»Hallo«, sagte Elisa.

»Wo haben Sie das Ding denn her?«, fragte er.

»Es ist mir zugelaufen«, fauchte sie. »Anna hat gemeint, ich könnte es hier unter dem Carport abstellen.«

»Nicht, dass die Rostlaube auf mein Auto kippt. Stellen Sie es um die Ecke bei den Mülltonnen hin.«

»Das Rad ist keine Rostlaube! Bis jetzt konnte ich es immer vor Regen geschützt unterstellen.«

Was bei den Mülltonnen nicht der Fall sein würde.

Bärchen zuckte mit den Achseln. Der Fall schien für ihn erledigt zu sein, er ging ins Haus. Elisa stellte das Rad unter dem Carport ab. Von dem unfreundlichen Kerl würde sie sich keine Vorschriften machen lassen. Es war schließlich Karens Haus und nicht das ihres arroganten Sohnes.

Als Elisa die Diele betrat, war Bärchen bereits verschwunden. Sie hörte Stimmen hinter der Wohnungstür im Erdgeschoss. Sorgfältig schloss sie die Haustür und lief die Treppe hoch. Sie war noch nicht ganz oben bei ihrer Wohnung angelangt, als plötzlich Klaviermusik erklang. Jemand spielte am Flügel. Ob Karen am Sonntagabend noch einen Klavierschüler hatte? In der Wohnung war es heiß, nachdem die Sonne den ganzen Tag auf das Dach heruntergebrannt hatte. Elisa öffnete die Tür zur Dachterrasse, um kühlere Luft in die Wohnung zu lassen. Die Musik war gleich lauter zu hören. Es war eine wehmütige, getragene Melodie. Die Mondscheinsonate? Sie sah, dass Karen gerade aus dem Haus kam und sich im Garten mit einem Schlauch und Gießkannen zu schaffen machte. Luna lag unter dem Kirschbaum, also war anzunehmen, dass Anna sich in ihrem Baumhaus aufhielt.

Vermutlich war es Annas Mutter, die am Flügel spielte. Elisa hatte sie noch nicht kennengelernt, aber sie schienen alle hier im Haus bei Karen zu wohnen. Das Klavierspiel war virtuos. Elisa lehnte sich über das Geländer und hörte eine Weile zu.

»Ich hoffe, die Musik stört Sie nicht«, rief Karen von unten herauf, als sie Elisa auf der Dachterrasse stehen sah.

»Nein, überhaupt nicht. Es ist wunderschön. Das hört sich nicht nach einem Ihrer Schüler an.« Die plagten sich vermutlich mit öden Tonleitern und Fingerübungen.

»Nein, am Wochenende habe ich keine Schüler. Aber Bärchen spielt abends immer gern ein bisschen. Sie wissen schon, mein Sohn. Er braucht das zum Entspannen.«

Sieh an, dann war es Bärchen, der dem Flügel so sanfte, gefühlvolle Töne entlockte.

Er konnte also auch anders. Das grimmige Holzklotz-Auftreten blieb Elisa vorbehalten.

Sie ließ die Terrassentür offen stehen, als sie anfing, die Taschen und Koffer mit ihren Kleidungsstücken auszupacken. Der Kleiderschrank im Schlafzimmer war geräumig, für ihre Garderobe reichte er leicht aus. Elisa stapelte ihre Jeans in einem der Fächer im Schrank aufeinander. Um ihre Pullover ordentlich zu falten, setzte sie sich aufs Bett.

Ich muss mich nur für einen Moment mal hinlegen, dachte sie und war im gleichen Moment eingeschlafen, als ihr Kopf das Kissen berührte.

Montag

Carina begann den Unterricht ganz normal, als sei nichts geschehen. Sie sangen ein Geburtstagslied für Paula, die zehn wurde. Dann verteilte Carina die Hefte. Gewöhnlich sagte sie zu jedem Schüler ein paar Worte, aber sie konnte sich an keinen einzigen der Aufsätze mehr erinnern.

Ob es richtig gewesen war, Judith allein zu Hause zu lassen? Sie hatte mit Carina und Michael gefrühstückt – na ja, zumindest hatte sie eine Tasse Kaffee getrunken. Carina hatte sich krankmelden wollen, doch Judith hatte ihr das Telefon aus der Hand genommen. Sie war nicht mehr so apathisch wie am Vortag, der Schlaf schien ihr gutgetan zu haben.

»Die Kinder in deiner Klasse werden wissen wollen, was passiert ist«, hatte sie gesagt. »Viele werden die Explosion mitbekommen haben und Fragen stellen. Niemand kann es ihnen so gut erklären wie du. Dass jemand gestorben ist.« Judith hatte sich weggedreht und war vom Tisch aufgestanden. »Ich lege mich sowieso wieder hin. Du kannst unbesorgt in die Schule gehen.«

Carina war gegangen, aber nun zweifelte sie an ihrer Entscheidung. Ihre Freundin war in Trauer. Wer wusste, ob sie wirklich noch mal einschlafen konnte. Sie sollte nicht allein sein – nicht jetzt.

»Frau Engl?«

Emily meldete sich. Carina riss sich zusammen und lächelte.

»Ja, Emily?«

»Können Sie uns erzählen, was gestern bei Hildebrands los war? Alle haben den Knall gehört und die ganzen Feuerwehrautos gesehen. Sie waren doch dort! Die Polizei hat Sie ins Haus gelassen.«

Emily entging nichts. Aber auch die anderen Kinder sahen Carina erwartungsvoll an.

»Es hat eine Gasexplosion gegeben«, erklärte sie. »In der Küche. Die Polizei weiß noch nicht, wie es dazu kam.«

»Aber man sieht gar nichts. Das Haus ist nicht kaputt«, meinte Moritz.

»Die Küche liegt nach hinten«, erklärte Carina. »Ich war nicht in der Küche. Ich kann euch nichts Genaues dazu sagen, aber außer in der Küche scheint es keine größeren Schäden zu geben.«

»Was haben Sie denn jetzt genau drinnen im Haus gesehen?«, hakte Emily in bester Kalle-Blomquist-Manier nach.

»Nicht viel. Ich habe mich um Frau Hildebrand gekümmert. Wir sind befreundet.«

»War sie verletzt?«

»Nein, sie war nicht zu Hause, als sich die Explosion ereignet hat.«

»Aber wer war dann verletzt? Ich habe einen Krankenwagen gesehen.«

»Der Krankenwagen wurde automatisch mit der Feuerwehr alarmiert. Nur ...« Carina zögerte. Wie war Judith auf die Idee gekommen, dass ausgerechnet Carina den Kindern Adrians Tod am besten erklären konnte? Auf einmal wurde ihr bewusst, dass sie den Gedanken an Adrian vollkommen zur Seite geschoben hatte. Sie hatte sich um Judith gekümmert und darüber ganz verdrängt, dass sie selbst einen Freund verloren hatte. Carina spürte Tränen aufsteigen. Sie blinzelte und versuchte ein Lächeln. »Es ist so, dass Herr Hildebrand bei der Explosion gestorben ist.«

»Gestorben!«

»Herr Hildebrand!«

»Das ist doch der Zahnarzt!«

»Ein Toter!«

»Unser Zahnarzt heißt auch Dr. Hildebrand!«

Die Kinder riefen durcheinander. Carina ließ sie reden. Sie brauchte Zeit, um sich zu sammeln.

»Können wir jetzt mal über was anderes sprechen?«, übertönte Paula auf einmal die anderen. »Heute ist mein Geburtstag und ich möchte echt nicht die ganze Zeit über Explosionen und Tote reden!«

»Da hat Paula völlig recht!« Carina konnte die verzogene Göre zwar nicht leiden, aber in diesem Fall war sie dankbar für ihren Mangel an Mitgefühl. »Wir überprüfen die Mathe-Hausaufgaben. Schlagt das Buch auf Seite 117 auf!«

Obwohl Marius schon ein paar Wochen bei ihnen im Team war, hatte Henri sich noch nicht an seinen Anblick gewöhnt. Jedes Mal, wenn er den Raum betrat, musste Henri an ein Totenkopfäffchen denken, genau genommen an eine Kreuzung zwischen Äffchen und Giraffe. Marius hatte einen ungewöhnlich langen Hals. Sein Kopf wirkte darüber dreieckig wie der eines Totenkopfäffchens, denn seine Ohren waren groß und standen weit vom Kopf ab. Nur das Niedliche fehlte ihm.

Marius war vom Rauschgiftdezernat zu ihnen gekommen. Erst als er den zweiten Schreibtisch in Tanjas Büro bereits bezogen hatte, hatte Henri von seinem ehemaligen Chef erfahren, dass Marius Probleme mit den Kollegen gehabt und deshalb das Team gewechselt hatte. Welcher Art seine Probleme gewesen waren, hatte Henri nicht gefragt, er wollte Marius unvoreingenommen begegnen. Nach den ersten Wochen wussten sie nun, dass Marius nicht unbedingt gesellig oder besonders liebenswürdig war, seinen neuen Job dafür aber sehr ernst nahm. Und dass er gern Witze erzählte. Egal ob ein Witz passend war oder nicht.

»Ein Zahnarzt, sagt ihr? Kennt ihr den schon?« Er wartete nie ihre Antwort ab, sondern redete einfach weiter. »Der Zahnarzt zum Patienten: ›Oh verzeihen Sie, ich habe beim Bohren aus Versehen Ihren Sehnerv getroffen!‹ ›Ach, das macht doch nichts‹, entgegnet der Patient, ›aber deshalb brauchen Sie nicht gleich das Licht auszumachen.‹«

Marius sah sie beifallheischend an. Keiner reagierte. Tanja stellte ihre Kaffeetasse und einen Teller mit Keksen auf Lenz' Tisch ab.

»Dann beschäftigen wir uns mal mit unserem Zahnarzt!«

Sie und Marius setzten sich zu Henri und Lenz. In ihrem Büro hatten sie für die Morgenbesprechung zwar nicht so viel Platz wie in einem der Besprechungsräume, aber sie hatten jederzeit Zugriff auf alle nötigen Informationen.

Lenz und Tanja fassten für Marius zusammen, was sie bisher über den Tod von Adrian Hildebrand in Erfahrung gebracht hatten. Marius war nicht begeistert, zu erfahren, dass die drei am Vortag schon am Tatort des neuen Falls gewesen waren. Er sagte nichts, aber Henri merkte, dass Marius lieber auch dabei gewesen wäre, als nun alle Informationen von den Kollegen aus zweiter Hand zu bekommen. Doch es war nicht zu rechtfertigen, dass sie alle weitere Überstunden anhäuften für einen Todesfall, der möglicherweise gar kein Mord war.

Von Dr. Vogel gab es noch nichts Neues, er wollte die Obduktion im Lauf des Vormittags durchführen. Arnie war telefonisch nicht zu erreichen. Vermutlich trafen sich die Kollegen von der Spurensicherung direkt am Tatort.

»Bedient euch!«, forderte Tanja ihre Kollegen auf und nahm sich selbst einen von ihren Keksen.

»Wenn ich dort in der Nähe bin, werde ich am Tatort vorbeischauen und fragen, ob sie Neuigkeiten für uns haben«, sagte Henri. »Ich fahre in die Zahnarztpraxis und danach statte ich Judith Hildebrand, der Witwe, einen Besuch ab. Falls sie inzwischen ansprechbar ist.«

Erst die Angaben von Judith Hildebrand würden ihren Ermittlungen eine konkrete Richtung geben. Sie würde wissen, ob ihr Mann versucht haben könnte, sich das Leben zu nehmen, oder ob er Feinde hatte, die ihn womöglich loswerden wollten. Erst wenn sie diese Überlegungen entkräften und die Spurensicherung jegliche Fremdeinwirkung ausschließen konnte, dann würden sie Adrians Tod als Unfall ad acta legen können.

»Ich dokumentiere die Infos, die ich gestern notiert habe«, sagte Tanja und blätterte in ihrem Notizblock.

Lenz stöhnte.

»Dann bleibt für mich wohl nur die Obduktion.«

»Ich kann das auch machen«, sagte Marius schnell und nahm sich einen Keks.

»Du?«, fragte Lenz zurück. »Warst du schon mal bei einer Obduktion?«

»Nein. Aber das kriege ich schon hin.«

Lenz runzelte die Stirn.

»Aber ob du dir beim ersten Mal ausgerechnet ein Brandopfer antun solltest ...?«

Marius zuckte lässig mit den Achseln und steckte sich den Rest des Kekses in den Mund.

»Tot ist tot. Das macht doch keinen Unterschied. Die Kekse sind verdammt gut, Tanja!«

»Ich glaube kaum ...«, brauste Lenz auf, doch Henri unterbrach ihn.

»Am besten geht ihr beide zusammen zur Obduktion, dann kann Lenz Marius die Abläufe erklären, ohne Dr. Vogel zu nerven.«

Sie mussten zwar noch die Dokumentation des Falls Martha Prochaska für die Staatsanwaltschaft abschließen, aber dabei kam es nicht auf ein paar Stunden an.

Lenz nickte, nicht sonderlich begeistert. Marius malte Kreise auf den aufgeschlagenen Block, der vor ihm auf dem Tisch lag.

»Kannst du Roman informieren?«, fragte Henri Tanja.

Polizeioberrat Roman Richter war Henris direkter Vorgesetzter. Er stand sämtlichen Mordkommissionen vor. In die eigentlichen Ermittlungen mischte er sich selten ein, doch er wollte immer grob auf dem Laufenden sein über die aktuellen Fälle seiner Teams. Henri wusste, dass Roman noch tausend andere Themen einfallen würden, wenn er schon mal bei ihm war, und dass es dann ewig dauerte, bis er loskam. Roman hatte kein Talent, die Dinge auf den Punkt zu bringen.

Tanja nickte. Sie konnte beides machen: Die Informationen, die sie gesammelt hatte, in der Akte zu ergänzen und mit Roman sprechen. Ihr gegenüber war Roman nicht so redselig.

Henri klopfte die Papiere, die vor ihm auf dem Tisch lagen, zusammen und steckte sie in eine Mappe.

»Ich melde mich bei euch, sobald ich was von Judith Hildebrand oder Arnie erfahren habe.«

Auf dem Stadtplan hatte der Weg zur Redaktion der *Morgenzeitung* in der Goethestraße nicht weit ausgesehen, doch Elisa war zweimal falsch abgebogen. Sie hatte über eine halbe Stunde gebraucht, um an ihr Ziel zu kommen. Unschlüssig sah sie sich um. Es gab keine Fahrradständer, stattdessen aber mehrere Schilder, die das Abstellen von Fahrrädern vor der Hausfassade untersagten. Elisa sah die Straße hoch und runter. Bahnhofsgegend. Billige Hotels, Glücksspielhöhlen, dubiose Bank- und Geldwechselinstitute, ein türkischer Supermarkt und mehrere Rotlichtetablissements. Besser, sie stellte ihr Fahrrad etwas entfernt in einer kleinen Nebenstraße ab.

Als sie von der Goethestraße in die nächste Seitenstraße abbog, stieß sie mit einem Mann zusammen, der in der einen Hand Unterlagen, in der anderen einen Coffee-to-go-Becher balancierte.

»Passen Sie doch auf!«, bellte er sie an.

Er sah zwar unverschämt gut aus, aber das gab ihm noch lange nicht das Recht, so mit ihr zu reden.

»Passen Sie doch selber auf!«, blaffte sie zurück.

Sein Gesicht sah aus wie aus Marmor gemeißelt, wie die Statue eines römischen Gottes. Nur dass seine grauen Augen nicht sanft dreinblickten, sondern sie wütend anfunkelten.

»Der Fußgängerweg ist ja wohl kaum zum Radfahren da!«

»Ich schiebe das Rad, falls Ihnen das noch nicht aufgefallen ist.«

»Fahrräder gehören auf die Straße!«

Er machte eine wegwerfende Handbewegung und aus dem Becher, dessen Deckel nicht mehr festsaß, schwappte etwas Kaffee auf sein hellblaues Hemd.

»Scheiße!«, fluchte er.

»Soll ich ...?« Elisa suchte in ihrer Tasche nach einem Taschentuch.

»Lassen Sie mich bloß in Ruhe.«

Er warf ihr einen vernichtenden Blick zu und eilte weiter. Elisa schob das Rad um die Ecke. Ein paar Schritte weiter standen mehrere Fahrräder vor einer Hausfassade. Sie stellte ihres dazu und schloss es ab.

Während sie zurücklief, zog sie ihr Handy aus der Tasche und wählte Dennis' Nummer.

»Elisa! Wo bleibst du denn?«, ertönte seine Stimme nach dem zweiten Klingeln.

»Ich habe mich ein bisschen verfahren, aber jetzt bin ich direkt vor dem Redaktionsgebäude.«

»Ich komme runter und hol dich ab.«

Dennis hatte ihr den Job als Stadtreporterin bei der *Morgenzeitung* besorgt. Sie kannte ihn seit ihrem ersten Tag an der Journalistenschule. Er war damals zum Studium in den Norden gekommen, doch nach ihrem Abschluss hatte es ihn zurück in seine Heimat gezogen. Und er hatte seither keine Gelegenheit ausgelassen, Elisa zu überreden, auch nach München zu kommen. Erst vor zwei Wochen hatte er ihr eine E-Mail geschrieben, dass in seiner Redaktion eine Stelle frei wäre. Ob sie nicht Lust auf einen Ortswechsel hätte? Sie hatte nicht geahnt, dass sie so schnell auf sein Angebot zurückkommen würde.

Während des Studiums hatte Dennis sich in Elisa verliebt. Seine Schwärmerei war ziemlich offensichtlich gewesen, doch Elisa hatte so getan, als merke sie nichts davon. Für sie war Dennis immer nur ein guter Kumpel. Sie war mit ihm in Kontakt geblieben, doch meistens war es Dennis, der sie anrief oder ihr schrieb. Sie wusste, dass er inzwischen in einer festen Beziehung lebte.

Offenbar mit einer Frau, die gut kochte, schoss es Elisa durch den Kopf, als Dennis aus dem Aufzug trat und auf sie zu watschelte. Er hatte schon immer gern gut gegessen und das hatte man ihm auch angesehen, doch jetzt war er nicht mehr nur ein bisschen dick, sondern richtig fett. Sein Kopf ruhte auf einem enormen Doppelkinn, das wiederum auf einem der scheußlichen Halstücher auflag, die Dennis seit jeher sommers wie winters trug.

»Elisa!« Er strahlte sie an und drückte sie fest an seinen weichen Körper. »Ich freu mich so, dich zu sehen.«

»Ich freu mich auch.«

Dennis rückte etwas von ihr ab, um sie betrachten zu können, behielt aber ihre Hand fest in seiner.

»Toll siehst du aus. Du hast dich kein bisschen verändert! Nein, ich muss mich korrigieren: Du siehst noch besser aus als früher!«

»Danke!« Sie brachte es nicht über sich, sein Kompliment zu erwidern. Stattdessen wiederholte sie: »Ich freu mich, dich zu sehen!«

Er drückte ihre Hand.

»Wie geht's dir?«

Dennis sah sie mitfühlend an. Als sie ihm am Telefon von Carstens Betrug erzählt hatte, hatte er sich zumindest ein *Ich-hab-dir-ja-gleich-gesagt-dass-der-Typ-nichts-für-dich-ist* gespart. Sein Blick sagte aber genau das.

»Es geht schon.« Elisa winkte ab. »Und wie läuft es mit Sabine?«

»Sabine! Oh ...« Dennis stotterte. »Gut soweit. Es ... ja ... ich soll dir schöne Grüße sagen ...«

»Danke, grüß sie zurück.«

»Komm, ich führ dich rum und zeig dir alles.«

Dennis zeigte Elisa die verschiedenen Bereiche und machte sie mit jedem bekannt, der bei der *Morgenzeitung* arbeitete. Sie lernte den mürrischen Pförtner kennen, die Kollegen in der Anzeigen- und Vertriebsabteilung sowie die Bild- und Onlineredakteure. Noch bevor sie die eigentliche Redaktion betraten, schwirrte ihr der Kopf von Dennis' Informationen. Er lief schnaufend neben ihr die Treppe hoch.

»Und? Kannst du dir alle Namen merken?«

»Nein«, gab Elisa zu.

»Dabei kommen die wichtigen Leute erst jetzt.«

Dennis zog eine große schwere Tür auf und ließ Elisa eintreten. Sie kamen in einen riesigen Raum, der früher vielleicht mal eine Fabrikhalle gewesen war. In der Mitte stand eine lange Tafel, am Rand waren einzelne Schreibtische zu kleinen Gruppen zusammengeschoben.

»Das ist die Redaktion«, sagte Dennis und sein Stolz war nicht zu überhören. »Hier in der Mitte haben wir das Newsdesk, an dem die leitenden Redakteure zusammenkommen und gemeinsam die Zeitung planen und die Themen platzieren. Und außen sitzen die Redakteure der einzelnen Ressorts, die dem Newsdesk zuarbeiten.«

Elisa hatte schon einiges über ein zentrales Newsdesk gehört, bei der *Abendzeitung* hatten sie jedoch für jedes Ressort ein eigenes Büro gehabt und der Chef vom Dienst hatte mehr oder weniger im Alleingang aus ihren Beiträgen die Zeitung gestaltet.

In der Redaktion der *Morgenzeitung* war es ohrenbetäubend laut. Die Redakteure, die am Newsdesk saßen, verständigten sich schreiend mit ihren Kollegen an den Schreibtischen, dazwischen klingelten Telefone und wahnsinnig viele Leute wuselten und redeten durcheinander.

Dennis zeigte mit einer abfälligen Geste zu den Schreibtischen, die gleich beim Eingang, weit entfernt vom Newsdesk, an der Wand standen.

»Die sind für die Rubriken Auto, Leserbriefe, TV, Kino und Rätsel zuständig. Wie die Leute heißen, musst du nicht wissen.«

Vermutlich wusste er es selbst nicht. Sie traten weiter in den Raum hinein.

»Den Chef vom Dienst musst du kennen, Wolf Borowsky. Der telefoniert aber gerade.«

Dennis deutete auf den hageren Mann an der Stirnseite des Newsdesks, der seine Brille auf den Kopf geschoben hatte und energisch in den Telefonhörer sprach. Sie gingen langsam am Newsdesk entlang und Dennis gab seine Informationen jetzt im Flüsterton weiter.

»Feuilleton, Wissenschaft, Bayern, Landkreis, Sport, Wirtschaft, Politik und das hier ist mein Platz. Ich bin für München zuständig. Neben mir sitzt normalerweise der Chefredakteur, aber er hat auch noch ein eigenes Büro.«

Dennis wies zu einem Glaswürfel am hinteren Ende des Raumes. Die Scheiben reflektierten das Sonnenlicht von der Fensterseite, sodass Elisa niemanden darin erkennen konnte.

»Ich zeig dir deinen Schreibtisch.«

Hinter Dennis' Platz am Newsdesk waren drei Schreibtische zusammengeschoben. Das war die München-Redaktion.

»Hier vorn ist mein Arbeitsplatz«, erklärte Dennis und lächelte der blonden Frau zu, die rechts von ihm am Schreibtisch saß.

»Darf ich bekannt machen? Das ist Jette Jasmund, die stellvertretende

Leiterin des München-Ressorts, und das ist Elisa Gerlach, unsere neue Reporterin.«

Mit ihrem strahlenden Lächeln, ihren weißen regelmäßigen Zähnen, den blonden Locken und der Hammerfigur hätte sie auch ein Hollywoodstar sein können, dachte Elisa, als Jette aufstand, um ihr die Hand zu schütteln. Sie trug einen raffiniert geschnittenen langen Jumpsuit aus einem glänzenden Seidenstoff. Elisa kam sich in ihrer Jeans und der legeren weißen Bluse deplatziert vor, aber ein schneller Blick durch den Raum zeigte ihr, dass es Jette war, deren Kleidung aus dem Rahmen fiel.

»Freut mich!«, sagte Jette.

»Gleichfalls.«

»Du warst bei der *Abendzeitung* in Hamburg, nicht wahr?«

Elisa nickte.

»Nicht schlecht.« Jette nickte huldvoll. »Wir brauchen dringend Verstärkung. Aber natürlich nur auf allerhöchstem Niveau.«

»Natürlich.« Elisa hatte nur eine sehr vage Vorstellung vom Niveau der *Morgenzeitung*. Sie hatte nicht mehr daran gedacht, sich den Zeitungsstapel, den Karen für sie vorbereitet hatte, anzusehen.

»Eines sag ich dir aber gleich«, erklärte Jette. »Society-Events sind *mein* Thema. Ich bin hier etabliert, und wenn irgendwo eine Veranstaltung ist, dann werde *ich* da hingehen. Nur, dass du Bescheid weißt.« Die unfreundlichen Worte wurden von einem breiten Lächeln begleitet.

Was hatte die denn für Probleme?

»Dein Vorgänger hat sich um Kriminalfälle und solchen Mist gekümmert, wäre schön, wenn du das in Zukunft auch übernehmen könntest.«

Dennis winkte Elisa auf die andere Seite der Tischgruppe.

»Hier ist dein Arbeitsplatz, Elisa. Ich habe schon alles vorbereitet.«

Sie legte ihre Tasche ab und beugte sich neben Dennis über den Monitor, auf dem eine ihr unbekannte Benutzeroberfläche zu sehen war, doch Dennis unterbrach im gleichen Moment seine Erklärungen und richtete sich wieder auf.

»Da ist André Sievers, unser Chefredakteur.«

Die Tür des Glasbüros öffnete sich und der Chefredakteur kam mit schnellem Schritt heraus. Elisa kannte ihn. Es war der Mann, mit dem sie auf dem Bürgersteig vor dem Redaktionsgebäude zusammengestoßen war. Er erkannte sie im gleichen Moment. Dennis merkte nichts von den eisigen Blicken, die sie austauschten, sondern winkte den Chefredakteur herbei.

»André, kommst du eben mal? Ich möchte dir unsere neue München-Reporterin vorstellen, Elisa Gerlach. Das ist André Sievers, der Chefredakteur der *Morgenzeitung*.«

Er blieb in einiger Entfernung stehen und machte keine Anstalten, Elisa die Hand zu geben.

»Wir kennen uns schon«, sagte er barsch und Elisa hatte den Eindruck, dass der Kaffeefleck auf seinem Hemd sie vorwurfsvoll ansah.

»Woher ...?« Dennis sah hilfesuchend von einem zum anderen.

Der Chefredakteur winkte ab und wandte sich direkt an Elisa.

»Sie haben einen Monat Zeit, um mich zu überzeugen. Dennis hat Ihre Fähigkeiten angepriesen, aber ohne ein Arbeitszeugnis unterschreibe ich keinen Vertrag.«

Elisa hatte nach ihrer fristlosen Kündigung noch kein Arbeitszeugnis erhalten. Aber sie hatte sich deswegen keine Gedanken gemacht. Dennis hatte nicht erwähnt, dass sie nicht sofort einen festen Vertrag bekommen würde.

»Dennis?«, fragte sie.

Er wurde rot und stotterte.

»Wir sind noch gar nicht dazu gekommen, die genauen Arbeitsbedingungen zu besprechen.«

»Dann holt das augenblicklich nach!«, forderte André ihn auf. Er deutete mit ausgestrecktem Zeigefinger auf Elisa. »Sie müssen mir erst beweisen, dass Sie mehr können als Chaos verbreiten. Da draußen warten genug Leute, die für diesen Job alles tun würden. Wir nehmen nur die Besten!«

Er drehte sich um und setzte seinen Weg durch den Raum fort. Jette warf Elisa einen vorwurfsvollen Blick zu und folgte ihm zum Newsdesk.

»Was soll das heißen, dass ich keinen Vertrag bekomme?«, fuhr Elisa Dennis an.

»Das ist doch nur eine Formalität.« Er wand sich und wurde wieder rot.

»Eine Formalität? Ich habe meine Zelte in Hamburg komplett abgebrochen und bin hergezogen! In der Annahme, hier sicher einen Job zu haben.«

»Den hast du doch auch sicher, Elisa. Du bist so gut, André wird das schnell einsehen.«

Ja, vor allem, weil er immer noch sauer ist wegen des Kaffeeflecks. Der perfekte Start sozusagen.

»Du bist witzig, das hättest du mir sagen müssen, Dennis!«

»Es macht doch keinen Unterschied. Du arbeitest hier und nach einem Monat hältst du einen Vertrag in der Hand!«

»Nur wenn ihm das gefällt!« Elisa sah hinüber zum Newsdesk und stellte fest, dass André und Jette gerade über sie sprachen, denn beide schauten zu ihr herüber.

»Er wird deine Arbeit mögen. Und er wird dich mögen.«

Elisa sah Dennis zweifelnd an. »Ich bin es leid, schon wieder vom Wohlwollen eines Chefredakteurs abhängig zu sein.«

»Vielleicht musst du diesmal ja nicht gleich mit ihm ins Bett hüpfen«, rutschte es Dennis heraus. »Entschuldige, das hätte ich nicht sagen sollen. Ich hab's nicht so gemeint!«

Er hatte es genau so gemeint. Und wahrscheinlich hatte er damit auch recht. Elisa hätte sich niemals auf Carsten einlassen dürfen. Dann wäre sie jetzt eine erfolgreiche, unabhängige Journalistin mit einem sicheren Job. Stattdessen musste sie wieder um die Anerkennung eines Mannes kämpfen, der sie noch dazu offensichtlich nicht leiden konnte. Von wegen Sicherheit. Auf einmal war nichts mehr sicher. Nicht mal ihre neue Wohnung, in der sie sich für einen Moment geborgen gefühlt hatte, denn wie sollte sie die Miete bezahlen, wenn sie diesen Job nicht bekam?

Als Henri in der Zahnarztpraxis von Adrian Hildebrand ankam, waren die Angestellten bereits in heller Aufregung.

»Es ist noch nie vorgekommen, dass Dr. Hildebrand nicht da war, wenn wir die Praxis öffnen«, teilte die ältere Dame am Empfang Henri mit. »Jetzt warten schon drei Patienten im Wartezimmer und ich habe keine Ahnung, was ich denen sagen soll.«

Judith Hildebrand hatte es also entweder nicht für nötig befunden, die Angestellten ihres Mannes zu informieren oder sie war dazu immer noch nicht in der Lage. Als Henri ihnen erklärte, was passiert war, brachen die ältere Frau und die beiden jungen Praxishelferinnen in Tränen aus und konnten sich gar nicht mehr beruhigen. Adrian Hildebrand schien ein guter Chef gewesen zu sein.

»Was machen wir denn jetzt mit den Patienten?«, fragte eine der beiden Praxishelferinnen.

»Hatte Dr. Hildebrand eine Vertretung, wenn er im Urlaub war?«

»Dr. Mühlbauer ist manchmal eingesprungen. Er ist eigentlich schon in Rente, aber wenn Dr. Hildebrand ihn gebeten hat, dann ist er immer gekommen.«

»Vielleicht können Sie ihn fragen, ob er kurzfristig die Termine übernimmt.«

Die drei Frauen nickten synchron.

»Ich rede gleich mit Judith Hildebrand«, fuhr Henri fort. »Sie wird letztendlich entscheiden müssen, wie es weitergeht. Gestern war sie nicht ansprechbar, aber wenn es ihr heute besser geht, sage ich ihr, dass sie sich bei Ihnen melden soll.«

Die ältere Frau nickte. Sie suchte bereits die Telefonnummer von Dr. Mühlbauer heraus. Henri sprach den eigentlichen Grund seines Kommens an.

»Können Sie mir sagen, ob Ihnen in letzter Zeit an Dr. Hildebrand etwas aufgefallen ist? War er verändert?«

Alle drei sahen ihn fragend an.

»Nein, er war wie immer.«

»Wissen Sie, ob er Streit mit jemandem hatte? Hier in der Praxis oder privat?«

»Streit? Dr. Hildebrand? Nein, Dr. Hildebrand hatte mit niemandem Streit, nicht hier in der Praxis. Er war so ein netter Mensch. Ich kann mir nicht vorstellen, dass er jemals mit jemandem gestritten hat.«

Die Ältere warf den beiden jüngeren einen kurzen Blick zu.

»Also, wir wissen nichts von einem Streit ... da müssten Sie mal mit seiner Frau sprechen.«

»Das werde ich tun.«

Henri verabschiedete sich und fuhr zum Haus der Hildebrands. Die Praxis war nur ein paar Straßenzüge entfernt.

Am Tatort war lediglich ein kleines Team der Spurensicherung zugange. Henri kannte die Kollegen nicht.

»Wo ist Arnie?«, fragte er.

»Neuer Fall in Giesing.«

Henri hatte davon gehört, als einige Kollegen am Morgen aus dem Büro aufgebrochen waren. Familiendrama hatte es geheißen.

»Habt ihr meine Nummer, falls ihr noch was findet?«, fragte Henri und gab einem der Männer seine Karte. »Ich komme nachher noch mal vorbei, wenn ich die Witwe befragt habe.«

Henri ging zu Fuß in die Brunhildenstraße, wo die Engls in einem Mehrfamilienhaus wohnten. Aus der Küche des Restaurants an der Ecke roch es nach gebratenen Zwiebeln, Henri bekam Hunger. Er klingelte bei Engls, doch niemand meldete sich über die Sprechanlage und die Tür blieb verschlossen. Henri wählte die Telefonnummer, die Carina Engl ihm genannt hatte. Das Freizeichen war die einzige Antwort, die er bekam. Henri rief bei Tanja an, doch niemand hatte sich eine Handynummer notiert. Weder von Judith Hildebrand noch von Carina Engl.

»Mist!«

Henri hatte nicht damit gerechnet, dass Judith Hildebrand die Wohnung ihrer Freundin so bald verlassen würde.

»Wollen Sie zu mir, junger Mann?«, fragte auf einmal hinter ihm eine Frau, die einen mit Einkäufen beladenen Rollator vor sich herschob.

»Zu Frau Hildebrand. Also eigentlich zu den Engls. Bei ihnen ist Frau Hildebrand zu Gast.«

»Die Engls sind meine Nachbarn.« Sie hielt an und kramte in einer kleinen brauen Handtasche herum. Nach einer Weile zog sie einen Schlüsselbund heraus. »Aber eine Frau Hildebrand kenne ich nicht.«

»Sie hat lange rote Haare.«

Die Frau zuckte mit den Achseln und schloss die Tür auf. Entschlossen griff Henri nach ihren Einkaufstüten. »Darf ich Ihnen helfen, die Sachen hochzutragen?«

»Das ist aber nett.« Sie strahlte. Mit Henris Hilfe wuchtete sie den Rollator über die Türschwelle und parkte ihn dann unter den Briefkästen. Aus der Erdgeschosswohnung war Babygeschrei zu hören.

Es dauerte lange, bis sie im zweiten Stock angekommen waren. Henri schleppte die schweren Tüten und fragte sich, was sie ohne seine Hilfe gemacht hätte. Oben deutete sie auf die Wohnungstür der Engls.

»Probieren Sie es hier noch mal. Vielleicht funktioniert die Klingel unten nicht.«

Henri stellte die Einkäufe neben der Tür der alten Dame ab und betätigte die Klingel der Engls. Der Klingelton war in der Wohnung deutlich zu hören, doch es rührte sich nichts.

»Sie haben nicht zufällig den Schlüssel?«

Sie sah ihn mit großen Augen an.

»Sie können doch nicht einfach da reingehen!«

Henri zückte seinen Ausweis.

»Henrik Wieland, Kripo«, sagte er automatisch. Tatsächlich hatte er inzwischen ein ungutes Gefühl und hätte sich gern Zutritt zu der Wohnung verschafft. Doch die Nachbarin der Engls schüttelte bedauernd den Kopf.

»Ich habe keinen Schlüssel. So eng bin ich nicht mit den jungen Leuten.«

»Haben Sie vielleicht die Handynummer von Carina Engl für mich?«

»Nein. Aber sie und ihr Mann arbeiten nicht weit von hier entfernt in der Grundschule, sie ist Lehrerin, er ist der Hausmeister. Sie müssen nur unsere Straße bis zur nächsten Kreuzung vorlaufen und links abbiegen. Nach ein paar Minuten sind Sie bei der Schule.«

»Verstehe. Sind Sie denn sicher, dass Frau Engl heute unterrichtet?«

»Heute früh haben die beiden die Wohnung um halb acht verlassen, genau wie immer. Warum sollten sie denn nicht unterrichten?«

Henri registrierte den Spion in der Wohnungstür. Auf die Angabe der alten Dame war mit Sicherheit Verlass. Er ignorierte ihre Frage und dankte ihr für ihre Hilfe.

»Dann werde ich mein Glück in der Schule versuchen.«

Vielleicht wusste Carina Engl ja, wo Judith Hildebrand sich aufhielt. Vielleicht gab es eine ganz einfache Erklärung.

Als Henri an der Schule ankam, war große Pause. Die Kinder rannten auf dem Schulhof herum oder standen in kleinen Grüppchen zusammen und aßen ihr Pausenbrot. Henri sah Carina Engl mit einem etwa gleichaltrigen Mann auf dem Hof stehen und während ihres Gesprächs mehrmals auf die Uhr schauen. Er winkte ihr über den Zaun zu. Carina sagte etwas zu dem Mann, dann kamen beide auf Henri zu.

»Das ist mein Mann Michael«, stellte sie vor. »Er ist der Hausmeister hier an der Schule.«

»Henrik Wieland, Kripo«, sagte Henri und schüttelte ihm über den Zaun hinweg die Hand. »Ich bin auf der Suche nach Frau Hildebrand und hatte gehofft, dass Sie mir weiterhelfen können.«

Carina sah ihren Mann mit alarmiertem Blick an.

»Ist sie nicht bei uns zu Hause?«

»Ich war dort, aber keine Reaktion. Weder an der Tür noch am Telefon.«

»Ich habe auch schon versucht, sie anzurufen, aber sie geht nicht dran. Zu Hause nicht und am Handy auch nicht. Sie wird sich doch nicht etwa ...« Carina beendete den Satz nicht.

»Wie ging es ihr heute Morgen?«, fragte Henri. »War sie ansprechbar?«

»Ja, es ging ihr besser als gestern. Sie hat darauf bestanden, dass wir beide zur Arbeit gehen. Sie wollte sich wieder hinlegen. Aber ich hatte die ganze Zeit kein gutes Gefühl ...«

Hilflos schaute sie ihren Mann an.

»Können Sie mir den Schlüssel für Ihre Wohnung geben?«, fragte Henri.

»Ich komme mit«, sagte Carina in entschlossenem Ton. Dann wandte sie sich an ihren Mann: »Kannst du nach meiner Klasse sehen? Auf meinem Pult liegt ein Stapel Arbeitsblätter, die sollen sie einfach machen.«

»Kein Problem, ich passe auf sie auf.«

»Danke.«

Carina küsste ihn flüchtig auf die Wange und nickte Henri dann zu.

»Ich hole schnell meine Tasche aus dem Lehrerzimmer. Ich bin gleich bei Ihnen.«

Michael Engl sah zum anderen Ende des Schulhofs hinüber, wo eine Rauferei zwischen einigen Jungen im Gang war.

»Aufhören!«, brüllte er zu den Jungen hinüber. Zu Henri sagte er: »Entschuldigen Sie mich«, und lief über den Schulhof, um die Streithähne auseinander zu reißen.

Henri trat ungeduldig von einem Fuß auf den anderen, während er wartete. Carinas Worte hatten ihn unruhig gemacht. Schließlich war sie es aber, die es dann noch eiliger hatte als er und fast anfing zu laufen.

»Mir war es gar nicht recht, Judith heute Morgen allein zu lassen. Aber sie hat so darauf bestanden. Sie hat uns regelrecht überredet, in die Schule zu gehen. Eigentlich wollte ich mich krankmelden, um bei ihr zu bleiben, aber das wollte sie partout nicht. Die ganze Zeit hatte ich ein schlechtes Gefühl. Ich hätte sie einfach nicht allein lassen dürfen! Gestern hat sie Schlaftabletten genommen. Hoffentlich hat sie heute nicht noch mal welche geschluckt. Und wenn sie zu viele ...«

»Warten Sie erst mal ab«, stoppte Henri ihren Redeschwall. »Vielleicht hat sie tatsächlich Schlaftabletten genommen und schläft jetzt so tief, dass sie weder die Klingel noch das Telefon hört.«

Henri wusste, wie tief – und segensreich – der Schlaf sein konnte, den Tabletten möglich machten. Außerdem war das die beste Erklärung.

»Frau Engl, wie schätzen Sie die Ehe von Judith und Adrian Hildebrand ein?«, fragte er. »Hatten die beiden eine gute Beziehung oder gab es Streitigkeiten?«

Carina sah ihn einen Moment irritiert an, hetzte dann aber weiter.

»Warum wollen Sie das wissen?«

»Wir haben gesehen, dass die beiden getrennte Schlafzimmer hatten. Ich frage mich ...«

»Das hat nichts zu bedeuten. Adrian hat nur furchtbar geschnarcht. Deshalb hat Judith ihn gebeten, im Gästezimmer zu schlafen. Ich glaube, er hat dann irgendwann auch das zweite Bad benutzt, aber das heißt keineswegs, dass sie nicht mehr das Bett geteilt haben.«

Sie waren vor dem Haus angekommen, in dem die Engls wohnten.

»Geben Sie mir den Schlüssel«, sagte Henri. »Ich möchte, dass Sie erst mal hier warten.«

»Sie glauben also auch ...?«

»Ich möchte mich erst davon überzeugen, dass alles in Ordnung ist.«

Carina gab ihm den Schlüssel. Ihre Hände zitterten. Henri schloss auf. Carina folgte ihm ins Haus.

»Warten Sie hier«, forderte er sie noch einmal auf. Henri lief die Treppe nach oben. Er steckte den Schlüssel ins Schloss und klopfte gleichzeitig gegen die Wohnungstür.

»Frau Hildebrand?«, rief er. Er betrat die Wohnung und orientierte sich. Ein Flur, von dem mehrere Türen abgingen. Wieder rief er laut, um Judith Hildebrand nicht zu erschrecken, falls sie inzwischen aufgewacht war. Die Küche war leer, genauso wie das Schlafzimmer und das Bad. Auch im Wohnzimmer war niemand. Henri zögerte vor der letzten verschlossenen Tür. Carina stand auf einmal auf der Türschwelle und wisperte: »Das ist das Arbeitszimmer. Und gleichzeitig das Gästezimmer.«

Henri öffnete die Tür. Die Wände waren in einem warmen Gelb gestrichen. Ein sonniges, freundlich wirkendes Büro. Das Bettzeug auf dem ausgezogenen Schlafsofa war ordentlich aufgeschüttelt und zusammengelegt. Auch hier war niemand.

»Ist sie da?«, fragte Carina flüsternd.

»Nein.« Henri öffnete die Zimmertür ganz, sodass auch Carina hineinsehen konnte. Ein buntes Mobile schaukelte über dem Sofa im Luftzug der Tür sacht hin und her. »Sie ist weg.«

»Wo kann sie nur hingegangen sein?« Carina griff nach dem Seidentuch, das Judith am Vortag trotz der Hitze über der Tunika getragen hatte und das nun auf dem Schreibtischstuhl lag. »Wo kann sie nur hingegangen sein?«

Die Sonne schien Elisa heiß ins Gesicht, ihr Arbeitsplatz war direkt am Fenster. Obwohl es gekippt war, kam keine frische Luft, sondern nur der Lärm der Straße herein. Der hohe Geräuschpegel im Raum war jedoch für Elisa weitaus gewöhnungsbedürftiger. Wie sollte man sich hier konzentrieren, wenn man an einem Artikel schrieb?

Noch war es nicht so weit. Elisa sollte sich zunächst mit dem Redaktionssystem vertraut machen. Dennis hatte seinen Platz am Newsdesk eingenommen, er hatte im Moment keine Zeit mehr, Elisa etwas zu zeigen oder zu erklären.

Jette recherchierte über eine Gasexplosion, die sich am Vortag in der Nähe des Nymphenburger Schlossparks zugetragen hatte. An sich sei das ein Thema für Elisa, hatte sie erklärt, doch sie übernahm es gnädigerweise, bis Elisa sich eingearbeitet hatte. Jette telefonierte lautstark mit dem Pressesprecher der Polizei, doch alles Gurren und Lachen half nichts, sie schien keine konkreten Informationen über die Pressemeldung der Polizei hinaus zu bekommen. Das Lächeln auf ihrem Gesicht erstarb in dem Moment, als sie den Telefonhörer auflegte.

»Idiot!«, schimpfte sie. Sie strich sich die langen Haare aus dem Gesicht. Die Hitze schien ihr nichts auszumachen, obwohl ihr die Sonne genauso auf den Rücken brannte wie Elisa ins Gesicht.

»Kann ich dich irgendwie unterstützen?«, fragte Elisa. Sie hatte verstanden, dass Jettes Artikel schnell vorliegen sollte.

Jette musterte Elisa und zog dabei eine Augenbraue nach oben.

»Das wäre sehr nett.« Warmes Lächeln. »Aber wie willst du mir denn helfen, wenn du dich hier überhaupt nicht auskennst? Wie willst du an Informationen kommen? Ich frage mich wirklich, wie du Stadtreporterin sein willst, wenn du nichts und niemanden kennst!«

Elisas erster Job bei der *Abendzeitung* in Hamburg war eine Schwangerschaftsvertretung in der Stadtredaktion gewesen. Danach hatte sie im Politik-Ressort gearbeitet und zuletzt im Feuilleton. Ihre Zeit als Stadtreporterin war nun schon eine Weile her, doch sie hatte für ihre Artikel viel Lob vom damaligen Chefredakteur – Carstens Vorgänger – bekommen. So was verlernte man nicht so schnell.

»Ich könnte vor Ort recherchieren.«

Jette winkte ab.

»Da gibt's nichts zu sehen. Eine Fotografin war schon da und hat die Hausfassade aufgenommen. Die Explosion hat sich im hinteren Gebäudeteil ereignet. Vorne sieht man nichts.«

»Ich könnte die Nachbarn interviewen.«

»Die wissen auch nicht mehr als das, was in der Pressemeldung der Polizei steht. Gasexplosion in der Küche.« Sie schenkte Elisa ein gönnerhaftes Lächeln. »Bemüh dich nicht. Ich werde jetzt mal rausfinden, wer die ermittelnden Kripoleute sind und dann rede ich einfach direkt mit denen.«

Jette griff nach dem Telefonhörer, hielt dann jedoch inne.

»Du könntest dich um den Wetterkalender kümmern. Das ist die Wetterstatistik. Du musst die Mindest- und die Maximaltemperatur für das morgige Datum rausfinden. Im Vorjahr, vor zehn Jahren und vor hundert Jahren. Das macht normalerweise die Praktikantin, aber die ist heute krank.«

Jette reichte ihr einen Zettel, auf dem die Webseite des Wetterdienstes notiert war. Elisa öffnete ihren Internetbrowser, doch mit halbem Ohr hörte sie Jettes Gespräch zu. Sie telefonierte mit einer Person, die anscheinend mit der Polizeiorganisation gut vertraut war. Ein kurzes Geplänkel folgte, dann schien Jette ihr Ziel erreicht zu haben.

»Henrik Wieland und Lorenz Albrecht sind also die Namen der ermittelnden Beamten«, wiederholte sie, während sie Notizen machte. »Die kenne ich nicht. Kannst du mir auch die Handynummern geben?«

Sie legte den Kopf schief, hörte zu, was ihr Gesprächspartner am anderen Ende der Leitung sagte, und verzog dann das Gesicht.

»Komm schon«, gurrte sie. »Und das soll ich dir glauben?«

Sie lachte, doch die Person am anderen Ende konnte oder wollte ihr nicht weiterhelfen.

»Bei der Mordkommission? Das ist ja interessant ... Ach so ... wegen des Brandes ... verstehe ... Kannst du nicht eine Ausnahme machen?«

In Jettes Blick machte sich plötzlich Empörung breit.

»Für was hältst du mich?«, rief sie und knallte den Hörer auf das Telefon. »Wichtigtuer!«

Elisa notierte die gesuchten Wetterdaten, hörte Jette dabei aber weiter zu. Die Kollegin rief im Polizeipräsidium an und erzählte eine dramatische Geschichte, dass sie die Schwester eines der ermittelnden Kommissare sei und ihn wegen eines Notfalls dringend sprechen müsse, aber seine Handynummer gerade nicht griffbereit habe. Dennis stand von seinem Platz am Newsdesk auf und kam herüber zu Elisa. Er streifte ihre Schulter.

»Alles klar bei dir, Elisa?«

»Ich suche Wetterdaten raus«, sagte Elisa und verzog das Gesicht.

»Oh ... na ja ... Das muss eben auch erledigt werden. Die Praktikantin ist heute krank.«

»Ich mache es ja, aber hast du dann nicht auch noch etwas Interessanteres für mich?« Sie deutete mit dem Kopf zum Glaskasten des Chefredakteurs. »Ich muss Monsieur doch beweisen, was ich draufhabe. Ich glaube nicht, dass er sich mit den Wetterdaten zufriedengibt.«

»Ja ... Nein ... Im Moment ist schon alles vergeben. Ich wollte, dass du dich an deinem ersten Tag in Ruhe umschauen und alles kennenlernen kannst.«

»Das ist nett, Dennis. Aber ›in Ruhe‹ kann ich jetzt nicht mehr brauchen. Ich brauche einen festen Vertrag!«

Dennis klopfte Elisa auf die Schulter.

»Das wird schon. Entspann dich!«

Genau. Und nicht an einen weißen Elefanten im Kühlschrank denken.

»Nur die Mailbox.«

Carina schüttelte den Kopf und steckte ihr Handy zurück in die Tasche. Nervös tigerte sie im Zimmer auf und ab und warf dann einen Blick in den Schlüsselkasten im Flur. »Sie hat einen Wohnungsschlüssel mitgenommen. Aber warum ist das Handy nicht eingeschaltet? Können Sie es nicht orten lassen?«

»Nicht, wenn es ausgeschaltet ist.«

Henri zog sein eigenes Handy heraus.

»Ich versuche es noch mal in der Praxis von Adrian Hildebrand. Vielleicht ist seine Frau dorthin gefahren und wir haben uns auf dem Weg verpasst.«

Nach dem dritten Läuten meldete sich eine tränenerstickte Stimme. Die Arzthelferin schien sich immer noch nicht beruhigt zu haben.

»Praxis Dr. Hildebrand«, schluchzte sie.

»Henrik Wieland von der Kripo. Sagen Sie, ist Frau Hildebrand zufällig bei Ihnen aufgetaucht?«

»Nein, sie war nicht hier.«

»Hat sie angerufen?«

»Auch nicht.«

Ein weiterer Anrufer klopfte bei Henri an. Er beendete schnell das Gespräch und beantwortete den neuen Anruf. Es war einer der Kollegen von der Spurensicherung, der im Haus der Hildebrands arbeitete. Er sprach so leise, dass Henri ihn kaum verstehen konnte.

»Hier ist eine Frau Hildebrand, die sich Kleidung holen möchte. Ist es okay, wenn wir sie hochgehen lassen?«

Henri atmete auf und lächelte Carina zu.

»Sie ist da«, sagte er leise zu ihr, bevor er antwortete. »Ja, sie darf hoch in ihr Schlafzimmer gehen. Habt ihr eine Kollegin dabei, die sie begleiten kann?«

Lachen am anderen Ende.

»Was man eben so Frau nennt. Ich schick sie mit hoch.«

»Achtet bitte drauf, dass Frau Hildebrand nicht allein ins Esszimmer oder in die Küche geht. Ich bin gleich bei euch. Ich muss sie dringend sprechen.«

»In Ordnung. Ich sag ihr, dass sie warten soll.«

Henri legte auf.

»Sie ist zu Hause, weil sie sich Kleidung holen möchte. Merkwürdig, dass wir uns nicht begegnet sind.«

Carina schnaufte.

»Puh, ich hab mir wirklich Sorgen gemacht, dass sie sich etwas angetan haben könnte!« Sie hielt sich am Türrahmen fest, als ob ihr schwindlig sei.

»Geht es?«, fragte Henri.

Sie nickte und fuhr sich über die Stirn.

»Ich habe zurzeit öfter Kreislaufprobleme. Es ist nur die Hitze. Und die Aufregung.« Sie befestigte eine lose Haarsträhne mit einer der vielen Haarklammern auf ihrem Kopf und fächelte sich mit der Hand Luft zu.

»Wollen Sie noch einen Moment hierbleiben, bevor Sie zur Schule zurückgehen?«

»Soll ich nicht mitkommen zu Judith?«

»Ihre Schüler werden auf Sie warten.«

Carina nickte.

»Ja ...«, sagte sie zögernd. »Ich dachte nur ...«

»Wenn ich den Eindruck habe, dass Frau Hildebrand stabil ist, würde ich sie gern wieder hierher zurückschicken. Ansonsten bringe ich sie zu einem unserer Psychologen. Ist das in Ordnung für Sie?«

Carina nickte wieder. Sie tauschten ihre Handynummern aus und Henri versprach, Carina zu informieren, nachdem er mit Judith gesprochen hatte. Sie trennten sich auf der Straße vor dem Haus, Carina ging zurück zur Schule und Henri machte sich auf den Weg in die Zuccalistraße zum Haus der Hildebrands.

Judith Hildebrand musste sich schnell umgezogen haben. Als Henri das Haus betrat, war sie – nun ganz in Schwarz gekleidet – dabei, mit den Kollegen der Spurensicherung zu diskutieren, ob sie berechtigt sei, den entstandenen Schaden näher zu inspizieren. Der Kollege, mit dem Henri vorher gesprochen hatte, und eine Frau, die mit den kurzen Haaren und ihrer gedrungenen Figur tatsächlich wenig weiblich aussah, versperrten ihr den Weg ins Esszimmer. Erleichtert sahen sie zu Henri. Judith folgte ihrem Blick und drehte sich um.

»Kommissar, gut, dass Sie da sind! Ich würde mir gern anschauen, wie groß der Schaden ist, aber die Herrschaften wollen mich nicht in die Küche lassen.«

Keine Spur mehr von der unter Schock stehenden Trauernden; keine Spur mehr von katatonisch wirkenden Krampfanfällen, keine Spur mehr von geistigem Weggetretensein. Judith Hildebrand war voll da – mit klarem Blick und energischer Körperhaltung. Sie trug ein figurbetontes schwarzes Etuikleid und hochhackige schwarze Lackpumps. Auf dem schwarzen Kleid leuchteten ihre langen roten Haare wie Flammen, die über ihren Rücken züngelten.

»Wir können uns gerne gleich zusammen umschauen«, sagte Henri. »Aber vorher möchte ich Ihnen noch ein paar Fragen stellen.«

Er deutete zum Wohnzimmer und Judith Hildebrand wandte sich folgsam von den Kollegen ab. Sie gingen Richtung Küche.

»Wie fühlen Sie sich heute?«, fragte Henri.

»Besser.«

Sie setzte sich auf einen der Sessel und strich sich die Haare aus dem Gesicht. Henri nahm ihr gegenüber Platz.

»Ich fürchte, ich war gestern nicht ansprechbar!? Es tut mir leid, aber die Nachricht von Adrians Tod hat mich vollkommen umgehauen.«

»Das muss Ihnen nicht leidtun, das ist ganz normal. Schön, dass es Ihnen heute besser geht.«

»Besser ... na ja ... Zumindest konnte ich etwas schlafen.«

Der Segen der Schlaftablette.

»Aber mein Mann ist immer noch tot.« Sie strich über das schwarze Kleid. »Ich bin Witwe.«

»Wir haben uns Sorgen gemacht, als Sie vorhin auf einmal verschwunden und auch telefonisch nicht erreichbar waren. Geben Sie mir doch bitte Ihre Handynummer.«

Sie diktierte Henri die Nummer.

»Wer ist *wir*?«, fragte sie. »Wer hat sich Sorgen gemacht?«

»Ich habe Carina Engl kontaktiert, als ich Sie in ihrer Wohnung nicht antraf. Sie war sehr beunruhigt, da sie auch schon versucht hatte, Sie zu erreichen.«

»Carina, die Gute.« Judith warf einen Blick auf ihr Handy. Sie runzelte die Stirn und drückte auf einen der Knöpfe. »Ich habe es in der stickigen Bude nicht mehr ausgehalten, ich musste raus an die frische Luft. Ich bin im Park spazieren gegangen. Es war in der Sonne so still und friedlich, dass ich mich gefragt habe, ob ich alles nur geträumt habe. Aber als ich hier ankam, waren immer noch die weißen Leute da ...«

»Frau Hildebrand, ich muss Sie fragen, ob Ihr Mann Feinde hatte, die versucht haben könnten, ihn zu ermorden und das Ganze wie einen Unfall aussehen zu lassen?«

»Denken Sie denn, dass er ermordet wurde?« Judith starrte Henri ungläubig an. Ihr Handy gab verschiedene Töne von sich, als es anging. Judith sah flüchtig darauf.

»Das wissen wir noch nicht. Ich würde nur gerne erfahren, ob Sie es für möglich halten.«

Judith überlegte.

»Nein, das tue ich nicht. Adrian hatte keine Feinde. Er war so ein gutmütiger Mensch, er konnte keiner Fliege etwas zuleide tun.«

»Hatte er Streit mit jemandem? Vielleicht nur wegen einer Kleinigkeit, die Ihnen banal erschien?«

»Streit?« Judith lachte auf. »Dieses Wort kam in Adrians Wortschatz nicht vor. Er hat nie gestritten, das war nicht seine Art. Bei Adrian gab es keine Streitigkeiten. Weder privat noch in der Praxis. Er hat sich immer um ein gutes Verhältnis zu allen bemüht, auch zu den Mitarbeitern und den Patienten. Er hat nett mit ihnen geredet und sie haben getan, was er wollte.«

»Kann es sein, dass jemand dieses Nettsein ausgenutzt hat?«

Judith zuckte mit den Achseln.

»Nicht dass ich wüsste. Er hat nichts dergleichen erwähnt.«

Henri holte tief Luft.

»Frau Hildebrand, wir haben keinen Abschiedsbrief gefunden. Sie kannten Ihren Mann am besten. Halten Sie es für möglich, dass Suizid begangen hat?«

»Adrian?« Ihre Stimme wurde schrill. »Nie im Leben. Das hätte Adrian mir niemals angetan. Außerdem hatte er keinen Grund dafür. Er war ... Wir hatten ein schönes Leben ... Warum hätte er das tun sollen?« Sie brach in Tränen aus. »Wir hatten noch so viele Pläne. Im September wollten wir Urlaub in Indien machen. Er wollte unbedingt das Taj Mahal sehen.«

Judith wischte die Tränen von ihren Wangen. Henri gab ihr einen Moment Zeit, um sich zu sammeln.

»Natürlich müssen wir noch das Ergebnis der Obduktion abwarten«, erklärte er dann, »aber nach allem, was Sie mir sagen, sieht es so aus, als ob es sich um einen Unfall handelt. Die Kollegen von der Spurensicherung haben eine Pfanne gefunden, die durch die Explosion bis an die Wand geschleudert wurde. Sie haben die Theorie entwickelt, dass Ihr Mann sich zum Frühstück ein Ei braten wollte und dass sich dabei das ausströmende Gas entzündet hat, sodass es zur Explosion kam.«

»Ein Ei?« Judith sah Henri fragend an, ihre Augenbrauen weit nach oben gezogen.

»Das Ei haben wir natürlich nicht mehr gefunden, das dürfte verbrannt sein. Oder mochte Ihr Mann keine Eier?«

»Eier? Adrian?« Sie sah verwirrt aus. »Doch, Adrian mochte Eier.«

Sie stand auf. »Ich würde jetzt wirklich sehr gern den Schaden in der Küche ansehen. Ich muss wissen, wann ich wieder zurück in mein Haus kann.«

»Gehen wir rüber.«

Auch Henri erhob sich und folgte Judith zur Küche. Sie stöhnte, als sie die verrußten Möbel im Esszimmer sah. An der Schwelle zur Küche hielt Henri sie am Arm fest.

»Vorsicht, hier liegen überall Scherben und Trümmer.«

Sie nickte und blieb stehen. Ihr Blick schweifte umher. Erst verschaffte sie sich einen Überblick, dann begutachtete sie den Schaden im Detail. Das Loch in der Wand hatten die Kollegen inzwischen mit einer großen Plane abgedeckt. Die Küche sah immer noch wie ein Schlachtfeld aus, doch ein Teil der Trümmer war bereits abtransportiert worden.

»Ist die Wand stabil?«, fragte Judith. »Bis auf das Loch?«

Der Kollege, der die Leitungen am Boden untersuchte, richtete sich auf.

»Die Feuerwehrleute haben die Statik geprüft. Die Wände sind soweit stabil. Wenn Sie den Schutt abtransportieren und das Loch zumauern lassen, dann können Sie hier drinnen schnell renovieren. Und der Rest des Hauses ist sowieso bewohnbar.«

Judith nickte zustimmend.

»Wann sind Sie mit Ihren Untersuchungen fertig?«

»In ein paar Stunden.«

»Wirklich?« Judiths Gesicht hellte sich noch mehr auf. »Das heißt, ich sollte gleich meinen Architekten anrufen!?«

Erfreut drehte sie sich zu Henri um, unterdrückte dann aber ihr Lächeln.

»Wissen Sie, ich will den Engls nicht länger als nötig zur Last fallen«, erklärte sie.

»Sicher. Aber jetzt gehen Sie dorthin zurück? Ich erreiche Sie da, wenn ich noch Fragen habe?«

»Ja, natürlich. Ich habe eine Menge Telefonate zu erledigen. Der Architekt, der Bauunternehmer. Die Küche muss ganz neu geplant werden. Vielleicht kann sich das Loch gleich mal ein Maurer ansehen.« Sie hielt kurz inne. »Außerdem muss ich mit dem Bestattungsunternehmen sprechen, Carina hat mir eine Nummer aufgeschrieben. Wegen der Beerdigung.«

Henri nickte.

»Vielleicht ist es besser, wenn Sie beschäftigt sind.«

»Ja, wahrscheinlich.« Judith wandte sich zum Gehen, drehte sich dann aber noch mal um. »Und geben Sie mir bitte gleich Bescheid, wenn Sie hier fertig sind?«

Wenn Elisa aus der alten Redaktion ihre Schwester angerufen hatte, hatte sie nahezu geflüstert. Um niemanden zu stören und damit nicht jeder mitbekam, dass sie Privatgespräche führte. Das war hier nicht nötig. Dennis saß sowieso die meiste Zeit am Newsdesk und Jette scharwenzelte mal wieder um den Chefredakteur herum. Sie war nach einem Telefongespräch zu ihm in den Glaskasten gerauscht und redete auf ihn ein, wobei sie keine Gelegenheit ausließ, ihren Körper vorteilhaft in Szene zu setzen. Von ihrem Platz aus hatte Elisa ungehinderte Sicht in Andrés Büro. Sie musste zugeben, dass er gar nicht mehr so arrogant wirkte, wenn er lachte. Im Gegenteil, er sah zum Anbeißen aus.

Elisa griff zum Telefon. Die anderen Kollegen saßen so weit von Elisa weg, dass sie bei dem Geräuschpegel in der Halle kein Wort verstehen würden.

»Hallo, Sasha.«

»Elisa! Rufst du aus deiner neuen Redaktion an? Wie geht es dir?«

»Ich muss mich auskotzen.«

Elisa drehte sich mit dem Stuhl zum Fenster und schaute hinaus. Die Sonne, die am Vormittag so heiß hereingebrannt hatte, war weg, doch in der Redaktion war es immer noch schwül. Draußen zogen dunkle Wolken auf.

»Warum das?«

»Ich bekomme nur vollkommen bescheuerte Aufgaben. Seit heute Morgen musste ich lediglich die Wetterwerte ermitteln und ein paar Pressemeldungen bearbeiten. Unter anderem ging es um einen Jahreszwischenbericht des Kleintierzüchtervereins.«

»Sie werden dich kaum am ersten Tag zu einem Interview mit dem Ministerpräsidenten losschicken.«

»Das ist ja klar, aber ein bisschen gehaltvoller könnte es schon sein.«

»Elisa, sonst predigst du mir doch immer, dass man Geduld haben muss.«

»Leichter gesagt als getan.« Elisa griff nach einem Stift und kritzelte auf einem Blatt Papier herum, das vor ihr auf dem Tisch lag. Die Pressemeldung des Kleintierzüchtervereins. »Heute hat sich herausgestellt, dass ich keinen festen Vertrag habe, wie Dennis behauptet hat. Der Chefredakteur will erst mal sehen, was ich draufhabe. Was mit dem Bericht des Kleintierzüchtervereins schwer ist.«

»Komm schon, Elisa, mach dich zur Anwältin der Kleintierzüchter! Für die ist dein Artikel wichtig, schreib was richtig Gutes. Wenn du wirklich so eine tolle Journalistin bist, dann kannst du auch daraus was Interessantes machen!«

»Du hast gut reden.«

»Ja, habe ich.« Sasha lachte laut. »Wie sind denn deine Kollegen?«

»Dennis kennst du ja.« Jetzt senkte Elisa doch ihre Stimme. »Stell dir dazu Barbie vor, mit strahlendem Lächeln und der aufgesetztesten Freundlichkeit, die du dir denken kannst.«

»Süß, Barbie! Gibt es nicht auch irgendwo einen Ken dazu?«

Elisa warf einen Blick in den Glaskasten, wo Jette sich neben André Sievers über einen Text beugte und ihm dabei Einblick in ihren Ausschnitt gewährte. Optisch waren sie wirklich ein schönes Paar. Wenn André auch ganz sicher kein Ken war. Er wirkte zwar ähnlich männlich, verfügte darüber hinaus jedoch über ein Charisma, das Elisa Ken beim besten Willen nicht attestieren konnte. Sie hatte mitbekommen, dass die Kollegen ihm mit großem Respekt begegneten. Sein Wort schien in der Redaktion Gesetz zu sein.

»Der Chefredakteur sieht ziemlich gut aus und hat wohl auch was auf dem Kasten.«

Sasha stöhnte.

»Nicht schon wieder! Hast du denn gar nichts gelernt, Elisa?«

»Keine Angst, ich habe mich bei ihm schon unbeliebt gemacht, bevor ich wusste, dass er mein neuer Chef ist. Meinetwegen hat er sich Kaffee übers Hemd geschüttet.«

»Gratuliere!« Sasha lachte. »Könntest du dich ansonsten von ihm fernhalten?«

Elisa musterte Andrés markante Gesichtszüge und seinen dichten Haarschopf mit den grauen Strähnen an den Schläfen. Als hätte er ihren Blick gespürt, sah er plötzlich auf. Direkt in Elisas Richtung. Sie senkte den Kopf und tat so, als mache sie Notizen.

»Eine meiner leichtesten Aufgaben ...«, murmelte sie.

»Du weißt ja, was sonst passieren kann«, warnte Sasha sie. »Ich muss gleich in eine Besprechung, wir haben da so eine Urheberrechtsklage am Hals, aber vorher muss ich dir schnell noch erzählen, was Jasper gestern Abend gemacht hat.«

»Jasper?« Elisa schwante nichts Gutes. Ihr Bruder war immer für eine Überraschung gut. »Ist er in der Stadt?«

»Ja, er hat heute einen Termin irgendwo. Er hat bei mir übernachtet. Gestern Abend waren wir noch auf einen Drink bei Hedi. Kaum saßen wir an der Bar, kam Carsten mit ein paar Freunden rein.«

»Oh nein ...«

»Oh doch! Erst ging es einigermaßen zivilisiert ab, Carsten hat nur blöd rübergeschaut, während Jasper und ich uns unterhalten haben. Aber dann hat Suki laut herumgebrüllt, dass sie nächstes Wochenende bei Carsten einzieht ...«

»Also stimmt es.«

»Jasper hat Carsten zur Rede gestellt, als er auf dem Weg zur Toilette bei uns vorbeikam, und als er zugegeben hat, dass Suki wirklich am nächsten Wochenende bei ihm einzieht, hat Jasper ihm ein Veilchen verpasst.«

»Nein!« Elisa platzte laut heraus. Carsten mit einem Veilchen – das musste ein herrlicher Anblick sein. So eitel, wie Carsten war, würde er ein paar Tage lang mit Sonnenbrille herumlaufen.

»Was hat Carsten dann gemacht?«

»Erst wollte er sich prügeln, aber dann hat er sich's doch anders überlegt. Jasper kann sehr furchteinflößend sein.«

»Unbedingt!« Jasper war zwar groß und stark, aber jeder, der ihn kannte, wusste, dass er keiner Fliege etwas zuleide tun konnte. Er musste sehr sauer gewesen sein, um Carsten ein Veilchen zu verpassen.

»Ich hab jetzt mein Gespräch mit dem Rechtsverdreher!« Sasha arbeitete als Lektorin in einem Belletristikverlag. Juristischen Angelegenheiten ging sie grundsätzlich aus dem Weg. Einer der Autoren, die sie betreute, hatte sie vermutlich in diese Sache reingeritten.

»Ich drück dir die Daumen!«

»Danke.«

Elisa legte auf, behielt das Handy aber in der Hand. Sie schrieb eine Nachricht an Jasper. *Du sollst dich doch nicht prügeln ... DANKE!*

Draußen donnerte es.

Carina atmete erleichtert auf, als die Wohnungstür hinter dem Bestatter ins Schloss fiel. Er war nicht unsympathisch gewesen, aber seine bloße Anwesenheit hatte ihr die Kehle zugeschnürt. Judith hatte zwar mit ihnen am Tisch gesessen, aber sie war geistig vollkommen abwesend gewesen. Carina hatte sie mehrfach anstoßen und die Fragen des Bestatters wiederholen müssen, um eine Antwort von Judith zu bekommen. Ihr schien alles egal zu sein; wie die Trauerkarten aussahen, welche Blumen auf dem Sarg lagen oder welche Musik bei der Trauerfeier gespielt werden sollte. Adrians Leichnam war zwar noch nicht zur Beerdigung freigegeben, aber der Bestatter hatte gemeint, dass sie jetzt schon alles besprechen konnten, damit er Judiths Wünsche kannte, wenn der Termin für die Beerdigung konkret wurde.

Carina ging zurück ins Wohnzimmer, wo Judith am Tisch sitzen geblieben war. Sie hatte den Kopf auf die Hände gestützt und blickte gedankenverloren aus dem Fenster. Carina legte ihr die Hand auf die Schulter.

»Ist alles in deinem Sinne geregelt?«, fragte sie.

Judith zuckte mit den Achseln und schüttelte dabei Carinas Hand ab.

»Ist doch egal! Das macht Adrian auch nicht wieder lebendig!«

»Leider nicht«, sagte Carina sanft. »Aber es ist wichtig, sich von ihm zu verabschieden. Für dich und alle, die ihn kannten. Die Trauerfeier ...«

»Adrian ist tot!«, unterbrach Judith Carina. »Er wird nicht mitkriegen, welche Musik sie bei der Trauerfeier spielen oder welche Blumen da rumliegen. Das ist doch alles so was von egal!«

Sie stand auf. Ohne Carina anzusehen, durchquerte sie das Zimmer.

»Ich leg mich wieder hin!«

Die Tür des Gästezimmers klappte hinter ihr zu. Sie war noch keineswegs über den Berg. Als Carina von der Schule heimgekommen war, hatte Judith einen aufgeräumten Eindruck gemacht, sodass Carina sie nach dem Mittagessen unbesorgt allein ließ, um zur wöchentlichen Förderstunde für Migrantenkinder noch mal in die Schule zu gehen. Judith hatte sich auf das Gespräch mit dem Bestatter vorbereitet und noch ein bisschen hinlegen wollen. Sie würde jetzt ganz sicher nicht noch mal schlafen können. Carina hob schon die Hand, um an die Gästezimmertür zu klopfen, als sie innehielt. Judith wollte allein sein und ihre Ruhe haben. Das musste sie respektieren. Auch wenn sie selbst ganz anders fühlte.

Carina ging in die Küche, um einen Blick in den Kühlschrank zu werfen. Michael hatte sich an den kleinen Küchentisch gequetscht. Er reparierte den Toaster, an dem irgendetwas verklemmt sein musste, denn die Scheiben sprangen nicht mehr automatisch nach oben, wenn sie fertig waren. Michael hatte das Gerät auseinandergenommen, Carina betrachtete verwirrt die ganzen Einzelteile. Sie selbst wäre hoffnungslos verloren damit gewesen, aber Michael war geschickt mit solchen Dingen. Generell war er geschickt mit seinen Händen. Carina wurde bei ihrem eigenen Gedanken rot. Sie strich ihm sanft über den Rücken.

»Du kannst dich an den Esstisch setzen. Da hast du mehr Platz.«

»Geht schon«, sagte er. »Jetzt habe ich ja hier schon alles ausgebreitet.«

Carina öffnete den Kühlschrank. Viel war nicht mehr darin, es war höchste Zeit einzukaufen. Zum Mittagessen hatte sie ein Pilzomelett mit Salat gemacht, doch jetzt waren nicht mal mehr Eier da. Wenn Judith schlafen wollte, konnte sie in der Zwischenzeit genauso gut ein paar Lebensmittel besorgen.

»Judith hat sich wieder hingelegt«, sagte sie zu Michael. »Ich gehe schnell einkaufen.«

»Mmm.«

»Meinst du, sie kann jetzt wirklich noch mal schlafen?«

Michael sah kurz auf.

»Sie will wahrscheinlich einfach ihre Ruhe haben. Keine Zuschauer beim Weinen.«

»Hat sie vorhin geweint, als ich weg war?«

Er nickte und beugte sich wieder über die Einzelteile des Toasters. Carina griff nach ihrem Einkaufskorb und warf einen Blick nach draußen. Es hatte schon ein paarmal gedonnert. Sie legte ihre Handtasche und einen kleinen Schirm in den Korb und schlüpfte in ihre Flipflops. Denen würde etwas Regen nichts ausmachen.

Schon im Treppenhaus war es nicht mehr so schwülwarm wie in der Wohnung. Carina atmete tief ein, als sie aus dem Haus trat. Ein leichter Luftzug ließ den Saum ihres Kleides um die Beine streichen.

»Hallo, Frau Engl!«

Carina drehte sich um und sah Daniela Jacobi auf sich zukommen, Emilys Mutter. Sie führte mit ihrem Mann und dessen Bruder das Restaurant *Delicat* an der Ecke zur Zuccalistraße.

»Haben Sie Emily gesehen?«, fragte Daniela außer Atem.

»Nein, ich komme gerade erst aus der Wohnung.«

Ein lauter Donner ließ Daniela zusammenzucken.

»Was ist denn los, Frau Jacobi? Machen Sie sich Sorgen wegen des Gewitters?«

»Auch.« Daniela strich sich die langen blonden Haare aus dem Gesicht. Sie hatte Schatten unter den Augen und sah müde aus. »Emily ist nicht nach Hause gekommen.«

»Vielleicht treibt sie sich noch im Park herum?«

»Bei Gewitter?«

»Emily ist ja nicht gerade ein ängstlicher Typ.« Carina lächelte Daniela aufmunternd zu. »Vielleicht ist sie mit Moritz und Nico unterwegs.«

Daniela schüttelte den Kopf.

»Nein, dort habe ich schon angerufen. Beide sind zu Hause, sie durften wegen des Gewitters nicht draußen bleiben. Ihre Mütter haben sie hereingerufen.« Sie strich sich die Haare hinters Ohr. »Ich hatte zu tun, wissen Sie? Ich habe gar nicht mitbekommen, dass ein Gewitter aufgezogen ist. Ich habe sie nicht reingerufen.«

Carina strich beruhigend über Danielas Arm.

»Aber das heißt doch nicht, dass Emily etwas passiert sein muss. Sie wissen doch, wie abenteuerlustig sie ist. Spätestens, wenn es anfängt zu regnen, wird sie nach Hause kommen.

»Sie hätte aber schon vor einer Stunde nach Hause kommen sollen!«, erwiderte Daniela heftig und Carina sah die Panik in ihrem Blick. »Sie ist bei Paulas Geburtstagsfeier eingeladen. Paulas Mutter hat mich vor einer halben Stunde angerufen, wo Emily denn bleibt ... Ich hatte gar nicht mehr an den Geburtstag gedacht.« Jetzt flüsterte Daniela. »Ich war so beschäftigt ... Ich hatte mich darauf verlassen, dass sie selbst auf die Uhr schaut ...«

»Vielleicht hat Emily den Geburtstag auch vergessen.« Carina wollte Daniela etwas Tröstliches sagen.

»Emily? Niemals! Sie hat beim Mittagessen die ganze Zeit davon geredet. Sie wollten schwimmen gehen. Sie hat schon ihren Badeanzug und ein Handtuch eingepackt. Sie hat sich so darauf gefreut! *Sie* hätte den Geburtstag ganz bestimmt nicht vergessen. Es muss etwas passiert sein!«

Jetzt wusste Carina nichts Tröstliches mehr zu sagen. So eingespannt, wie Emilys Eltern waren, hatte die Kleine bestimmt nicht oft die Gelegenheit, ins Schwimmbad zu gehen. Das hätte sie sich nie und nimmer entgehen lassen.

Es blitzte. Kurz darauf folgte ein lauter Donner, der diesmal auch Carina zusammenzucken ließ.

»Sie sollten die Polizei verständigen, Frau Jacobi«, sagte sie entschlossen.

»Sie haben recht. Emily muss irgendetwas daran gehindert haben, pünktlich zum Geburtstag zu erscheinen. Es braucht ja nichts Schlimmes passiert zu sein. Vielleicht hat sie sich irgendwo im Park einfach nur den Fuß verstaucht oder so. Aber bis wir sie finden, dauert es zu lange. Es kann jeden Moment anfangen zu regnen. Die Polizei hat doch Suchhunde. Die können Emilys Spur folgen.«

»Meinen Sie?« Daniela sah Carina zweifelnd an, doch sie schien Hoffnung zu schöpfen.

Carina kramte in ihrer Handtasche und zog eine Visitenkarte heraus.

»Das ist die Telefonnummer von dem Kommissar, der wegen Adrian Hildebrands Tod ermittelt. Der ist sehr nett und hilfsbereit. Rufen Sie den an. Und wenn er nicht zuständig ist, dann weiß er besser als wir, an wen man sich wenden muss. Vielleicht kann er die Suche ja etwas beschleunigen.«

Daniela umklammerte die Karte. Ihr Blick war nicht mehr ganz so hoffnungslos.

»Ich rufe sofort an! Danke!«

Sie machte kehrt und rannte die Straße hinunter. Carina sah ihr hinterher und spürte einen ersten leichten Regentropfen auf ihrer Schulter.

Tanja ließ sich auf Lenz' Schreibtischstuhl fallen. Henri sah von dem Abschlussbericht des Falls Martha Prochaska auf, den er noch ein letztes Mal durchging, bevor er ihn an die Staatsanwaltschaft weitergeben würde.

»Ich muss gleich los«, sagte Tanja.

»Ja, klar.«

»Jetzt bekomme ich gar nicht mehr mit, was bei der Obduktion rauskam.«

Die Obduktion war noch zweimal aufgeschoben worden, da die Untersuchung der Opfer des Familiendramas als dringlicher eingestuft worden war. Erst vor knapp drei Stunden waren Lenz und Marius in die Gerichtsmedizin gerufen worden.

»Ich kann mir nicht vorstellen, dass uns dabei große Überraschungen erwarten«, meinte Henri. »Nach dem, was die Witwe mir heute gesagt hat, hatte Adrian Hildebrand keine Feinde und auch keinen Grund, sich selbst zu töten.«

»Du meinst, es war ein Unfall?«

Henri war kein Freund von vorschnellen Schlussfolgerungen.

»Das werden wir sehen. Aber ich denke, du kannst unbesorgt nach Hause gehen.«

Tanja verzog das Gesicht.

»Es ist irgendwie unbefriedigend zu gehen, wenn noch so viele Fragen offen sind.«

»Das hört sich an, als hätten wir heute überhaupt nichts erreicht.« Henri legte die Hand auf den Bericht vor ihm. »Der Fall Martha Prochaska ist so gut wie abgeschlossen, im Fall Hildebrand haben wir die wichtigsten Informationen zusammengetragen, jetzt ist Dr. Vogel am Zug.«

»Und ich werde nicht mehr erfahren, was er herausgefunden hat, weil ich Jona und Mia vom Kindergarten abholen muss.«

Es reicht doch, wenn du es morgen erfährst, wollte Henri sagen, doch Tanjas niedergeschlagener Blick hielt ihn davon ab.

»Soll ich dich nachher noch mal anrufen?«

»Das wäre toll.«

Sie lächelte. Als sie aufstand und zur Tür ging, meinte Henri: »Tanja, du weißt, dass du uns nichts beweisen musst, oder? Du machst einen Superjob, und keiner erwartet von dir, dass du Überstunden schiebst.«

Sie legte die Stirn in Falten.

»Ich will nichts beweisen«, sagte sie. »Ich hatte bloß einen bescheidenen Tag. Zu viel Geschwätz von Roman, zu viel Schreibkram, zu viel Aktenwühlerei. Ich würde jetzt einfach nur gern wissen, was bei der Obduktion rausgekommen ist.«

»Okay. Ich ruf dich an.«

»Danke.«

Henri beugte sich wieder über den Bericht. Er fand noch ein paar Rechtschreibfehler, inhaltlich war der Bericht in Ordnung. Henri war gerade dabei, eine Mail an die Staatsanwaltschaft zu formulieren, als Lenz hereinkam.

»Gibt's was Neues?«, fragte er und hängte seine nasse Jacke über den Stuhl. Henri schüttelte den Kopf. »Und bei euch? Wo ist Marius?«

»Direkt zum Schießtraining. Er hat gemeint, dass ich dir die weltbewegenden Erkenntnisse von der Obduktion auch allein überbringen kann.«

Lenz setzte sich.

»Wie hat er die Obduktion verkraftet?«

»Gut. Er hat nicht mit der Wimper gezuckt.« Lenz schüttelte sich. »Als ob der Tote kein Mensch gewesen wäre ... Er wollte alles supergenau wissen und hat tausend Fragen gestellt.«

»Da war Dr. Vogel bestimmt genervt.«

»Keineswegs. Ich glaube, es hat ihm gefallen, dass sich mal einer von uns so für das interessiert, was er zu sagen hat, und dass Marius auch keine Hemmungen hatte, den Toten zu berühren.«

Henri hatte den Verdacht, dass Lenz bei einer Obduktion bewusst nicht so genau hinsah und ganz sicher nie auf die Idee kommen würde, einen Toten anzufassen.

»Können wir Marius zum Obduktionsbeauftragten machen?«

Henri lachte.

»Das entscheiden wir von Fall zu Fall. Ist ja schon mal gut zu wissen, dass er damit kein Problem hat. Was sind denn nun die weltbewegenden Erkenntnisse der Obduktion?«

»Weltbewegend ... na ja ... Dr. Vogel hat eine Fraktur am Hinterkopf festgestellt. So wie der Tote aufgefunden wurde, lässt sich nicht rekonstruieren, ob die entstanden ist, weil er durch die Explosion gegen den Herd oder die Arbeitsfläche geschleudert wurde.«

»Wenn man davon ausgeht, dass die Wucht der Explosion ihn vom Herd weg zurückgeschleudert hat, dann ist er wohl eher auf der Arbeitsfläche hinter ihm aufgeprallt, oder?«

Lenz nickte.

»Das ist anzunehmen. Sein Körper lag aber seitlich zwischen Herd und rückwärtiger Arbeitsfläche. Deshalb will sich Dr. Vogel nicht festlegen.«

»War er gleich tot?«

Judith Hildebrand hatte sich zwar nicht nach Einzelheiten erkundigt, aber irgendwann wollten die Angehörigen immer wissen, ob das Opfer hatte leiden müssen.

»Es war kein Kohlenmonoxid in der Lunge. Er war schon tot, bevor sein Körper vom Feuer erfasst wurde.«

Nur wenn Adrian Hildebrand noch am Leben gewesen war, als das Feuer ausbrach, hätte er den Rauch einatmen können. Wahrscheinlich hatte ihm das die Kopfverletzung erspart.

»Hat Dr. Vogel ...«

Henris Handy unterbrach ihn, auf dem Display war eine ihm unbekannte Nummer zu sehen. Er nahm den Anruf entgegen.

»Henri Wieland.«

»Bin ich da richtig bei der Polizei, bei Kommissar Wieland?«, ertönte eine atemlose Frauenstimme.

»Ja ...«

»Ich habe Ihre Nummer von Carina Engl bekommen. Meine Tochter ist verschwunden, ich mache mir große Sorgen. Frau Engl meinte, dass Sie uns helfen könnten ...« Sie sprach schnell und verhaspelte sich.

»Sie sind ...?«

»Frau Jacobi ... Entschuldigung ... Mein Name ist Daniela Jacobi. Meine Tochter ist eine Schülerin von Frau Engl. Als ich nach Emily gesucht habe, habe ich Frau Engl getroffen und die hat mir Ihre Telefonnummer gegeben.«

»Ihre Tochter heißt also Emily?«

»Ja.«

Henri machte sich Notizen.

»Wie alt ist Emily?«

»Zehn.«

»Seit wann vermissen Sie Ihre Tochter, Frau Jacobi?«

»Seit eineinhalb Stunden.«

»Das ist noch keine lange Zeit.« Henri sah nach draußen. »Vielleicht hat sie bei dem Regen bei einer Freundin Unterschlupf gesucht?«

»Es hat ja gerade erst angefangen zu regnen. Sie hätte aber schon vor eineinhalb Stunden heimkommen müssen, weil sie bei einer Geburtstagsfeier eingeladen war. Emily wollte unbedingt dorthin. Sie hätte sich das nie entgehen lassen.« Henris Fragen hatten die Frau zunächst beruhigt, doch jetzt wurde ihre Stimme wieder aufgeregter. »Außerdem ist Emily ein sehr zuverlässiges Kind. Sie hätte Bescheid gegeben, wenn sie zu einer Freundin reingegangen wäre. Das müssen Sie mir glauben.«

»Ich glaube Ihnen, Frau Jacobi.« Henri bemühte sich, weiterhin besänftigend zu klingen, auch wenn es schwerfiel. Ein zuverlässiges Kind, das nicht zu einer Geburtstagsfeier erschien, auf die es sich gefreut hatte. Da klingelten bei ihm sämtliche Alarmglocken.

»Können Sie nicht mit Spürhunden nach ihr suchen lassen?«, fragte Daniela Jacobi. »Frau Engl meint, dass sie sich vielleicht irgendwo im Park den Fuß verstaucht hat und nicht mehr heimkommen kann.«

Ein verstauchter Fuß würde ein zehnjähriges Kind im Zeitalter der Mobiltelefone nicht daran hindern, im Park innerhalb von eineinhalb Stunden jemanden aufzutreiben, der es bei seinen Eltern anrufen ließ.

»Ich werde die Kollegen von der Schutzpolizei verständigen und wir kommen sofort zu Ihnen.« Henri notierte Adresse und Telefonnummer von Daniela Jacobi. Sie erklärte ihm, dass sie gemeinsam mit ihrem Mann und dessen Bruder das Restaurant *Delicat* bewirtschaftete. »Rufen Sie in der Zwischenzeit sämtliche Freundinnen und Freunde von Emily an. Vielleicht ist sie ja doch bei irgendwem zu Hause und hat einfach nur die Uhrzeit vergessen. Benachrichtigen Sie mich, wenn Sie sie finden!«

»Das mache ich!«

Das klang fast optimistisch. Optimistischer als Henri zumute war. Er legte auf.

»Zu wem kommen wir hin?«, fragte Lenz.

Henri fasste das Gespräch mit Daniela Jacobi kurz zusammen und wählte gleichzeitig die Nummer der Kollegen von der Schutzpolizei. Sie vereinbarten, sich vor Ort zu treffen.

»Das ist eigentlich nicht unser Job, Henri«, wandte Lenz ein.

»Ich weiß. Aber ich unterstütze lieber jetzt die Suche, als die kleine Emily nachher als Fall auf den Tisch zu bekommen. Du musst nicht mitkommen, ist ja schon Feierabend.«

»Nee, klar.«

Trotz Feierabendverkehr brauchten sie keine zehn Minuten, um zum Nymphenburger Schlosspark zu gelangen. Henri parkte vor dem Restaurant *Delicat*, an dem er morgens vorbeigegangen war, als er in die Brunhildenstraße zu den Engls eingebogen war. Inzwischen regnete es in Strömen. Die Kollegen von der Schutzpolizei waren noch nicht eingetroffen.

»Können die Hunde bei dem Regen überhaupt eine Fährte aufnehmen?«, fragte Lenz.

»Ich denke schon.«

Sie betraten das Restaurant durch den Vordereingang. Zwei Tische waren besetzt, an einem aß eine ältere Dame ein Stück Kuchen, am anderen saß ein händchenhaltendes Pärchen. Eine attraktive blonde Frau in dunklem Kostüm kam ihnen entgegen.

»Kommissar Wieland?«, fragte sie.

Henri gab ihr die Hand.

»Frau Jacobi, nehme ich an. Das ist mein Kollege Lorenz Albrecht.«

»Danke, dass Sie sofort gekommen sind! Wir sind dabei, Emilys ganze Klasse anzurufen, mein Mann und ich. Kommen Sie doch bitte mit ins Büro.« Sie wies ihnen den Weg quer durch das Restaurant. Die Tische waren mit sorgsam gefalteten Servietten, Vasen mit dicht gefüllten cremefarbenen Rosen, diversen Gläsern und silbernen Platztellern aufwändig eingedeckt. »Bis jetzt keine Spur von Emily.«

Das Büro war klein. Die zwei Männer, die sich darin aufhielten, schienen es bereits komplett auszufüllen. Beide hatten kahl rasierte Köpfe, was bei dem, der im Anzug am Schreibtisch saß, smart und lässig aussah, aber bei dem, der in Kochkleidung an der Wand lehnte, eher prollig wirkte. Man wäre nicht auf die Idee gekommen, dass sie Brüder waren. Henri musste an Sönke denken. Sein jüngerer Bruder sah ihm so ähnlich, dass die Lehrer in der Schule sie häufig verwechselt hatten.

Daniela Jacobi stellte vor.

»Mein Mann Christoph.« Der Anzugträger am Schreibtisch erhob sich und gab ihnen die Hand. Sie deutete auf den Koch.

»Mein Schwager Stephan. Die Herren von der Kriminalpolizei.«

»Wieland.«

»Albrecht.«

Christoph Jacobi hatte einen festen Händedruck, er hielt bei der Vorstellung Blickkontakt. Stephan Jacobi stieß sich von der Wand ab und kam zwei Schritte auf sie zu. Er hatte eine große Lücke zwischen den Vorderzähnen, was sein ungepflegtes Aussehen noch unterstrich.

»Bist du mit der Liste durch?«, fragte Daniela ihren Mann.

Er nickte.

»Nichts. Niemand hat sie gesehen, seit sie sich von Moritz und Nico getrennt hat.«

»Erzählen Sie uns alles, was Sie in Erfahrung gebracht haben«, forderte Henri Daniela auf.

»Emily hat nach dem Mittagessen oben in der Wohnung ihre Schwimmsachen für die Geburtstagsfeier zusammengepackt und ist dann noch ein bisschen rausgegangen«, antwortete stattdessen Christoph. »Sie hat mit ihren Freunden Moritz und Nico, die hier um die Ecke wohnen, auf der Straße gespielt.«

Henri notierte die Namen.

»Anscheinend mussten die beiden Jungen rein, als das Gewitter aufgezogen ist.« Christoph warf Daniela einen kurzen Blick zu. »Wir sind davon ausgegangen, dass Emily wegen der Geburtstagsfeier selbst auf die Uhr sehen würde. Wir haben ... äh ... nicht mehr daran gedacht. Erst als die Mutter des Geburtstagskindes angerufen hat, weil Emily nicht dort war, haben wir gemerkt, dass sie verschwunden ist.«

»Die Schwimmsachen sind noch da?«, fragte Lenz.

»Ja.« Daniela hob einen roten Kinderrucksack vom Boden auf und ließ sie hineinschauen. Henri sah ein buntes Handtuch und einen blauen Badeanzug.

»Können Sie uns sagen, wie Emily bekleidet war? Und haben Sie ein aktuelles Foto von ihr?«

»Sie hat einen Jeansrock an. Und ein rotes T-Shirt. Mit einem Smiley vorne drauf.« Daniela überlegte. »Und rote Sandalen. Rot ist ihre Lieblingsfarbe.« Christoph Jacobi hatte ein Smartphone hervorgezogen und tippte und wischte darauf herum.

»Ich habe erst vor ein paar Tagen ein Foto von ihr gemacht.« Er hielt Henri das Smartphone unter die Nase. Auf dem Foto war ein lachendes Mädchen mit hellblonden kurzen Zöpfen zu sehen. Emily hatte die großen blauen Augen ihrer Mutter. Sie sah aufgeweckt und fröhlich aus. Und sie kam Henri bekannt vor. Er überlegte. Hatte er sie am Vortag unter den Schaulustigen vor dem Haus der Hildebrands gesehen? War sie nicht das Mädchen gewesen, das sie angesprochen hatte, als sie aus dem Haus gekommen waren?

»Können Sie das Foto für die Kollegen ausdrucken?«, fragte Henri.

»Ich habe es schon auf den Rechner gezogen.«

Christoph tippte auf der Computertastatur. Sein Bruder Stephan sah auf die Uhr.

»Ich muss in die Küche«, sagte er.

Daniela sah ihn vorwurfsvoll an.

»Machst du dir überhaupt keine Sorgen wegen Emily?«

»Nee, eigentlich nicht. Die Emily ist ein cleveres Mädchen. Die wird sich irgendwo vor dem Gewitter verkrochen haben. Die taucht schon wieder auf!«

Damit verließ er das Büro.

Daniela sah Christoph empört an, doch er winkte ab. Der Drucker unter dem Tisch wurde laut und warf kurz darauf das Foto von Emily aus.

Henri wandte sich an Daniela.

»Der Rucksack ist gut für die Spürhunde, um Emilys Fährte aufzunehmen, weil wir sicher wissen, dass sie ihn berührt hat. Aber möglicherweise war die Berührung nicht intensiv genug, um Emilys Geruch aufzunehmen. Können Sie zusätzlich noch ein Kleidungsstück holen, das Emily schon eine Weile getragen hat?«

»Ich muss oben schauen ...«

Daniela schluckte. Sie zitterte. Christoph trat zu ihr und strich ihr beruhigend über den Rücken.

»Ich mach das, Liebling. Setz du dich einen Moment hierher.«

Er schob sie auf den Schreibtischstuhl und küsste sanft ihren Scheitel. Der Blick, den sie dann austauschten, war so verzweifelt, dass es Henri den Hals zuschnürte. Hoffentlich war ihre Sorge unbegründet. Es gab nichts Schlimmeres, als das eigene Kind zu verlieren.

Nachdem Elisa nicht lockergelassen hatte, gab Dennis ihr einen kurzfristigen Auftrag. Am Morgen hatte sich ein Autounfall auf der Chiemgaustraße ereignet.

»Wir haben zwar kein Bildmaterial«, sagte Dennis, »aber die Leser, die dort im Stau gestanden sind, wollen wissen, was genau passiert ist. Immerhin waren zwei Spuren über eine Stunde lang gesperrt, bis der Unfallverursacher aus seinem Wagen geborgen werden konnte.«

Der Bericht der Feuerwehr enthielt zwar alle wichtigen Informationen für einen kurzen Artikel, Elisa wollte jedoch noch einen O-Ton der Einsatzleute. Sie ließ sich mit der zuständigen Stelle verbinden und hatte gerade einen der Feuerwehrmänner, der bei der Bergung dabei gewesen war, an den Apparat bekommen, als Jette am Schreibtisch gegenüber ebenfalls zum Telefon griff. Sie setzte ein zuckersüßes Lächeln auf und zwitscherte in den Hörer: »Hallo, ich bin es noch mal, Jette Jasmund von der *Morgenzeitung*.«

Elisa drehte sich zur Seite, um sich besser auf ihr eigenes Gespräch konzentrieren zu können. Der Feuerwehrmann Ralph Meyer – mit ey, wie er mehrfach betonte – hatte nichts dagegen, interviewt zu werden. Im Gegenteil – er freute sich über Elisas Interesse und seine neugewonnene Popularität. Sie musste ihn nur mit ein paar Fragen antippen, schon erzählte er wie ein Wasserfall. Innerhalb kürzester Zeit hatte sie drei zitierfähige Aussagen, die anschaulich das Geschehen bei der Bergung des Verletzten beschrieben. Noch während sie sich bedankte und das Gespräch beendete, flogen ihre Finger über die Tastatur.

Jette telefonierte immer noch. Anscheinend versuchte sie erneut, dem Polizeipressesprecher konkrete Informationen über das Obduktionsergebnis im Fall der Gasexplosion zu entlocken. Elisa grinste in sich hinein. Der ganze Körpereinsatz hatte Jette nichts genutzt. André Sievers hatte darauf bestanden, dass sie sich nicht mit den Informationen zufriedengab, die allen zur Verfügung standen, sondern dass sie weiter nachbohrte.

»Was soll das heißen, ich soll mich gedulden?«, rief Jette in den Hörer. Inzwischen war sie nicht mehr zuckersüß, sondern hörbar genervt. »Guter Mann, wir haben Redaktionsschluss. Unsere Leser wollen morgen früh erfahren, was bei dieser Obduktion rausgekommen ist.« Sie sah zu Elisa hinüber und verdrehte die Augen. »Wann haben Sie denn vor, eine Pressemeldung dazu herauszugeben? ... Das wissen Sie nicht? Hören Sie mal, das hilft mir nun wirklich nicht weiter! Warum können Sie mich nicht einfach kurz mit einem der ermittelnden Kommissare verbinden? ... Kommen Sie schon!« Jetzt schnurrte sie wieder. »Sie kennen mich doch! Seien Sie doch nicht so! ... Und das soll ich Ihnen glauben? ... Vielen Dank auch!«

Sie knallte den Hörer auf das Telefon und sah zu Elisa hinüber.

»Dieser bescheuerte Pressesprecher hält mich ewig hin! Er weiß selbst nichts über die Obduktionsergebnisse, aber er weigert sich, mich zu den ermittelnden Kommissaren durchzustellen. Und jetzt behauptet er auch noch, dass sie schon längst das Haus verlassen hätten! Das ist eine Frechheit! Die machen Feierabend, bevor sie die für die Öffentlichkeit wichtigen Informationen übermittelt haben!«

Jette fuhr sich durch die Haare, die danach in alle Richtungen abstanden. Sie holte Luft, um weiter zu lamentieren, als Dennis sich zu ihr umdrehte.

»Was ist jetzt mit deinem Artikel, Jette?«

»Du musst ihn so nehmen, wie er ist.« Sie warf einen Blick zum Glaskasten des Chefredakteurs. »Es geht eben nicht anders. Ich bekomme keine Infos. Die Bullen haben Feierabend gemacht. Schreib hin, dass die Obduktionsergebnisse zu Redaktionsschluss noch nicht vorlagen.«

Auch Dennis sah zu André Sievers hinüber.

»Du weißt aber schon, dass er sich das anders vorstellt?«

»Soll ich vielleicht zaubern?« Jette wurde von einem Signalton ihres Handys abgelenkt. Sie warf einen Blick darauf. Langsam hellte sich ihr Blick auf, ein Lächeln erschien auf ihrem Gesicht.

»Was ist?«, fragte Dennis.

»Ich hab ´nen Tipp bekommen.« Jette lachte breit und zeigte dabei ihre gleichmäßigen Zähne. »Die Polizei sucht ein zehnjähriges Mädchen, das seit ein paar Stunden vermisst wird. Mit Suchhunden und allem Drum und Dran.«

Sie sah sich im Raum um und winkte einer jungen Frau zu, die gerade mit dem Chef vom Dienst sprach.

»Lena!!! Hol deine Kamera, du musst mitkommen! Los! Schnell!«

Lena fragte nicht lange, sondern lief los. Jette stopfte einen Notizblock und das Smartphone in ihre Prada-Tasche.

»Was ist jetzt mit dem Artikel?«, fragte Dennis.

»Druck ihn so, wie er ist.«

Jette wühlte in ihrer Tasche.

»Aber was ist mit André?«

»Was ist mit André?«, äffte Jette ihn nach. »Wenn alle nach einem kleinen Mädchen suchen, wird sich keiner mehr um die Gasexplosion scheren, glaub mir. Halt mir lieber noch ein bisschen Platz auf der ersten Seite frei!«

»Jette, unsere Leser haben Anspruch auf gewissenhafte Recherche ...«

Jette zog einen dicken Schlüsselbund aus der Tasche. Sie sah hoch und zeigte auf Elisa.

»Die gewissenhafte Recherche kann sie ja übernehmen! Ich übergebe ihr die Gasexplosion. Ich muss jetzt nämlich los zu einem *wirklich* interessanten Fall.«

Jette wartete Dennis' Antwort nicht ab. Sie warf sich die langen Locken schwungvoll über die Schultern und verließ mit großen Schritten den Raum.

Elisa registrierte, dass André in seinem Glaskasten aufschaute und Jettes Abgang mit Interesse verfolgte. Er stand auf und kam heraus zu ihnen.

»Was ist denn hier los?«

»Jette ist an einer neuen Sache dran.«

»Was für eine Sache?«

»Die Polizei sucht ein vermisstes zehnjähriges Mädchen. Jette fährt mit Lena hin, um ein paar Infos und Bilder zu bekommen. Vielleicht sogar für die erste Seite, wenn was dran ist an der Geschichte.«

»Wenn was dran ist ... Hoffen wir für das Mädchen und seine Eltern, dass nichts dran ist an der Geschichte.« André teilte Jettes Begeisterung nicht.

»Was ist mit der Obduktion des Explosionsopfers?«

»Die Beamten sind schon im Feierabend«, erklärte Dennis und sah irgendwo zwischen André und Elisa in die Ferne. »Elisa wird sich ab jetzt um den Fall kümmern. Morgen gibt es bestimmt eine Pressemeldung.«

André runzelte die Stirn.

»Ich les mich gleich ein«, versicherte Elisa schnell. »Ich brauche nur noch ein paar Minuten für den Autounfall.«

»Welcher Autounfall?«, fragte André.

»Heute Vormittag auf dem Ring«, sagte Dennis. »Elisa hat eine Kurzmeldung geschrieben.«

»Na ja, so kurz ist sie jetzt nicht mehr ...«

André trat hinter Elisa und las den Text auf ihrem Bildschirm. Er roch nach Pfefferminz, stellte sie fest, als er sich über ihre Schulter beugte.

»Das ist nicht schlecht«, sagte er schließlich. »Haben Sie mit dem Typ geredet?«

»Ja, Ralph Meyer mit ey. Er hat ein paar nette Zitate von sich gegeben, nicht wahr?«

»Mmh«, machte er nur. »Bleiben Sie morgen dran und besorgen Sie die Obduktionsergebnisse. Ich will nicht, dass so was unter den Tisch fällt.«

»Nein ... ja ... mache ich.«

Er ging zurück in seinen Glaskasten. Dennis grinste und streckte beide Daumen hoch.

»Schick mir deinen Artikel, Elisa, du meine Göttin des treffenden Worts! Habe ich es dir nicht gesagt, dass er deine Texte mögen wird?«

»Ich fürchte, bei dem macht eine Schwalbe noch keinen Sommer. Das wird ein langer dorniger Weg.«

Elisa beugte sich über die Tastatur und verpasste dem Text den letzten Feinschliff.

Die Kollegen von der Schutzpolizei hatten gleich ein großes Team geschickt. Wenn ein kleines Mädchen vermisst wurde, nahm man das ernst, selbst wenn erst wenige Stunden vergangen waren. Gleich drei Mantrailer-Teams, von denen eins noch in Ausbildung war, erschienen vor dem *Delicat*. Einsatzleiter Holger Mullner, ein erfahrener Haudegen mit militärisch kurzem Stoppelhaarschnitt, hatte die Hunde an Emilys Wäsche schnuppern lassen und sie dann von dem Punkt, wo das Kind zuletzt gesehen worden war, unter Leitung der Hundeführer seine Fährte aufnehmen lassen. Parallel dazu gingen mehrere Beamte von Haus zu Haus, zeigten Emilys Foto herum und befragten Anwohner und Passanten, ob sie das kleine Mädchen in den letzten Stunden gesehen hatten. Henri war mit der Polizeipsychologin ins *Delicat* zu Emilys Eltern gegangen. Das Haus war vom Keller bis zum Dachgeschoss durchsucht worden, doch Emily war nirgends zu finden.

Dr. Patricia Schröder, die zierliche Polizeipsychologin, strahlte durch ihre bloße Anwesenheit Ruhe und Zuversicht aus, fand Henri. Sie hatte Daniela und Christoph Jacobi aus dem kleinen Büro des *Delicat* nach oben in ihre Wohnung gebeten. Unten lief der Restaurantbetrieb weiter. Eine junge Frau schmiss den Service, den sie sonst mit Daniela Jacobi zusammen bewältigte, allein, was keine große Kunst war, denn es war nicht viel los. Stephan Jacobi arbeitete nach wie vor in der Küche, er schien sich keine übermäßig großen Sorgen um seine Nichte zu machen.

Auf dem Weg nach oben hatte Patricia Schröder Henri kurz beiseitegenommen.

»Sind Sie nicht von der ...?«

»Ja«, schnitt er ihr das Wort ab, bevor sie *Mordkommission* aussprechen konnte. »Ist Zufall, dass ich hier bin. Wir ermitteln gerade in einem anderen Fall in der Nachbarschaft.«

Sie zog die rechte Augenbraue weit nach oben.

»Gibt es einen Zusammenhang?«

»Sieht nicht so aus. Aber die Mutter hat mich angerufen.«

»Und Sie haben uns angefordert?«

»Genau.«

»Verstehe.«

Dr. Schröder hatte es geschafft, Daniela und Christoph Jacobi zum Reden zu bringen, über Emilys Persönlichkeit, ihre Vorlieben und Gewohnheiten. Sie wussten nun, dass Emily eine gute Schülerin war, dass sie in der Nachbarschaft viele Freunde hatte, und es ließ sich heraushören, dass Emily ziemlich selbständig war. Gezwungenermaßen, da ihre Eltern vollauf mit dem Restaurant beschäftigt waren und anscheinend nicht viel Zeit für ihre Tochter hatten.

Sie saßen im Wohnzimmer der Jacobis, dessen Anblick nach dem stilvoll ausgestatteten Restaurant ernüchternd war. Die Möbel waren wild zusammengewürfelt, überall lagen zerknüllte Wäschestücke und zerknitterte Zeitschriften herum, auf dem Sofatisch standen benutzte Gläser und Tassen, es war länger nicht gelüftet worden. Durch eine halboffene Tür konnte man in Emilys Zimmer hineinschauen, das Holger Mullner systematisch durchkämmt hatte, ohne einen Hinweis auf Emilys Verbleib zu finden. Henri konnte sehen, dass Emily am Kopfende ihres Bettes sämtliche Kuscheltiere aufgereiht hatte. Als ob sie beim Schlafen wie eine kleine Armee über Emilys Träume wachten.

»Haben die Männer mit den Hunden Emilys Spur schon gefunden?«, fragte Daniela Jacobi plötzlich unvermittelt. Dr. Schröders Fragen hatten sie nur kurz ablenken können. »Sie melden sich doch bei uns? Was ist, wenn sie keine Spur finden?«

Was ist, wenn Emily nie wieder auftaucht? In Danielas Augen stand die Frage, die sie nicht aussprechen wollte. *Was ist, wenn Emily etwas zugestoßen ist? Was ist, wenn ich sie nie wieder im Arm halten werde?*

An der Art, wie Patricia Schröder tief einatmete und dann langsam mit »Frau Jacobi ...« ansetzte, wusste Henri, dass die Psychologin nun doch an ihrer Grenze angelangt war. Dass alles, was sie noch sagte, an Daniela Jacobi vorbeirauschen würde. Dass nichts mehr zu ihr durchdringen würde, was nicht unmittelbar Emilys akute Situation betraf. Dass die Psychologin zwar anwesend war, dass man sich aber trotzdem entsetzlich allein fühlte. Dass es keinen Trost gab, wenn das eigene Kind plötzlich nicht mehr da war.

Henri stand auf und räusperte sich.

»Ich gehe runter und schaue nach, ob es schon Neuigkeiten von den Hundeführern gibt«, sagte er. »Ich melde mich, sobald ich etwas Neues erfahre.«

Patricia Schröder nickte ihm zu. Henri lief die Treppe hinunter. Lenz war schon vor einer Stunde aufgebrochen. Als er seinen Vater Hans angerufen hatte, um ihn zu informieren, dass es später werden würde, hatte Hans gesagt, dass alles in Ordnung sei. »Das sagt er nur, um mich zu beruhigen«, hatte Lenz gesagt. »Ich habe an seiner Stimme gehört, dass er Schmerzen hat.« Henri hatte ihm zugeredet, sich um Hans zu kümmern. Bei der Suche nach Emily konnten sie im Moment sowieso nichts ausrichten.

Die Hundeführer hatten sich unter dem kleinen Vordach neben dem Eingang zum Restaurant untergestellt und diskutierten ihre Beobachtungen. Der Regen prasselte auf die Tische und die daran angelehnten Klappstühle des kleinen Biergartens. Wenn die Sonne schien, saß man vermutlich sehr angenehm unter den großen alten Bäumen. Doch jetzt machte das Gartenlokal einen grauen und tristen Eindruck.

Der kleinste – und wahrscheinlich auch jüngste – der Hunde, ein Schäferhund mit schwarz geränderten Ohren, schnupperte an Henris Hosenbeinen.

»Aus, Nelson«, sagte einer der Hundeführer.

»Schon gut.« Henri strich Nelson über den Kopf. Er fand es lustig, wie er sein Gesicht in Falten legte. Sah aus, als ob der Hund sich auch Sorgen machte.

»Stört der Regen die Hunde?«, fragte Henri.

»Eigentlich nicht. Aber er ist schon heftig«, sagte Holger Mullner. »Sie haben die Fährte der Kleinen in verschiedene Richtungen aufgenommen. Danach haben wir noch mal gegengecheckt. Emily hat sich in einem Dreieck zwischen dem Haus« – er deutete auf das *Delicat* – »der Schule und der Pacellistraße aufgehalten. Überwiegend scheint sie hier in der Brunhildenstraße gespielt zu haben, dort haben die Hunde eine besonders starke Markierung ausgemacht.«

»Wie weit war sie in der Pacellistraße?«

Holger zeigte die Straße hinunter.

»Etwa bis zu der Einfahrt dort auf der linken Seite.«

»Das ist das Haus der Hildebrands, wo wir gestern zum Einsatz waren.«

Holger und die anderen Männer sahen ihn fragend an.

»Es gab eine Gasexplosion mit einem Toten. Wir ermitteln noch, sieht aber nach Unfall aus. Wahrscheinlich hat Emily die Explosion gehört und ist wie viele der Anwohner dorthin gegangen. Es waren eine Menge Schaulustige da.«

Holger nickte.

»Die Hunde haben vor dem Haus gestoppt, in dieser Richtung verläuft Emilys Spur nicht weiter. Hier am Haus und auf der Straße davor muss sie sich, wie gesagt, länger aufgehalten haben. Eine weitere Fährte führt bis zu Emilys Schule, das haben die Hunde auch übereinstimmend angezeigt.«

»Dort war sie am Vormittag. Zusammen mit zwei Freunden ist sie mittags wieder heimgekommen.« Henri deutete mit dem Kopf zu dem hohen Zaun, der den Nymphenburger Schlosspark auf der gegenüberliegenden Straßenseite umgab. »Was ist mit dem Park? Kann sie dorthin gegangen sein?«

»Das haben wir auch überprüft. Von hier kommt man durch das Laimer Tor in den Park.« Holger zeigte auf eine Art Grünanlage, hinter die sich der Zaun ein Stück die Straße hinunter um eine rechteckige Wiese zurückzog, die von Bäumen und einem Fußweg umrandet wurde. Zwischen den Bäumen standen Bänke. »Da hinten ist eine Pforte, durch die man den Park betreten kann. Emilys Fährte endet aber schon viel früher, praktisch hier auf Höhe des Restaurants. Es sieht nicht so aus, als hätte sie den Park betreten.«

»Gibt es noch andere Parkeingänge in der Nähe?«

»Nicht wirklich. Wenn du weit genug in beide Richtungen gehst, kommen noch weitere Eingänge, aber da musst du eine ganz schöne Strecke laufen. Warum sollte man das tun, wenn man hier einen Eingang direkt vor der Nase hat?«

»Was hat die Befragung der Anwohner ergeben?«

»Läuft noch. Die Kollegen sind mit Emilys Foto unterwegs und melden sich, wenn sich ein Zeuge findet. Bisher haben zwei Leute bestätigt, dass sie Emily zusammen mit ihren beiden Freunden etwa um eins auf der Straße gesehen haben. Einer der Zeugen hat sie um Viertel nach eins gesehen, danach aber niemand mehr.«

»Das heißt, dass sie irgendwann nach Viertel nach eins spurlos verschwunden ist. Kann sie in ein Auto gestiegen sein?«

»Wäre möglich. Die Hunde haben uns das nicht signalisiert, aber wir können es bei dem Regen nicht ausschließen. Die Jungs brauchen jetzt eine Pause.« Holger tätschelte einem der Hunde den Hals. »Ja, eine Entführung im Auto ist denkbar.«

Ein grasgrüner Regenschirm bewegte sich auf der Straße auf sie zu. War die Presse etwa schon auf dem Weg hierher? Sobald sie irgendwo in der Stadt ein Verbrechen witterten, kamen die neugierigen Journalisten wie die Ratten aus ihren Löchern. Henri fragte sich, ob sie den Polizeifunk abhörten. Oder ob sie Spitzel im Polizeipräsidium hatten, die ihnen Bescheid gaben, wenn eine interessante Meldung einging. Gegen Geld oder welche Gegenleistung auch immer.

Henri war erleichtert, als er unter dem Regenschirm Carina Engl erkannte. Schon von Weitem winkte sie ihm zu und er sah die Hoffnungsfunken in ihren Augen.

»Kommissar Wieland, gibt es was Neues von Emily? Ist sie wieder da?«

Henri schüttelte den Kopf.

»Nein, wir haben sie noch nicht gefunden.«

Die Funken in Carinas Augen waren erloschen, als sie vor Henri stand und langsam den Schirm zuklappte.

»Können die Hunde ihre Fährte nicht aufnehmen?«

»Doch. Aber sie endet entweder an der Schule oder hinten bei den Hildebrands.«

»Dann muss sie doch irgendwo hier in der Nähe sein!«

»Wir haben alles abgesucht, Frau Engl.«

Holger räusperte sich.

»Für die Hunde reicht es jetzt. Ich begleite die Kollegen noch zum Wagen, dann komme ich wieder rein«, sagte er zu Henri. Sie gingen mit den Hunden zum Parkplatz.

»Wie geht es Emilys Eltern?«, fragte Carina. »Es muss schrecklich für sie sein.«

»Sie werden von einer Psychologin betreut.«

Das war keine Antwort auf Carinas Frage, aber sie nickte und wandte sich zum Gehen.

»Dann werde ich mal wieder ...«

»Wie geht es Frau Hildebrand?«

»Das wechselt von Minute zu Minute. Mal niedergeschlagen und depressiv, mal tapfer und stark. Die meiste Zeit zieht sie sich ins Gästezimmer zurück. Ich wünschte, ich könnte ihr besser helfen.«

»Dass sie bei Ihnen sein kann, ist bestimmt schon eine große Hilfe für sie. Zu wissen, dass sie nicht allein ist.«

»Meinen Sie?« Carina sah ihn zweifelnd an. Sie klappte den Schirm wieder auf, doch plötzlich stoppte sie mitten in der Bewegung. »Was soll ich den Schülern sagen, wenn Emily morgen noch nicht wieder da ist? Darf ich Sie morgen früh anrufen?«

»Klar. Wenn Sie wollen, schicke ich Ihnen eine SMS, sobald wir etwas Neues erfahren. Die können Sie gleich morgen früh lesen, wenn Sie aufwachen.«

»Ich glaube nicht, dass ich heute überhaupt schlafen kann.«

»Versuchen Sie es.«

Sie nickte, doch er konnte die Tränen in ihren Augen sehen. Carina drehte sich um und lief durch den Regen nach Hause. Henri betrat das Restaurant und stieg die Treppe hoch. Erwartungsvoll sahen ihm die Jacobis und Dr. Schröder entgegen, als er die Wohnungstür aufschob. In ihren Augen waren die gleichen Hoffnungsfunken wie vorher bei Carina Engl. Und genau wie bei ihr erloschen sie, sobald sie in Henris Gesicht gesehen hatten.

Henri fasste die Ergebnisse der Suche zusammen. Holger Mullner, der kurz nach ihm dazukam, ergänzte seine Informationen so sachlich wie möglich. Doch er war nicht imstande, ihre Schlussfolgerung zu beschönigen. Emily blieb verschwunden und die Wahrscheinlichkeit, dass sie in einem Auto verschwunden war, war hoch.

»Emily würde niemals zu einem Fremden ins Auto steigen«, sagte Christoph Jacobi entschieden. »Nicht freiwillig. Wir haben mit ihr darüber gesprochen, weil sie ja viel draußen auf der Straße spielt und wir nicht jede Minute auf sie aufpassen können. Das hätte sie niemals getan.«

»Dann muss sie jemand ...« Daniela beendete den Satz nicht. Sie schluchzte laut auf. Christoph rückte näher an sie heran und legte den Arm um ihre Schultern. Daniela drückte den Kopf an seine Brust und wimmerte leise. Er strich ihr über das Haar. »Liebling«, sagte er hilflos.

Dr. Schröder beugte sich nach vorn, doch bevor sie das Wort ergreifen konnte, ging die Wohnungstür erneut auf. Stephan Jacobi stand auf der Türschwelle. Er trug noch immer seine Kochkleidung, einen weißen Kittel mit einer weißen Hose.

»Ist einer von euch Klugscheißern schon mal auf die Idee gekommen, dass Emily mit dem Fahrrad unterwegs sein könnte?«, fragte er und schaute in die Runde. »Ich war gerade in der Garage. Emilys Fahrrad ist weg.«

»Ihr Fahrrad?«, echote Holger. »Wir sind davon ausgegangen, dass sie sich zu Fuß fortbewegt hat. Als sie zuletzt beim Spielen mit ihren Freunden gesehen wurde, hat niemand was davon gesagt, dass sie ein Fahrrad dabei hatte.«

»Kann sie sich ja später noch geholt haben«, meinte Stephan. »Auf jeden Fall ist es weg.«

Holger sah Henri an.

»Die Hunde hätten die Fährte trotzdem aufnehmen müssen.«

»Und wenn der Regen sie daran gehindert hat?«

Holger zuckte mit den Schultern.

»Eigentlich dürfte das nicht ... Aber man weiß nie ... Auf jeden Fall müssen wir jetzt den Suchradius erweitern. Mit dem Fahrrad könnte sie sonst wohin gekommen sein.« Er zog sein Handy aus der Tasche. »Wir brauchen mehr Leute.«

Holger verließ den Raum und Stephan stapfte hinter ihm her die Treppe hinunter. Dr. Schröder warf einen kurzen Blick auf die Jacobis, die immer noch eng aneinandergedrückt auf dem Sofa saßen. Sie stand auf und bat Henri mit einem Kopfnicken zur Seite.

»Das wird eine lange Nacht«, sagte sie leise zu ihm. »Es ist besser, wenn Sie heimgehen und etwas schlafen. Wir rufen Sie dann.«

Aus ihrem Blick war jede Zuversicht gewichen. Eine Gittalun würde in dieser Nacht nicht reichen, um Henri einschlafen zu lassen.

Elisa hatte in der Redaktion gewartet, bis der Regen nachließ, denn sie war am Morgen nicht auf die Idee gekommen, ihr Regencape mitzunehmen. Das steckte noch in einer der Umzugskisten. Carsten hatte sich gern darüber lustig gemacht, denn das Cape war so groß, dass Elisa das halbe Fahrrad damit abdecken konnte. Es war nicht schön, aber dafür praktisch.

Als Elisa durch den Englischen Garten fuhr, begann es wieder leicht zu nieseln. Sie trat in die Pedale. Weit war es nicht mehr bis zu ihrer Wohnung, doch Elisa machte noch einen kurzen Zwischenstopp bei dem kleinen Supermarkt, an dem sie morgens vorbeigekommen war. In ihrem Kühlschrank herrschte gähnende Leere.

Elisa hatte die Wartezeit in der Redaktion genutzt und sich in die Informationen eingelesen, die Jette zur Explosion und zum Tod des Zahnarztes Adrian Hildebrand recherchiert hatte. Der Artikel, den Jette für die nächste Ausgabe der Morgenzeitung geschrieben hatte, fasste die wenigen bekannten Fakten zusammen, war aber keineswegs brillant geschrieben. Jette hatte gleich zwei Redensarten strapaziert – »mit dem Feuer spielen« und »wo Rauch ist, ist auch Feuer«. Carsten hätte ihr das nicht durchgehen lassen.

Nachdem Elisa mitbekommen hatte, dass Jette telefonisch keine weiteren Informationen erhalten hatte, nahm sie sich vor, am nächsten Tag persönlich in der Pressestelle des Präsidiums vorstellig zu werden. Jette hatte recht. Als Stadtreporterin brauchte sie dringend persönliche Kontakte. Und es war sicher nicht die schlechteste Idee, den ersten Kontakt mit dem Polizeipressesprecher zu knüpfen. Wenn sie Glück hatte, würde sie vielleicht sogar mit den ermittelnden Beamten ein Wort über die Obduktionsergebnisse wechseln können.

Als Elisa aus dem Supermarkt kam, war der Regen stärker geworden, doch sie merkte es kaum. Ihr erster Tag bei der *Morgenzeitung* hatte nicht gut angefangen. Der Kaffee auf dem Hemd des Chefredakteurs, seine eisige Abneigung, Jettes aufgesetzte Freundlichkeit und die langweiligen Wetterdaten. Doch mit dem Bericht über den Unfall hatte sich das Blatt dann gewendet. Elisa hatte den Eindruck, dass André Sievers ihren Text nicht schlecht fand. Und jetzt hatte sie schon einen Auftrag für den nächsten Tag, der sehr viel interessanter zu werden versprach. Was störte sie da ein bisschen Regen?

Als sie in die Einfahrt von Karens Haus bog, waren ihre Jeans an den Oberschenkeln völlig durchnässt und ihre Haare hingen tropfnass herunter. Sie lehnte das Rad unter dem Carport an die Wand, nahm die Einkaufstüten aus dem Korb auf dem Gepäckträger und wollte gerade zur Haustür laufen, als Bärchens dunkler BMW schwungvoll unter den Carport einbog. Elisa sprang zur Seite, doch dann blieb sie stehen und wartete, bis er ausgestiegen war. Wenn es sein musste, dann konnten sie die Fahrradfrage auch gleich ausdiskutieren.

Aber Bärchen schien das Rad gar nicht zu bemerken. Er stieg aus, murmelte »`n Abend« und wollte an Elisa vorbei ins Haus gehen.

»Bei dem Regen kann das Rad schon unter dem Carport stehen, oder?«, fragte Elisa herausfordernd. »Damit es keine Rostlaube wird ...«

Er sah auf, schaute von ihr zum Fahrrad und wieder zurück.

»Meinetwegen«, sagte er nur und verschwand im Haus. Immerhin war er so nett, die Tür für Elisa aufzulassen. Ganz schön launisch, dachte Elisa. Am Vortag war es ihm noch so wichtig gewesen, dass das Fahrrad auf keinen Fall direkt neben seinem tollen Wagen stand.

Sie folgte ihm ins Haus, sah aber nur noch die untere Wohnungstür hinter ihm zufallen. Was habe ich dem bloß getan?, dachte sie und stieg die Treppe hoch. Sie räumte ihre Einkäufe in den Kühlschrank. Dann schälte sie sich aus der nassen Jeans, zog trockene Kleider an und föhnte sich die Haare.

Während sie Sashas Nummer wählte, sah sie aus dem Fenster in den Garten. Ob Annas Baumhaus wasserdicht war? Elisa hätte es sich gern einmal von innen angesehen, aber sie ahnte, dass es besser war zu warten, bis Anna sie dazu einlud.

Sasha war noch im Büro. Sie stöhnte über die viele Arbeit, die wegen ihrer Besprechung mit den Rechtsverdrehern liegengeblieben war. Und sie stöhnte noch viel lauter, als Elisa ihr von Andrés Reaktion auf ihren Artikel erzählte.

»Himmel, Elisa, gibt es da nicht irgendeinen anderen Mann, auf den du dich stürzen kannst? Nicht schon wieder dein Vorgesetzter? Da müssen doch auch noch andere Kerle rumlaufen!«

»Der einzige Mann, mit dem ich ansonsten zu tun habe, ist der Sohn meiner Vermieterin. Und du kannst dir gar nicht vorstellen, wie unfreundlich der zu mir ist!«

»Vielleicht könntest du dir mit ihm ein bisschen Mühe geben?«, schlug Sasha vor.

Elisa lachte.

»Da wird alle Mühe nichts nützen. Der hat definitiv kein Interesse. Aber du solltest ihn mal Klavier spielen hören. Schöner als Mama an Weihnachten.«

Elisas Mutter spielte sehr gut Klavier, doch sie hatte nie Zeit zum Üben. Nur an Weihnachten packte sie ihre alten Noten aus und spielte die vertrauten Lieder, die sie auch ohne viel Üben beherrschte.

»Seine Mutter ist Klavierlehrerin. Vermutlich konnte er Klavier spielen, bevor er den ersten Satz gesprochen hat.«

Elisa fiel auf, dass an diesem Abend kein Klavierspiel von unten zu hören war. Bärchen schien nicht in Stimmung zu sein.

»Ist Jasper noch bei dir?«, wechselte Elisa das Thema.

»Oje, den habe ich ganz vergessen!«, rief Sasha. Elisa konnte hören, dass sie überstürzt zusammenpackte. »Ich muss los. Wir wollten uns im Kino treffen!«

»Viel Spaß!«

Elisa legte auf. Spaß würden sie haben, mit Sasha und Jasper hatte man immer Spaß. Nicht zum ersten Mal an diesem Tag fragte sich Elisa, ob sie die richtige Entscheidung getroffen hatte. Ob es richtig gewesen war, auf ihren Bauch zu hören, von heute auf morgen alles Vertraute hinter sich zu lassen und ein neues Leben anzufangen. Das gute Gefühl, das sie auf dem Heimweg verspürt hatte, war verflogen. Sie saß allein zwischen den verbliebenen Umzugskartons und fühlte nichts als Heimweh.

Es war das erste Mal in ihrem Leben, dass Elisa allein wohnte. Als sie ihr

Zuhause verließ, um zum Studium nach Hamburg zu gehen, war sie in ein WG-Zimmer gezogen. Sie wohnte mit vier anderen Studenten zusammen, die nicht alle ihr Fall gewesen waren. Aber es war immer jemand da. Als Sasha ihr in die Stadt gefolgt war, hatten sie sich zu zweit eine Wohnung gesucht. Elisa hatte in dieser Zeit mehrere Beziehungen, doch mit keinem der Männer hatte sie zusammen wohnen wollen. Erst nach etwas mehr als einem Jahr mit Carsten war sie das Pendeln leid geworden. Als er sie gefragt hatte, ob sie bei ihm einziehen wollte, hatte sie nicht lange überlegt und einen Teil ihrer Sachen in seine Loft-Wohnung transportiert. Sasha hatte inzwischen auch ihr Studium beendet und konnte allein für die Miete ihrer Wohnung aufkommen. Was sie nicht davon abhielt, Elisa regelmäßig zu versichern, dass sie jederzeit zurückkommen könne.

Doch nun war Elisa hier gelandet. In der definitiv schönsten Wohnung, in der sie je gelebt hatte. Sie mochte die hohen Dachschrägen mit den großen Fenstern, die die Wohnung hell und geräumig und gleichzeitig gemütlich wirken ließen. Obwohl es nur ein einziger Raum war, gab es genug Rückzugsorte dank der Schlaf- und Arbeitsnischen und natürlich auf der kleinen, feinen Dachterrasse. Und diesmal bekam Elisa nicht nur einen Schrank für ihre Habseligkeiten zugeteilt. Diesmal war sie es, die darüber bestimmte, was sie wo einräumte. Niemand würde ihr reinreden, niemand würde ihr Vorschriften machen. Zum allerersten Mal stand Elisa komplett auf eigenen Füßen; es war das erste Mal, dass sie ganz allein lebte. Und auf einmal fühlte es sich gar nicht mehr so schlecht an. Elisa hatte sämtliche Freiheiten der Welt. Das hier war ihr ganz persönliches Reich. Vielleicht hatten Karen und ihr Mann das Haus deshalb Elysium genannt, weil es auch für sie eine Insel des Friedens und der Glückseligkeit inmitten der turbulenten Welt gewesen war.

Dienstag

W»ir starten in einen neuen Tag voll Sonnenschein!«, plärrte die Frauenstimme aus dem Radiowecker. Carina blinzelte. Die Stimme war unangenehm laut. »Nachdem das Gewitter gestern die schwüle Luft gereinigt hat, können wir heute wieder die Sonne genießen. Machen Sie sich auf einen heißen Tag mit Spitzentemperaturen gefasst, ziehen Sie so wenig wie möglich an und setzen Sie Ihre Sonnenbrille auf ...« Michael schaltete den Radiowecker aus. Carina griff zu ihrem Handy, das sie auf ihrem Nachttisch abgelegt hatte. Es war auf stumm gestellt gewesen, doch diese Vorsichtsmaßnahme hatte sich als unbegründet erwiesen. In der Nacht war keine Nachricht eingegangen.

»Was ist?«, fragte Michael und sah auf das Handy in Carinas Hand.

»Ich habe geschaut, ob der Kommissar mir eine Nachricht geschickt hat. Ob sie Emily gefunden haben.«

»Und?«

»Nichts.«

Carina rollte sich zu Michael hinüber und küsste seine Schulter.

»Guten Morgen.«

»Morgen.«

Er setzte sich im Bett auf.

»Meinst du, ich kann den Kommissar anrufen?«

»Du willst ihn anrufen? Jetzt?!«

»Ich muss doch wissen, was ich den Kindern in der Schule sage, wenn Emily nicht da ist.«

»Sag, dass du nicht weißt, wo sie ist. Mehr nicht. Das ist doch die Wahrheit.«

»Aber sie wissen, dass nach Emily gesucht wird, dass sie nicht nur einfach krank ist. Die Jacobis und die Polizei haben gestern bei jedem Kind angerufen, um zu hören, ob Emily dort ist. Sie werden wissen wollen, wo Emily ist.«

»Und der Kommissar hat gesagt, dass er dir eine Nachricht schickt?«

»Ja. Er hat es versprochen. Und er sieht aus wie jemand, der seine Versprechen hält.« Carina kaute auf ihrer Unterlippe. »Wenn er mir nicht geschrieben hat, dann haben sie sie wohl nicht gefunden.«

»Wohl nicht.«

Michael stand auf und ging ins Bad. Carina folgte ihm.

»Eigentlich wollte ich Judith heute nicht allein lassen und mich krankmelden, aber unter diesen Umständen *muss* ich in die Schule gehen.«

»Sie wird schon klarkommen. Gestern hast du dir völlig umsonst Sorgen gemacht. Wir sollten sie heute schlafen lassen. Sie wirkt ziemlich stabil, finde ich.«

Michael stieg unter die Dusche und drehte das Wasser auf.

»Ich finde, ihre Stimmungen wechseln extrem«, sagte Carina, aber Michael konnte sie vermutlich unter dem Wasserstrahl nicht mehr hören.

Carina wählte ein schlichtes, pastellfarbenes Sommerkleid. Eigentlich hatte sie Adrians und Judiths wegen wieder etwas Schwarzes tragen wollen, aber wie würde das auf ihre Schüler wirken, wenn sie in Trauerkleidung vor die Klasse trat, den Kindern aber gleichzeitig Hoffnung machen wollte, dass Emily bald wieder bei ihnen war? Gab es denn überhaupt noch Hoffnung? Carina befestigte schnell die letzten Klammern im Haar und verließ das Bad. Während sie den Frühstückstisch deckte, wählte sie die Nummer von Henrik Wieland. Er hob nach dem zweiten Läuten ab.

»Wieland«, sagte er und klang zumindest nicht verschlafen.

»Hier ist Carina Engl. Entschuldigen Sie, dass ich so früh anrufe. Ich hoffe, ich habe Sie nicht geweckt?«

»Nein, keine Sorge.« Er lachte leise.

»Gibt es was Neues von Emily?«, fragte Carina und steckte zwei Scheiben Toast in den Toaster, der wieder zusammengebaut an seinem Platz stand.

»Nein, sonst hätte ich Ihnen geschrieben. Vor einer halben Stunde habe ich mit dem Einsatzleiter vor Ort gesprochen. Sie haben in der Nacht weitergesucht, aber bei dem Regen und in der Dunkelheit keine weiteren Spuren oder Zeugen gefunden. Es hat sich herausgestellt, dass Emilys Fahrrad weg ist. Deshalb wurde der Suchradius vergrößert. Heute werden Flugblätter mit Emilys Foto verteilt. Außerdem werden die Hunde heute Morgen in einem größeren Gebiet eingesetzt.«

»Verstehe ... Heißt das ... denken Sie, dass Sie Emily bald finden werden?«

Das Geschirr in Carinas Hand klapperte. Michael betrat die Küche und sah fragend auf das Handy. Sie drehte sich weg und konzentrierte sich auf die Antwort von Kommissar Wieland.

»Wir hoffen es, Frau Engl. Wenn sie in ein Auto eingestiegen ist, dann ist es schwierig. Wenn sie mit dem Fahrrad unterwegs war, dann besteht die Chance, dass sie irgendwo feststeckt ...«

»Aber dann war sie die ganze Nacht draußen ... Bei dem Wetter ...«

»Wir wissen es nicht. Vielleicht ist sie irgendwo untergekommen ...«

»Aber dann hätte sie sich doch gemeldet!«

»Wir wissen es nicht«, wiederholte er. »Versuchen Sie, nicht vom Schlimmsten auszugehen, Frau Engl.«

»Das ist schwierig. Ich kenne Emily. Sie ist ein cleveres Mädchen. Wenn sie sich so lange nicht gemeldet hat, muss ihr etwas zugestoßen sein.«

»Wir suchen mit Hochdruck nach ihr, das kann ich Ihnen versichern! Ich melde mich bei Ihnen, sobald es etwas Neues gibt, in Ordnung?«

»Das ist nett. Verstehen Sie, dass ich mir Sorgen mache?«

»Natürlich, und zwar ganz berechtigt. Ich will Ihnen nicht vormachen, dass dazu kein Grund besteht. Aber Sie dürfen die Hoffnung nicht aufgeben.«

Carina nickte und merkte dann, dass Kommissar Wieland sie nicht sehen konnte.

»Ich versuche es. Ich werde Emilys Freunden und Mitschülern sagen, dass sie bestimmt bald gefunden wird, wenn so viele Polizisten nach ihr suchen.«

»Tun Sie das.«

»Entschuldigen Sie noch mal, dass ich so früh angerufen habe.«

»Kein Problem.«

Carina verabschiedete sich und legte auf.

»Du hast ihn ja doch angerufen, den Kommissar«, sagte Michael.

»Ich habe es nicht mehr ausgehalten.«

Carina holte Butter und Marmelade aus dem Kühlschrank und stellte sie auf den Tisch. Sie nahm die fertigen Scheiben aus dem Toaster und steckte zwei neue hinein.

»Was hat er gesagt?«

»Sie haben die Suche ausgeweitet, nachdem sie festgestellt haben, dass Emilys Fahrrad verschwunden ist.«

»Ist der Kommissar nicht genervt, wenn du ihn so früh anrufst?«

»Nein, er war sehr nett. Er versteht, dass ich mir Sorgen um Emily mache. Er ruft mich an, wenn es was Neues gibt.«

Michael trat hinter Carina und umfasste ihre Schultern. Er küsste sie zärtlich auf den Nacken, doch Carina bekam nicht wie sonst eine Gänsehaut. Sie drehte sich halb um und schmiegte sich an Michaels Brust.

»Bist du sicher, dass du heute unterrichten kannst?«, fragte er.

»Ich muss.«

Michael küsste sie auf die Stirn und drückte sie fest an sich. Carina fuhr zusammen, als Judith sich auf einmal hinter Michael räusperte.

»Guten Morgen.«

Judith trug nicht mehr Carinas weißes T-Shirt, sondern eines ihrer eigenen eleganten Satin-Nachthemden. Es war schwarz und Carina fragte sich sofort, ob Judith sich an ihrer hellen Kleidung störte. Sie löste sich aus Michaels Umarmung.

»Guten Morgen, Judith. Wie geht es dir heute?«

»Besser.« Judith musterte Carina. »Aber du sieht nicht besonders gut aus.«

»Ich mach mir Sorgen wegen Emily. Du weißt schon, das Mädchen, das verschwunden ist.«

»Mmh.« Judith warf einen Blick auf die Kaffeemaschine. »Kann ich mir einen Kaffee nehmen?«

»Klar. Wir wussten nicht, ob wir dich zum Frühstück wecken sollten.«

»Ich kann ja nicht ewig schlafen. Außerdem muss ich mich heute um eine Menge Dinge kümmern.«

»Dann können wir dich allein lassen? Bist du sicher?«

Judith sah Carina fragend an.

»Ihr müsst mit mir nicht Händchen halten. Nicht, dass dieser Beerdigungskram Spaß machen würde, aber es sieht so aus, als ob ich nicht drumrum käme.«

»Ich würde dich gerne dabei unterstützen«, meinte Carina, »aber ich glaube, dass meine Schüler mich heute auch brauchen, wenn Emily immer noch vermisst wird.«

»Sicher. Geh nur in die Schule. Vielleicht kannst du mir am Nachmittag mit den Liedern und so helfen. Du kennst dich doch mit so was aus.«

Carina und Michael sangen im Kirchenchor.

»Das mache ich gern!«

Als Carina kurz darauf vor ihrer Klasse stand, wünschte sie plötzlich, dass Judith sie nicht ganz so leichtfertig aus ihren Freundschaftspflichten entlassen hätte. Emilys leerer Platz schien das ganze Klassenzimmer zu beherrschen. Carina merkte, dass die Kinder immer wieder dorthin sahen, und auch ihr eigener Blick fiel immer wieder auf die Lücke in der ersten Reihe. Die Stimmung war gedämpft, selbst die größten Rabauken tobten nicht wie sonst wild herum.

»Wissen Sie was Neues von Emily?«, hatten viele Kinder Carina gefragt, als sie gemerkt hatten, dass Emilys Platz leer bleiben würde.

Sie hatte ihnen von der erweiterten Suche berichtet. Sie hatte ihnen erzählt, dass mehr Polizisten eingesetzt werden würden, dass mit Emilys Foto großflächig nach ihr gesucht wurde und dass die Hunde erneut Emilys Spur aufnehmen würden. Doch offensichtlich gelang es ihr nicht, mehr Optimismus zu verbreiten, als sie selbst empfand. Selbst die fantasielosesten Kinder schienen sich auszumalen, was mit Emily geschehen sein konnte – die Sorge stand ihnen allen ins Gesicht geschrieben. Einzig und allein Paula beschwerte sich, dass die Warterei auf Emily ihre Geburtstagsfeier versaut hatte. Sie würde sie nie wieder einladen.

»Halt die Klappe!«, sagte Moritz und sprang auf. »Du weißt genau, dass sie gekommen wäre, wenn sie gekonnt hätte.«

»Das wissen wir alle«, mischte sich Carina schnell ein und legte Moritz beruhigend die Hand auf die Schulter. »Die Polizei wird sie sicher bald aufspüren.«

Moritz sank zurück auf seinen Stuhl und schien dort in sich zusammenzuklappen. Leise sagte er:»Hoffentlich haben sie dort so gute Spürnasen, wie Emily selbst eine ist!«

Dragan Petrovic war nicht so gut gelaunt wie sein Hund. Nelson lief und lief, als würde er von einem Magneten angezogen. Ab und zu hielt er inne und schnupperte, hechelte Dragan mit seinem verschwörerischsten Hundegrinsen an und lief dann weiter. Dragan war überzeugt davon, dass ihr Weg eine Sackgasse war. Bis zur Schule würde Nelson Emilys Fährte verfolgen können – wie er es auch am Vortag schon getan hatte – und dann? Holger hatte sie ein zweites Mal hergeschickt, um alle Zweifel auszuräumen, dass Emily nicht doch von der Schule aus verschwunden war. Doch wie sollte das möglich sein, wenn ihre beiden Freunde ausgesagt hatten, dass sie nach der Schule gemeinsam nach Hause gegangen waren und dass sie sich dort nach dem Essen auf der Straße zum Spielen getroffen hatten?

Holger und die anderen nahmen sich erneut das Haus vor, in dem Emily wohnte, und die Spuren, die sie auf der Straße hinterlassen hatte. Um dann von da die Suche weiter auszudehnen. Sicher würden sie dort einen weiteren Anhaltspunkt finden. Oder eine Fährte, die den Hunden gestern im Regen entgangen war. Wenn Emily mit ihrem Fahrrad unterwegs gewesen war, dann konnten die Hunde trotzdem ihre Spur aufnehmen. Es war allerdings schwerer. Dafür mussten die besten Hunde ran. Und dazu zählte Holger Nelson anscheinend nicht.

Nelson war jünger als die anderen Hunde und er machte beim Training ab und zu noch Fehler. Aber Dragan fand, dass keiner der Hunde so eifrig bei der Sache war wie seiner. Er war stolz auf die Fortschritte, die sein Schützling tagtäglich machte. Nelson würde es noch weit bringen. Außerdem konnte man nie genau sagen, ob es wirklich ein Fehler des Hundes war oder desjenigen, der die Zeichen, die der Hund gab, nicht richtig interpretieren konnte. Dragan hatte zwar schon mit einigen Polizeihunden gearbeitet, aber Nelson war sein erster eigener Hund, der abends mit ihm nach Hause kam und für den er die wichtigste Bezugsperson war. Rund um die Uhr. Auch Dragan musste noch viel lernen.

Ausgerechnet jetzt, wo er so viel mit Nelson trainierte, kam Mandy auf einmal mit dieser Babyidee an. Am vorigen Abend, als er ihr von der Suche nach Emily erzählt und ihr das Flugblatt mit Emilys Foto gezeigt hatte, da hatte sie ihm gestanden, dass sie gern ein Baby haben wollte. Ein Baby! Wie stellte sie sich das denn vor? Wie sollte er sich denn noch um ein Baby kümmern? Dragan war mit vier kleinen Geschwistern aufgewachsen und er wusste, wie viel Mühe so ein kleiner Wurm machte. Selbst wenn Mandy das meiste davon erledigte, dann würde sie ihren Job bei der Versicherung aufgeben oder zumindest weniger arbeiten müssen. Das Geld, das sie verdiente, konnten sie aber eigentlich ganz gut gebrauchen.

Nelson zog Dragan hinter sich her. Wofür brauchten sie überhaupt ein Baby? Sie hatten doch Nelson.

»Stimmt's, mein Guter?«, fragte Dragan laut. Nelson drehte sich zu ihm um und sah ihn fragend an. Dann schien er zu nicken. Oder er senkte den Kopf, um weiter der Fährte zu folgen. So genau konnte man das nicht wissen.

Sie waren inzwischen an der Schule angekommen und gingen am Zaun entlang, der den Pausenhof begrenzte. Nelson zog Dragan zur Eingangspforte. Er ließ die Leine locker, um Nelson mehr Freiraum zu geben, doch der Hund schien sich sicher zu sein, dass Emilys Spur durch das Tor hinein auf den Pausenhof führte. Das war ja klar gewesen.

Dragan war sauer. Da hatten sie ihn mal wieder sauber aufs Abstellgleis geschoben. Er hatte schon am Abend vorher das Gefühl gehabt, dass Holger während seiner Standpauke besonders vorwurfsvoll zu ihm geschaut hatte. Er ließ sich nicht direkt anmerken, dass er Dragan nicht leiden konnte, aber er hatte bis jetzt auch noch nicht viel Freundliches zu ihm gesagt. Die anderen beiden Männer bildeten schon länger zusammen ein Mantrailer-Team, wie sie es großkotzig nannten. Wahrscheinlich wollten sie den Ruhm allein einstreichen, wenn sie das kleine Mädchen fanden.

Also konnte er genauso gut auch erst noch eine rauchen, bevor er zurückging. Dragan zog seine Zigaretten aus der Jackentasche und zündete sich eine an. Nelson lief an der langen Leine herum und schnupperte am Eingangstor und am Zaun. Er bellte und stieß mit den Pfoten gegen das große Eisentor, das daraufhin ein Stück weit aufging. Im Moment war der Pausenhof leer, die Schüler waren alle im Unterricht.

»Gut, dann such noch mal auf dem Pausenhof«, sagte Dragan halblaut und löste die Leine von Nelsons Halsband.

Ein Baby war der Wahnsinn! Er nahm einen tiefen Zug und blies den Rauch langsam durch den Mund aus. Sie kannten sich erst seit ein paar Monaten. Mandy war toll, keine Frage, aber gleich ein Baby? Ich bin immerhin schon fünfundzwanzig, hatte Mandy gesagt. Da kann man doch langsam mal an ein Baby denken. Das kann man mit fünfunddreißig auch noch, hatte Dragan geantwortet. Er war erst seit ein paar Monaten mit der Ausbildung fertig. Da war es an der Zeit, erst mal ein bisschen das Leben zu genießen, fand er.

Mandys Mutter war nur knapp siebzehn Jahre älter als ihre Tochter. Mandy kannte es nicht anders. Sie hatte sich heulend im Bad eingeschlossen und kein Wort mehr mit Dragan geredet. Als am Morgen sein Wecker angegangen war, hatte sie sich schlafend gestellt, bis er die Wohnung verlassen hatte. Aber am Abend würde sie mit ihm reden müssen. Vielleicht sollte er ein paar Blumen besorgen. Um zu zeigen, dass ihm ihre Gefühle nicht egal waren. Aber ein Baby? Dazu war er definitiv noch nicht bereit.

Nelson bellte wieder. Er umkreiste den Fahrradständer, der rechts hinter der Eingangspforte entlang des Zaunes aufgestellt war. Anscheinend kamen viele Kinder mit dem Fahrrad zur Schule, obwohl die meisten so wie Emily und ihre Freunde ganz in der Nähe wohnten. Der Fahrradständer war gut gefüllt, nach den Farben der Fahrräder zu urteilen, gab es eine Mädchen- und eine Jungenseite. Rot und rosa gegen blau, grün und schwarz. Wieder und wieder kehrte Nelson an den rechten Rand des Fahrradständers zurück und versenkte seine Schnauze neben den Metallstreben, in denen der Vorderreifen eines pink-glitzernden Kinderfahrrads steckte. Emily hatte kein pinkfarbenes Fahrrad, sondern ein rotes. Dieses konnte also nicht ihres sein.

Dragan sah auf. Er nahm einen letzten Zug und trat die Zigarette auf dem Bürgersteig vor der Schule aus.

Was, wenn Emily doch mit dem Fahrrad zur Schule gefahren war? Später, als ihre Freunde nach Hause mussten? Wenn diese zweite Spur sich mit der vom Schulweg am Vormittag, als sie zu Fuß gegangen war, überlagerte? Wenn sie danach von hier aus mit dem Fahrrad weitergefahren war?

Dragan betrat den Schulhof und war mit ein paar Schritten bei Nelson. Er legte ihm die Leine an.

»Such, Nelson, such«, forderte er ihn auf. Gern hätte er ein Stück von Emilys Wäsche dabeigehabt, um Nelsons Gedächtnis aufzufrischen, aber die Wäsche war bei den anderen. Dragan hatte nicht daran gedacht, sich auch ein Stück mitzunehmen.

Doch Nelson schien keine Gedächtnisauffrischung zu benötigen. Als Dragan ihn aus der Schulpforte hinaus- und von der Spur, der sie hergefolgt waren, wegführte, schnupperte er sich erst zögernd am Zaun entlang. Als Dragan ihm etwas mehr Leine ließ, zog er in die Mitte des Bürgersteigs und tat mit einem lauten Bellen kund, dass er dort eine Spur aufnahm. Zumindest war es das, was Dragan glaubte, aus Nelsons Verhalten herauslesen zu können. Nelson senkte die Schnauze und folgte nun genauso eifrig wie vorher der Fährte, die er aufgespürt hatte und die in entgegengesetzter Richtung von der Schule wegführte.

Dragan überlegte. Sollte er Holger oder einen der anderen anrufen? Aber was, wenn es sich wieder um eine falsche Spur handelte? Wenn er sie umsonst vom eigentlichen Tatort wegrief? Vielleicht war es besser, erst noch etwas abzuwarten, wohin Nelson ihn führen würde.

Der Hund bog in die Laimer Straße ab. Kam man von dort nicht wieder auf die Zuccalistraße? Dragan versuchte, sich den Stadtplan ins Gedächtnis zu rufen, aber Straßenkarten waren noch nie seine Stärke gewesen.

Nelson lief zielstrebig vorwärts, so als ob auch er froh sei, nicht mehr ewig auf dem gleichen Gebiet hin- und herlaufen zu müssen, sondern einer neuen Spur folgen zu können. Dragan musste sich ranhalten, um mit Nelson Schritt zu halten. Er führte ihn geradeaus an mehreren Querstraßen vorbei, bis sie eine größere Kreuzung erreichten.

»Vielleicht hat sie hier ein Eis gegessen«, dachte Dragan, als er eine Eisdiele auf der rechten Seite sah. Doch Nelson bog weder nach rechts in die Eisdiele noch nach links in die Zuccalistraße ab. Er lief weiter geradeaus, schräg über die Kreuzung und durch eine schmale Straße, an deren linker Seite Gebäude zu erkennen waren, die zum Schloss gehörten. *Schlosswirtschaft Schwaige* stand auf dem Schild am Eingang. Sie kamen am südlichen Schlossrondell heraus. Nelson bog nach links ab und steuerte auf den Schlosspark zu.

Vor ein paar Wochen hatten sie hier eine Übung gemacht, die allen viel Spaß gemacht hatte. Den Männern wie auch den Hunden. Ob Nelson sich daran erinnerte? Ob er einfach gern dorthin zurückwollte? Ein bisschen laufen, ein bisschen spielen?

Dragan zögerte immer noch, Holger anzurufen. Nelsons Verhalten war nicht leicht zu interpretieren. Warum hätte Emily mit ihrem Fahrrad einen Umweg über die Schule machen sollen, wenn sie in den Park wollte? Warum hätte sie nicht den direkten Weg durch das Laimer Tor nehmen sollen, das genau gegenüber von ihrem Haus lag?

Andererseits schien Nelson einer realen Spur zu folgen – ganz professionell ließ er sich dabei nicht von anderen Hunden ablenken. Er lief durch die Parkanlage bis zum Kanal und dort zog er Dragan nach links. Obwohl die Sonne schien, war der Boden immer noch nass von dem stundenlangen Regen am Vortag. Auf den ebenen Kieswegen waren einige Jogger und Hundebesitzer unterwegs, doch als sie auf die gewundenen Wege unter den Bäumen abbogen, war weit und breit niemand mehr zu sehen. Immer wieder stand das Wasser in tiefen Pfützen auf dem Boden; Dragan war froh, dass er seine festen halbhohen Stiefel trug.

An der nächsten Weggabelung bog Nelson nach rechts ab. In diesem Teil des Parks hatten sie ihre Übung gemacht, daran konnte sich Dragan erinnern. Er sah schon den See vor sich. Bei dem Gebäude auf der anderen Seite hatten sie zwischendurch Pause gemacht. An den Namen konnte er sich nicht mehr erinnern, er wusste nur, dass ihm das kleine Miniaturschloss gefallen hatte.

Der Weg führte näher ans Ufer des Sees heran. Ein Rettungsring lag auf einem rostigen Ständer. Die Leine, die an ihm befestigt war, hing traurig und nass herunter, offensichtlich hatte man den Ring zweckentfremdet und danach nicht wieder ordentlich aufgehängt. Das Ende der abgewickelten Leine verlor sich in den Brennnesseln, die um die Füße des Metallständers wucherten.

Nelson zog weiter in Richtung des kleinen Tempels, der auf einer in den See hineinragenden Halbinsel stand. Die goldene Spitze der Kuppel leuchtete in der Sonne und beim Näherkommen hatte Dragan das Gefühl, dass auch im Wasser kurz etwas aufgeleuchtet hatte. Nelson bellte und zog immer heftiger an der Leine. Dragan fiel in Laufschritt. Er ignorierte, dass Nelson ihn zu den Stufen des Tempels zog. Stattdessen ließ er ihm etwas mehr Leine und lief selbst vor bis zum Wasser. Er hatte sich nicht getäuscht. Auf dem seichten Boden des Sees reflektierte etwas Metallisches die Sonnenstrahlen. Es war ein Fahrrad. Ein Kinderfahrrad. Ein rotes Kinderfahrrad.

Dragan schluckte. Er zog sein Handy aus der Tasche und wählte die Nummer von Holger Mullner. Vor Aufregung brachte er erst mal kein Wort heraus.

»Bist du das, Dragan?«, fragte Holger ungeduldig. »Was ist denn?«

»Ich glaub ... ich glaub, wir haben das Rad gefunden ...«

»Was? Red mal lauter, ich kann dich nicht verstehen.«

»Ich glaub, wir haben das Rad von Emily gefunden«, sagte Dragan, diesmal mit festerer Stimme.

»Wo? Wo seid ihr?«, rief Holger. Diesmal hatte Dragan seine volle Aufmerksamkeit. Hundertprozentig.

»Im Park. Wir sind vom Schloss aus reingekommen, nicht durch das Tor an der Seite ... Von der Schule ging eine Spur weg ... Aber ich war nicht sicher ...«

»Wo seid ihr jetzt?«, unterbrach Holger Dragans Gestotter.

»Im Park, am See. Hier ist so ein kleiner Tempel. Das Rad liegt im Wasser.«

»Okay. Bleib mit Nelson dort. Wenn wir durch das Tor gehen, sind wir in ein paar Minuten bei euch.«

»Ist gut.«

»Und das Mädchen ist nicht da?«

Dragan sah sich hilflos um. Erwartete Holger, dass Emily seelenruhig auf den Stufen des Tempels saß und auf sie wartete? Nelson schnüffelte immer noch aufgeregt an den Säulen herum und lief dann auf einmal vom Tempel weg. Er zog an seiner Leine.

»Ich weiß nicht«, sagte Dragan.

»Wir sind gleich da.« Holger legte auf.

Nelson zog immer stärker an der Leine. Für das Fahrrad im See hatte er sich kaum interessiert. Hieß das, dass er immer noch an Emilys Spur dran war? Dass sie sich offensichtlich an diesem Tempel aufgehalten hatte und sich von dort dann zu Fuß weiterbewegt hatte? Was auch immer hier mit ihrem Fahrrad geschehen sein mochte?

Dragan folgte Nelson. Der Hund war inzwischen außer sich. War Emily vielleicht ganz in der Nähe? Nun wurde auch Dragan schneller. Nelson lief einen der Waldwege entlang, bog dann in einen schmaleren Pfad ab. Hohe Bäume schirmten die Sonnenstrahlen ab, Dragan fröstelte plötzlich. Nelson war kaum noch zu halten. Er bellte und zog heftig nach vorn. Da sah auch Dragan, was Nelson schon aus weiter Entfernung gewittert hatte. Im Unterholz lag verdeckt durch halbhohe Gräser und Büsche ein heller Körper. Ein Kind. Auf dem Rücken. Er konnte ihr Gesicht sehen. Es war Emily. Sie war nackt, ein paar Kleidungsstücke und eine kleine rote Tasche lagen neben ihr im Gras. Ihre Augen waren weit geöffnet, doch auch wenn Dragan noch nicht viele Tote gesehen hatte, wusste er, dass sie nicht mehr lebte.

Nelson war nicht mehr zu bändigen. Dragan hielt ihn am Halsband fest und strich über seinen Hals. Er durfte Nelson auf keinen Fall näher an Emily heranlassen, damit er keine Spuren zerstörte. Gleichwohl musste er ihm klarmachen, dass sie am Ziel angekommen waren, dass Nelson gute Arbeit geleistet hatte.

»Sitz, Nelson, sitz. Das hast du gut gemacht.« Mechanisch fuhr er über Nelsons Hals und gab ihm einen Leberwürfel zur Belohnung. »Wir haben sie gefunden.«

Nelson reckte sich stolz und drückte seine Schnauze in Dragans Hand. Er verstand nicht, dass sie zu spät gekommen waren. Dass sie ihren Job zwar gut gemacht hatten, aber Emily trotzdem nicht hatten retten können.

Wieder zog Dragan sein Handy aus der Tasche und rief Holger an.

»Wir haben Emily gefunden«, sagte er. »Sie ist tot. Sie liegt hier im Wald. Ich komme euch entgegen und zeige euch wo.« Er legte auf, bevor Holger antworten konnte, denn er merkte, dass seine Stimme zu kippen drohte.

»Komm, Nelson, wir gehen zurück bis zum nächsten Weg.«

Dragan warf noch einen Blick auf Emily. Es war kein Blut zu sehen, aber sie war nass und ihr unbekleideter Körper sah so verletzlich und wehrlos aus. Am Hals hatte sie dunkle, unnatürliche Schatten. Ihre Haare, die auf dem Foto blond gewesen waren, hingen in zwei dunklen Zopfsträhnen an ihrem Kopf herunter. Ihre blauen Augen starrten in die Baumwipfel hoch und man konnte nur hoffen, dass der Tod ihr erspart hatte, das mitzuerleben, wonach ihr nackter Körper aussah. Wie konnte jemand so etwas einem kleinen Mädchen antun?

Wie konnte man ernsthaft darüber nachdenken, ein Kind in eine Welt zu setzen, in der solche Dinge geschahen?

Als Henri mit seinem Team im Park eintraf, war der Fundort bereits großräumig abgesperrt. Der Bereich um den Badenburger See war mit einem rotweißen Absperrband gekennzeichnet und jeweils in Sichtweite zueinander waren uniformierte Beamte postiert, die aufpassten, dass niemand näher an den Fundort und den potenziellen Tatort herankam. Die Presse hatte offensichtlich noch nicht mitbekommen, dass Emily hier gefunden worden war, aber Henri machte sich keine Illusionen. Lange würde es nicht mehr dauern, bis die Hyänen einfielen.

Henri, Lenz, Tanja und Marius wiesen sich aus und schlüpften unter dem Absperrband hindurch.

»Seht ihr den Tempel da vorn?«, fragte der Uniformierte. »Etwa auf dieser Höhe müsst ihr euch rechts in den Wald schlagen. Der Rechtsmediziner und die Spurensicherung sind bereits da.«

Schon aus einiger Entfernung sah Henri die Kollegen in ihren weißen Schutzanzügen auf der Halbinsel. Sie untersuchten die Stufen des Apollotempels. Henri meinte, Arnie zu erkennen, und wenn er sich nicht täuschte, stand Holger Mullner neben ihm und gestikulierte beim Sprechen heftig.

»Schauen wir uns erst Emily an«, sagte Henri. Wenn Dr. Vogel bereits vor Ort war, würde er ihren Körper bei seiner ersten Untersuchung bewegen. Henri wollte ihn so sehen, wie Emilys Mörder ihn zurückgelassen hatte.

Schweigend folgten sie dem kleinen Weg, der auf der rechten Seite abzweigte. Kurz darauf konnten sie mehrere Personen im Unterholz sehen. Einige Kollegen in weißen Anzügen, von denen einer mit grellem Blitzlicht Fotos machte. Und Dr. Vogel, der gerade einen Gegenstand aus seiner Tasche nahm und sich dann nach unten beugte.

Erst als sie näher kamen, konnten sie Emilys Körper erkennen, der von halbhohen Pflanzen verdeckt gewesen war. Sie lag auf dem Rücken, den Blick starr nach oben gerichtet. Am Hals hatte sie deutliche Würgemale. Ansonsten schien ihr nackter, heller Körper unversehrt zu sein. Zumindest waren äußerlich keine weiteren Verletzungen zu erkennen.

Der Anblick von Adrian Hildebrands verbranntem Leichnam war nicht schön gewesen, aber ein totes Kind war etwas ganz anderes. Emily hatte ihr Leben noch vor sich gehabt: Schulzeit, erste Liebe, Berufsausbildung, vielleicht eine Familie. Nach allem, was Henri gehört hatte, war Emily ein lebenslustiges Mädchen gewesen, voller Ideen und Pläne.

Und nun lag sie hier. Es gab keine Hoffnung mehr, keine Zukunft mehr. Emilys kurzes Leben war bereits vorbei. Es gab nichts Grausameres als den Tod eines Kindes.

Henri schluckte und wandte den Blick von Emily ab. Er betrachtete den Boden um sie herum. Es waren nur relativ wenige Grashalme und nur einige der wild wuchernden Ahorn-Sämlinge heruntergetreten, soweit er das beurteilen konnte. Und zwar hauptsächlich um ihre Beine und Füße herum. Der Kopf war dagegen von hohen Gräsern umgeben, als sei er einmal abgelegt und seine Position dann nicht mehr verändert worden. Nach einem Kampf sah es hier jedenfalls nicht aus.

Tanja brach als Erste das Schweigen.

»Guten Morgen, Dr. Vogel.«

Der Rechtsmediziner zuckte zusammen, er hatte sie nicht kommen hören. Sie waren in einigen Metern Entfernung stehengeblieben.

»Morgen.«

Er nickte ihnen kurz zu und beugte sich dann wieder über Emily.

»Sieht aus, als sei sie erwürgt worden?« Tanja formulierte ihre Beobachtung als Frage.

Dr. Vogel richtete sich auf und sah Tanja spöttisch an.

»Ja, da haben Sie wohl recht.«

»Ist das die Todesursache?«

»Sieht so aus.«

Henri spürte, wie die tiefe Verzweiflung, die er überwunden geglaubt hatte, wieder in ihm hochstieg.

Fakten. Er musste sich auf die Fakten konzentrieren.

»Können Sie uns schon eine Schätzung zum Todeszeitpunkt geben?«

Seine Stimme klang heiser. Henri merkte, dass Lenz ihn alarmiert anschaute.

Dr. Vogel drehte sich zu Henri.

»Aufgrund der Körpertemperatur nehme ich an, dass der Todeszeitpunkt etwa 18 bis 20 Stunden zurückliegt.«

Henri sah auf die Uhr. Es war kurz nach halb zehn.

»Also gestern zwischen 13:30 Uhr und 15:30 Uhr.«

»Ungefähr. Genauer kann ich es nach der Obduktion sagen.«

»Glauben Sie, dass sie hier getötet wurde?«, fragte Lenz. Er schien sich die gleichen Gedanken wie Henri gemacht zu haben. »Wenn ja, dann scheint sie sich nicht übermäßig gewehrt zu haben. Oder sie war dazu nicht in der Lage.«

»Sie meinen, ob sie betäubt wurde?«, hakte Dr. Vogel nach. »Bei der äußerlichen Untersuchung habe ich zumindest keine Male von einem Elektroschocker oder etwas Ähnlichem gefunden. Mehr kann ich dazu erst nach der Obduktion sagen. Sie kann auch schon tot gewesen sein, als sie hier abgelegt wurde.«

»Wurde sie vergewaltigt?« Tanja zuckte nicht mit der Wimper, während sie ihre Frage stellte.

Dafür zeigte Dr. Vogel zum ersten Mal eine Gefühlsregung. Er strich sich mit der Hand über die Augen, als wolle er alle Grausamkeiten, die er jemals zu sehen bekommen hatte, wegwischen. Er sah hinunter auf Emily, als er antwortete.

»Da sie hier so nackt liegt, habe ich natürlich sofort ihre Genitalien untersucht. Es sieht so aus, als sei sie penetriert worden. Allerdings bin ich nur auf wenig Blut gestoßen.«

»Es könnte also auch post mortem geschehen sein«, beendete Lenz Dr. Vogels Gedanken. »Haben Sie Sperma gefunden?«

»Bis jetzt nicht. Wahrscheinlich hat der Täter ein Kondom benutzt.« Dr. Vogel hob die Schultern und sein Kopf wackelte auf dem langen Hals hin und her. »Ich muss sie genauer untersuchen. Nicht hier. In der Gerichtsmedizin. Vielleicht will mich der junge Kollege gleich begleiten?« Er deutete auf Marius. »Oder hat es Ihnen die Sprache verschlagen? Ein totes Kind ist doch was anderes als ein verbrannter Mann mittleren Alters, nicht wahr?«

Alle sahen zu Marius hinüber. Er war weiß im Gesicht. Obwohl die Sonnenstrahlen nicht bis unter die Bäume brannten, standen ihm Schweißperlen auf der Stirn.

»Geht schon«, murmelte er und sah dabei aus, als müsse er sich im nächsten Moment übergeben.

»Vielleicht können Sie sich mal nützlich machen und noch mehr Beweismitteltüten aus dem Auto holen?« Dr. Vogel zog einen Autoschlüssel aus der Hosentasche und warf ihn Marius zu. Er erklärte, wo sein Wagen geparkt war, dann zog Marius ab.

»Hat der Regen gestern etwaige Blutspuren weggewaschen?«, fragte Tanja.

»Oberflächlich vielleicht, aber ich bin überzeugt davon, dass ich bei der Obduktion Blutrückstände finden werde, wenn welche da sind.« Dr. Vogel hatte seine Selbstsicherheit wiedergefunden.

Was Henri nicht von sich behaupten konnte. Der Anblick von Emilys Leichnam schnürte ihm die Kehle zu und lähmte seine Gedanken.

Emily war zwar nicht über und über mit Blut bedeckt wie Jonathan, aber es war der gleiche gebrochene Blick, der ihm verriet, dass auch ihr Abschied nicht friedlich gewesen war. Sie hatte gelitten, und es war ihr wahrscheinlich bewusst gewesen, wie hilflos und allein sie war. Niemand würde sie retten. Sie hatte das Schlimmste erlebt, was man sich für eine empfindsame Kinderseele vorstellen konnte.

Henri spürte Lenz' Hand auf seiner Schulter. Er schob ihn behutsam zur Seite, weg von Emily.

»Wir sprechen vorne am Tempel mit den Kollegen, ob sie schon was für uns haben«, sagte Lenz etwas zu laut zu Tanja und nickte ihr zu. Henri bemerkte, dass die beiden Blicke austauschten.

Lenz war damals mit ihm im Auto zu einer Pressekonferenz unterwegs gewesen, als die Unfallmeldung über den Polizeifunk kam. Henri hatte gewusst, dass Claire mit Jonathan unterwegs war, und hatte sofort nach dem Autokennzeichen gefragt. Als er gehört hatte, dass es das Kennzeichen von Claires Wagen war, hatte Lenz ihn nicht daran hindern können, mitten auf der Straße zu wenden und mit halsbrecherischer Geschwindigkeit zum Unfallort zu fahren. Sie waren trotzdem zu spät gekommen. Claire und Jonathan waren tot. Jonathan war nicht angeschnallt gewesen, er war durch die Windschutzscheibe aus dem Auto geschleudert worden. Überall an seinem Körper war Blut gewesen. Und sein Blick war genauso starr gewesen wie der von Emily.

»Komm!« Lenz zog Henri von Emily weg.

»Aber wir können Tanja nicht allein ...«, wandte Henri ein. Sie hatte zwei Kinder, auch für sie war die Situation nicht einfach.

»Superwoman schafft das schon. Im Moment erfahren wir hier sowieso nicht mehr viel Neues.«

Das war richtig. Dafür hatte Arnie vielleicht schon etwas herausgefunden, was Rückschlüsse auf den Tathergang zuließ.

Ermittlungsroutine statt Erinnerungsfolter.

Sie beschleunigten ihre Schritte.

»Wir müssen eine Pressekonferenz abhalten«, sagte Lenz. »Wir müssen nach Zeugen suchen, die sich gestern zur fraglichen Zeit hier im Park aufgehalten haben. Dafür brauchen wir die Hilfe der Medien.«

Henri nickte. Pressekonferenzen waren unglaublich lästig und raubten ihnen kostbare Ermittlungszeit, doch hier würden sie mit Flugblättern und Haustürbefragungen nicht mehr weiterkommen. Sie mussten die Öffentlichkeit einbeziehen. Und das hieß, dass sie die Journalisten am Hals haben würden.

Sie bogen in den Weg, der aus dem Waldstück heraus zum Apollotempel führte. Zwei Kollegen der Spurensicherung waren gerade dabei, das Fahrrad aus dem Wasser zu ziehen. Sie hatten ihre weißen Anzüge und ihre Schuhe ausgezogen, außerdem die Hosen hochgekrempelt, sodass sie barfuß bis zur Fundstelle waten konnten.

Arnie stand in seinem weißen Schutzanzug am Ufer und sah ihnen zu. Henri und Lenz gaben ihm die Hand und grüßten die Kollegen im Wasser.

»Habt ihr die Kleine schon gesehen?«, fragte Arnie.

»Ja, wir kommen gerade von dort.«

»So eine Scheiße!« Arnie lief der Schweiß von der Stirn. Er musste schon eine Weile in der Sonne stehen. Unter seinem Anzug wurde es heiß. »Was für ein Perverser muss das sein, der einem kleinen Mädchen so was antut?«

Keiner hatte eine Antwort.

»Was habt ihr bis jetzt rausgefunden?«, fragte Lenz.

»Wir untersuchen engmaschig die ganze Umgebung. Ich habe noch mehr Leute angefordert und die Hunde suchen auch weiter. Bis jetzt haben wir außer dem Fahrrad keinen konkreten Anhaltspunkt. Lediglich die Tatsache, dass die Spürhunde alle unabhängig voneinander auf eine bestimmte Stelle auf den Stufen des Tempels aufmerksam gemacht haben.«

Er ging Richtung Apollotempel, den Henri erst jetzt richtig betrachtete, als er Arnie folgte. Es handelte sich um einen offenen Rundbau aus grau-beigefarbenem Sandstein, zehn Säulen im korinthischen Stil trugen eine prächtige Kuppel. Drei Stufen führten zu dem erhöht liegenden Tempel, den Mittelpunkt bildete eine Marmorstele mit einer Inschrift.

»Hier!« Arnie deutete auf die unteren beiden Stufen. »Nichts anfassen!«

Mit bloßem Auge war kein Unterschied zu jeder beliebigen anderen Stelle auf den Stufen zu erkennen. Doch Arnie würde jeden Abdruck und jede Faser, die irgendjemand dort hinterlassen hatte, finden.

»Man sieht jetzt nicht direkt was ...«, begann Lenz.

Arnie verdrehte die Augen.

»Ach was! Mörder hinterlassen ja sonst auch immer Transparente, auf denen geschrieben steht, was sie wann wo und wie gemacht haben.«

Auch Arnie war gereizt. Dieser Fall stellte nicht nur Henri auf die Probe. Es half zumindest etwas, außer Sichtweite des toten Mädchens zu sein. Ihr Anblick hatte Henri gelähmt, erst langsam begann sein Verstand wieder zu funktionieren.

»Können wir vielleicht davon ausgehen, dass Emily hier saß und der Mörder an dieser Stelle auf sie gestoßen ist?«

»Möglich wär's«, sagte Arnie.

»In dem Fall wäre das der eigentliche Tatort? Sie wird ihm kaum freiwillig bis in den Wald hinüber gefolgt sein.« Henri nahm den Boden vor den Stufen genauer in Augenschein. »Dann müssten doch irgendwelche Spuren zu finden sein.«

»Wir haben überlegt, ob der Täter sie hier außer Gefecht gesetzt hat, sie dann aber rüber in den Wald getragen und sich dort an ihr vergangen hat. Hier ist man ja wie auf dem Präsentierteller.«

Die Halbinsel, auf der der Apollotempel stand, ragte ein gutes Stück in den See hinein und war von allen Seiten einsehbar. Henri konnte bis zur Badenburg hinübersehen, die auf der gegenüberliegenden Seite des Sees in der Sonne strahlte.

»Wir haben keine Schleifspuren oder so am Boden gefunden. Er muss sie also getragen haben.«

Emily war ein Federgewicht. Wer auch immer sie getragen hatte, musste

103

nicht außergewöhnlich stark sein. Die Frage war nur, ob sie zu diesem Zeitpunkt bereits tot gewesen war. Dr. Vogel würde ihnen darauf bald eine Antwort geben können.

»Arnie!« Einer der Männer im See rief nach seinem Chef. Arnie ging zurück zum Ufer. Er nahm das Fahrrad entgegen, das die beiden aus dem Wasser gezogen hatten, und legte es auf eine Plane, die sie etwas entfernt ausgebreitet hatten. Er beugte sich konzentriert darüber, schien begierig darauf zu erkennen, ob irgendetwas an dem Fahrrad ihnen einen Hinweis auf das Geschehen geben konnte. Henri fiel auf, dass der Rahmen des Fahrrads über und über von Aufklebern bedeckt war. Kleine weiße Rosen. Typisch Mädchen.

Lenz stieg ein Stück neben der von Arnie bezeichneten Stelle die Stufen des Tempels nach oben. Er trat zu der Marmorstele in der Mitte und begann, die eingravierte Inschrift halblaut zu entziffern.

»Kurfürst Maximilian Emanuel legte diesen Garten im französischen Stil an im letzten Viertel des 17. Jahrhunderts, umgeändert im englischen vom König Maximilian Joseph im ersten des 19., dessen zum Andenken dieses Denkmal von Ludwig I. König von Bayern 1865«, las Lenz. Bei den Jahreszahlen, die in römischen Ziffern geschrieben waren, stockte er kurz. Henri trat zu ihm.

»Ich denke, wir sind uns einig, dass die Inschrift und der Mord an Emily in keinem Zusammenhang stehen, außer dass sie sich zufällig hier aufgehalten hat, oder?«

Nur in Romanen oder Filmen verwiesen Inschriften und Ähnliches auf nahezu übersinnliche Weise auf Mordfälle. Lenz grinste. Er wusste, was Henri meinte. Die Realität war in den meisten Fällen geradliniger. Und weniger fantasievoll.

»Ich frage mich, *warum* sie sich hier aufgehalten hat«, überlegte Henri laut. »Warum ist sie mit einem Umweg über ihre Schule in den Park geradelt und hat sich hier auf dem Monopteros niedergelassen? Wenn sie genau wusste, dass sie kurz darauf bei der Geburtstagsfeier erwartet wurde?«

»Der Monopteros steht doch im Englischen Garten«, wandte Lenz ein.

»Das hier ist auch ein Monopteros. So nennt man allgemein einen Rundbau mit offenem Innenraum.«

»Klugscheißer.«

Sie lachten. Für einen Moment war das Lachen befreiend, doch es erstarb schnell wieder. Beiden war klar, dass sie nun nicht länger das Schlimmste hinausschieben konnten. Sie mussten Emilys Eltern mitteilen, dass ihre Tochter tot war.

Elisa zuckte zusammen, als Jette am Schreibtisch gegenüber mit der flachen Hand auf die aktuelle Ausgabe der *Morgenzeitung* schlug. Doch ihre Kollegin hatte nicht *ihre* Aufmerksamkeit erregen wollen, sondern die des Chefredakteurs, der quer durch den Raum zu seinem Glaswürfel ging.

»André!«, rief sie laut zu ihm hinüber. »Hast du gesehen, dass wir die Einzigen sind, die das vermisste Mädchen schon in der Ausgabe haben? Vorne auf der Titelseite. Und auf Seite fünf geht der Bericht weiter. Mit Fotos!«

»Hab ich gesehen«, meinte André und kam zu Jette an den Tisch. Elisas Gruß ignorierte er geflissentlich. »Gibt es schon was Neues? Haben sie inzwischen eine Spur von der Kleinen?«

»Ich habe meine Kontaktperson bei der Polizei noch nicht erreichen können, aber ich ...«

»Bleib dran!«, sagte André nur kurz und ging weiter.

»Wir haben noch mehr Fotos. Ich bereite einen Hintergrundbericht vor«, rief Jette hinter ihm her und verzog für einen Moment das Gesicht. Er hatte weder ihren engen Bleistiftrock noch das offenherzige Shirt mit dem runden Ausschnitt eines Blickes gewürdigt. Elisa hatte dagegen sehr wohl registriert, dass Jette sich besonders in Schale geworfen hatte. Sie trug waghalsige Riemchen-Highheels, ihre gepflegten Fuß- und Fingernägel waren in leuchtendem Rot lackiert.

Die typische Journalistin auf Newsjagd. Als ob sie beim Fernsehen arbeiteten.

»Darf ich mal?« Elisa zog die Zeitung zu sich herüber. Jette hörte sie nicht, sie hatte bereits den Telefonhörer in der Hand, um die Fotografin zu sich zu zitieren. Elisa hatte Jettes Bericht vorher nur überflogen, sie hatte zuerst sehen wollen, wie ihr eigener Artikel aufgemacht war.

Auf der Titelseite war das Flugblatt abgedruckt, mit dem die Polizei nach der kleinen Emily suchte. Das Foto zeigte ein blondes Mädchen mit kurzen, abstehenden Zöpfen, großen blauen Augen und einem offenen Lachen. *Haben Sie dieses Mädchen gesehen?*, stand als Schlagzeile in dicken Lettern darüber. Sehr originell, das war auch die Überschrift des Flugblattes. Elisa überflog Jettes Artikel, in dem sie sich in Vermutungen erging, was mit Emily geschehen sein könnte. Es war offensichtlich, dass sie über keinerlei Informationen verfügte, die über den Text des Flugblattes hinausgingen: zehnjähriges Mädchen, hat in einem Wohngebiet direkt neben dem Nymphenburger Schlosspark mit ihren Freunden auf der Straße gespielt, wurde zuletzt um Viertel nach eins gesehen, war mit einem Jeansrock, rotem T-Shirt und roten Sandalen bekleidet.

Elisa schlug die Zeitung auf. Der Text wurde auf Seite fünf mit zwei Fotos fortgesetzt. Ein trauriges Bild eines verregneten Biergartens, der laut Bildunterschrift zum Restaurant *Delicat* gehörte, das Emilys Eltern in Nymphenburg betrieben. Und ein leicht verschwommenes Foto von der Polizeipsychologin, als sie gerade das Restaurant verließ. Zumindest mit ihr schien Jette ein paar Worte gewechselt zu haben, denn im Text stand ihr Name – Dr. Patricia Schröder – und Jette zitierte die Psychologin mit den Worten: »Die Familie braucht jetzt ihre Privatsphäre. Es wäre schön, wenn man ihnen nicht aus reiner Sensationslust hier vor dem Haus auflauerte.«

Wie hilfreich, dass Jette die genaue Adresse dazugeschrieben hatte.

Lena, die junge Fotografin, mit der Jette gestern nach Nymphenburg geeilt war, kam zu ihnen und breitete eine Menge Fotos vor Jette auf dem Schreibtisch aus. Sie nickte Elisa kurz zu. Elisa stand auf und gab ihr die Hand.

»Hallo, ich bin Elisa Gerlach, die neue Stadtreporterin.«

»Lena Kirchberger.«

»Ja ja, bla bla«, mischte sich Jette ein, die die Fotos kurz überflogen hatte, und sah Lena fragend an. »Haben wir nichts Besseres? Das sieht alles übel aus mit dem Regen.«

Lena runzelte die Stirn.

»Sonne kann ich nicht auf die Bilder zaubern.«

»Vielleicht könnten wir dieses Foto noch nehmen?« Jette zeigte auf eine Aufnahme des Hauses. Im Zentrum des Bildes war ein Fenster im ersten Stock zu sehen, in dem rote Vorhänge mit großen weißen Punkten hingen, die halb zugezogen waren. »Das könnte das Kinderzimmer sein.«

»Das wissen wir doch gar nicht«, wandte Lena ein.

»Na und? Das wird die Leser rühren ... So süße Vorhänge ...«

»Großen journalistischen Wert hat das nicht«, sagte Lena.

Jette warf ihr einen vernichtenden Blick zu.

»Es geht um das große Ganze. Wir müssen bei den Lesern Gefühle wecken.«

»Das ist reine Sensationslust. Was die Leser wissen wollen ...«

»Willst du dich jetzt rausreden, weil die Fotos so schlecht sind?«, unterbrach Jette Lena mit scharfem Unterton. »Das bestimme ja wohl immer noch ich, welche Fotos abgedruckt werden und welche nicht.«

Lena sagte nichts mehr. Jette blätterte in den Fotos, knallte einige auf den Boden und seufzte laut. Auch Elisa warf einen Blick auf die Fotos.

»Das sieht wirklich unspektakulär aus.«

»Es ist eben nichts Spektakuläres passiert«, erklärte Lena. »Die Suchhunde waren schon wieder weg, die Polizisten ausgeschwärmt. Die einzige Person, die wir zu Gesicht bekommen haben, war die Psychologin. Meiner Meinung nach brauchen wir für einen neuen Bericht neue Fotos. Das waren die ersten Schnappschüsse, jetzt müssen wir uns weiter vor Ort umschauen. Die Schule, Freunde von Emily, so was eben ...«

»Genau!« Jette sah zu Lena hoch und wirkte gleich viel zufriedener. »Du machst neue Fotos. Heute scheint die Sonne, dann sieht das nicht so grau aus. Vielleicht wurden schon Blümchen oder Teddybären vor dem Haus abgelegt oder kleine Briefchen von Freunden, in denen steht, dass sie sie vermissen. Oder du nimmst sicherheitshalber einen kleinen Teddy mit, den du vor der Schule platzieren kannst.«

Lena sah zu Elisa hinüber und runzelte die Stirn.

»Das geht ein bisschen weit, Jette, findest du nicht? Blumen und Teddybären werden abgelegt, wenn jemand ums Leben gekommen ist. Solange das nicht der Fall ist, wird da bestimmt nichts liegen. Und dann sollten wir es auch nicht inszenieren.«

»Aber mir würde schon die Schlagzeile einfallen.« Jette kritzelte einige Worte auf ein loses Blatt Papier. Dann griff sie zum Telefonhörer. »Wir müssen außerdem rausfinden, wie die ermittelnden Beamten heißen. Und dann brauchen wir auch noch Fotos von denen. Ich ruf jetzt noch mal meinen Kontakt bei der Polizei an.«

Lena kam zu Elisa hinüber.

»Dein Unfallbericht hat mir gut gefallen. Ich gebe dir meine Telefonnummer, dann kannst du mich beim nächsten Mal anrufen und wir müssen nicht die Bilder von der Feuerwehr nehmen.«

Dennis, ein Bildredakteur oder der Chef vom Dienst hatte noch ein Foto zu ihrem Artikel hinzugefügt, das von der Feuerwehreinsatzleitung zur Verfügung gestellt worden war. So nahm ihr Bericht sehr viel mehr Platz ein, als ursprünglich geplant.

Elisa nahm die Karte, die Lena ihr entgegenstreckte.

»Danke. Ich wusste selbst nicht, dass sie noch ein Bild danebenstellen würden.«

Lena deutete mit dem Kopf zu André Sievers' Glaskasten.

»Er möchte mehr Bilder in der Zeitung haben, ist eine ganz neue Direktive. Also, wie gesagt, wenn du das nächste Mal irgendwo vor Ort bist ...«

»Oh, ich war gar nicht vor Ort.«

»Hat sich aber so gelesen. Wegen der Zitate.«

»Habe mit einem der Feuerwehrmänner telefoniert.«

»Sehr cool!« Lena lachte. »Es klang so, als sei die *Morgenzeitung* direkt am Schauplatz des Geschehens gewesen.«

Elisa wedelte mit Lenas Karte durch die Luft.

»Ich werde gerne darauf zurückkommen. Du warst nicht zufällig auch bei der Explosion am Sonntag vor Ort, um Bilder zu machen?«

»Doch, ich war dort. Aber man hat nicht viel gesehen, weil die Küche, in der die Explosion stattfand, nach hinten raus liegt. Und der Garten ist mit hohen Hecken wie eine Festung abgeschottet. Ich habe das Einsatzteam fotografiert, die Fotos findest du auf dem Server ...«

»Was?!«, schrie Jette in diesem Moment auf der anderen Seite des Tisches laut auf und sah zu ihnen herüber. »Sie haben das Mädchen im Nymphenburger Park gefunden. Sie ist tot!« Dann sprach sie wieder in den Hörer. »Was kannst du mir noch sagen?«

Jette lauschte ihrem Gesprächspartner. Beim Zuhören weiteten sich ihre Augen und sie begann, auf dem Stuhl herumzurutschen.

»Nein!«, rief sie aus. »Das ist schrecklich!«

Dennis, der ihre Worte gehört hatte, war vom Newsdesk aufgestanden und zu Jette an den Tisch gekommen. Fragend sah er sie an. Einige Augenblicke später beendete sie das Gespräch.

»Emily ist tot?«, fragte Dennis.

Jette nickte.

»Einer der Hunde hat sie heute Morgen aufgespürt. Im Nymphenburger Park, im Wald. Anscheinend in der Nähe des Apollotempels.« Jette atmete tief ein. »Sie wurde nackt aufgefunden. Es scheint sich um ein Sexualverbrechen zu handeln.«

Man musste Jette zugutehalten, dass die Sensationsgier aus ihren Augen verschwunden war und blankem Entsetzen Platz gemacht hatte, dachte Elisa. Doch der Moment hielt nicht lange an.

»Los, Lena, hol deine Kamera«, rief Jette, als sie aus ihrer Erstarrung erwachte, sprang auf und packte wie am Vortag eilig ihre Tasche – Handy, Notizblock, Schlüssel. Lena rannte los. »Ich ruf dich an, Dennis, wenn ich mehr weiß.«

»Warte, Jette!« Auch Elisa stand auf. »Du wolltest mir doch noch ein paar Informationen zu der Explosion geben.«

»Keine Zeit. Du findest alles, was ich weiß, im System. Ruf selbst bei der Polizei an. Vielleicht kommst du ja weiter als ich. Außerdem interessiert das doch jetzt eh keine Sau mehr.«

»Was interessiert keine Sau mehr?«, fragte André, der plötzlich hinter Jette aufgetaucht war.

»Sie haben das kleine Mädchen gefunden. Tot. Wahrscheinlich ein Sexualverbrechen«, fasste Jette zusammen.

»Nein!« André fuhr sich mit der Hand über das Gesicht und sah nicht mehr frisch und dynamisch, sondern müde aus. »Ich habe es befürchtet, dass sie tot ist, aber man hofft doch ...«

»Ich fahre mit Lena nach Nymphenburg. Ich melde mich von dort.«

»Du kannst gerne mit der Polizei reden, aber du wirst nicht der Familie auf die Pelle rücken«, sagte André scharf. Jette sah ihn verwundert an, diesen

Befehlston war sie offenbar nicht gewöhnt. Und André war noch nicht fertig. »Wie die Psychologin schon ganz richtig bemerkt hat, brauchen die jetzt ihre Privatsphäre. Und die *Morgenzeitung* wird nicht die Rolle der Sensationspresse übernehmen. Hast du mich verstanden?«

»Jaja«, sagte Jette und griff nach ihrer Tasche. »Ich bin dann mal weg.«

Sie lief aus dem Raum, ohne André noch einmal anzusehen. Der warf Dennis einen kurzen Blick zu und verschwand wieder in seinem Glaswürfel. Dennis drehte sich um und informierte die Kollegen am Newsdesk über Emilys Tod.

Elisa sank zurück auf ihren Stuhl. Wahrscheinlich würde sich wirklich kaum noch jemand für das Obduktionsergebnis nach der Explosion interessieren, aber andererseits konnten sie auch nicht in einer ganzen Ausgabe ausschließlich über Emily und ihren Tod berichten.

Elisa strich mit dem Finger über das Bild des lachenden Mädchens auf der Titelseite der *Morgenzeitung.* Sie würde nie wieder lachen. Sie würde nie wieder jemanden mit diesem verschmitzten Blick ansehen. Wie mussten sich ihre Eltern fühlen, wenn sie erfuhren, dass Emily tot war? Hatten sie schon damit gerechnet, nachdem ihre Tochter bis zum Abend nicht heimgekommen war? Oder hatten sie bis zuletzt gehofft? Es überstieg Elisas Vorstellungsvermögen, sich auszumalen, was in Eltern vorging, die auf diese Weise ihre kleine Tochter verloren.

Sie suchte die Nummer der Pressestelle des Polizeipräsidiums im Internet heraus. Es dauerte ewig, bis jemand ihren Anruf entgegennahm.

»Pressestelle Polizeipräsidium München, Martin Sobotta.«

Das war der Pressesprecher höchstpersönlich, wie Elisa auf der Website der Pressestelle vor sich auf dem Bildschirm sehen konnte. Sie stellte sich vor und erklärte ihr Anliegen.

»Zu den Obduktionsergebnissen kann ich Ihnen nichts sagen, wir haben noch keine neuen Informationen von den Kollegen bekommen«, sagte Martin Sobotta.

»Wäre es denn möglich, dass Sie mich zu ihnen durchstellen?«, fragte Elisa so freundlich wie möglich. Versuchen konnte man es ja mal.

Die Antwort des Pressesprechers ging zunächst in lautem Husten unter, doch dann fing er noch mal von vorn an.

»Das machen wir grundsätzlich nicht, sonst kommen die Kollegen überhaupt nicht mehr zu ihrer eigenen Arbeit. Für die Anfragen der Journalisten sind wir ja da.«

Nur blöd, dass ihr keine Antworten geben könnt.

»Können Sie mich dann zurückrufen, wenn Sie Auskunft bekommen haben?«, fragte sie.

»Das wird noch dauern. Im Moment hat ein neuer Fall Priorität. Die Kollegen sind am Tatort und haben die Ermittlungen aufgenommen.«

»Das tote Mädchen? Emily? Ermitteln die gleichen Kollegen in diesem Fall?«

»Ja ... das heißt ... woher wissen Sie, dass sie tot ist ...?«

»Das habe ich gehört. Sie wissen doch, die Presse hat ihre Ohren überall.«

Der Pressesprecher war also nicht Jettes ominöse Quelle bei der Polizei, sonst würde er nicht so blöd fragen. Elisa sah ein, dass sie am Telefon mit ihm erst mal nicht weiterkam. Sie beendete das Gespräch.

Immerhin hatte sie erfahren, dass die gleichen Beamten den Brandfall und den Mord an Emily untersuchten. Sie waren also erst mal noch eine Weile unterwegs, bevor sie zurück ins Präsidium kamen.

Elisa suchte mehrere Adressen heraus und vertiefte sich in den Stadtplan. Zuerst würde sie in der Gerichtsmedizin vorbeischauen. In Hamburg war es ihr ein paarmal gelungen, direkt mit dem Rechtsmediziner zu sprechen. Vielleicht war das hier auch möglich? Und danach würde sie sich ins Präsidium begeben. Im persönlichen Gespräch waren aus dem Pressesprecher sicher mehr Informationen herauszuholen.

»Wir brauchen eine Absperrung«, sagte Henri zu Lenz, als er vor dem *Delicat* parkte. »Erst mal wird die Pressemeute in den Park stürzen, aber wenn sie dort nicht an den Tatort herankommen, wird es nicht lange dauern, bis sie hier auftauchen. Nachdem die *Morgenzeitung* netterweise die genaue Adresse abgedruckt hat. Wenn wir nicht absperren, drücken die sich die Nasen an den Fensterscheiben des Restaurants platt.«

Lenz zog sein Handy hervor und gab Henris Anliegen weiter. Als er das Handy wieder wegsteckte, sahen sie sich einen Moment lang an.

»Ich hasse das«, sagte Lenz. »Jetzt haben sie noch Hoffnung, aber in ein paar Minuten wird die Trauer in ihr Leben einbrechen.«

Nichts würde mehr sein wie vorher. Emilys Eltern hatten einen Gang durch die Hölle vor sich.

Henri zog den Schlüssel aus dem Schloss. Er dachte nicht mehr an Jonathan, jetzt ging es nur noch um Emily.

»Wir müssen es ihnen sagen. Wer weiß, wann die ersten Pressehyänen hier auftauchen.«

Als sie den Park verlassen hatten, waren ihnen schon einige Personen entgegengekommen, von denen die mit Kamera sofort eindeutig als Fotografen zu identifizieren waren.

Sie stiegen aus und gingen auf das *Delicat* zu. Als sie näherkamen, konnte Henri durch das Fenster erkennen, dass einer der Tische im Restaurant besetzt war. Daniela und Christoph Jacobi saßen dort mit Dr. Schröder. Sie trugen die gleiche Kleidung wie am Vortag. Ob sie sie überhaupt ausgezogen hatten? Ob sie sich überhaupt zum Schlafen hingelegt hatten? Stephan Jacobi, wieder in weißer Kochmontur, war im Begriff, sich neben die Psychologin zu setzen. Auf dem Tisch standen Kaffeetassen, Patricia Schröder schien etwas zu sagen, denn die anderen sahen zu ihr. Daniela lächelte sogar.

Henri öffnete die Tür und sie betraten das *Delicat*. Die vier Köpfe drehten sich zu ihnen. Erwartungsvoll. Hoffnungsvoll.

»Gibt es etwas Neues?«, fragte Daniela. »Haben Sie eine Spur von Emily gefunden?«

»Haben Sie Emily gefunden?«, fragte Christoph mit rauer Stimme. Zog er schon den richtigen Schluss aus der Tatsache, dass nun nicht mehr Holger Mullner bei ihnen erschien, sondern die Beamten der Mordkommission?

Henri nickte.

»Ja, wir haben Emily im Park gefunden ... Es tut mir leid, Ihnen sagen zu müssen, dass sie tot ist. Wir möchten Ihnen unser Beileid aussprechen.«

»Tot?« Danielas Aufschrei klang schrill, sie sah Henri ungläubig an. Offensichtlich war es ihr bisher gelungen, den Gedanken an die schlimmste aller Möglichkeiten zu verdrängen. Auch Christoph starrte Henri regungslos an. Als warteten beide auf weitere Erklärungen.

»Sie wurde ermordet. Einer der Hunde hat sie aufgespürt.«

»Aber gestern war sich Ihr Kollege doch so sicher, dass sie nicht im Park ist ...«, versuchte Daniela zu argumentieren.

»Sie hat nicht den direkten Weg durch das Laimer Tor genommen, sondern war erst an der Schule und ist von dort am Schloss vorbei in den Park gefahren.«

»Das ist doch vollkommen egal!«, fuhr Stephan Jacobi dazwischen. »Wenn sie dort ist, wird sie schon irgendwie hingekommen sein. Aber wer hat sie ermordet? Wer ermordet ein Kind?«

»Das wissen wir noch nicht«, sagte Henri.

»Wurde sie ...« Christoph brach ab. »Wie wurde sie ermordet? Was ist passiert?«

»Wir gehen davon aus, dass sie erwürgt wurde.«

Danielas Finger krallten sich um Christophs Unterarm. Er legte seine Hand auf ihre und sah sie an, doch Danielas Augen waren immer noch auf Henri gerichtet.

»Musste sie leiden? Hatte sie Schmerzen?«

Sie würden es sowieso erfahren, also war es besser, ihnen gleich die ganze Wahrheit zu sagen.

»Es sieht so aus, als hätte sich der Täter sexuell an ihr vergangen. Aber wir wissen nicht, ob sie zu diesem Zeitpunkt noch lebte. Das wird erst die Obduktion ergeben.«

»Nein!«, schrie Daniela. »Mein kleines Mädchen!«

Sie sackte in sich zusammen. Christoph nahm sie in den Arm und drückte sie an sich. Gemeinsam weinten sie um ihre Tochter.

Stephan Jacobi streckte die Hand über den Tisch und berührte seinen Bruder am Arm. Er war zu weit weg, um die Hand auf Christophs Schulter zu legen, sie rutschte nach unten. Hilflos zog Stephan seine Hand zurück.

Dr. Schröder, die die Jacobis genau beobachtet hatte, griff nun ihrerseits nach Stephans Hand und drückte sie fest.

»Mein Beileid Ihnen allen«, sagte sie. »Wir haben so gehofft, dass Emily wohlbehalten zu Ihnen zurückkehren würde.«

In Stephans bulligem Gesicht zuckte es, auch er hatte Tränen in den Augen.

Daniela drehte sich aus Christophs Umarmung und sah Henri wieder an.

»Sind Sie denn ganz sicher, dass es Emily ist? Vielleicht ist es ein anderes Mädchen? Ich möchte sie erst sehen, bevor ich wirklich glauben kann, dass ...« Sie brach ab.

»Wir sind uns sicher, Frau Jacobi. Sie können sich später von Emily verabschieden. So, wie wir sie aufgefunden haben, sollten Sie sie nicht sehen.«

Nicht, wenn sie sich jahrelange Albträume ersparen wollten ... Es war auch so schlimm genug, was auf Daniela und Christoph Jacobi zukam.

»Ich kann es einfach nicht glauben!« Daniela wollte Emilys Tod nicht wahrhaben. »Gestern saß sie noch beim Mittagessen bei uns und hat sich gefreut auf die Geburtstagsfeier. Sie geht so gern schwimmen! Aber wir haben nicht oft Zeit dafür ... Wir haben so oft keine Zeit ... Ausgerechnet gestern hatte ich so viel zu tun ... Ich habe nicht mehr nach ihr geschaut ...«

»Frau Jacobi«, unterbrach Patricia Schröder sie und griff über den Tisch hinweg nach Danielas Hand. »Selbst wenn Sie öfters nach ihr geschaut hätten, das hätte nichts geändert! Irgendwann ist sie losgeradelt, das hätten Sie durch häufigeres Rausschauen auch nicht verhindern können.«

»Meinen Sie?« Daniela sah die Psychologin mit flehentlichem Blick an.

»Davon bin ich überzeugt. Sie hätten schon genau den Moment erwischen müssen, an dem sie losgefahren ist, und wie groß ist wohl die Wahrscheinlichkeit?«

»Ja ... da haben Sie recht ... Aber die anderen Mütter haben ihre Kinder wegen des Gewitters reingerufen. Moritz und Nico, Emilys Freunde, mussten ins Haus gehen. Ich habe nicht mal gemerkt, dass Gewitterwolken aufgezogen sind!«

»Wahrscheinlich sind Moritz und Nico die Personen, die Emily zuletzt gesehen haben«, hakte Henri ein. »Wir werden nochmals mit ihnen sprechen, ob ihnen nicht doch etwas aufgefallen ist. Ob Emily von jemandem angesprochen wurde oder Ähnliches.«

»Die Jungs sind bestimmt in der Schule«, sagte Christoph und räusperte seine Heiserkeit weg. »Sagen Sie dort Bescheid? Ich glaube, wir schaffen das nicht.«

Wieder legte er den Arm um seine Frau und zog sie an sich.

»Natürlich. Wir werden mit Frau Engl sprechen.«

Wovor Henri genauso graute, wie es ihn vor dem Gespräch mit den Eltern gegraut hatte. Patricia Schröder nickte ihm zu.

»Ich bleibe hier.«

»Wir würden Ihnen raten, sich nicht hier im Restaurant aufzuhalten, wo Sie den Blicken durchs Fenster ausgesetzt sind. Wir werden zwar eine Absperrung errichten, aber ich denke, dass es nicht lange dauern wird, bis die Journalisten eintreffen. Es wäre besser, wenn Sie sich nach oben zurückziehen. Die Presse nimmt leider wenig Rücksicht auf Privatsphäre.«

Alle blickten aus dem Fenster. Noch war draußen niemand zu sehen.

»Wir werden am frühen Nachmittag eine Pressekonferenz abhalten«, erklärte Henri, »weil wir nach Zeugen suchen, die Emily gestern gesehen haben. Im Park und auf dem Weg dorthin. Wir müssen die Presse einbeziehen, um die größtmögliche Reichweite zu haben, damit möglichst viele Personen von unserer Suche erfahren. Aber ich fürchte, die Pressekonferenz wird die Journalisten nicht davon abhalten, hierherzukommen. Sie haben keinerlei Verpflichtung, mit den Journalisten zu reden. Alle Informationen, die sie benötigen, erhalten sie von uns. Trotzdem werden sie versuchen, das, was geschehen ist, sensationslüstern auszuschlachten, und manche werden auch keine Rücksicht auf Ihre Trauer nehmen. Ich kann Ihnen nur raten, sich von der Presse fernzuhalten!«

Daniela nickte und stand auf.

»Geben Sie uns Bescheid, wenn wir Emily sehen können?«

»Das werde ich tun«, versprach Henri. »Meine Nummer haben Sie ja, wenn Sie mich erreichen wollen. Sie können mich jederzeit anrufen. Und ich melde mich bei Ihnen, wenn es bei den Ermittlungen etwas Neues gibt.«

Daniela ging zur Treppe, die neben der Bar zu ihrer Wohnung ins Obergeschoss führte. Die Männer folgten ihr, Christoph schnell, Stephan mit langsamen, schleppenden Schritten. Er drehte sich kurz vor der Treppe noch einmal zu ihnen um.

»Finden Sie das Schwein, das unserer Emily das angetan hat!«, sagte er inbrünstig. Seine Hände waren zu Fäusten geballt.

»Das werden wir«, antworteten Henri und Lenz gleichzeitig.

Stephan nickte ihnen zu und folgte seinem Bruder die Treppe hinauf. Henri hielt Patricia Schröder, die hinter ihnen hergehen wollte, am Arm zurück.

»In der Schule werden wir psychologische Betreuung für Emilys Mitschüler brauchen.«

»Und für die Lehrer, die mit Emily zu tun hatten«, ergänzte Patricia. »Ich kümmere mich darum, dass ein Team so schnell wie möglich zur Schule kommt. Gehen Sie jetzt direkt dorthin?«

»Ja, wir müssen Emilys letzte Stunden so genau wie möglich rekonstruieren. Können Sie noch eine Weile bei den Jacobis bleiben?«

»So lange wie nötig.«

Was war in so einem Fall nötig? Wie lange brauchten Eltern, die ihr Kind verloren hatten, psychologische Betreuung? Einen Tag? Eine Woche? Einen Monat? Ein Jahr? Henri wusste, dass es keinen Sinn hatte, mit Dr. Schröder zu diskutieren. Realistischerweise würde sie sich so lange um die Jacobis kümmern können, bis ihre Dienste in einem anderen Fall benötigt wurden. Noch akuter, noch dringender. Man konnte nur hoffen, dass es lange dauern würde, bis dieser Fall eintrat.

Als die Kinder in die Pause verschwunden waren, sah Carina als Erstes auf ihr Handy. Keine Nachricht von Kommissar Wieland. War das eine gute Nachricht?

Sie nahm die Brotbox, die Michael ihr am Morgen gemacht hatte, aus ihrer Tasche. Er hatte eines der Schokoladenherzen, die zur Eröffnung der neuen Bäckerei gegenüber der Schule verteilt worden waren, zu ihrem Brot dazugelegt. Sie nahm es heraus, steckte das Brot aber zurück in die Tasche. Sie hatte keinen Hunger.

Durch das Fenster sah Carina Michael unten über den Pausenhof gehen. Sie öffnete das Fenster und lehnte sich weit hinaus. Michael sah sie und winkte ihr zu. Carina hielt das Schokoladenherz hoch und warf ihm einen Luftkuss zu. Michael lächelte. Als auch er ihr einen Luftkuss schickte, begannen ein paar Drittklässler neben ihm zu kichern.

»Kommst du runter?«, rief er.

»Ich muss für die nächste Stunde noch ein Arbeitsblatt kopieren. Gestern habe ich nicht mehr daran gedacht.«

»Dann sehen wir uns später!«

Carina winkte noch einmal und schloss das Fenster wieder. Die Sonne brannte heiß vom Himmel, genau auf diese Seite des Gebäudes. Nicht mehr lange, und das Klassenzimmer glich einem Backofen. Carina eilte mit der Kopiervorlage zum Lehrerzimmer. Am Kopierer war Stau, sie kam gerade noch rechtzeitig zum Beginn der nächsten Stunde ins Klassenzimmer zurück.

Die Kinder setzten sich. Die Pause schien ihnen gutgetan zu haben. Sie waren nicht mehr so zappelig wie in den ersten Stunden. Und sie sahen auch nicht mehr ständig zu Emilys leerem Platz in der ersten Reihe. Nicht wie Carina, deren Blick jedes Mal dort hängenblieb, wenn sie durch die Klasse schaute.

Auf dem Stundenplan stand Heimat- und Sachunterricht. Das Thema der heutigen Stunde waren die Hauptstädte der europäischen Länder. Carina hängte eine Europakarte an die Tafel. Zum Einstieg fragte sie, welche Hauptstädte die Kinder schon kannten und ob sie auf der Karte zeigen konnten, wo sie sich befanden.

»Paris!«, »London!«, »Wien!«, riefen die Kinder durcheinander und meldeten sich mit wildem Schnipsen, um die Städte auf der Karte zeigen zu dürfen.

Stockholm. Emily hätte Stockholm genannt und sicher hätte sie es auch auf der Karte gefunden.

Carina zwang sich zu einem Lächeln und rief nacheinander die Kinder, die sich meldeten, nach vorn. Es war schwer, ihnen zuzuhören. Und es war noch schwerer, ihnen eine anerkennende Antwort zu geben, so wie sie es von Carina gewöhnt waren. Sollte sie nicht lieber das Arbeitsblatt, das als Hausaufgabe gedacht gewesen war, gleich verteilen? Dann wären die Kinder beschäftigt und würden nicht auf Carina achten.

Als sie nach dem Stapel mit den Kopien griff, klopfte es an der Klassenzimmertür. Simone Hubertus, die Direktorin kam herein.

»Frau Engl, würden Sie bitte kurz hinauskommen? Ich übernehme solange die Klasse.«

Carina sah die Direktorin fragend an, doch sie wich ihrem Blick aus.

»Die Kinder können das Arbeitsblatt machen. Die europäischen Hauptstädte ...«

»In Ordnung.«

Sie nahm Carina das Papier aus der Hand und schob sie sanft Richtung Tür. Draußen sah Carina die lange Gestalt von Henri Wieland im Flur stehen, neben ihm ein Kollege. Schnell trat sie aus dem Klassenzimmer und schloss die Tür hinter sich.

»Haben Sie Emily ...?«, fragte Carina den Kommissar.

Er nickte.

»Ja, wir haben Emily im Park gefunden. Sie wurde ermordet ...«

»Sie ist ... tot?«, flüsterte Carina. Tränen schossen ihr in die Augen. »Tot ... ermordet ...«

Henri Wieland nahm Carina am Arm und führte sie zu einem der Tische im Flur, wo die Kinder sich bei Gruppenarbeiten ausbreiten konnten. Sie setzten sich auf die Holzstühle. Carina suchte nach einem Taschentuch, aber ihr Kleid hatte keine Taschen. Der zweite Kommissar zog eine Packung aus der Brusttasche seines Hemdes und gab sie ihr.

»Danke.«

»Albrecht. Lenz Albrecht«, stellte er sich vor.

Sie gaben sich die Hand, dann zog Carina schnell ein Taschentuch aus der Packung. Sie trocknete ihre Wangen, aber die Tränen flossen weiter.

»Es tut mir leid ... ich ... Sie wollen mit mir reden ... aber ...«

»Weinen Sie nur.« Die Männer warfen sich einen Blick zu, dann sagte Henri Wieland: »Wenn ein Kind getötet wird, kann man nichts anderes tun, als weinen.«

Carina nahm ein weiteres Taschentuch.

»Entschuldigung.«

»Lassen Sie sich Zeit.«

Carina wischte über ihre Wangen. Auch das zweite Taschentuch war sofort durchnässt.

»Wurde ... wurde Emily entführt?«, fragte Carina, als sie ihre Stimme wieder einigermaßen im Griff hatte.

»Wir gehen davon aus, dass sie mit dem Rad in den Park gefahren ist. Die Hunde konnten ihre Spur bis zur Schule und von dort aus weiter über das Schloss in den Park hinein verfolgen.«

»Aber sie fährt doch nicht einfach so in den Park, wenn sie kurz darauf bei einer Geburtstagsfeier eingeladen ist?«

Henri Wieland zuckte mit den Achseln.

»Wir wissen noch nicht mehr. Deshalb müssen wir mit ihren Freunden sprechen, die sie zuletzt gesehen haben.«

Carina ging darauf nicht ein.

»Was ist im Park passiert?«

»Es sieht so aus, als sei Emily einem Sexualverbrechen zum Opfer gefallen.«

Carina schlug die Hand vor den Mund. Ihr Bauchgefühl hatte sie nicht getrogen. Emily war das Schlimmste zugestoßen, was man sich vorstellen konnte.

»Ausgerechnet Emily! ... Sie ist ...« Carina stockte und verbesserte sich. »Sie war ... so ein aufgewecktes Mädchen. Ich kann mir nicht vorstellen, dass sie freiwillig mit jemandem mitgegangen ist.«

»Bis jetzt können wir nur spekulieren, was passiert ist. Wir werden nachher eine Pressekonferenz abhalten, um über die Medien mögliche Zeugen zu finden.«

Carina sah Lenz Albrecht fragend an, und als er nickte, nahm sie ein drittes Taschentuch.

»Es ist einfach nur schrecklich! Ein zehnjähriges Mädchen!« Carina schmeckte die salzigen Tränen auf den Lippen und wischte sich über den

Mund. »Wie geht es Emilys Eltern? Hatten sie inzwischen damit gerechnet, dass Emily etwas zugestoßen sein könnte?«

»Nicht wirklich. Sie werden von einer Psychologin betreut.«

Carina nickte.

»Frau Engl, wir haben auch für Sie und Emilys Mitschüler ein Psychologenteam angefordert, das bald hier eintreffen müsste. Wir gehen davon aus, dass die Nachricht von Emilys Tod die Kinder stark treffen wird und danach kein Unterricht mehr möglich ist. Die Direktorin hat bereits veranlasst, dass die Eltern aller Mitschüler angerufen werden, um die Kinder abzuholen. Bei wem das nicht möglich ist, der wird hier von den Kollegen betreut.«

Carina deutete mit dem Kopf zum Klassenzimmer.

»Sagt sie ihnen gerade, was passiert ist?«

»Nein. Sie meinte, es wäre besser, wenn Sie das machen.«

»Ich?«

Wie sollte sie den Kindern beibringen, dass Emily tot war? Dass sie missbraucht und ermordet worden war? Konnten sie nicht einfach auf die Psychologen warten? Die waren doch für solche Situationen ausgebildet. Sie würden die richtigen Worte finden. Carina spürte die Blicke der Kommissare auf sich ruhen, doch keiner der beiden sagte etwas.

Die richtigen Worte? Die gab es nicht. Es gab nichts zu beschönigen. Es ging darum, den Kindern eine schreckliche Nachricht zu überbringen. Emilys Mitschülern. Ihren – Carinas – Schülern. Ihren Kindern. Sie sollten nicht mit Phrasen von Fremden abgefertigt werden. In dieser Ausnahmesituation sollte jemand mit ihnen sprechen, den sie kannten.

Carina richtete sich auf und straffte die Schultern.

»In Ordnung, ich sag es ihnen. Ich will mir nur vorher das Gesicht waschen.«

Carina betrat den Mädchen-Waschraum auf der anderen Seite des Flurs. Sie erschrak, als sie ihr verquollenes Gesicht im Spiegel sah. So konnte sie keinesfalls vor die Klasse treten. Carina drehte den Griff des Wasserhahns zur Seite, bis kaltes Wasser herauskam. Sie schüttete mehrere Handvoll in ihr heißes Gesicht und tupfte sich dann mit einigen Papierhandtüchern trocken. Schon besser. Die Kinder sollten sich nicht erschrecken, wenn sie hereinkam. Doch letztendlich war es nur eine Frage von Sekunden. Spätestens Carinas Worte würden die Kinder maßlos in Panik versetzen. Sie machte sich selbst etwas vor, wenn sie glaubte, dass ihr trockenes Gesicht es für die Kinder auch nur im Geringsten erleichtern würde.

Als Carina wieder auf den Flur trat, standen bei Kommissar Wieland einige Leute, die er mit ein paar kurzen Sätzen über das Geschehen ins Bild setzte. Die Polizeipsychologen. Einer von ihnen schlug vor, dass Carina zunächst allein ins Klassenzimmer gehen sollte, um den Kindern von Emilys Tod zu berichten. Die Psychologen würden sich draußen bereithalten und ihr kurz darauf folgen.

Als Carina das Klassenzimmer betrat, merkte sie sofort, dass die Schüler bereits durch die Anwesenheit der Direktorin stark verunsichert waren. Sie beugten sich zwar über ihre Arbeitsblätter, aber kaum jemand hatte schon etwas in die leere Spalte in der Tabelle eingetragen. Alle Augen hefteten sich auf Carina. Sie blieb in der Mitte des Raumes vor der Klasse stehen und holte tief Luft. Es war vollkommen still im Klassenzimmer.

»Die Polizei hat mir gerade gesagt, dass sie Emily gefunden haben.«

Carina holte tief Luft. Sie tat niemandem einen Gefallen, wenn sie es noch lange hinauszögerte. Es musste sein. Jetzt.

»Leider muss ich euch sagen, dass unsere liebe Emily tot ist und nicht mehr zu uns zurückkommen wird.«

Immer noch Stille. Totenstille. Sie starrten Carina ungläubig an. Moritz brach als Erster das Schweigen.

»Emily ist tot?«

Carina nickte.

»Ja. Jemand hat sie getötet. Die Polizei weiß noch nicht, wer das getan hat und was genau passiert ist, aber sie werden es bestimmt herausfinden.«

»Hat jemand sie entführt?«

»Wo wurde sie gefunden?«

»Ist sie in ein Auto eingestiegen?«

Auf einmal brachen die Fragen der Kinder alle gleichzeitig über Carina herein. Hilflos hob sie die Schultern.

»Ich weiß es nicht. Ich kann euch nicht sagen, was genau passiert ist.«

Die Kinder reagierten ganz unterschiedlich. Manche hatten das Bedürfnis, ihren Gefühlen laut Ausdruck zu verleihen, und redeten drauflos. Mehr mit sich selbst als mit den anderen Kindern. Viele begannen zu weinen, andere saßen einfach nur stumm da.

Plötzlich waren Carinas eigene Gefühle nicht mehr so wichtig wie der Schock und die Trauer der Kinder. Für die meisten war der Tod ihres Hamsters oder ihres Kanarienvogels wahrscheinlich das Schlimmste, mit dem sie in ihren jungen Jahren bisher konfrontiert gewesen waren.

»Die Nachricht von Emilys Tod müssen wir jetzt erst mal verdauen. Ich weiß, dass es schwer zu verstehen und zu akzeptieren ist, wenn uns jemand so plötzlich verlässt. Man braucht Zeit, um zu weinen, um sich zu erinnern. Und dem einen oder anderen wird es vielleicht guttun, viel über Emily zu reden. Eure Eltern wurden informiert und werden euch abholen, sobald es ihnen möglich ist. In der Zwischenzeit sind Frau Hubertus und ich natürlich für euch da. Außerdem warten draußen einige Betreuer, die wissen, wie durcheinander ihr jetzt seid. Auch mit ihnen könnt ihr reden.«

Carina nickte Frau Hubertus zu. Bevor sie weiterreden konnte, sprang Moritz auf und zog eine kleine Stoffmaus unter Emilys Pult hervor.

»Sie hat ihren Glücksbringer nicht dabei gehabt.«

Er weinte. Er war einer von Emilys besten Freunden. Carina nahm ihn in den Arm und drückte ihn an sich. Während Simone Hubertus die Klassenzimmertür öffnete, um das Psychologenteam hereinzuholen, strich Carina beruhigend über Moritz' Rücken. Sie sah, dass die Psychologen den Raum betraten und dass jeder direkt auf eines der Kinder zuging. Auf die, die am lautesten weinten? Auf die, die sich vollkommen in sich zurückgezogen hatten?

Als Carina merkte, dass Moritz' Schluchzen abebbte, beugte sie sich zu ihm und sah ihn eindringlich an: »Es wird Emily nicht wieder lebendig machen, aber die Polizei will denjenigen finden, der ihr das angetan hat. Es ist wichtig, dass sie noch mal mit dir und Nico reden. Sie müssen wissen, ob euch gestern irgendetwas aufgefallen ist, als ihr auf der Straße gespielt habt.«

Moritz schüttelte den Kopf.

»Das hab ich dem Polizisten gestern schon gesagt. Da war niemand.«

»Bist du ganz sicher?«

Er nickte.

»Das würde ich doch sonst sagen. Solange wir mit Emily auf der Straße waren, ist niemand dort vorbeigekommen.«

»Kein fremdes Auto? Kein Spaziergänger? Nichts?«

»Nein, nichts.«

Carina nickte. Sie sah zu Nico, der immer noch reglos auf seinem Stuhl saß. »Ich bringe euch beide raus zu den Polizisten.«

Draußen waren bereits die ersten Eltern eingetroffen, Carina sah tränennasse und bestürzte Gesichter. Sie brachte Moritz und Nico zu Kommissar Wieland und seinem Kollegen, drehte aber auf dem Fuß wieder um, als eines der Mädchen im Klassenzimmer einen lauten Weinkrampf bekam. Sie versuchte, überall gleichzeitig zu sein, zu beruhigen, zu trösten. Wenn die Nachricht von Emilys Tod schon sie selbst so umgehauen hatte, wie sollten dann die Kinder damit klarkommen? Immerhin schien Carinas Gegenwart und ihre Umarmung die Kinder wenigstens ein bisschen zu beruhigen.

»Nico!« Das war die schrille Stimme von Nicos überfürsorglicher Mutter, die vom Gang ins Klassenzimmer schallte. Und gleich darauf: »Wer sind Sie? Was wollen Sie von meinem Sohn?«

Schnell lief Carina auf den Flur hinaus. Frau Kollmann, Nicos Mutter, stand mit gefletschten Zähnen und weit ausgebreiteten Armen vor Kommissar Albrecht, bereit, ihren Sohn wenn nötig auch mit Händen und Füßen zu verteidigen. Carina trat zu ihr und legte ihr beruhigend die Hand auf den Arm.

»Frau Kollmann, das sind die Kommissare, die nach Emilys Mörder suchen. Da Nico und Moritz sie zuletzt gesehen haben, möchten sie wissen, ob den Jungen irgendetwas Verdächtiges aufgefallen ist.«

»Aber doch nicht jetzt! Sie können doch nicht so über die Kinder herfallen!«, regte Frau Kollmann sich auf. »Sie sehen doch, dass die beiden unter Schock stehen. Da können Sie sie doch nicht so in die Mangel nehmen!«

»Frau Kollmann«, begann Kommissar Wieland, kam aber nicht weiter.

»Ich werde meinen Sohn jetzt mitnehmen. Und wenn es ihm besser geht, können Sie ihn befragen. Aber nur, wenn ich dabei bin. Hol deine Sachen, Nico, wir gehen jetzt. Und dich nehme ich auch gleich mit, Moritz!«

Die Jungen sahen eingeschüchtert von Carina zu den Polizisten. Kommissar Wieland winkte ab.

»Geht nur nach Hause, Jungs. Danke für eure Hilfe.«

Frau Kollmann rauschte mit Nico und Moritz ins Klassenzimmer, um die Schulranzen der beiden Jungen zu holen.

»Tut mir leid«, sagte Carina zu den Polizisten. »Ich hoffe, Sie haben vorher schon etwas von Nico erfahren. Er ist sehr schüchtern und es dauert, bis man an ihn herankommt.«

»Kein Wunder bei der Mutter!«, meinte Kommissar Albrecht, was ihm einen rügenden Blick seines Kollegen eintrug. Er gab Carina die Hand.

»Danke für Ihre Unterstützung, Frau Engl. Sollte eines der Kinder noch etwas äußern, was für unsere Ermittlungen interessant sein könnte, dann wäre ich Ihnen dankbar, wenn Sie mich gleich anrufen würden.«

»Sicher.«

Die Polizisten verabschiedeten sich. Carina ging zurück ins Klassenzimmer. Nach und nach kamen immer mehr Eltern, hauptsächlich Mütter, die ihre Kinder abholten. Viele hatten Emily gekannt und jede Einzelne wechselte mit Carina ein paar Worte über sie. Die Direktorin und die Psychologen kümmerten sich um die verbleibenden Kinder.

Carina ging hinüber zu Paula, deren Mutter sie wahrscheinlich nicht so schnell von der Arbeit hatten loseisen können. Carina wusste nicht genau, was sie machte, aber es klang immer furchtbar wichtig.

Paula hatte den Kopf auf den Armen auf dem Tisch abgelegt. Ihre Schultern zuckten. Carina strich ihr sanft über den Rücken. Paula sah auf, ihr Gesicht war tränenüberströmt.

»Wenn ich das gewusst hätte, hätte ich gestern lieber noch ein bisschen länger auf sie gewartet! Wenn sie doch nur gekommen wäre!«

»Ja, das wäre schön gewesen.«

Carina strich Paula eine nasse Haarsträhne aus dem Gesicht.

»Emilys Mutter hat mir gestern gesagt, dass Emily sich sehr auf deine Geburtstagsfeier gefreut hat.«

»Ja?«

»Ja. Wenn sie gekonnt hätte, wäre sie bestimmt gekommen.«

Das schien Paula irgendwie zu trösten, sie lächelte unter Tränen.

»Erst wollte ich Emily gar nicht einladen. Aber es ist immer so lustig mit ihr.« Paula schniefte. »Und gestern ... bei meiner Geburtstagsparty ... war es gar nicht richtig lustig ... ohne Emily. Deshalb war ich so sauer!«

»Das verstehe ich«, sagte Carina. »Aber du konntest ja nicht wissen ...«

»Paula!«

Die Mutter des Mädchens stand auf der Türschwelle. Sie war mit ein paar schnellen Schritten bei ihrer Tochter und schloss sie in die Arme. Carina sprach kurz mit ihr, während Paula ihren Schulranzen einpackte, dann brachte sie sie zur Tür.

Carina warf einen Blick zurück. Bei allen Kindern, die noch da waren, saß jetzt ein Erwachsener. Sie wurde gerade nicht benötigt. Carina ging hinaus in den Flur und ließ sich dort auf einen der Stühle fallen. Wie Paula legte sie ihre Arme auf den Tisch und vergrub ihr Gesicht darin. Die Tränen, die sie in der letzten halben Stunde unterdrückt hatte, kamen nun mit aller Macht.

Auf einmal strich eine Hand sanft über ihren Rücken. Sie sah auf, es war Michael.

»Ich habe es gerade gehört«, sagte er und nahm sie in den Arm.

»Sie wurde ermordet! Ist das nicht schrecklich?«

»Es ist furchtbar!«

Er drückte sie fest und streichelte über ihren Rücken. Die Tränen liefen pausenlos über Carinas Wangen, sie konnte nicht aufhören zu weinen. Sie weinte um Emily. Und jetzt weinte sie endlich auch um Adrian.

Draußen war die Temperatur mindestens um drei Grad gestiegen, seit Henri und Lenz die Schule betreten hatten. Als sie nun herauskamen, schlug ihnen die Hitze wie ein Feuerschild entgegen.

»Was hast du von Nico erfahren?«, fragte Henri, nachdem er Lenz erzählt hatte, dass Moritz im Wesentlichen nur noch einmal das wiederholt hatte, was er am Vortag schon ausgesagt hatte. Sie hatten mit Emily auf der Straße gespielt, dann war Moritz als Erster von seiner Mutter reingerufen worden. Vorher war ihm nichts Besonderes aufgefallen, kein Auto, das er nicht kannte, kein Passant. Es war nichts los gewesen in der Brunhildenstraße.

»Nicht viel«, sagte Lenz. »Nico war vollkommen paralysiert. Die Nachricht von Emilys Tod hat ihn umgehauen. Und kaum, dass er angefangen hat zu reden, kam auch schon seine Mutter. Du hast sie ja gehört!«

»Was hatte er bis dahin gesagt?«

»Im Prinzip das Gleiche wie Moritz. Sie waren mit Emily draußen auf der Straße, aber auch ihm ist nichts und niemand besonders aufgefallen, bevor er reinmusste.«

»Das führt uns also nicht weiter. Aber vielleicht ergeben die Befragungen der Bewohner in der Nachbarschaft noch etwas. Die Kollegen haken heute überall dort noch mal nach, wo sie gestern niemanden angetroffen haben. Irgendjemand muss doch etwas beobachtet haben! Oder zumindest gesehen haben, wie Emily losgeradelt ist.«

»Ich habe mehr Hoffnung, dass wir über die Pressekonferenz an weitere Zeugen kommen. Wenn die Medien detailliert über den Mord an Emily berichten, werden sich bestimmt auch Zeugen melden, die Emily auf dem Weg von der Schule in den Park gesehen haben. Sie war hier auf belebten Straßen unterwegs. Und sie ist am Schloss vorbeigekommen. Irgendjemandem wird doch ein Kind, das allein mit dem Rad unterwegs war, aufgefallen sein.«

»Sofern sie nicht in Begleitung war ...«

Lenz sah Henri an.

»Du meinst, der Mörder war vielleicht schon bei ihr?«

»Möglich wäre es doch, oder?«

Sie waren bei Henris Wagen angekommen. Lenz sah auf die Uhr. »Fahren wir gleich ins Präsidium?«

Die Pressekonferenz würde im Medienzentrum im Polizeipräsidium stattfinden. Die Büros der Mordkommission befanden sich dagegen in einer Außenstelle in der Hansastraße.

»Ja, fahren wir direkt ins Präsidium. Marius und Tanja werden auch nicht im Büro sein.«

Sie stiegen ein und Henri startete den Wagen. Lenz zog sein Handy heraus.

»Ich rufe die beiden an, ob sie was Neues für uns haben.«

Während Lenz mit Marius telefonierte, überlegte Henri, welche Informationen sie bei der Pressekonferenz preisgeben konnten und welche nicht. Sämtliches Detailwissen war Täterwissen. Andererseits benötigten sie die Unterstützung der Medien. Und dafür mussten sie ihnen im Gegenzug interessante Informationen geben.

Sie würden ausführlich Emilys Weg, wie sie ihn zurückverfolgt hatten, darstellen. Das war am wichtigsten. Sie brauchten Zeugen, die Emily gesehen hatten. Die Medien würden sich dagegen vor allem für das interessieren, was mit Emily im Park geschehen war. Die große Story. Die Sensationsnachricht, die gute Verkaufszahlen garantierte.

Lenz sprach nicht lange mit Marius. Schon nach wenigen Minuten legte er auf und fasste für Henri zusammen: »Die Obduktion läuft im Moment, Marius ist in der Gerichtsmedizin. Dr. Vogel hat bestätigt, was er bereits am Tatort gesagt hat. Todeszeitpunkt: gestern 14:30 Uhr plus minus eine halbe Stunde. Todesursache: Erwürgen. Der Verdacht, dass sie bereits tot war, als sie vergewaltigt wurde, hat sich wegen der geringen Blutmenge bestätigt. Wäre sie noch am Leben gewesen, hätte deutlich mehr Blut sichtbar sein müssen. Genaueres sagt er dazu aber erst, wenn die innere Besichtigung abgeschlossen ist.«

»Also noch keine wirklich neuen Erkenntnisse.«

»Doch. *Eine* neue Erkenntnis: Emily muss sich gegen den Täter gewehrt haben. Dr. Vogel hat Hautfetzen unter ihren Fingernägeln gefunden. Im Labor wird daraus bereits eine DNA-Probe erstellt, die zum Abgleich mit der Datenbank ans BKA geschickt wird.«

»Das ist doch schon mal was. Und wir wissen, dass der Mörder möglicherweise Kratzspuren im Gesicht, an den Armen oder sonst wo haben könnte.« Henri überlegte. »Was wir aber so auch nicht an die Presse weitergeben können.«

»Sagen wir, dass DNA sichergestellt wurde?«

»Erst mal nicht«, entschied Henri. »Wie geht's Marius inzwischen? Hat er sich von Emilys Anblick erholt?«

»Anscheinend. Er hat zumindest nichts davon gesagt, dass er Probleme damit hat, bei der Obduktion dabei zu sein.«

Lenz wählte erneut und sprach kurz mit Tanja. Sie war noch im Nymphenburger Schlosspark und koordinierte dort die Einsatzkräfte. Sie berichtete, von der Spurensicherung seien auf den Stufen des Tempels Hinweise darauf gefunden worden, dass eine Person mit Jeans-Bekleidung dort gesessen habe. Sie hatten winzige Textilfasern gefunden. Emily war mit einem Jeansrock bekleidet gewesen. Genauso gut war es jedoch möglich, dass ihr Mörder dort in Jeans gesessen hatte. Oder eine ganz andere Person. Die Fasern mussten im Labor untersucht werden, um eine Übereinstimmung mit Emilys Rock zu bestätigen oder auszuschließen.

Obwohl der Tatort weiträumig abgesperrt war und niemand auf Sichtweite an den Apollotempel oder den Fundort herankam, wimmelte es laut Tanja im Park vor Journalisten, was die Befragung der Spaziergänger erheblich erschwert hatte. Die Kollegen hatten jeden Hundehalter angesprochen, ob er am vorigen Nachmittag auch mit seinem Hund im Park unterwegs gewesen war, doch es hatte sich keiner gefunden, der bei dem herannahenden Gewitter draußen gewesen wäre.

Tanja wollte abschließend mit Holger Mullner sprechen und dann ebenfalls ins Präsidium zur Vorbereitung der Pressekonferenz kommen.

Lenz trennte die Verbindung über die Freisprechanlage und schlug seinen Notizblock auf.

»Also, was haben wir?« Er blätterte zwischen den Seiten hin und her. »Wir verteilen das Flugblatt, werfen noch mal die genaue Personenbeschreibung an die Wand und dann sollten wir uns auf den Weg konzentrieren, den Emily zurückgelegt hat, oder?«

»Ja, das war auch mein Gedanke. Wir müssen den Pressefritzen klarmachen, dass wir dringend Augenzeugen brauchen und dass sie den Weg möglichst genau beschreiben sollen, um so viele Zeugen wie möglich zu finden.«

»Was sagen wir zu Emilys Verletzungen?«

»Am besten nichts Konkretes. Nur den ungefähren Todeszeitpunkt, dass sie erwürgt wurde und wir davon ausgehen müssen, dass der Täter sich auch sexuell an ihr vergangen hat. Mehr können wir nicht sagen, da die Obduktion noch im Gange ist. Danke für Ihre Mithilfe und tschüss.«

»Wird Roman dabei sein? Dann wird es schwierig mit vagen Auskünften.«

Roman war überaus mitteilsam. Er hörte sich selbst so gern reden, dass eine Pressekonferenz selten unter einer Stunde dauerte. Das, was Henri und Lenz den Journalisten hinwerfen wollten, würde nicht mal eine halbe Stunde füllen.

»Ich bin noch nicht dazu gekommen, mit ihm zu sprechen«, sagte Henri.

»Jede Wette, dass du inzwischen schon mindestens drei Nachrichten von ihm auf der Mailbox hast.«

»Keine Ahnung. Ich habe das Handy auf stumm geschaltet, bevor wir zu den Jacobis reingegangen sind.«

Henri zog es hervor und warf einen kurzen Blick darauf.

»Es sind drei Nachrichten. Jetzt muss ich dann wohl doch mal zurückrufen.«

Henri seufzte. Der Anruf würde nicht in fünf Minuten erledigt sein, das wusste er aus Erfahrung.

»Ich glaube, das Handynetz ist hier ganz schlecht«, sagte Lenz grinsend.

»Ja, das habe ich auch gehört«, pflichtete Henri ihm bei. »Hier wimmelt es von Funklöchern.«

Am rechtsmedizinischen Institut, das nur einen Katzensprung von der Redaktion entfernt lag, machte Elisa Bekanntschaft mit der bayerischen Gemütlichkeit. An der Pforte saß eine genauso runde wie leutselige Empfangsdame, die Elisa mit dem freundlichsten Lächeln klarmachte, dass sie an ihr nicht vorbeikommen würde. Immerhin rutschte ihr heraus, dass der im Brandfall zuständige Rechtsmediziner Dr. Vogel hieß und dass der gerade mit der Obduktion der kleinen Emily beschäftigt sei. Elisa würde also in den nächsten Stunden keine Gelegenheit haben, mit ihm persönlich zu sprechen, selbst wenn sie versuchen sollte, ihn direkt hier am Ausgang des Gebäudes abzupassen. Die Durchwahl von Dr. Vogel rückte die freundliche Dame auch nicht heraus.

Elisa versuchte es noch bei einem Studenten, der zur Rauchpause vor die Tür hinauskam. Er ließ sich bereitwillig in ein Gespräch verwickeln und erzählte ihr gern von der enormen psychischen Belastung, der er bei einer Obduktion ausgesetzt war, aber auch er gab ihr nicht die Durchwahl von Dr. Vogel.

Also musste sie den regulären Weg über die Polizei gehen. Vorher wollte Elisa sich jedoch vor Ort selbst ein Bild von der Situation machen. Sie radelte nach Nymphenburg und war innerhalb kürzester Zeit nassgeschwitzt. Die Sonne brannte vom Himmel.

Als Elisa die Zuccalistraße entlangfuhr, sah sie schon aus einiger Entfernung einen Menschenauflauf vor einem Restaurant. Sie erkannte das *Delicat* mit seinem Biergarten wieder, das sie auf den Fotos von Lena gesehen hatte. Das war also das Elternhaus von Emily. Uniformierte Polizisten und Journalisten liefen durcheinander, vor dem Biergarten hatte man eine Absperrung angebracht. Elisa konnte in der Menschenmenge weder Jette noch Lena ausmachen. Doch sie sah sofort die kleinen Plüschtiere, die am Eingang des *Delicat* lagen, zusammen mit einigen Blumensträußchen und einem Schuhkarton, der über und über mit Aufklebern von weißen Rosen bedeckt war. Jetzt bemerkte Elisa auch einige Kinder in der Menschenmenge. Vielleicht waren das Freunde und Klassenkameraden von Emily, die hergekommen waren, um ein Andenken hinzulegen. Die Journalisten würden sich begierig auf die Kinder stürzen. Elisa war froh, dass Jette nicht hier war.

Sie fuhr weiter bis zur Adresse der Hildebrands. Hier deutete nichts mehr auf einen Einsatz von Polizei und Feuerwehr hin. Von der Straße aus sah der Bungalow mit dem gepflegten Vorgarten völlig intakt aus. Elisa stellte ihr Fahrrad ein Stück weiter auf dem Bürgersteig ab und taxierte mit schnellen Blicken das Anwesen. Vorn nahmen das Haus und eine Einfahrt mit Doppelgarage die gesamte Breite des Grundstücks ein. Soweit Elisa durch die Hecke des Nachbargartens erkennen konnte, war der hildebrandsche Garten von einer hohen Thuja-Hecke umgeben, hier war also auch von den Nachbargrundstücken aus nichts zu sehen.

Ein Auto rollte langsam die Straße entlang und hielt schließlich vor dem Haus. Elisa konnte den Aufdruck eines Bauunternehmens erkennen: *Bauen mit Bauer*. Ein Mann stieg aus und betrachtete das Gebäude, so wie Elisa es auch gerade getan hatte. Als er ihr einen argwöhnischen Blick zuwarf, bückte sie sich schnell und nahm die Luftpumpe vom Fahrrad. Sie tat so, als müsste sie ihren Reifen aufpumpen, behielt ihn dabei aber im Auge.

Kurz darauf kam eine Frau mit auffälligen leuchtend roten Haaren auf dem Bürgersteig entlanggestöckelt. Sie schien den Mann zu kennen, denn sie begrüßte ihn freundlich lachend und schüttelte dabei ihre langen roten Haare nach hinten. Sie gingen auf das Haus der Hildebrands zu, blieben aber stehen, als ein weiteres Auto heranfuhr und ebenfalls dort parkte.

»Hallo, Frau Hildebrand!«, rief der Mann, der aus dem Wagen ausstieg, laut und deutete mit weit ausgestrecktem Arm auf den Bungalow. »Das sieht doch gar nicht so schlimm aus.«

Diese elegant zurechtgemachte, fröhliche Frau war die Witwe von Adrian Hildebrand? Sie lachte laut und winkte ab.

»Kommen Sie erst mal rein, dann sehen Sie die Katastrophe!«

Sie schloss die Eingangstür auf. Die Männer folgten ihr ins Haus und machten die Tür hinter sich zu. Es gab nichts mehr zu sehen. Elisa warf einen Blick auf das zweite Auto. *Architekturbüro Teutsch* stand darauf. Frau Hildebrand schien es eilig zu haben, das Haus wieder instand setzen zu lassen.

Elisa überlegte. Vielleicht war es möglich, dass sie ein Gespräch mit Adrian Hildebrands Witwe führte? Hatte in Jettes Unterlagen nicht gestanden, dass sie Judith hieß? Vielleicht wusste Judith Hildebrand schon mehr über das Ergebnis der Obduktion? Und vielleicht war sie bereit, mit Elisa über ihren Verlust zu reden?

Normalerweise hatte Elisa Hemmungen, trauernden Menschen persönlich auf die Pelle zu rücken. Aber sie musste André Sievers beweisen, dass sie eine gute Journalistin war. Ein Exklusivinterview wäre nicht schlecht.

Elisa zog sich in den Schatten der Hecke des Nachbarhauses zurück und setzte sich dort auf den Boden. Sie wollte warten, bis Judith Hildebrand wieder herauskam. Das würde sie früher oder später tun. Die Tatsache, dass sie zu Fuß gekommen war, ließ Elisa schließen: Judith konnte noch nicht wieder in ihrem Haus wohnen, sondern war irgendwo in der Nähe untergekommen. Mit diesen hohen Schuhen war sie sicher nicht weit gelaufen.

Es war heiß. Elisa hätte sich gern an der Eisdiele, an der sie vorhin vorbeigefahren war, eine Flasche Wasser besorgt, aber sie wollte ihren Beobachtungsposten nicht aufgeben. Zu groß war die Gefahr, dass Judith Hildebrand in der Zwischenzeit herauskam und ihr entwischte. Lieber hatte sie noch eine Weile Durst. Sie musste nur vermeiden, an Wasser zu denken. An das Zischen beim Öffnen der Flasche. An das Sprudeln, wenn die Kohlensäure nach oben stieg. An das Gefühl des kalten Wassers im Mund. An das gierige Schlucken, wenn sie die Flüssigkeit in sich hineinkippte.

Elisa musste sich zwanzig Minuten gedulden, dann ging die Haustür wieder auf. Sie beugte sich vor und tat so, als sei sie immer noch mit ihrem Rad beschäftigt, doch die drei beachteten sie gar nicht. Sie scherzten und lachten, Judith Hildebrand begleitete die Männer bis zur Gartenpforte und winkte ihnen nach, als sie ins Auto einstiegen. Dann leerte sie den Briefkasten, in dem sich einige Post angesammelt hatte. Elisa war mit ein paar schnellen Schritten bei ihr.

»Frau Hildebrand?«, fragte sie.

Judith Hildebrand nickte, sah Elisa fragend an, sagte aber nichts.

»Mein Name ist Elisa Gerlach. Mein Beileid zum Tod Ihres Mannes.«

»Danke.«

»Was für ein schrecklicher Unfall, diese Explosion ...«, setzte Elisa an, doch Judith unterbrach sie.

»Was wollen Sie von mir? Sind Sie von der Presse?«

»Ich arbeite für die *Morgenzeitung*«, gab Elisa zu.

»Kein Kommentar!« Judith Hildebrand drehte sich abrupt um und lief zurück ins Haus. Sie warf die Tür mit einem lauten Knall hinter sich zu.

Das war komplett daneben gegangen. Von wegen Exklusivinterview.

Elisa ging zurück zu ihrem Fahrrad. Blieb wieder nur die Polizei. Sie schwang sich in den Sattel und fuhr bis zur Eisdiele. Die erste Wasserflasche war nach ein paar Augenblicken leer. Die zweite steckte Elisa für später in ihre Umhängetasche, doch auch die war leergetrunken, bis sie am Polizeipräsidium ankam. Elisa stellte das Rad ab und ging hinein. Im Medienzentrum herrschte ein enormes Gedränge. Elisa zeigte den Presseausweis, den Dennis ihr gegeben hatte, bei einem uniformierten Polizeibeamten vor, dann wurde sie von der Journalistenmasse mitgezogen. Offenbar startete die Pressekonferenz zum Mord an Emily in wenigen Minuten. Alle strömten in einen großen Raum; Fotografen mit riesigen Objektiven an ihren Kameras, Journalisten mit Mikrofonen, Filmteams mit Kamera auf der Schulter oder unter dem Arm. Elisa wollte sich aus dem Strom winden, schließlich war sie nicht wegen der Pressekonferenz hier, doch dann sah sie Jette und Lena in einer der hinteren Reihen sitzen. Sie drängelte sich zu ihnen durch.

»Was machst du denn hier?«, fragte Jette wenig freundlich.

»Ich wollte jemanden zu der Explosion befragen, aber im Moment scheint das nicht möglich zu sein, weil alle hier sind. Wart ihr erfolgreich?«

Jette verzog das Gesicht.

»Die haben im Park so weit abgesperrt, dass keiner richtig rankommt.« Sie deutete mit dem Kopf zu den Plätzen auf dem Podium, wo im Moment noch niemand saß. »Wir hoffen, dass wir hier was Neues erfahren. Und ein paar Fotos bekommen. Du solltest echt nach vorn gehen, Lena, sonst hast du die ganzen Leute vor der Linse.«

»Willst du dich hinsetzen?«, bot Lena Elisa ihren Platz an.

»Ja, gerne.«

Es konnte nicht schaden, sich den Pressesprecher und die ermittelnden Beamten zumindest schon mal anzusehen.

Elisa schlüpfte auf Lenas Platz, während die Fotografin sich Richtung Podium durchkämpfte. Sie erzählte Jette von Judith Hildebrand, aber die Kollegin schien sich für den Fall nicht mehr zu interessieren. Mitten in Elisas Satz drehte sie sich zu dem Journalisten, der auf ihrer anderen Seite saß, und fing ein Gespräch mit ihm an.

Dann eben nicht.

Elisa warf einen Blick auf das Papier, das man ihr an der Tür in die Hand gedrückt hatte. Es war das Flugblatt, das sie in der Morgenzeitung bereits abgedruckt hatten. Mit dem Bild der lachenden Emily. Elisa sah hoch und schaute sich im Raum um. Das Gedränge war das gleiche wie bei einer Pressekonferenz in Hamburg, nur dass sie hier noch niemanden kannte. Kein bekanntes Gesicht, kein kurzer Gruß. Sie war die Neue zwischen den ganzen Journalisten, und es würde noch eine ganze Weile dauern, bis sie sich hier heimisch fühlte. Doch als Elisa zu den Männern sah, die nun auf dem Podium Platz nahmen, sah sie auf einmal ein bekanntes Gesicht. Sie fuhr hoch.

»Bärchen!«

Und ließ sich sofort wieder auf den Stuhl fallen. Außer Jette hatte niemand ihren Ausruf bemerkt.

»Was ist denn mit dir los?«

»Das da vorn ist der Sohn meiner Vermieterin.«

»Wer?«

»Der große Dunkelhaarige mit dem Bart.«

»Der?« Jettes Augen weiteten sich. Sie sah auf die Namensschilder der Polizeisprecher. »Das ist Kommissar Henrik Wieland, der die Ermittlungen leitet.«

»Wieland!« Elisa schlug sich mit der flachen Hand an die Stirn. »Karen heißt Wieland mit Nachnamen. Aber außer auf dem Mietvertrag hab ich das nicht wahrgenommen, deshalb ist es mir nicht aufgefallen. Sie war einfach nur Karen.«

Elisa sah zum Podium. Kein Zweifel, das war Bärchen, wie er leibte und lebte. Die Stirn in Falten gelegt, besprach er sich mit ernster Miene mit dem Mann, der neben ihm saß, und einem zweiten Kollegen, der sich gerade über den Tisch beugte. Die hatten mit Bärchen als Vorgesetztem sicher nicht viel zu lachen.

Martin Sobotta, der Pressesprecher, eröffnete die Pressekonferenz, stellte sich und die anwesenden Beamten vor – Polizeioberrat Roman Richter und die ermittelnden Kriminalkommissare Henrik Wieland und Lorenz Albrecht – und erklärte, dass sie die Pressekonferenz einberufen hatten, um über die Medien ein besonders breites Echo in der Bevölkerung zu finden.

Der Polizeioberrat, graumeliert mit runder, unauffälliger Brille ergriff sofort das Wort und forderte die Journalisten zur aktiven Mithilfe bei der Suche nach Emilys Mörder auf. Die Polizei suchte Zeugen, die Emily noch lebend gesehen hatten. Roman Richter redete eine Weile über die gesellschaftliche Verantwortung, die sie als Journalisten hatten. Elisa kam sich vor wie in der Schule. Und tatsächlich schleuderte der Polizeioberrat kurz darauf seinen erhobenen Zeigefinger nach oben.

»Kann der jetzt mal mit seinem Geschwafel und Gefuchtel aufhören und zur Sache kommen?«, flüsterte Elisa Jette zu.

»Dann sieht ja niemand mehr seine Breitling«, flüsterte Jette mit spöttischem Unterton zurück.

»Seine was?«

»Seine Breitling«, wiederholte Jette. »Für 'nen Bullen trägt der eine ganz schön teure Uhr.«

Tatsächlich blitzte Richters Uhr immer wieder an seinem Handgelenk auf. Elisa konnte die Marke nicht erkennen, aber die Uhr war groß und sah kostspielig aus. Jette schien zu wissen, wovon sie redete.

Bärchen beziehungsweise Henrik Wieland begann, mit den Fingerspitzen auf dem Tisch zu trommeln. Er nutzte die nächste Atempause seines Vorgesetzten, um einzuhaken. Auf der Leinwand hinter ihm war nun das Foto von Emily zu sehen.

»Ihnen liegt bereits das Flugblatt vor, mit dem wir in der Bevölkerung nach Hinweisen auf Emily suchen. Darauf finden Sie auch die detaillierte Personenbeschreibung des Mädchens.« Während Henrik sprach, glitt sein Blick über die Journalisten. Emily rutschte auf ihrem Stuhl nach unten und versuchte, sich hinter ihrem Vordermann, der ein Schrank von einem Mann war, zu verstecken. Henrik schien sie nicht wahrzunehmen, er sprach weiter. »Besonders wichtig ist für uns, Emilys letzte Stunden zu rekonstruieren. Deshalb möchten wir Ihnen den Weg zeigen, den sie mit dem Fahrrad zurückgelegt hat, damit Sie die Eckdaten an Ihre Leser und Zuschauer weitergeben können.«

Auf der Leinwand erschien ein Ausschnitt des Stadtplans. Nymphenburg, soweit Elisa sehen konnte. Abwechselnd beschrieben Henrik Wieland und Lorenz Albrecht die Strecke, die Emily mit dem Rad zurückgelegt hatte; dass sie nicht den direkten Weg in den Park genommen hatte, sondern erst zu ihrer Schule und von dort über das Schloss in den Park gekommen war. Henrik Wieland zeigte die Wegabschnitte auf dem Stadtplan an, außerdem schrieb sein Kollege die einzelnen Stationen noch in ordentlichen Blockbuchstaben auf ein Flipchart. Sie taten alles, damit die Journalisten Emilys Weg in allen Details beschrieben. Sogar Jette schrieb die Stichpunkte der Reihe nach ab.

Als die beiden Kommissare sich wieder hingesetzt hatten und fragten, ob es dazu konkret Fragen gäbe, brach es wie ein Sturm über sie herein. Die Journalisten riefen durcheinander ihre Fragen in den Raum.

»Wie haben Sie Emily gefunden?«

»Wann wurde sie genau ermordet?«

»In welchem Zustand war Emily?

»Was ist die Todesursache?«

»Wurde sie missbraucht?«

»Haben Sie schon einen Verdacht, wer der Täter sein könnte?«

Henrik runzelte die Stirn.

»Zu dem Weg, den Emily zurückgelegt hat, wollen Sie anscheinend nichts mehr wissen?«, fragte er zurück. Langsam wurde es wieder leise im Raum.

»Dann beantworten wir jetzt Ihre Fragen, so gut es geht.«

»Emily wurde von einem unserer Hunde aufgespürt«, mischte sich Roman Richter wieder ein. »Unsere Mantrailer-Teams sind so hervorragend ausgebildet, dass sie sogar, wenn es geregnet hat, noch eine Spur aufnehmen können.«

»Genau«, würgte ihn Henrik ab. »Emily wurde in kurzer Entfernung vom Apollotempel aufgefunden. Noch wissen wir aber nicht, ob das auch der Ort ihrer Ermordung war. Wir gehen davon aus, dass sie gestern am frühen Nachmittag getötet wurde, Todesursache wahrscheinlich Erwürgen. Genaueres kann ich Ihnen nicht sagen, da die Obduktion im Moment noch im Gange ist.«

»Stimmt es, dass sie sexuell missbraucht worden ist?«, rief jemand auf der linken Seite dazwischen.

»Auch das können wir noch nicht bestätigen.«

»Aber sie wurde nackt aufgefunden?« Die Person, zu der die Stimme auf der linken Seite gehörte, war anscheinend gut informiert.

Henrik Wieland nickte kurz.

»Das ist richtig, doch es ist zu früh, um daraus eine Schlussfolgerung zu ziehen.«

Einige Journalisten bohrten noch weiter, aber die Kommissare konnten oder wollten nicht mehr sagen. Sie beendeten die Pressekonferenz nach wenigen Minuten und blendeten noch mal die Telefonnummer ein, unter der Zeugen sich direkt bei der Sonderkommission melden konnten.

Enttäuscht sah Elisa, wie der Pressesprecher Martin Sobotta hinter den Polizisten aus dem Raum rauschte. Sie hatte gehofft, ihm in einem Einzelgespräch Fragen zu Adrian Hildebrands Tod stellen zu können – und ihn bei der Gelegenheit persönlich kennen zu lernen –, doch auch nach Abschluss der Pressekonferenz wurde ihr kein Zugang zur Pressestelle gewährt. Dort habe jetzt der Mordfall Emily Priorität, erklärte ihr ein pickeliger Junge, der bestenfalls Praktikant sein konnte. Er grinste Elisa frech an, öffnete mit einer Zutrittskarte die Tür zur Pressestelle, ging hinein und zog die Tür sorgfältig wieder hinter sich zu.

Jette und Lena beschlossen, bei Emilys Haus und ihrer Schule vorbeizufahren und dort noch ein paar Fotos zu schießen, bevor sie in die Redaktion zurückkehrten. Elisa fuhr mit dem Rad quer durch die Fußgängerzone und brauchte nicht lange, bis sie am Redaktionsgebäude ankam.

»Hast du was Neues zur Explosion?«, fragte Dennis, als sie sich an ihren Schreibtisch setzte.

»Nichts wirklich Konkretes. Bei der Polizei war keiner zu fassen, weil sie alle mit dem Mord an Emily beschäftigt sind.«

»Blöd! Ich würde das Thema gern abschließen, André nervt mich schon damit. Gibt es niemanden mehr, wo du noch nachhaken könntest?«

»Na ja ... ich weiß nicht ... ich könnte noch etwas versuchen ...« Elisa war auf der Rückfahrt ein Gedanke durch den Kopf gegangen. Sie setzte sich an ihren Platz und zog ihr Handy aus der Tasche. Ein kurzes Scrollen, dann wählte sie. Dennis sah sie fragend an, aber Elisa drehte sich zur Seite.

»Wieland!«, erklang Karens Stimme laut und deutlich.

»Hallo, Karen, hier ist Elisa.«

»Elisa! Das ist ja eine Überraschung! Ist bei Ihnen alles in Ordnung, Schätzchen? Warum rufen Sie an? Kann ich Ihnen irgendwie helfen?«

»Ich glaube schon.« Elisa zögerte einen Moment. »Ihr Sohn arbeitet doch bei der Polizei, oder?«

»Bär ... äh ... Henri. Ja, das ist richtig! Warum?«

»Ich hätte da eine Frage an ihn, aber ich erreiche ihn nicht.«

»Das ist doch überhaupt kein Problem. Ich gebe Ihnen seine dienstliche Durchwahl und zur Sicherheit auch die Handynummer. Dann erreichen Sie ihn auf jeden Fall.«

»Das ist sehr nett, vielen Dank!«

Elisa notierte die Nummern, die Karen ihr diktierte, und bedankte sich ein weiteres Mal. Sie hatte nicht damit gerechnet, dass es so leicht sein würde. Als sie aufgelegt hatte, nahm sie den Zettel in die Hand und wusste auf einmal nicht mehr, ob es eine gute Idee war, eine dieser Nummern wirklich zu wählen. Bärchen – oder vielmehr Henri, wie Karen ihn genannt hatte – würde über den Anruf nicht begeistert sein.

Henri sah auf, als Tanja das Büro betrat. Sie wirkte angespannt.

»Ich habe im großen Besprechungsraum alles für das Briefing mit dem erweiterten Team vorbereitet«, sagte sie in einem Tonfall, der ahnen ließ, dass ein Aber folgen würde. »Jetzt hat der Kindergarten angerufen, dass ich Jona abholen muss. Er hat gespuckt und sie erreichen meine Eltern nicht. Es tut mir leid.«

Sie sah von Henri zu Lenz und wieder zurück zu Henri.

»Ich weiß, dass das ein blöder Zeitpunkt ist.«

»Du kannst doch nichts dafür«, sagte Lenz schnell. »Mach dir keine Sorgen, wir kriegen das schon hin.«

Henri nahm sich noch eines der Sandwiches, die Lenz in der Cafeteria besorgt hatte. Seit an der Kasse nicht mehr der alte, nörgelnde Drachen, sondern ein hübsches Mädchen saß, holte Lenz ziemlich oft etwas aus der Cafeteria.

»Ehrlich?« Tanja schien auch von Henri Absolution zu wollen, sie sah ihn fragend an.

»Klar. Sag uns nur schnell, ob du noch was Neues von der Spurensicherung hast.«

»Nicht viel.« Tanja blätterte in ihrem Notizbuch. »Sie haben festgestellt, dass an Emilys Fahrrad die Luftpumpe fehlt. Aber es scheint sich definitiv um ihr Fahrrad zu handeln, denn es waren Blumen-Aufkleber darauf, genau wie es die Eltern beschrieben haben.«

Henri machte sich eine kurze Notiz.

»Außerdem habe ich ein paar Informationen über Emilys Familie gesammelt«, fuhr Tanja fort und las aus ihrem Notizbuch vor: »Daniela Jacobi, 32 Jahre alt, hat früher als Model gearbeitet, ist seit einigen Jahren in der Gastronomie tätig, verschiedene Jobs, meistens im Service. Ihr Mann Christoph ist mit 43 Jahren etwas älter als sie. Auch er hat langjährige Erfahrungen in der Gastronomie. Das *Delicat* ist jedoch das erste eigene Restaurant, das die beiden vor knapp zwei Jahren zusammen mit Christophs Bruder Stephan aufgemacht haben. Stephan ist jünger als Christoph«, erneutes Blättern, »er ist 39 und gelernter Koch. Er ist der Einzige mit polizeilicher Vorgeschichte. Vorbestraft wegen Drogenhandel.«

»Drogenhandel?«

»Amphetamin und Gras. Das ist allerdings schon ein paar Jährchen her. Er hat ein Jahr abgesessen und sich seither nichts mehr zuschulden kommen lassen.«

Tanja klappte das Notizbuch zu.

»Das ist alles.«

»Okay, danke.« Henri notierte ein paar Stichpunkte.

»Ich geh dann.«

»Ja, ist gut.«

Tanja verschwand.

»Ich würde gerne noch mal mit Emilys Familie sprechen«, sagte Henri nachdenklich und nahm sich ein weiteres Sandwich.

»Dann fahr du nach Nymphenburg. Ich übernehme das Briefing der Kollegen.«

Die Kollegen, die für die kurzfristig eingerichtete Sonderkommission eingeteilt worden waren, mussten möglichst schnell und umfassend auf den aktuellen Ermittlungsstand gebracht werden.

Lenz sah zu Henri hinüber.

»Was ist? Denkst du, dass die Eltern …?«

»Nein, sicher nicht. Aber ich glaube, wir sollten möglichst schnell klären, ob Emily zufällig Opfer eines Sexualvergehens wurde, also erst dort im Park auf ihren Mörder getroffen ist, oder ob sie jemandem dorthin gefolgt ist, den sie bereits kannte. Ich möchte ihre Eltern fragen, ob Emily häufiger allein mit dem Rad im Park unterwegs war.«

»Ich finde, es sprechen zwei Dinge dagegen, dass sie einfach so im Park herumgeradelt sein soll«, meinte Lenz. »Erstens hätte sie den direkten Weg durch das Laimer Tor genommen und wäre nicht erst zu ihrer Schule gefahren.«

Henri nickte und kaute.

»Stimmt. Und zweitens?«

»Alle haben sie als cleveres Mädchen beschrieben. Bei dem aufziehenden Gewitter wäre sie nicht einfach so zum Spaß in den Park gefahren.«

Henri überlegte.

»Ich denke auch, dass sie gezielt diesen Weg zurückgelegt haben muss. Entweder, weil sie von jemandem dazu überredet wurde, oder weil sie jemandem gefolgt ist.«

»Derjenige muss sie angesprochen haben, vermutlich auf der Straße vor dem *Delicat*. Hoffen wir, dass …«

Ein Kollege, der den Kopf zur offenen Tür hereinsteckte, unterbrach Lenz.

»Kommt ihr rüber zur Besprechung?«, fragte er.

»Bin schon unterwegs.« Lenz steckte sich das letzte Stück seines Sandwiches in den Mund und stand auf. »Lass uns nachher telefonieren.«

»In Ordnung.«

Henri warf einen Blick auf den leeren Sandwichteller. Ob es jetzt noch welche in der Cafeteria gab?

»Elisa? Was hast du zu der Explosionssache in Erfahrung gebracht?«, fragte Dennis vom Newsdesk aus. Er saß neben André Sievers und beide sahen zu Elisa hinüber. »Wir wollen die Seite jetzt fertigmachen.«

»Ja ... gleich.« Elisa griff zum Handy, das sie schon mindestens fünfmal in die Hand genommen und wieder zurückgelegt hatte. »Ich muss noch einen Anruf machen.«

Also doch. Es musste sein. Sie wählte zuerst Henri Wielands Festnetznummer im Büro der Mordkommission, doch niemand ging dran. Auf dem Handy klingelte es zweimal, dann hörte sie Bärchens Stimme.

»Wieland«, sagte er und es rauschte in der Leitung, als sei er gerade mit dem Auto unterwegs.

»Gerlach von der *Morgenzeitung*«, nuschelte Elisa, so schnell es ging. Wahrscheinlich kannte er ihren Nachnamen genauso wenig, wie sie seinen beachtet hatte. Elisa redete mit hoher Stimme. »Ich berichte über die Explosion, die sich am Sonntag in Nymphenburg ereignet hat. In der Rechtsmedizin hat man mich wegen des Obduktionsergebnisses an Sie verwiesen.«

Das stimmte so nicht ganz, aber es klang nicht schlecht.

»Normalerweise ist die Pressestelle für derartige Auskünfte zuständig ...«

Der Anfang seines Satzes war nur schwer zu verstehen. Aß er nebenbei? Waren das Kaugeräusche?

»Ich weiß, aber in der Pressestelle hat gerade der Mord an dem kleinen Mädchen Priorität. Man war dort nicht auf dem Laufenden über das Obduktionsergebnis des Explosionsfalls.«

»Verstehe. Wir haben noch keine Pressemeldung herausgegeben, weil der Abschlussbericht der Spurensicherung noch nicht vorliegt. Wir brauchen im Moment tatsächlich alle Kräfte für die Ermittlungen im Mordfall Emily.« Er zögerte einen kurzen Moment. Oder biss er in sein Essen? »Schreiben Sie, dass wir mit großer Wahrscheinlichkeit von einem Unfall ausgehen. Das Gas muss sich entzündet haben, als Adrian Hildebrand sich etwas zu essen zubereiten wollte.«

»Einen Suizid schließen Sie aus?«

»Ja.«

»Fremdverschulden auch?«

»Im Moment sieht es danach aus. Wir müssen wie gesagt noch den Abschlussbericht der Spurensicherung abwarten, aber bis jetzt deutet nichts auf Fremdverschulden hin.«

Es raschelte im Hintergrund, als ob jemand eine Papiertüte zusammenknüllte.

»Und wer, sagen Sie, hat Ihnen meine Handynummer gegeben?«, fragte Henri Wieland nun mit klarer Stimme.

»Oh ... ich ... ich will Sie nicht länger aufhalten«, brachte Elisa heraus. »Danke für die Informationen.«

Sie beendete schnell das Gespräch. Das war keine journalistische Meisterleistung, aber zumindest schien er ihre Stimme nicht erkannt zu haben.

»Also?«

Dennis hatte Elisa beobachtet. Auch André sah zu ihr herüber. Sie stand auf und ging zum Newsdesk.

»Der Abschlussbericht der Spurensicherung steht noch aus, aber im Moment geht die Polizei davon aus, dass es sich um einen Unfall handelt. Definitiv kein Suizid und sehr wahrscheinlich auch kein Fremdverschulden.«

»Sagt wer?«, fragte André.

»Der ermittelnde Beamte, Kriminalhauptkommissar Henri Wieland.«

»Mit dem haben Sie gerade gesprochen?«

Elisa nickte.

»Ja, habe ich.«

»Wie bist du denn an seine Nummer gekommen?« Dennis mächtiger Körper geriet in Wallung, als er sich zu Elisa drehte. »Jette hat gestern den ganzen Tag versucht, diese Nummer herauszufinden, und hat es nicht geschafft.«

»Tja, ich habe meine Beziehungen spielen lassen«, sagte Elisa nonchalant und war beim Anblick von Dennis' und Andrés perplexen Gesichtern froh, dass sie sich von Karen Henri Wielands Telefonnummer hatte geben lassen.

Die Pressemeute lungerte auf dem Parkplatz des *Delicat* herum, der im Schatten der großen Bäume des Biergartens lag. Henri musste ein paar Meter weiter an der Straße parken. Wie die Hyänen lauerten sie darauf, ob jemand das Haus betrat oder verließ, um mit ihren riesigen Objektiven Fotos zu schießen oder sich mit Fragen auf die Person zu stürzen. Es war so heiß, dass sich alle Journalisten im Schatten auf dem Parkplatz drängten. Ob genauso viele ausharren würden, wenn kein Schatten vorhanden wäre?

Henri erkannte ein paar der Journalisten wieder, die er erst vor ein paar Stunden bei der Pressekonferenz gesehen hatte. Sobald er aus dem Auto stieg, würden sie sich auf ihn stürzen. Ein Wunder, das die komische Journalistin, die ihn soeben angerufen hatte, keinen Versuch gemacht hatte, neue Informationen über den Mord an Emily aus ihm herauszukitzeln.

Henri setzte eine undurchdringliche Miene auf, stieg aus dem Wagen und war mit einigen großen Schritten an der Absperrung. Sofort prasselten die Fragen der Journalisten auf ihn ein.

»Kommissar Wieland! Gibt es neue Erkenntnisse?«

»Warum sind Sie hier? Befragen Sie Emilys Eltern?«

»Haben Sie schon einen Verdächtigen?«

Henri stieg über das weiß-rote Absperrband. Zumindest das respektierten sie und blieben dahinter stehen.

»Kein Kommentar!«, sagte Henri nur, doch als er fast beim Eingang war, drehte er sich wider besseres Wissen noch einmal um und wandte sich an die Journalisten: »Ich verstehe, dass Sie an neue Informationen kommen wollen, aber ich versichere Ihnen: Die werden Sie hier nicht bekommen. Das Einzige, was Sie hier vor Ort erreichen, ist, die Angehörigen in ihrer Trauer zu belästigen, wenn Sie das Haus belagern. Und ich glaube nicht, dass das im Interesse Ihrer Leser und Zuschauer ist. Wir versorgen Sie mit neuen Informationen, sobald sich etwas für die Öffentlichkeit Wissenswertes ergibt. Bis dahin können Sie sich getrost in Ihre Redaktionen zurückziehen.«

Henri wusste, dass das eine oder andere schuldbewusste Gesicht die maximale Reaktion auf seine Worte sein würde, doch trotzdem konnte er es nicht lassen. Es schien ihm, dass die Presse bei jedem neuen Fall immer aufdringlicher und rücksichtsloser wurde.

An der Eingangstür des *Delicat* hing ein DIN-A-4-Blatt, auf dem zwei handgeschriebene Wörter standen: *Heute geschlossen.* Eine Erklärung war nicht nötig, jeder wusste, dass die Jacobis um ihre Tochter trauerten.

Henri hatte sich telefonisch angekündigt und Stephan Jacobi am Apparat gehabt. Als er nun auf die Tür zu trat, hörte er, wie innen ein Schlüssel eingesteckt und aufgeschlossen wurde. Stephan öffnete ihm die Tür. Er hatte ihn durch das Fenster kommen sehen.

»Wie geht es Ihnen?«, fragte Henri.

Stephan zuckte mit den Achseln und wich Henris Blick aus.

»Wie soll es schon gehen?«, fragte er ruppig zurück. »Beschissen natürlich. Ist Ihnen schon mal ein Kind ermordet worden?«

Irgendwie schon. Überhöhte Geschwindigkeit zählte zwar nicht unbedingt zu den klassischen Mordwaffen, die Wirkung war jedoch dieselbe.

Henri schluckte, doch bevor er etwas sagen konnte, beantwortete Stephan seine Frage selbst.

»Na klar, Sie haben ja jeden Tag mit Mord und Totschlag zu tun. Aber für uns ist das was anderes ...« Stephan schloss die Eingangstür wieder ab und stapfte zur Treppe im rückwärtigen Teil des Restaurants. »Kommen Sie, die anderen sind oben. Die Psychotante haben wir heimgeschickt. Das Gesülze war nicht auszuhalten.«

»Manchmal ist es nicht schlecht, wenn jemand da ist zum Reden.«

»Und manchmal will man einfach nur seine Ruhe haben.«

Die Hitze staute sich in der Wohnung der Jacobis. Daniela, die ihr förmliches Kostüm ausgezogen hatte, lediglich mit einem XXL-T-Shirt bekleidet auf dem Sofa saß und vor sich hin starrte, sprang auf, als sie Henri mit ihrem

Schwager hereinkommen sah. Es wirkte nicht so, als hätte Stephan sie darüber informiert, dass Henri kommen würde.

»Ich geh mir was anziehen.«

Christoph kam aus Emilys Zimmer. Die Bettdecke war zerdrückt, als hätte er auf ihrem Bett gelegen. Auch Christoph hatte sich umgezogen, er trug ein kurzärmeliges Hemd und eine Bermuda-Jeans. Nur Stephan hatte immer noch seine Kochkleidung an.

»Wohnen Sie auch hier?«, fragte Henri ihn.

»Eigentlich nicht. Ich wohne in einer WG in Haidhausen. Aber manchmal, wenn es spät wird, dann penne ich hier.« Er deutete auf die Tür neben Emilys Zimmer.

»Das ist eigentlich unser Gästezimmer«, sagte Christoph und grinste schief. »Aber faktisch ist es Stephans Zimmer.«

Auf der anderen Seite des Wohnzimmers kam Daniela aus ihrem Schlafzimmer. Sie hatte ihr Schlabbershirt gegen ein türkisfarbenes Oberteil und einen dunkelgrauen Schlauchrock ausgetauscht.

»Machen Sie sich meinetwegen bitte keine Umstände«, sagte Henri.

Daniela schnaubte. Es war ihr offensichtlich peinlich, dass Henri sie in ihrem ausgeleierten T-Shirt gesehen hatte. Sie durchquerte den Raum mit großen Schritten. Ihr Aussehen hatte Emily definitiv von ihrer Mutter geerbt. Nur wirkten die blonden Haare und die blauen Augen, die Emily auf dem Foto hatten strahlen lassen, bei Daniela kühl und distanziert.

»Setzen Sie sich doch«, sagte sie ein zweites Mal zu Henri. Henri nahm auf einem der Sessel Platz. Kaum dass Daniela sich selbst neben Christoph auf dem Sofa niedergelassen hatte, sprang sie wieder auf und nahm aus einer Tasche, die achtlos am Boden neben der Wohnungstür lag, eine Packung Zigaretten.

»Dani, Liebling …«, setzte Christoph an. »Jetzt hast du es so lange ohne ausgehalten. Schon über vier Monate.«

Deshalb wusste sie auch ganz genau, dass sich in der Tasche noch eine angebrochene Packung befand.

»Ich brauch das jetzt«, sagte sie nur, setzte sich wieder neben ihren Mann und zündete sich eine Zigarette an.

»Es tut mir leid, dass ich Sie heute noch einmal belästigen muss.« Mit diesen Worten zog Henri die Aufmerksamkeit der Jacobis auf sich. »Aber wir müssen mehr über Emilys Gewohnheiten wissen, um einschätzen zu können, an welcher Stelle gestern etwas anders als sonst lief, an welcher Stelle wir einhaken müssen.«

Christoph nickte, Daniela rauchte und sah dabei starr auf den Boden, Stephan ließ sich auf den zweiten Sessel fallen.

»War Emily häufiger allein mit dem Rad im Park unterwegs?«

»Mit ihren Freunden war sie oft im Park, mit Moritz und Nico«, sagte Daniela.

»Haben sie dann gewöhnlich das Laimer Tor benutzt, um in den Park hineinzukommen?«

»Ja, natürlich.« Daniela sah Henri verwundert an. »Das ist ja der schnellste Weg!«

»Hat Emily auch mal erzählt, dass sie vorne am Schloss in den Park gefahren sind?«

Daniela sah Christoph fragend an.

»Daran kann ich mich nicht erinnern. Du?«

Er schüttelte den Kopf.

»Das hat sie nicht erwähnt. Aber das heißt nicht, dass es nicht auch so gewesen sein könnte.«

»Und es könnte auch sein, dass sie manchmal allein im Park war – ohne ihre Freunde?«

»Möglich. Emily war ein sehr selbstständiges Kind.«

»Es gab also kein Verbot Ihrerseits, allein in den Park zu gehen?«

»Nein. Emily war alt genug ...« Daniela brach ab, als ihr klar wurde, dass Emily möglicherweise doch nicht alt genug gewesen war, um sich allein im Park aufzuhalten. Trotzig fuhr sie Henri an: »Man kann doch ein Kind nicht die ganze Zeit zu Hause einsperren! Und schon gar nicht ein Kind wie Emily!«

»Frau Jacobi, verstehen Sie mich nicht falsch«, versuchte Henri, sie zu besänftigen. »Ich verurteile das keineswegs. Ich habe selbst eine Tochter, die sich nicht einsperren lassen würde. Ich muss Sie das alles nur fragen, um eine Vorstellung von Emilys Gewohnheiten und ihrer Persönlichkeit zu bekommen und ihr Handeln besser einschätzen zu können.«

Daniela nahm einen tiefen Zug Nikotin. Sie stand auf und holte aus einem Wandschrank einen knallroten Plastikaschenbecher, den sie auf eine der Zeitschriften auf dem überfüllten Couchtisch stellte.

»Können Sie mir sagen, ob an Emilys Fahrrad eine Luftpumpe befestigt war?«

Stephan beugte sich vor.

»Da war so ein billiges Ding dran. Sie hat mich erst vor ein paar Tagen gebeten, ihr das Rad aufzupumpen, aber mit der Pumpe ging das nicht. Ich hab meine eigene genommen.«

»War dann keine Luftpumpe mehr an Emilys Rad?«

»Doch, sie wollte sie unbedingt dranlassen. Sieht sonst so leer aus, hat sie gesagt. Warum wollen Sie das wissen?«

»Wir haben Emilys Rad im Badenburger See im Park gefunden. Allerdings ohne Luftpumpe. Wir wissen nicht, ob das etwas zu bedeuten hat. Sie gehen also davon aus, dass Emily mit der Luftpumpe am Rad hier losgefahren ist?«

»Ja, das war ihr irgendwie wichtig, dass das Ding da dran war.«

Henri machte sich eine Notiz und blätterte in dem kleinen Büchlein.

»Ich würde mit Ihnen gerne noch mal ganz genau den zeitlichen Ablauf gestern durchgehen. Was jeder von Ihnen gemacht hat und wann Sie Emily gesehen haben.«

»Als Emily von der Schule heimkam, haben wir zusammen Mittag gegessen«, begann Daniela.

»Unten im Restaurant?«

»Nein, hier oben in der Wohnung. Das Restaurant öffnet montags erst um 17 Uhr. Wir essen immer zu dritt eine Kleinigkeit hier oben und Emily erzählt von der Schule.«

»Gestern hat sie die meiste Zeit über die Geburtstagsfeier und das Schwimmbad geredet«, warf Christoph ein.

»Und nach dem Essen hat sie gleich ihre Schwimmsachen eingepackt. Sie hatte kaum Hausaufgaben. Sie war schon fertig damit, als ich noch das Geschirr vom Mittagessen gespült habe, und ist dann rausgegangen. Sie wollte sich mit Moritz und Nico treffen.«

»Was haben Sie dann gemacht?«

»Ich war zuerst in der Reinigung und habe die schmutzige Tischwäsche dort abgegeben und die frische mitgenommen. Dann habe ich den Transporter zurückgebracht, weil Christoph ihn brauchte, um zum Steuerberater und zur Bank zu fahren.«

»Haben Sie Emily auf der Straße gesehen?«

»Ja. Sie hat mit Moritz und Nico gespielt. Sie haben mit Kreide auf die Straße gemalt.«

Daniela drückte die Zigarette im Aschenbecher aus.

»Hatten die Jungen auch Fahrräder dabei?«

»Nein, ich glaube nicht. Ich habe zumindest keine gesehen. Und Emilys Rad stand zu diesem Zeitpunkt noch in der Garage, da bin ich ganz sicher.«

»Dann sind Sie mit dem Transporter weggefahren?«, fragte Henri Christoph.

»Ich habe Daniela erst noch geholfen, die Wäsche auszuladen und reinzutragen.«

»Wie viel Uhr war es da etwa?«

»Ein Uhr vielleicht? Viertel vor eins? Ich weiß es nicht. Ich habe nicht auf die Uhr gesehen. Auch später nicht. Ich hatte keinen festen Termin beim Steuerberater, bin einfach so bei ihm vorbeigefahren, weil ich ihm Unterlagen bringen musste. Und in der Bank hatte ich auch keinen Termin, ich war nur am Kontoauszugsdrucker.«

»Haben Sie Emily gesehen, als Sie zurückkamen?«

»Nein, sie haben nicht mehr auf der Straße gespielt. Ich habe mir darüber allerdings keine großen Gedanken gemacht. Dachte, sie sei schon los zu der Geburtstagsfeier. Ich hatte nicht genau zugehört, wann sie dort sein sollte.«

»Wie lange waren Sie etwa unterwegs?«

»Eine Dreiviertelstunde vielleicht? Oder etwas länger? Ich habe noch ein, zwei Punkte mit dem Steuerberater besprochen.«

Henri notierte Namen und Kontaktdaten des Steuerberaters, um Christophs Zeitangaben mit dessen Hilfe zu präzisieren. In der Bank hatte Christoph niemanden angetroffen, da die Filiale über Mittag geschlossen war. Im Vorraum war er allein gewesen, als er die Kontoauszüge ausgedruckt hatte.

Henri wandte sich wieder an Daniela.

»Sie haben Emily also zuletzt gesehen, als Sie von der Reinigung zurückkamen?«

»Nein. Ich habe sie noch gesehen, als ich zum Blumenladen gegangen bin. Ich brauchte frische Blumen für die Tische.«

»Die holen Sie zu Fuß?«

»Nein, der Blumenladen liefert die Blumen zu uns. Aber ich wollte mir ansehen, was sie dahaben, und habe dann im Laden bestellt. Der Blumenladen ist nicht weit weg, man läuft maximal zehn Minuten.«

»Wie viel Uhr war es etwa, als Sie losgegangen sind?«

»Kurz nach eins, schätze ich.«

»Und als Sie zurückkamen?«

»Da habe ich nicht auf die Uhr gesehen. Ich war vielleicht eine halbe Stunde weg.«

»War Emily dann noch da?«

»Nein, keins der Kinder war mehr auf der Straße. Ich dachte, Emily wäre vielleicht reingegangen. Ich bin nicht hoch in die Wohnung gegangen, sondern habe im Restaurant gleich damit angefangen, die frische Wäsche wegzupacken und die Tische für den Abend einzudecken.«

»Wann haben Sie gemerkt, dass Emily nicht da war?«

»Als Paulas Mutter angerufen hat.«

Daniela nahm sich eine neue Zigarette aus der Packung und konzentrierte sich darauf, sie anzuzünden.

»Ich bin dann hochgegangen und habe den Rucksack mit den Schwimmsachen in Emilys Zimmer gefunden.«

»Und daraufhin haben Sie sie gesucht?«

»Ich bin sofort runter gelaufen und habe überall nach Emily gesucht, im

Haus und auf der Straße. Ich habe bei Moritz und Nico angerufen, aber die wussten auch nicht, wo Emily war. Und dann habe ich Frau Engl, Emilys Lehrerin, getroffen, die mir Ihre Nummer gegeben hat.«

Henri wandte sich an Stephan.

»Können Sie noch etwas ergänzen? Haben Sie Emily zu einem späteren Zeitpunkt als Viertel nach eins noch gesehen?«

Stephan schüttelte den Kopf.

»Nein. Ich war am Vormittag kurz hier, als ich die Einkäufe vom Großmarkt in die Küche gebracht habe. Und dann bin ich erst am Nachmittag wiedergekommen. Emily habe ich gestern überhaupt nicht gesehen.«

»Wann sind Sie am Nachmittag hier angekommen?«

»Gegen drei, glaube ich.«

Daniela nickte.

»Ja, das stimmt. Ich hab mich gewundert, dass du so spät kommst, sonst fängt du immer früher mit den Vorbereitungen an.«

Stephan zuckte mit den Achseln.

»Gestern eben nicht.«

»Warum nicht?«, hakte Henri nach.

»Montags ist eh nie viel los, vor halb sieben kommt da niemand. Da kann man es auch mal ruhiger angehen lassen.«

»Was haben Sie gemacht, nachdem Sie die Großmarkteinkäufe hier abgeliefert hatten?«

Stephan überlegte.

»Ist das wichtig?«

Sag du es mir.

Auf einmal erschien es Henri sehr wichtig, aber er verzog keine Miene.

»Alles kann wichtig sein«, sagte er nur.

»Ich ... ich war in der Stadt unterwegs ... ich hatte ein paar Besorgungen zu machen ... ich ... ich war in verschiedenen Läden.«

Und nach diesem Gestotter scheint es noch wichtiger zu sein nachzufragen.

»Dann haben Sie sicher ein paar Kassenbons, mit denen Sie nachweisen können, wann Sie wo waren.«

Erst jetzt erwiderte Stephan Henris Blick.

»Ich soll nachweisen, wann ich wo war? Warum das denn? Glauben Sie etwa, ich hätte meine Nichte ermordet? Emily war für mich wie eine Tochter!«

»Ich glaube gar nichts. Ich möchte nur wissen, wo Sie sich gestern zwischen 13 und 15 Uhr aufgehalten haben.«

Stephans Blick sagte deutlicher als seine Worte, dass er keine zufriedenstellende Antwort für Henri haben würde.

Carina zuckte zusammen, als Michael sie sanft am Ellbogen berührte.
»Willst du nicht noch ein bisschen was essen?«, fragte er.

Michael kümmerte sich nicht oft ums Kochen, genau genommen beherrschte er nur drei Gerichte, wenn man von Spiegeleiern und Bratwürsten absah. Doch heute schien ihm klar gewesen zu sein, dass Carina nicht in der Lage war, sich um das Essen zu kümmern. Er hatte sein bewährtes Hähnchen-Curry gemacht, von dem Carina normalerweise mehrere Portionen verdrücken konnte. Jetzt hatte sie nicht mal einen halben Teller geschafft. Michael sah sie besorgt an, doch Carina schüttelte den Kopf.

»Tut mir leid. Du hast dir solche Mühe gegeben. Es ist auch wirklich lecker, aber mir ist einfach gerade nicht nach Essen.«

»Ich würde gerne noch was nehmen«, sagte Judith und schob ihren Teller zu Michael. Er füllte ihn mit einer großen Portion. »Ich wusste gar nicht, dass du so gut kochen kannst, Michael.«

»Na ja, das ist eins von genau drei Spezial-Gerichten, die ich zubereiten kann«, winkte Michael ab.

»Besser als nichts. Adrian wäre nicht mal im Traum auf die Idee gekommen zu kochen. Er hat die Küche nur betreten, um sich einen Kaffee aus dem Vollautomaten zu lassen.« Judith sah kurz aus dem Fenster, doch es zeigte sich, dass nicht die Erinnerung an Adrian sie innehalten ließ, sondern der Gedanke an ihre Küche. »Morgen wird der ganze Schutt abtransportiert. Herr Bauer, ihr wisst schon, der Bauunternehmer, hat gesagt, dass sie dann schnell die Außenwand wieder verschließen können. Ich muss mir nur überlegen, ob ich es genauso wie vorher haben möchte oder vielleicht noch eine Tür von der Küche in den Garten einbauen lassen will. Was meint ihr?«

Carina versuchte, sich vorzustellen, wie die Außenwand bisher ausgesehen hatte.

»Dort hatte Adrian diese herrlichen Rhododendren gepflanzt, oder?«

»Das meiste von dem Grünzeug ist sowieso hin. Und ich lasse bestimmt nichts anpflanzen, was pflegeintensiv ist. Im Garten rum zu buddeln ist nicht mein Ding.«

Der Garten war immer Adrians Revier gewesen. Er hatte Carina oft gesagt, dass er es als Entspannung pur empfand, sich nach einem anstrengenden Tag in der Praxis um den Garten zu kümmern und das Wachstum jeder einzelnen Pflanze persönlich zu überwachen. Judith hatte die Annehmlichkeiten des Gartens immer sehr genossen – ein Sonnenbad am Pool oder ein lauschiger Abend zwischen den exotischen Pflanzen in den Kübeln auf der Terrasse –, doch es war Adrian gewesen, der dieses kleine Paradies geschaffen und gepflegt hatte.

»Wenn ich eine Tür einbauen lasse, habe ich für die Gestaltung der Küche natürlich weniger Möglichkeiten, meint der Architekt«, plapperte Judith weiter. »Jetzt, wo alles neu gemacht werden muss, hätte ich schon gerne eine topmoderne Ausstattung. Vieles macht man heute ja ganz anders als noch vor ein paar Jahren. Allein, was es inzwischen für Geräte gibt, das ist phänomenal. Der Architekt hat mir Fotos von einer Küche gezeigt, die er kürzlich eingerichtet hat. Alles nur vom Feinsten …«

»Hast du denn schon mit der Wohngebäudeversicherung gesprochen, wie viel Geld du für den Schaden bekommst?«, fragte Michael. »Nicht, dass du mit teuren Geräten planst und die zahlen dann nur die Hälfte.«

Der Blick, den Judith Michael zuwarf, war schwer zu deuten.

»Das ist kein Problem. Wir hatten vorher schließlich auch nicht das Billigste vom Billigen eingebaut. Die Versicherungssumme ist ziemlich hoch. Und wenn das nicht reicht, weil ich mich jetzt für eine exklusivere Ausstattung entscheide, dann kann ich immer noch das Geld nehmen, das Adrian von seiner Mutter geerbt hat. Das gehört ja jetzt wohl mir.« Judith schob ihr Glas zu Michael. »Kann ich noch ein bisschen Wein haben?«

»Willst du etwa auf Adrians Tod anstoßen?«, fuhr Carina ihre Freundin an. »Auf seinen Tod, der dir eine nigelnagelneue, topmoderne Küche ermöglicht?«

»So ein Quatsch, natürlich nicht!«

»Es hört sich aber ganz so an! Trauerst du überhaupt um Adrian?«

»Ja, das tue ich. Aber er wird nicht wieder lebendig davon, wenn ich den ganzen Tag hier rumsitze und heule.« Judith zeigte mit dem Finger auf Carina, die den ganzen Nachmittag auf dem Sofa gesessen und geweint hatte. »Ich weiß, dass Adrian wollen würde, dass ich nach vorne schaue. Er war es, der mir immer und immer wieder gesagt hat, dass ich positiv denken soll, dass ich mich nicht von negativen Gedanken kaputtmachen lassen darf. Und genau das tue ich. Ich versuche, mich auf das einzig Positive zu konzentrieren, was mir im Moment geblieben ist!« Wieder deutete Judith mit dem Finger auf Carina. »Und das solltest du auch tun! Natürlich ist es schrecklich, dass dieses kleine Mädchen ermordet worden ist, versteh mich bitte nicht falsch. Aber es ist doch niemandem geholfen, wenn du hier sitzt und herumheulst! Sie war deine Schülerin, nicht deine Tochter! Du kannst doch nicht stellvertretend für die ganze Welt trauern.«

»Emily war ein ganz besonderes Mädchen.« Carinas Stimme zitterte. »Genauso wie dein Mann Adrian ein ganz besonderer Mensch war. Sie verdienen es, dass man ihrer gedenkt. Dass man um sie weint. Dass man sie vermisst. Denn die Welt ist ärmer ohne sie. Es tut mir leid, aber mir fällt im Zusammenhang mit ihrem Tod nichts Positives ein, auf das ich mich konzentrieren könnte.«

Carina schob den Stuhl nach hinten und stand auf. Tränenblind ging sie über den Flur in ihr Schlafzimmer, schloss die Tür hinter sich und legte sich aufs Bett.

Sobald sie die Augen zumachte, sah sie Emily vor sich. Emily auf ihrem Platz in der Schule, wie sie jedes Wort aufsaugte, das Carina von sich gab. Emily mit ihrem Roller auf der Straße, immer als eine der Schnellsten vorneweg. Emily umgeben von den anderen Kindern, die sie mitriss mit ihrer Fantasie und ihrer Begeisterung.

Dazwischen blitzten Bilder von Adrian auf. Konzentriert bei seiner Arbeit in der Praxis. Hingebungsvoll zwischen den Pflanzen in seinem Garten. Mit seinem immer freundlichen Lächeln hinter einem großen Stück Schokoladentorte – begierig nach liebevoller Zuneigung, die Judith ihm genauso verweigert hatte wie jetzt die Trauer.

Carina stand auf, lief im Zimmer hin und her. Sie hatte das Gefühl, keine Luft mehr zu bekommen, als ob die Hitze dem Zimmer sämtlichen Sauerstoff entzogen hätte. Carina öffnete das Fenster und nahm die Menschenmenge wahr, die am Ende der Straße vor dem *Delicat* auf dem Parkplatz und dem Bürgersteig herumlungerte. Sie sah eine Menge Fotografen mit riesigen Kameras, sogar ein Fernsehteam schien gerade live zu berichten, obwohl nichts zu sehen war, über das es sich zu berichten gelohnt hätte. Die Eingangstür des Restaurants war geschlossen, die Vorhänge im ersten Stock zugezogen.

Carina spürte, dass sich ihr ganzer Körper verkrampfte. Vielleicht hatte Judith recht, vielleicht war es nicht angebracht, dass sie als Emilys Lehrerin so um sie trauerte. Doch wenn sie sich schon so schlecht fühlte, wie musste es dann Emilys Eltern gehen, die ihre Tochter verloren hatten und nun so von der Presse belagert wurden, dass sie nicht einmal das Fenster öffnen konnten, um frische Luft hereinzulassen?

Elisa wickelte sich das Handtuch um die nassen Haare und trat aus der Dusche. Die Luft im Bad war heiß. Die Wohnung hatte sich im Lauf des Tages wieder aufgeheizt, nachdem das Gewitter am Vortag die Temperatur auf ein erträgliches Maß gesenkt hatte. Elisa öffnete die Fenstertür zur Dachterrasse, doch auch von draußen kam keine kühlere Luft herein.

Nachdem sie am Abend vorher ihre gesamten Habseligkeiten aus den Umzugskisten ausgepackt hatte, sah die Wohnung nun bewohnt und gemütlich aus. Elisas Bücher standen in den Regalen, ihre Jacken hingen an den Kleiderhaken neben der Tür und in der Küchenecke stand das bunt zusammengewürfelte Geschirr, das sie von ihren Reisen mit Sasha mitgebracht und in Carstens Wohnung gar nicht erst hatte auspacken dürfen.

Elisa schlüpfte in ein Paar Shorts und ein Top. Ihre Haare ließ sie an der Luft trocknen.

Die Küchenzeile war klein, aber pragmatisch ausgestattet. Nachdem Elisa einen Teil ihrer Teller- und Tassensammlung in einen der Einbauschränke unter der Dachschräge ausgelagert hatte, hatte sie genug Platz für das Kochgeschirr. Sie setzte Wasser für Nudeln auf und öffnete dazu ein Glas Pesto. Mittags hatte sie unterwegs nur ein belegtes Brötchen gegessen. Inzwischen hatte sie gewaltigen Hunger.

Zum Essen setzte sich Elisa an den großen Tisch und schaltete den Fernseher ein. Es liefen Serien, die Elisa nicht kannte und deren Dialoge ihr hohl und gekünstelt vorkamen, eine Kochsendung, die sie nicht interessierte, und jede Menge Werbung.

Dann eben nicht.

Elisa machte den Fernseher aus und griff zum Telefon. Ihre Schwester meldete sich mit einem Grunzen.

»Alles klar, Sasha?«, fragte Elisa.

»Ich lackiere mir gerade die Nägel. Warte, ich stell den Lautsprecher an.«

Elisa sah plötzlich Jettes gepflegte, rot lackierte Nägel vor sich. Sie musterte ihre eigenen Fußnägel, die weder ordentlich geschnitten noch lackiert waren.

»Wie war es im Kino?«, fragte sie.

»Der Film war unterirdisch schlecht, das hat sogar Jasper zugegeben.« Sasha lachte kurz auf. »Aber weißt du, wen wir im Kino getroffen haben?«

»Carsten und Suki? Dann will ich es nicht hören!«

Elisa schob sich eine Gabel Nudeln in den Mund.

»Unsinn! Die werden wohl kaum ... na ja ... Nein, lass uns nicht von Carsten reden!« Sasha holte tief Luft. »Wir haben den Anwalt getroffen, der bei diesem Urheberrechtsstreit die Gegenseite vertritt ...«

»Einer der Rechtsverdreher«, warf Elisa ein.

»Genau ... obwohl der ... also, der ist eigentlich gar nicht so ein langweiliger Paragraphenreiter. Der ist wirklich sympathisch. Er scheint schon länger mit meinem Chef befreundet zu sein. Und Jasper fand ihn auch nett. Wir haben uns kurz mit ihm und seinem Freund unterhalten.«

»Ich hoffe, du hast erwähnt, dass Jasper dein Bruder ist!«

»Natürlich!«

»Natürlich.« Elisa grinste. Sasha tröstete sich ganz gut über ihre Abwesenheit hinweg. »Wirst du ihn wiedersehen?«

»Wir haben morgen noch mal eine kurze Besprechung. Wir mussten ein paar Detailfragen klären, bevor wir über eine Einigung sprechen können.«

»Verstehe. Deshalb der Nagellack!«

»Das hat damit überhaupt nichts zu tun!«, behauptete Sasha.

»Überhaupt nichts, vollkommen klar!« Elisa lachte laut.

Nach dem Gespräch mit Sasha ging sie ins Bad, um ihre Fußnägel zu schneiden. Was Jette konnte, konnte sie doch wohl auch! Sie wählte einen Nagellack, dessen Farbe *Berry* hieß, ein dunkles Pink, das auffiel, aber nicht zu knallig war. Zum Auftragen setzte sie sich hinaus auf die Dachterrasse. Raschelte es wieder in den Zweigen bei Annas Baumhaus? Elisa spähte durch die Blätter, konnte aber niemanden sehen. Zufrieden betrachtete sie ihre farbigen Zehennägel und wackelte mit den Füßen, damit die Farbe schneller trocknete.

Unter ihr ging eine der großen Fenstertüren im ersten Stock auf und Bärchen – oder vielmehr Henri Wieland – trat auf den Balkon hinaus. Elisa konnte ihn nicht ganz sehen, nur seinen Kopf, den rechten Arm und die Hand, mit der er das Handy ans Ohr drückte. Er hörte zu, doch nach einigen Momenten antwortete er seinem Gesprächspartner.

»Wahrscheinlich können wir erst ab morgen mit mehr Anrufen auf der Hotline rechnen, wenn nicht nur die Radio- und Fernsehsender, sondern auch die Zeitungen die Informationen von der Pressekonferenz veröffentlicht haben. Geben die uns gleich Bescheid, wenn was Wichtiges reinkommt? ... Ja, in Ordnung ... Das wäre gut, Lenz.«

War nicht der Name des zweiten Kommissars auf der Pressekonferenz Lorenz gewesen? Vermutlich telefonierte Henri Wieland mit seinem Kollegen.

Beim Reden lief er mit großen Schritten auf dem Balkon hin und her. Er war an die zwei Meter groß, schätzte Elisa. Sein Gesicht konnte sie nicht sehen, aber seine Bewegungen drückten eine große Anspannung aus. Schließlich blieb er stehen, die freie Hand zur Faust geballt, mit der er auf das Balkongeländer aufschlug.

»Das Gespräch mit den Jacobis hat einen neuen Anhaltspunkt gebracht«, erklärte er seinem Gesprächspartner. »Ich will das noch nicht an die große Glocke hängen, aber wir müssen Emilys Onkel, Stephan Jacobi, näher überprüfen ... Ja, der Koch ... Als ich gefragt habe, wo er sich zur Tatzeit aufgehalten hat, hat er herumgedruckst, etwas von Besorgungen in der Stadt erzählt, aber letztlich keine genauen Angaben machen können. Und er ist später als sonst im Restaurant erschienen.« Er schwieg für einen Moment und hörte zu, dann fuhr er fort: »Ein Motiv ist für mich nicht erkennbar, er hat gesagt, dass Emily wie eine Tochter für ihn war ... Sexuelle Übergriffe? Ich weiß nicht ... Er hat öfter im Gästezimmer neben ihrem Zimmer übernachtet, wenn es spät wurde, aber das heißt noch lange nicht ... Ja, er ist vorbestraft, aber das war wegen Drogen und ist schon eine Weile her ... Ich denke, wir schauen mal, ob die im Labor eine DNA-Probe ziehen konnten und wenn ja, dann lassen wir morgen einen Abgleich machen ... Nein, hab ich schon versucht, da war keiner mehr zu erreichen ...«

Karen klapperte unten auf der Veranda mit Geschirr. Henri beugte sich über das Balkongeländer. Auf einmal hatte er es eilig, das Telefonat zu beenden. Er ging hinein und schloss die Fenstertür hinter sich. Kurz darauf hörte Elisa, dass er unten im Erdgeschoss zu Karen auf die Veranda trat und leise mit ihr sprach. Seine Worte waren jetzt nicht mehr zu verstehen.

Elisa schob vorsichtig den Stuhl nach hinten und schlich auf Zehenspitzen zurück in ihre Wohnung. Sie verschloss die Terrassentür hinter sich und sank auf Großvaters Sessel.

Die Polizei war in ihren Ermittlungen schon viel weiter, als alle ahnten, sie hatten bereits einen Verdächtigen. Auch wenn Henri Wieland zögerlich geklungen hatte – Elisa fand, es hörte sich überaus verdächtig an, dass Emilys Onkel für die Tatzeit kein Alibi vorweisen konnte. Elisa wusste nichts über die Familienverhältnisse der Jacobis, aber wenn Emilys Onkel vorbestraft war, ließ sich das schnell recherchieren. Es war Jettes Fall, doch alles sträubte sich in Elisa dagegen, die Informationen, die sie gerade bekommen hatte, mit ihrer vorschnellen Kollegin zu teilen. Sie würde mit Dennis reden, ob sie nicht die Hintergrundrecherchen übernehmen könnte und dann wäre sie diejenige, die die eigentliche Story lieferte, wenn sich der Verdacht gegen Stephan Jacobi erhärtete.

Elisa sah auf die Uhr. Ob sie Dennis jetzt noch in der Redaktion erreichte? Sie wählte seine Durchwahl.

»Elisa!«, meldete sich Dennis. »Schön, dass du anrufst!«

»Ich will dich nicht stören, Dennis. Nur ganz kurz ...«

»Kein Problem.« Er lachte laut. »Was kann ich für dich tun?«

»Ich wollte dich kurz sprechen ... wegen Emily.«

»Emily?«, echote er. »Das ist doch gar nicht dein Fall!?«

»Ich weiß ... aber ich habe mir überlegt, dass ich Jette unterstützen könnte. Mit Hintergrundrecherchen, über die Familie und so ...«

Es rauschte in der Leitung, es klang, als ob Dennis hustete.

»Das Letzte habe ich akustisch nicht verstanden«, entschuldigte er sich.

»Ich habe gesagt, dass ich Hintergrundrecherchen übernehmen könnte. Zum Beispiel über Emilys Familie.«

»Weißt du etwa mehr? Jette hat gesagt, dass einer der ermittelnden Polizisten der Sohn deiner Vermieterin ist.«

»Ich habe gerade zufällig ein Telefonat von ihm mitgehört«, gab Elisa zu. »Aber das muss unter uns bleiben. Das ist auch bei der Polizei erst mal nur ein vager Verdacht.«

»Ein Verdacht? Gegen wen?«

»Emilys Onkel, Stephan Jacobi. Er arbeitet als Koch im Restaurant von Emilys Eltern, wenn ich das richtig verstanden habe.«

»Und durch was ist er verdächtig?«

»Er scheint kein Alibi für die Tatzeit zu haben, sondern ist gestern eher später als sonst zur Arbeit ins Restaurant gekommen. Er hat herumgedruckst, als er befragt wurde. Wegen Drogen ist er wohl vorbestraft.«

»Aber nicht wegen Sexualdelikten?«

»Anscheinend nicht. Er muss beteuert haben, dass Emily wie eine Tochter für ihn war.«

»Die meisten Fälle von sexuellem Missbrauch finden in der Familie statt«, erklärte Dennis. »Wer weiß, was sich da abgespielt hat? Als Onkel wird er viel Kontakt zu dem Mädchen gehabt haben.«

»Anscheinend hat er häufig bei den Jacobis in der Wohnung übernachtet, wenn es abends spät wurde. Im Gästezimmer neben Emilys Zimmer.«

Elisa strich gedankenverloren über den Nagellack, der inzwischen getrocknet war.

»Sie wollen einen DNA-Abgleich machen. Offensichtlich haben sie DNA-Spuren sicherstellen können.«

»Nicht dass es nötig wäre, diese Information auf der Pressekonferenz an die Öffentlichkeit weiterzugeben«, höhnte Dennis. »Das könnte doch den Täter aufschrecken, wenn er weiß, dass der Mord durch konkrete Spuren mit ihm in Verbindung zu bringen ist.«

»Wahrscheinlich aus ermittlungstaktischen Gründen ...«

»Jaja, wahrscheinlich.«

»Ich würde vorschlagen, dass ich schon mal weitere Hintergrundinformationen zu den Jacobis recherchiere. Dann haben wir gleich was, wenn sich der Verdacht der Polizei erhärtet.«

Dennis zögerte.

»Es ist ja eigentlich Jettes Story.«

»Ja, aber diese Informationen kommen von mir, Dennis! Und du weißt genau, dass sie das unterschlagen wird.«

»Elisa!« Er wand sich. »Also gut, dann recherchiere ein bisschen, aber erst mal ohne groß darüber zu sprechen, okay?«

»Ist gut. Ich schaue, welche Informationen ich bekomme, und dann reden wir weiter.«

»Meinetwegen.«

Elisa wünschte Dennis einen schönen Abend, während sie bereits dabei war, ihr Notebook aufzuklappen und einzuschalten. Sie würde alles über Stephan Jacobi finden, was zu finden war, und wenn der Moment gekommen war, würde André Sievers einsehen müssen, dass Elisa nicht nur eine

148

eloquentere, sondern auch eine weitaus gründlichere Journalistin war als Jette Jasmund.

Nachdem Dennis das Gespräch mit Elisa beendet hatte, sah er zu Jette hoch, die neben ihm stand. Sie hatte den Lautsprecher aktiviert, sobald sie mitbekommen hatte, dass es bei Dennis' und Elisas Telefonat um *ihre* Story ging.

»Wie cool ist das denn, dass Elisa uns jetzt quasi aus erster Hand mit Informationen von den laufenden Ermittlungen versorgen kann? Ich glaube, da haben wir in Zukunft einen echten Vorteil gegenüber der Konkurrenz«, freute sich Dennis. André würde schon bald zugeben müssen, dass Elisa eine große Bereicherung für die Redaktion war.

»Das bringt aber nur was, wenn wir den Vorteil auch nutzen«, schnaubte Jette und ging um den Tisch herum zurück auf ihre Seite. Sie griff nach dem Telefonhörer, wählte eine kurze Durchwahl und schrie gleich darauf mit schriller Stimme ins Telefon: »Stopp! Nicht drucken! Seid ihr schon beim Drucken, dann müsst ihr stoppen ... Nicht? Gut!« Sie sank auf ihren Schreibtischstuhl, während Dennis sie entgeistert ansah.

»Wir ändern die Titelseite«, verkündete sie ihrem Gesprächspartner. »Wir haben einen Hammer. Der muss auf die erste Seite! Könnt ihr uns noch eine Stunde geben? ... Eine halbe ...«

Dennis wusste, dass er eingreifen sollte, doch sein Körper war wie gelähmt. »Was machst du denn da, Jette?«, war alles, was er herausbrachte.

Sie knallte den Hörer aufs Telefon und sah ihn mit triumphierendem Gesichtsausdruck an.

»Das wird ein Kracher!«, rief sie. »Die *Morgenzeitung* wird die einzige Zeitung sein, die diese Informationen auf der Titelseite hat! Wir bringen das nicht nur in der Online-, sondern auch in der Printausgabe.«

»Aber das ist doch alles gar nicht gesichert ... Es handelt sich nur um einen ersten Verdacht. So, wie Elisa das geschildert hat, ist die Polizei noch keineswegs überzeugt davon, dass Stephan Jacobi der Täter ist ... Wir können nicht einfach ...«

»Wir behaupten ja auch nicht, dass er der Mörder ist. Wir informieren unsere Leser nur über den aktuellen Ermittlungsstand. Mit Informationen, die die Polizei der Öffentlichkeit vorenthält.« Sie zeigte auf Dennis' Telefon. »Du hast es doch selbst gesagt! Die Polizei verschweigt wichtige Informationen und wir sorgen dafür, dass die Leser sie bekommen.«

»Aber du kannst doch nicht einfach so die Ausgabe umschmeißen, schon gar nicht die Titelseite. Das ist alles abgesegnet – so, wie es ist.« Dennis sah sich um, ob Wolf Borowsky, der Chef vom Dienst, noch greifbar war. Aber außer einer verhuschten Kollegin aus der Rätselecke war niemand mehr da.

»Sei nicht so eine feige Memme, Dennis! Das ist unsere Chance! Sie werden uns die *Morgenzeitung* aus den Händen reißen! André ist heute Abend auf einem stinklangweiligen Empfang, um Kontakte für neue Anzeigenkunden zu knüpfen. Ich schwöre dir, mit dieser Aktion hier gewinnen wir hundertmal mehr Anzeigenkunden. Er wird uns die Füße küssen. Wir werden morgen gigantische Verkaufszahlen haben!« Sie schlug mit der flachen Hand auf den Tisch. »Und jetzt sitz nicht tatenlos hier rum, als hätte eine Bombe eingeschlagen, sondern sieh lieber zu, ein Foto von diesem Stephan Jacobi aufzutreiben. Ich schreibe den Text, wir haben nur noch eine halbe Stunde ...«

»Hör auf!«, unterbrach Dennis Jette und stand auf. »Du hörst jetzt sofort mit diesem Unfug auf! Die Titelseite bleibt, wie sie ist. Wir warten erst mal ab, was die weiteren Ermittlungen ergeben.«

»Oh nein, das werden wir nicht tun!« Jette funkelte ihn über den Tisch an. »Das hier ist meine Chance und die werde ich mir nicht von dir versauen lassen. André wird begeistert sein.«

»Jette! In letzter Instanz bestimme immer noch ich ...«

»Oh nein, mein Lieber, in diesem Fall bestimme ich! Denn du wirst sicher nicht wollen, dass ich deine Verlobte anrufe und ihr erzähle, dass du immer noch bis über beide Ohren in deine alte Studienkollegin verliebt bist! Dass du rot wirst, wenn du mit ihr sprichst! Dass du alles dafür tust, dass sie hier in der Redaktion Fuß fasst, selbst wenn du damit alte Kollegen verprellst. Das wirst du doch nicht wollen, oder?«

Jettes drohender Tonfall fühlte sich wie eine scharfe Klinge in Dennis' Eingeweiden an. Das Problem war, dass sie recht hatte. Und dass sie wusste, dass sie recht hatte. Dennis sank zurück auf seinen Stuhl.

»Du bist wirklich noch gewissenloser, als ich dachte«, sagte er leise. Er zweifelte keine Sekunde daran, dass Jette Sabine anrufen würde. Sabine war nicht Elisa, aber wahrscheinlich war sie alles, was Dennis bekommen würde. Elisa hatte ihm damals schon gesagt, dass sie seine Gefühle nicht erwiderte, und nichts deutete darauf hin, dass sich daran etwas geändert hatte.

»Und du solltest dir beim nächsten Mal lieber vorher überlegen, ob du eine solche Schlampe in die Redaktion holst und hier alles durcheinanderbringst!«, erwiderte Jette mit zuckersüßem Lächeln. »Und jetzt das Foto, aber bitte flott!«

Elisa klappte ihr Notebook zu. Sie hatte verschiedene Quellen angezapft und für jeden der Jacobis eine Art Lebenslauf erstellt. Zwischendrin gab es ein paar Lücken, aber das große Bild war vollständig. Daniela, Christoph und Stephan hatten viele Jahre in unterschiedlichen Bereichen in der Gastronomie gearbeitet, bevor sie sich mit dem *Delicat* einen Lebenstraum erfüllten.

Sie hatten das heruntergekommene Lokal vor knapp zwei Jahren übernommen und daraus ein angesehenes Restaurant mit einer ausgefallenen Speisekarte gemacht. Extravagant, aber nicht überkandidelt, wie viele begeisterte Stimmen im Internet urteilten. Vor drei Monaten war das *Delicat* sogar bei einer Leserbefragung eines Konkurrenzblattes als Lokal mit dem besten Preis-Leistungs-Verhältnis ausgezeichnet worden. Es sah aus, als mauserte sich das *Delicat* vom Geheimtipp zu einer festen Größe in der Restaurantlandschaft der Stadt.

Über Stephan Jacobi hatte Elisa nicht viel mehr herausgefunden, als dass er vor geraumer Zeit wegen Drogenhandel für ein Jahr in den Knast gegangen war und seither nur noch durch seine Erfolge als Koch auf sich aufmerksam gemacht hatte. Bevor sie das *Delicat* übernommen hatten, hatte er als Souschef in einem Sterne-Restaurant gearbeitet, was Elisa ihm nie zugetraut hätte, wenn sie das Foto betrachtete, das bei der Preisverleihung vor drei Monaten aufgenommen worden war. Mit dem kahlrasierten Kopf, den breiten Zahnlücken zwischen den Vorderzähnen und der nachlässigen Kleidung sah er wie ein Pirat aus, nicht wie jemand, der bereit war, sich dem Regiment eines Küchenchefs unterzuordnen.

Elisa hätte gern mehr erfahren als die bloßen Fakten, die sie aus den verschiedenen Quellen hatte herausziehen können, doch dafür würde sie ein paar Anrufe tätigen müssen, für die es jetzt zu spät war.

Sie stand auf und öffnete die Dachterrassentür. Ein leichter Luftzug strich um ihre Beine, allmählich kühlte es etwas ab. Elisa streckte sich. Sie warf einen Blick in den Garten hinunter und sah, dass Henri Wieland unter der Pergola im hinteren Teil des Gartens saß. Genau genommen sah sie nur seine Füße und seine langen Beine, der Rest des Körpers war von den Glyzinien, die die Pergola bedeckten und von ihr herabhingen, verdeckt. Erst als Elisa einen Schritt auf die Dachterrasse hinaus und zur Seite trat, konnte sie mehr sehen. Neben Henri lag eine Zeitschrift und ein aufgeschlagenes kleines Notizbuch auf dem Tisch, daneben ein Kugelschreiber, doch er schien nicht mehr zu arbeiten. Er saß auf einem der hölzernen Gartenstühle und starrte reglos vor sich hin – auf einen Punkt irgendwo auf dem Boden.

Elisa wich unwillkürlich zurück in die Wohnung. Der sonst so selbstsichere, fast schon arrogante Kommissar schien aus dem Gleichgewicht gebracht. Elisa fiel auf, dass wieder kein Klavierspiel von unten zu hören gewesen war.

Vielleicht war er in dieser Stimmung nicht mehr so abweisend wie sonst. Vielleicht kam sie mit ihm ins Gespräch. Vielleicht konnte sie noch mehr über den Ermittlungsstand erfahren.

Elisa war klar, dass es keinen Sinn hatte, ihn von der Dachterrasse aus anzusprechen und dabei durch den ganzen Garten zu brüllen. Besser wäre es, irgendwie in den Garten zu kommen. Aber dafür musste sie erst die Wohnung im Erdgeschoss durchqueren und ihr fiel kein Vorwand ein, um diese überhaupt zu betreten. Sollte sie Karen bitten, ihr etwas auszuleihen? Aber was?

Aus dem Augenwinkel bemerkte Elisa, dass Henris Füße sich bewegten. Er stand auf, griff nach Zeitschrift, Notizbuch und Stift und ging auf das Haus zu. Blitzschnell zog sie die halbleere Mülltüte unter der Spüle hervor und lief die Treppe hinunter. Unten angekommen bremste sie ruckartig ab. Mit einigem Getöse öffnete sie die Haustür und veranstaltete noch mehr Geklapper, als sie die Tüte in die Mülltonne beförderte. Sollte er sich doch über den Lärm aufregen und herauskommen, um sie zusammenzustauchen. Irgendwas würde ihr dann schon einfallen. Aber Henri Wieland blieb unsichtbar.

Elisa knallte die Haustür zu und fuhr herum, als tatsächlich die Wohnungstür im Erdgeschoss aufging. Doch es war nicht Henri, der herauskam, sondern Anna. Luna trottete hinter ihr her. Anna musterte Elisa in Shorts und Top von oben bis unten und ihr Blick blieb an den Füßen hängen.

»Cooler Nagellack«, sagte sie.

»Danke! Möchtest du ihn auch mal probieren?«

»Ich?« Bunter Nagellack schien für Anna, die wieder ganz in Schwarz gekleidet war und dazu schwarzen Nagellack trug, völlig undenkbar zu sein.

»Vielleicht gefällt er Tim«, meinte Elisa mit einem Lächeln.

»Meinst du?« Schon kam Annas Abwehr ins Schwanken.

»Könnte doch sein. Du kannst es ja einfach mal ausprobieren. Die Farbe passt toll zu dir.«

Ein Farbschimmer in dem dunklen, harten Schwarz.

»Ich weiß nicht.«

»Ich gebe ihn dir und dann kannst du es dir immer noch überlegen, okay? Komm mit.«

Elisa lief die Treppe hoch. Anna und Luna folgten ihr. Elisa holte das Nagellackfläschchen aus dem Bad und drückte es Anna in die Hand. Das Mädchen sah sich neugierig um.

»Du hast aber tolle Tassen«, sagte sie und zeigte auf den Geschirrstapel neben der Spüle.

»Ich bringe mir von jeder Reise eine Tasse oder einen Teller als Erinnerung mit«, sagte Elisa und nahm eine der Tassen in die Hand. »Die hier kommt aus Sydney. Das ist eine meiner Lieblingstassen.«

»Wow, du warst schon in Australien!« Anna ließ sich auf Großvaters Sessel fallen. Luna legte sich neben sie auf den Boden.

»Mit meiner Schwester Sasha. Wir sind früher durch die ganze Welt gereist, als wir noch studiert haben.«

»Das möchte ich auch mal machen.« Anna deutete auf die vielen Fotos, die Elisa rund um den Spiegel neben der Eingangstür festgesteckt hatte. »Ist das deine Schwester?«

»Ja, das ist Sasha. Und das sind meine Brüder Mattis und Jasper. Und meine Eltern. Und das sind Mattis' Kinder Tommy und Annika und meine Schwägerin Nellie.«

»Eine richtig große Familie.«

»Ja«, sagte Elisa und merkte im gleichen Moment, wie sehr sie ihr alle fehlten. »Hast du eigentlich noch Geschwister?«

Elisa bildete sich ein, bei Karens Hausführung mehrere Familienfotos unten im Wohnzimmer gesehen zu haben, aber sie konnte sich nicht genau daran erinnern. Ein Blick auf Annas Gesicht zeigte ihr, dass sie einen wunden Punkt getroffen hatte.

»Nein«, sagte Anna erst, um dann nach einem Zögern fortzufahren: »Nicht mehr.«

»Nicht mehr?!?«

»Mein Bruder Jonathan und meine Mutter sind bei einem Autounfall gestorben.«

Elisa griff nach Annas Hand und ging neben dem Sessel in die Knie.

»Das tut mir leid! Wann ist das passiert?«

Anna zuckte mit den Schultern.

»Vor zwei Jahren ungefähr.«

»Und seitdem wohnt ihr hier bei deiner Oma, dein Vater und du?«

»Ja. Er hat ja keine Zeit, sich um mich zu kümmern. Und Oma war so traurig, weil Opa erst kurz vorher gestorben war. Also sind wir zu ihr gezogen.«

»Verstehe.«

Deshalb die schwarze Kleidung. Deshalb der Schutzpanzer um Anna. Deshalb der deprimierte Blick von Henri Wieland, der ausgerechnet den Mord an einem Kind aufklären musste. Deshalb keine Klaviermusik mehr.

»Wie alt war dein Bruder?«

»Er war zehn, als er starb.«

So alt wie Emily. Auch wenn ein Mord nicht mit einem Unfall vergleichbar war, wurde Henri vermutlich permanent an den Tod seines Sohnes erinnert. Plötzlich sah Elisa Henris starren Gesichtsausdruck mit anderen Augen. Er war wahrscheinlich nicht abweisend oder arrogant, sondern traurig.

»So alt wie das Mädchen, das ermordet wurde.« Annas Stimme zitterte. »Hast du davon gehört?«

»Das ist der Fall, in dem dein Vater ermittelt, nicht wahr?«

»Ja.«

»Das muss für ihn heftig sein.«

Anna zuckte mit den Schultern und senkte den Blick.

»Es ist immer heftig. Dabei sind die Leute doch eh tot, wenn Papa sich um sie kümmert.«

Anna blickte auf und Elisa sah nichts als grenzenlosen Kummer in ihren Augen. Offensichtlich hatte es das Schicksal für wichtiger erachtet, dass sich jemand um dieses verlorene Kind kümmerte, als dass Elisa ihren Vater befragen konnte. Sie zog Anna in ihre Arme und drückte sie fest an sich.

»Wein dich aus, Anna. Ich halte dich!«, sagte sie.

Henri brauchte inzwischen nicht mehr in jeder Nacht eine Tablette, um einschlafen zu können. Nach Jonathans und Claires Tod hatte er heftige Albträume gehabt. Sobald er die Augen geschlossen hatte, hatte er Jonathans blutüberströmten Körper vor sich gesehen und sich stundenlang im Bett herumgewälzt, ohne einschlafen zu können. Morgens beim Aufstehen hatte er sich noch erschöpfter gefühlt als abends beim Schlafengehen. Erst als er angefangen hatte, die Tabletten zu nehmen, war es besser geworden. Sie ermöglichten zwar keinen traumlosen Schlaf, aber immerhin konnte er einschlafen. Henris Hausarzt hatte ihn davor gewarnt, die Tabletten dauerhaft zu nehmen. Nach ein paar Monaten hatte er sich geweigert, sie weiter zu verschreiben. Nach einer einzigen Nacht ohne Schlaftabletten hatte Henri sich jedoch gleich am nächsten Tag ein rezeptfreies Schlafmittel in der Apotheke besorgt.

Ein Jahr später hatte Henri bei einem Fall mit einer Frau zu tun gehabt, deren Medikamentenabhängigkeit zu einer schlimmen Psychose geführt hatte. Seither versuchte er immer öfter, ohne eine Tablette auszukommen. Wenn er körperlich erschöpft war, vom Laufen oder vom Basketballtraining, dann klappte das Einschlafen meistens ganz gut. Manchmal auch nach einem ereignislosen Bürotag oder einer Kneipentour mit Lenz. Aber sobald Henri angespannt war, sobald Ermittlungen ihn stressten, dann war es vorbei mit dem natürlichen Schlaf. Dann brauchte er die Hilfe einer Tablette, um einschlafen zu können.

Und heute wusste er nicht, ob eine Tablette ausreichen würde. Schon in der letzten Nacht hatte er sich lange herumgewälzt, der Gedanke an die vermisste Emily hatte ihn wachgehalten. Wie sollte er dann heute schlafen können? Mit den Bildern des toten Mädchens im Kopf? Von denen es nicht weit war zu den Bildern von Jonathans Leichnam.

Tagsüber hatte er es geschafft, die Erinnerung auszublenden. Er hatte sich auf die Ermittlungen konzentriert, seine Erfahrung hatte ihn die richtigen Fragen stellen lassen, die Rädchen der Polizeiroutine griffen automatisch ineinander. Die Suche nach Emilys Mörder lief auf Hochtouren.

Doch jetzt am Abend – fernab von der Geschäftigkeit der Kollegen – kehrten die Bilder zurück. Mit aller Macht. Mit aller Grausamkeit. Mit aller Verzweiflung.

Henri nahm eine zweite Brausetablette aus dem Röhrchen und warf sie in das Glas, in dem sich die erste bereits heftig sprudelnd auflöste. Er wartete, bis keine festen Bestandteile mehr zu sehen waren, und trank das Glas in einem Zug aus. Meistens dauerte es zwischen einer halben und einer ganzen Stunde, bis das Zeug wirkte. Schneller ging es, wenn Henri in der Wartezeit las. Keine Romane, bei denen die Gedanken leicht abschweiften. Besser waren Sachtexte, bei denen sich Henri auf ein Thema konzentrieren musste. Möglichst auf ein komplexes Thema.

Henri putzte sich die Zähne und klemmte sich die neueste *Science*-Ausgabe, die er mit hochgenommen hatte, unter den Arm. Er schlich über den Flur – Karen und Anna waren längst ins Bett gegangen – und schloss die Tür seines Schlafzimmers leise hinter sich.

Mittwoch

Carina warf einen Blick in den großen Spiegel am Kleiderschrank. Sie hatte sich für eine kurzärmelige schwarze Bluse und für einen dunkelgrauen Rock entschieden. Die tristen Farben drückten aus, wie sie sich fühlte; ausgelaugt und traurig. Die Ringe unter ihren Augen verrieten, dass sie in der Nacht kaum geschlafen hatte.

Sie öffnete das Fenster weit, um frische Luft ins Zimmer zu lassen. Vom Ende der Straße ertönte lebhaftes Stimmengewirr. Carina beugte sich aus dem Fenster und sah, dass die Pressemeute vor dem *Delicat* weiter angewachsen war. Journalisten und Fotografen, aber auch mehrere Kamerateams tummelten sich vor dem Haus und versperrten den Weg.

Konnten sie die Jacobis nicht einfach in Ruhe lassen? Die Familie trauerte um ihr Kind und die Presseleute hatten nichts Besseres zu tun, als das Haus zu belagern, jeden ihrer Schritte zu beobachten und sie mit ihren Fragen zu quälen. Carina mochte Daniela Jacobi nicht übermäßig, aber jetzt tat sie ihr leid.

Michael hatte bereits den Frühstückstisch gedeckt. Er blätterte in der Zeitung und trank dabei gedankenverloren ein paar Schlucke Kaffee.

»Hast du gesehen, was da draußen vor dem *Delicat* los ist?«, fragte Carina. »Das ist der Wahnsinn, wie die Journalisten den Jacobis auf die Pelle rücken.«

Michael klopfte mit dem Finger auf die vor ihm ausgebreitete Zeitung.

»Hier steht, dass die Polizei Stephan Jacobi verdächtigt, den Onkel von Emily.«

»Stephan Jacobi?«

Carina hatte Emily beim Schulfest und beim Weihnachtsbasar zusammen mit ihrem Onkel erlebt, der vielleicht nicht so eine Ausstrahlung wie ihr Vater hatte, mit dem sie aber immer eine Menge Spaß zu haben schien.

»Wie kommen sie denn darauf?«

»Er scheint kein Alibi zu haben und er ist am Montag später als sonst im Restaurant erschienen.«

»Aber deshalb ist er doch lange noch kein Mörder! Warum hätte er Emily ermorden sollen?«

Carina beugte sich über Michaels Schulter. Auf der Titelseite der *Morgenzeitung* war ein grobkörniges Foto abgedruckt, auf dem Stephan Jacobi nur schwer zu erkennen war, ein Ausschnitt aus einem Gruppenfoto, das anlässlich einer Preisverleihung aufgenommen worden war. Stephan hatte sich im Hintergrund gehalten, die Zeitungsleute hatten seinen Kopf mit einem dicken roten Kreis hervorgehoben.

»Wer ist ein Mörder?«, fragte Judith, die hinter Carina hereinkam.

»Sie verdächtigen Stephan Jacobi, den Onkel von Emily«, sagte Michael.

»Den Onkel?« Judith wirkte verschlafen und hatte offenbar noch Schwierigkeiten, die neuen Informationen einzusortieren.

»Das ist der Koch im *Delicat*, den hast du bestimmt schon mal gesehen.«

»Der Koch? Natürlich kenne ich den. Das ist doch Unsinn! Der Mann ist ein Virtuose in der Küche, der bringt doch keine kleinen Kinder um!« Judith schüttelte den Kopf.

»Da steht, dass er vorbestraft ist und dass er häufig in der Wohnung der Jacobis übernachtet hat, wenn es abends im Restaurant spät wurde«, sagte Michael. »Im Gästezimmer direkt neben Emilys Zimmer. Sie schreiben, dass die meisten Fälle von sexuellem Missbrauch sich innerhalb der Familie abspielen.«

»Das ist ja schrecklich!« Judith verzog angewidert das Gesicht.

»Ist das das, was die Polizei denkt, oder ist das das, was sich die Journalisten aus den Fingern gesogen haben?«, fragte Carina.

Michael zuckte mit den Schultern.

»Hier hört es sich so an, als hätten sie die Informationen aus einer Quelle direkt aus dem Ermittlungsteam.«

»Aber sie können ihn doch nicht einfach so ... ohne Beweise ...«

Michael überflog den Rest des Artikels.

»Sie wollen einen DNA-Test machen.« Er hielt inne und fasste dann zusammen: »Das heißt ... dass sie DNA-Spuren sichergestellt haben müssen ...«

»Das ist gut!«, sagte Carina erleichtert. »Dann können sie zweifelsfrei feststellen, ob Stephan Jacobi der Täter ist oder nicht.«

»Was ich für sehr unwahrscheinlich halte, wenn ich bedenke, wie der gute Mann mit einem Steak umgehen kann«, meinte Judith. »So jemand bringt keine kleinen Kinder um, da bin ich mir ganz sicher!«

Als Henri in die Küche kam, war Karen dabei, mit ihrer elektronischen Saftpresse gläserweise Orangensaft auszupressen. Ständig machte sie sich Sorgen, dass er und Anna nicht genug Vitamine zu sich nahmen.

Als könnten Vitamine nicht nur körperliche, sondern auch seelische Immunität bewirken.

»Morgen!«

Henri trat zu ihr und drückte ihr einen leichten Kuss auf den Hinterkopf.

»Guten Morgen!« Sie drehte sich zu ihm um und lächelte. »Hast du gut geschlafen?«

»Hm, geht so.«

Henri nahm das Geschirr, das Karen auf der Anrichte bereitgestellt hatte, und verteilte es auf dem großen Tisch im Esszimmer. Es machte keinen Sinn, mit Karen über seine Schlaflosigkeit zu reden. Sie hatte immer neue, pragmatische Ideen auf Lager, die leider alle nichts an Henris grundsätzlichem Problem änderten. Keine ihrer Ideen machte Jonathan und Claire wieder lebendig und keine ihrer Ideen löschte die Bilder, die ihn jede Nacht quälten, aus Henris Kopf.

»Du warst schon ein paar Tage nicht mehr laufen«, sagte Karen prompt. »Vielleicht fehlt dir die Bewegung.«

»Ich habe einfach keine Zeit, wir stecken mitten in den Ermittlungen.«

»Du steckst immer in irgendwelchen Ermittlungen. Aber du weißt doch …«

»Morgen.«

Anna kam in die Küche, nahm sich die Müslibox, klemmte sich die Milchtüte unter den Arm und ließ sich dann am Esstisch auf ihren Stuhl fallen. Sie kippte etwas Müsli in die Schale und füllte Milch ein.

Henri wusste, dass es am besten war, sie in Ruhe zu lassen. Alles an ihr war abweisend – die schwarze Kleidung, der unzufriedene Gesichtsausdruck, das energische Löffeln. Hinter Annas Rücken tauschte er einen Blick mit Karen. Seine Mutter nahm den Gesprächsfaden ungerührt wieder auf.

»Du weißt doch, dass dir das Laufen guttut. Dafür solltest du dir wirklich Zeit nehmen. Wenn ihr den Fall doch so gut wie aufgeklärt habt.«

»Wie kommst du denn darauf? Ich habe nie behauptet, dass wir schon so weit sind.«

»Du hättest uns gestern ruhig schon mal was erzählen können. Aber jetzt steht es ja sogar in der Zeitung.«

Henri stellte die Kaffeetasse, die er gerade gefüllt hatte, ab.

»In der Zeitung? Was steht bitte in der Zeitung?«

Karen schob die *Morgenzeitung* über die Anrichte.

»Lies selbst.«

Auf der Titelseite prangte ein Foto von Stephan Jacobi, darüber die dickgedruckte Schlagzeile: *Ist der Onkel Emilys Mörder?* Henri schnappte nach Luft. Eilig überflog er den Artikel. Da stand, dass der vorbestrafte Stephan Jacobi unter dringendem Tatverdacht stünde, da er kein Alibi habe und zu spät zur Arbeit erschienen sei. Außerdem, so wurde argumentiert, spielten sich die meisten Fälle von sexuellem Missbrauch innerhalb der Familie ab, da liege die Schlussfolgerung nahe, dass Stephan Jacobi seine Nichte unter Umständen schon länger zu sexuellen Handlungen gezwungen habe. Zumal er häufig im Gästezimmer neben ihrem Zimmer übernachtet habe. Ein DNA-Test werde ihn nun überführen.

Henris Gedanken rotierten. Was bis jetzt einzelne Hinweise gewesen waren, hatte hier jemand voreilig zu einer Geschichte zusammengebastelt, die nach Tatsachenbericht klang. Die Stephan Jacobi verurteilte, noch bevor sie ihm eine Gewebeprobe für den DNA-Test hatten abnehmen können. Wo hatten diese Schmierfinken die Informationen her? Bis jetzt hatte Henri nur mit Lenz über die neuen Hinweise gesprochen. Und Lenz plauderte derartige Informationen gewöhnlich nicht betrunken in einer Bar aus.

Henris Blick blieb an dem Namen am Ende des Artikels hängen. Jette Jasmund. Er kannte keine Jette Jasmund.

»Was hast du denn?«, erkundigte sich Karen und sah Henri besorgt an. »Stimmt das etwa nicht, was da steht?«

»Was steht denn da?«, mischte sich nun auch Anna ein. Sie beugte sich vor, um einen Blick auf die Zeitung zu werfen.

»Da steht, dass der Onkel von Emily sie ermordet haben soll«, erklärte Karen.

»Das wissen wir überhaupt nicht! Es ist eine Frechheit, sowas zu schreiben! Wir überprüfen ihn lediglich wie alle anderen auch. Ich habe keine Ahnung, wie diese Journalistin dazu kommt, einen Artikel zu schreiben, in dem steht, dass wir praktisch kurz davor sind, Stephan Jacobi zu verhaften. Das ist Unsinn!«

»Hast du denn mit der Journalistin geredet?«

»Nein, ich kenne die gar nicht. Ich habe nur mit Lenz telefoniert ...« Henri stutzte. Dann drehte er sich zu Karen um. »Wie heißt deine neue Mieterin? Etwa Jette Jasmund?«

»Nein. Sie heißt Elisa Gerlach.«

»Arbeitet sie zufällig bei der *Morgenzeitung*?«

»Ja ... das stimmt. Aber Elisa würde doch nicht ...«

Den Rest hörte Henri schon nicht mehr, denn er hatte die Zeitung an sich gerissen und lief aus der Küche. Immer zwei Stufen auf einmal nehmend, jagte er die Treppe hoch. Oben hämmerte er gegen die Wohnungstür. Als sich nichts rührte, klopfte er noch einmal und drückte gleichzeitig die Klinke nach unten. Die Tür war nicht abgeschlossen, plötzlich stand Henri mitten in der Wohnung. Im gleichen Moment kam Elisa um die Ecke – verschlafen mit strubbeligem Haar und nur einem knappen Trägerhemdchen bekleidet.

»Was machen Sie denn hier?«

»Sind Sie von allen guten Geistern verlassen, sowas in der Zeitung abzudrucken?«, schrie er sie gleichzeitig an.

»Wovon reden Sie?«

Er knallte die *Morgenzeitung* auf den großen Tisch und deutete mit dem Finger auf den Artikel auf der ersten Seite.

»Jette Jasmund, das ist wohl Ihr Pseudonym, ja? Nebenbei bemerkt ein ziemlich bescheuertes Pseudonym. Sie haben mich belauscht und dann diesen Dreck hier geschrieben, oder? Versuchen Sie nicht, sich raus zu reden!«

Sie überflog die Titelseite und wurde blass. Sie sank auf einen der Stühle. Das Trägerhemdchen rutschte an ihren langen Beinen nach oben.

»Das hab ich nicht geschrieben. Das ist ja schrecklich«, flüsterte sie. »Das war meine Kollegin. Jette Jasmund ist meine Kollegin.«

»Und wie kommt Ihre Kollegin bitteschön an diese Informationen? Die kann sie doch nur von Ihnen haben! Ich habe gestern draußen auf dem Balkon mit meinem Kollegen telefoniert und Sie haben mich dabei belauscht. Es gibt keine andere Erklärung.«

Sie nickte resigniert. Doch dann hob sie den Kopf und sah Henri an. Tränen glitzerten in ihren Augen.

»Es war nie meine Absicht, dass das gedruckt wird«, sagte sie und ihr Tonfall wurde flehend. »Das müssen Sie mir glauben! Ich habe nur meinen Kollegen angerufen, ihm von Ihrem Gespräch erzählt und mit ihm besprochen, dass ich schon mal ein bisschen über die Jacobis recherchiere, damit wir gleich was bringen können, wenn sich der Verdacht gegen Stephan Jacobi erhärtet.« Sie deutete auf das Notebook, das auf dem Tisch lag. »Ich kann Ihnen zeigen, was ich geschrieben habe.«

»Das interessiert mich nicht! Ich will nur wissen, wie *diese* Informationen in die Zeitung gekommen sind.«

»Entweder Jette hat das Gespräch zwischen mir und meinem Kollegen mit angehört oder er hat ihr davon erzählt.« Keine der Alternativen schien ihr zu gefallen. Sie sah aus, als ob sie in eine Zitrone gebissen hatte.

»Es tut mir so leid!«, beteuerte sie.

»Sagen Sie das Stephan Jacobi! So wie das hier steht, klingt es, als sei er wegen sexuellen Missbrauchs vorbestraft und nicht wegen einer Drogengeschichte, die schon Jahre zurückliegt. Er wird vorverurteilt!«

Wie es Stephan gehen würde, wenn er diesen Artikel zu Gesicht bekam, darüber wollte Henri nicht nachdenken.

Hoffentlich hatten die Jacobis eine andere Zeitung abonniert.

Elisa fuhr sich mit den Händen übers Gesicht.

»Es tut mir so leid!«, sagte sie noch einmal. »Ich weiß, dass das keine Entschuldigung ist, aber ich bin noch neu in der Redaktion. Und offensichtlich habe ich noch nicht verstanden, wie da gearbeitet wird.«

»Versuchen Sie bloß nicht, sich rauszureden!« Henri baute sich vor ihr auf.

»Sie sind eine miserable Journalistin, wenn Sie nicht wissen, wann Sie besser Ihren Mund halten. Sie haben Scheiße gebaut und wir dürfen diese Scheiße jetzt auslöffeln.«

Elisa senkte den Kopf, sie wehrte sich nicht gegen Henris Vorwürfe. Sie nickte. Anscheinend war ihr klar, dass sie einen Riesenfehler gemacht hatte. »Sie sollten wirklich überlegen ...«, ging Henri auf Elisa los, als ihn plötzlich Annas Stimme von hinten unterbrach.

»Papa!«, sagte sie. Henri fuhr herum. »Was machst du hier?«

»Es löscht kein einziges Wort aus der Zeitung, wenn du Elisa so anschreist!«

»Das tut es sicher nicht.« Henri zeigte auf Elisa, die wie ein Häufchen Elend am Tisch saß, »Aber vielleicht überlegt sich die Dame beim nächsten Mal ja vorher, mit wem sie über was spricht. Hier wird es auf jeden Fall kein nächstes Mal mehr geben, denn ich werde ganz sicher nie wieder auf dem Balkon etwas Dienstliches besprechen. Und jetzt mache ich mich auf den Weg zur Schadensbegrenzung. Sie können nur hoffen, dass Ihre Kollegen Stephan Jacobi noch nicht gelyncht haben!«

Henri warf Elisa Gerlach einen letzten vernichtenden Blick zu, dann lief er an Anna vorbei nach unten.

»Was ist denn los?«, fragte Karen.

»Lass es dir von deiner Mieterin erklären«, knurrte Henri und griff nach seinem Handy. Während er im Stehen seinen Kaffee trank, wählte er Lenz' Nummer.

»Hast du schon die *Morgenzeitung* gelesen?«, fragte er anstelle eines Grußes, als Lenz dranging.

»Nein, wir haben den *Merkur* abonniert. Warum?«

»Die neue Untermieterin meiner Mutter, die bei der *Morgenzeitung* arbeitet, hat gestern unser Gespräch belauscht und jetzt haben sie heute auf der Titelseite einen Artikel, in dem Stephan Jacobi als potenzieller Mörder entlarvt wird.«

Von Karen kam ein merkwürdiges Geräusch, als ob jemand Luft aus einem Ballon abließ.

»Scheiße!«, sagte Lenz.

»Du sagst es.«

»Was machen wir?«

»Wir müssen die DNA-Analyse beschleunigen, dann wissen wir zweifelsfrei, ob Stephan Jacobi infrage kommt. Ich werde jetzt gleich zu ihm fahren und mit ihm reden. Übernimm du die Morgenbesprechung. Ich möchte, dass die Ermittlungen erst mal ganz normal weiterlaufen. Im Gegensatz zu der hysterischen Journalistin habe ich nämlich Probleme damit, mir Stephan Jacobi als Täter vorzustellen. So ganz ohne Motiv. Ich will noch mal bei ihm nachhaken. Wir treffen uns dann im Büro.«

»Ich ruf dich an, wenn ich vorher was Neues habe.«

Henri beendete das Gespräch. Er schnappte sich ein Brötchen, das er aufschnitt und mit Käse belegte.

»Elisa ist so nett ...«, begann Karen, doch Henri schnitt ihr das Wort ab. »Hör bloß auf! Ich habe dir schon bei der Letzten gesagt: Ich bin es leid, dass du mich verkuppeln willst. Hör endlich auf damit! Ich such mir meine Frauen selbst aus! Und die da oben ist die Allerletzte, mit der ich was anfangen würde. Misch dich also bloß nicht weiter ein! Mit der hast du mir nämlich einen Haufen Ärger eingebrockt!«

Henri nahm das belegte Brötchen und sein Handy. Im Vorbeigehen griff er nach dem Autoschlüssel und verließ ohne ein weiteres Wort das Haus.

Anna und Karen hatten sich zwar auf Elisas Seite geschlagen, nachdem sie ihnen erklärt hatte, was passiert war. Doch es waren Henris Worte, die Elisa wieder und wieder durch den Kopf gingen, als sie zur Redaktion radelte.

Sie sind eine miserable Journalistin, wenn Sie nicht wissen, wann Sie besser Ihren Mund halten.

Damit hatte er leider recht. Elisa hätte ihr Wissen für sich behalten müssen. Sie hätte sich still und leise vorbereiten können, und wenn die Polizei ihren Verdacht gegenüber Stephan Jacobi veröffentlicht hätte, dann wäre der Zeitpunkt gekommen, mit ihren Informationen zu glänzen. Aber sie hatte ja unbedingt sofort bei Dennis anrufen müssen, in ihrem Drang, sich neben Jette zu beweisen.

Dennis hatte nicht auf Elisa gehört, als sie ihm gesagt hatte, dass die Informationen vertraulich waren. Er schien Jette mit ihrem Artikel freie Hand gelassen zu haben. Was das für ihre Zusammenarbeit bedeutete, war klar. Er hörte mehr auf Jette als auf Elisa, sie konnte also nicht mal mehr auf ihn zählen.

Als Elisa die Redaktion betrat, erschien ihr das Gewusel der Kollegen mit den vielen durcheinandersummenden Stimmen, das sie am Vortag noch an einen betriebsamen Bienenstock erinnert hatte, eher wie ein Termitenhügel. Jeder war dabei, Löcher und Tunnel zu graben, sodass ein großes Labyrinth entstand, in dem Elisa sich noch nicht auskannte. Sie kannte nicht die geschriebenen und die ungeschriebenen Gesetze, nach denen man hier zusammenarbeitete. Im Moment hatte sie den Verdacht, dass die journalistische Qualität der Zeitung nicht die wichtigste Maxime war. Man konnte über Carsten sagen, was man wollte, aber einen solchen Artikel, wie er heute das Titelblatt der *Morgenzeitung* zierte, hätte er nie zugelassen. Doch hier schien sich niemand darüber aufzuregen. Alle gingen wie gewohnt ihrer Arbeit nach.

Die anderen Schreibtische ihres Ressorts waren verwaist. Jette schien noch nicht da zu sein, ihr Schreibtisch war aufgeräumt, der PC ausgeschaltet. Dennis saß auf seinem Platz am Newsdesk und telefonierte. Als er Elisa sah, beendete er schnell das Gespräch und wuchtete seinen massigen Körper aus dem Stuhl.

»Hallo, Elisa.« Er wirkte verlegen.

»Was soll das, Dennis? Ich dachte, ich hätte mich deutlich ausgedrückt, als ich gesagt habe, dass diese Informationen erst mal unter uns bleiben sollen! Ich dachte, ich könnte dir vertrauen!« Sie knallte ihre Tasche auf den Tisch und schaltete den Computer ein.

»Das kannst du auch, Elisa!«, beteuerte Dennis.

»Ach ja? Das kann ich? Offensichtlich nicht, wenn du nichts Besseres zu tun hast, als sofort zu Jette zu rennen und ihr alles zu erzählen!«

»So war das nicht! Sie hat mitbekommen, wie du mich angerufen hast und dass wir über ihren Fall geredet haben. Da hat sie den Lautsprecher eingestellt und hat alles mitgehört.«

Er wich ihrem Blick aus, doch Elisa kannte kein Mitleid.

»Und daran konntest du sie nicht hindern? *Und* du konntest sie nicht daran hindern, daraus diesen aufgeblasenen Artikel zusammenzuschustern? Mach dich nicht lächerlich, Dennis! *Du* bist *ihr* Vorgesetzter und nicht umgekehrt!«

Dennis wurde rot.

»Elisa ...« Er wand sich. »Das hat sich irgendwie so entwickelt ...«

»Ach ja? Ist das hier so? Dass sich die Zeitung irgendwie so entwickelt? Wenn du dich schon nicht mir verpflichtet gefühlt hast, dann hättest du dich wenigstens an ein paar grundlegende journalistische Prinzipien halten können.« Elisa zählte an den Fingern auf. »Quelle überprüfen. Fakten überprüfen. Keine Vermutungen anstellen. Und schon gar nicht so ein reißerischer Unterton! Das ist unerträglich und da sollten bei dir als Ressortleiter sämtliche Alarmglocken angehen! Nachdem Kommissar Wieland, meine Quelle«, Elisa malte Anführungszeichen in die Luft, »den Artikel heute Morgen gelesen hat, hat er mich als Erstes aus dem Bett geschmissen, um mich zusammenzustauchen. Er ist stinksauer!«

»Das tut mir leid! Mir war nicht klar, dass er dich sofort in Verdacht haben würde ...«

»Wen denn sonst, wenn der Artikel genau die Informationen verbreitet, die er einzig und allein bei einem vom Balkon seines Hauses geführten Telefongespräch mit seinem Kollegen erwähnt hat?«

»Hast du jetzt Ärger mit deiner Vermieterin?«

»Nein. Ich habe ihr erklärt, was passiert ist und dass *ich* einen Abdruck der Informationen nicht wollte. Sie glaubt mir.«

»Dann ist es ja gut!«

Elisa sah Dennis unverwandt an.

»Nein, Dennis, gar nichts ist gut! Ich muss wissen, ob ich mich auf dich verlassen kann. Und ich muss wissen, wie hier gearbeitet wird. Sonst ist das kein Ort, wo ich bleiben kann.«

»Elisa! Bitte ... ich habe doch schon gesagt, dass es mir leidtut. Sowas wird nicht wieder vorkommen. Jette hat mich einfach überrollt. Du darfst daraus nicht so eine Grundsatzfrage machen! Es ist einfach blöd gelaufen!«

»Wenn jemand die Informationen einer Kollegin klaut und unberechtigt verwendet, das nennst du *blöd gelaufen*? Ich hätte wirklich Lust, mich über Jette zu beschweren.«

Elisa deutete mit dem Kopf zum Glaskasten des Chefredakteurs hinüber. André Sievers saß an seinem Schreibtisch und telefonierte gut gelaunt. Er gestikulierte und lachte.

»Das würde ich nicht tun!«, warnte Dennis.

»Nein? Warum? Weil Jette den Chefredakteur genauso unter ihrer Fuchtel hat wie dich? Schläft sie mit ihm?«

»Nein! ... Das heißt, ich weiß nicht ... Aber im Moment würde André nicht verstehen, was du von ihm willst. Er ist glücklich, weil wir heute so gute Verkaufszahlen haben wie schon lange nicht mehr. Viele Händler sind schon ausverkauft und haben Nachschub angefordert. Ich schätze mal, dass André egal ist, woher die Informationen kommen und wer sie von wem hat. Hauptsache, sie stehen auf der Titelseite und sorgen dafür, dass die *Morgenzeitung* sich gut verkauft.«

»Egal, ob sich hinterher herausstellt, dass die Informationen falsch waren?«

»Das wissen wir ja noch gar nicht.«

»Egal, ob wir damit jemanden bloßstellen und sämtlichen Medien zum Fraß vorwerfen? Stell dir vor, Stephan Jacobi ist unschuldig. Was ist dann?«

»Mach dir doch nicht so einen Kopf! Es wird sich schon noch zeigen, ob er schuldig oder unschuldig ist. Deshalb ist Jette ja vor Ort. Damit die *Morgenzeitung* bei der Berichterstattung weiterhin ganz vorne dabei ist.«

Dennis lachte.

»Komm schon, Elisa, mach nicht so ein Gesicht!« Er sah sie mit treuherzigem Blick an. »Ich finde es schrecklich, mit dir zu streiten. Lass uns wieder gut sein, ja?«

Er umarmte sie ungelenk.

»Ich freu mich doch so, dass du jetzt hier bist. Vielleicht können wir heute Abend zusammen mal was trinken gehen. Was meinst du?«

»Schauen wir erst mal, was der Tag noch bringt«, wich Elisa aus. Über Dennis' Schulter sah sie, dass André Sievers sein Telefongespräch beendet hatte. Er sah hoch und ihre Blicke trafen sich.

Es war noch schlimmer, als Henri befürchtet hatte. Die Menschenmenge vor dem *Delicat* war um ein Vielfaches größer geworden. Anscheinend hatte jede Redaktion und jeder Fernsehsender, die in dieser Stadt angesiedelt waren, einen Berichterstatter oder gleich ein ganzes Team nach Nymphenburg geschickt. Und es gab viele Redaktionen und Fernsehsender.

Henri konnte erst ein ganzes Stück entfernt an der Straße parken. Kaum dass er ausgestiegen war, erkannte ihn einer der Journalisten, und sie stürzten sich auf ihn.

»Was sagen Sie zu dem Bericht in der *Morgenzeitung*?«

»Ist Stephan Jacobi Emilys Mörder?«

»Können Sie bestätigen, was in der *Morgenzeitung* steht?«

Henri wollte schnell an den Journalisten vorbei, doch sie verstellten ihm den Weg, bedrängten ihn von der Seite und hielten ihm Mikrofone vor den Mund.

»Kein Kommentar«, war das Einzige, was Henri sagte. Er merkte, dass es in ihm wieder zu kochen begann. Das Wutablassen bei Elisa Gerlach hatte nur kurzzeitig Erleichterung gebracht. Konnten diese Presseleute sie nicht einfach ihre Arbeit machen lassen? Wenig höflich schob er sie beiseite und bahnte sich einen Weg zum Eingang des Restaurants.

Als er klopfte, öffnete Christoph Jacobi die Tür einen Spalt breit.

»Sie sind es.«

Er zog die Tür weiter auf, sodass Henri gerade eben hindurchschlüpfen konnte, dann warf er sie sofort wieder ins Schloss.

Henri sah Stephan vor der kleinen Bar auf und ab gehen, mit dem Telefon am Ohr. Er sah müde aus. Von Daniela Jacobi keine Spur. Die *Morgenzeitung* lag auf einem der Tische, die Titelseite war aufgeklappt. Las denn die ganze Stadt diese Zeitung?

Stephan beendete sein Gespräch, als er Henri erblickte. Angesichts seines grimmigen Gesichtsausdrucks entschied sich Henri für die Flucht nach vorn.

»Herr Jacobi, ich möchte mich bei Ihnen entschuldigen, dass Informationen über unsere Ermittlungen nach draußen gelangt sind. Und ich möchte Ihnen versichern, dass die Schlussfolgerungen, die in der Zeitung gezogen werden, nicht unsere sind ...«

»Ach ja? Bin ich nicht schon allein deswegen verdächtig, weil ich vorbestraft bin?«

»Nein, das sind Sie nicht! Uns ist durchaus bewusst, dass es sich um ein Drogendelikt gehandelt hat, das schon einige Jahre zurückliegt.«

»Da bin ich ja mächtig beruhigt«, höhnte Stephan. »Vielleicht können Sie das denen da draußen auch mal sagen? Oder meiner Schwägerin!«

Er drehte sich zu Christoph und funkelte ihn an.

»Warum? Was ist mir Ihrer Schwägerin?«

Stephan wandte sich wieder Henri zu.

»Seit sie die Zeitung gelesen hat, hält sie es für möglich, dass ich Emily umgebracht habe!«

Christoph mischte sich ein.

»Sie glaubt doch nicht wirklich, dass du das getan hast!«

»Und warum verlangt sie dann, dass ich ihr genau sage, wann ich am Montag wo war? Warum kann sie mir nicht einfach vertrauen, wenn ich ihr sage, dass ich Emily niemals auch nur ein Haar hätte krümmen können?«

Stephan wandte sich ab und wischte sich dabei mit den Fingern über die Augen.

»Und warum sagst du ihr nicht einfach, wo du am Montag warst?«, fragte Christoph zurück.

»Das weißt du genau.«

Die Brüder sahen sich lange in die Augen, bis Stephan als Erster den Blick abwandte. Henri spürte die Spannung in der Luft. Jetzt musste er dranbleiben.

»Herr Jacobi, ich denke auch, dass Sie jeglichen Verdacht am einfachsten dadurch widerlegen können, dass Sie detailliert angeben, wann Sie sich wo aufgehalten haben. Wenn Sie in mehreren Geschäften waren, dann wird sich bestimmt der eine oder andere Zeuge finden.«

Stephan antwortete nicht. Er fuhr sich mit beiden Händen über seinen kahlen Kopf, vor und zurück, vor und zurück. Dann brach es plötzlich aus ihm heraus.

»Ich war nicht einkaufen. Ich war bei mir zu Hause, in meiner WG.«

»Dann haben Sie doch sicher einen Zeugen! Waren Ihre Mitbewohner auch da?«

»Nein, sie waren bei der Arbeit. Aber ... ich hatte ... Besuch.«

»Besuch? Von wem?«

»Können Sie den Namen geheim halten? Diesmal wirklich? Dass er nicht in der Zeitung steht?«

»Wir werden schon mit der Person sprechen müssen ...«

»Ja, aber können Sie das irgendwie diskret machen? Können Sie mir das versprechen?«

»Ich werde meine wachsamste und diskreteste Mitarbeiterin damit beauftragen«, versprach Henri. Tanja würde es sogar merken, wenn sie bei einem Telefongespräch belauscht wurde.

»Also gut«, Stephan holte tief Luft. »Ich habe eine Affäre mit einer verheirateten Frau. Ihr Mann ist eine prominente Person, deshalb darf das auf keinen Fall an die Öffentlichkeit dringen.« Er zögerte. »Ich nehme nicht an, dass sie ihn meinetwegen verlassen wird. Aber es ist schön, wenn wir zusammen sind. Deshalb will ich nicht, dass es jetzt eine Riesenwelle gibt, verstehen Sie?«

Henri nickte.

»Und die Dame war am Montag bei Ihnen?«

»Ja. Sie kommt immer erst, wenn meine Mitbewohner weg sind. Wir haben ... na ja, Sie können sich wohl denken, was wir gemacht haben. Ich habe dabei völlig die Zeit vergessen und deshalb bin ich zu spät zur Arbeit gekommen.«

»Denken Sie, dass sie bezeugen wird, dass sie bei Ihnen war? Oder wird sie es abstreiten, aus Angst, dass die Affäre publik wird?«

»Sie wird es bezeugen. Sie hat mich gerade angerufen, nachdem sie in der Zeitung gelesen hat, dass ich kein Alibi angegeben habe.« Er lächelte schwach. »Sie hat gesagt, ich bin total bescheuert.«

»Dann hat sie sicher nichts dagegen, wenn meine Kollegin ihr einen kurzen Besuch abstattet. Sagen Sie mir den Namen der Dame?«

»Stephanie Stadelhuber.«

Henri konnte gerade noch ein erstauntes Pfeifen unterdrücken. Josef Stadelhuber war ein konservativer Politiker, der sich im Landtag vehement für die Bewahrung traditioneller Werte einsetzte. Er plädierte für den Schutz der Familie und propagierte ein vorsintflutliches Familienbild. Abtreibung, Homosexualität und berufstätige Mütter waren ihm ein Grauen. Gern präsentierte er seine attraktive Frau, die sich ausschließlich der Erziehung ihrer drei Kinder widmete und nebenbei die Karriere ihres Mannes unterstützte. Doch anscheinend hatte er neben seinen zahlreichen medienwirksamen Auftritten gar nicht mitbekommen, dass seine Frau mit ihrem eigenen Familienmodell nicht hundertprozentig glücklich war. Sonst hätte sie sich nicht mit einem Mann wie Stephan Jacobi eingelassen.

»Stephan und Stephanie«, sagte er gerade. »Das ist ein Zeichen, wissen Sie? Sie war sehr unglücklich und frustriert, als wir uns das erste Mal begegnet sind. Sie war zum Essen hier. Ich hätte ja auch nie gedacht, dass so eine Frau was mit mir anfängt. Aber wenn sie bei mir ist, dann lacht sie und wir haben viel Spaß miteinander.«

Bevor er anfing, sich über seine sexuellen Qualitäten oder ihre Aktivitäten im Bett auszulassen, wandte sich Henri an Christoph.

»Wussten Sie von der Affäre Ihres Bruders?«

»Ja. Er hat mir davon erzählt.«

»Aber Sie haben es nicht für nötig befunden, uns etwas davon zu sagen? Oder auch Ihrer Frau?«

»Stephan hatte mir im Vertrauen davon erzählt. Ich musste ihm versprechen, dass ich den Namen von Stephanie Stadelhuber nie erwähne, und daran habe ich mich gehalten.«

»Können wir trotzdem den DNA-Test machen?«, fragte Stephan. »Ich würde Daniela gern beweisen, dass ich unschuldig bin.«

Henri nickte. Er holte den Beweismittelplastikbeutel und das sterile Wattestäbchen, die er vorsorglich eingesteckt hatte, hervor.

»Wir können das auf dem kurzen Dienstweg gleich hier machen. Ich nehme an, das ist auch in Ihrem Interesse.«

Stephan nickte und öffnete bereitwillig den Mund, sodass Henri ihm mit dem Wattestäbchen einige Zellen der Mundschleimhaut entnehmen konnte.

»Wenn Frau Stadelhuber bestätigt, dass sie bei Ihnen war, ist das eigentlich nur noch eine Formsache«, sagte Henri. »Vielleicht sollten Sie Ihrer Schwägerin aber trotzdem von Ihrer Affäre erzählen. Sie brauchen ja keinen Namen zu nennen.«

Stephan sah skeptisch aus, doch auch Christoph bestärkte ihn.

»Mir wäre wirklich wohler, wenn du ihr davon erzählst.«

Henri notierte sich die Adresse und die Telefonnummer von Stephanie Stadelhuber. Dann wandte er sich zur Tür.

»Ich werde der Presse da draußen sagen, dass Sie weder verdächtig noch verhaftet sind.«

»Hoffentlich lassen sie uns dann in Ruhe und verschwinden!«

Die Hoffnung stirbt zuletzt.

Henri verabschiedete sich und ging hinaus. Ein paar Schritte vor der provisorischen Absperrung, die die Journalisten immerhin respektierten, blieb er stehen. Sofort waren sämtliche Kameras und Augen auf ihn gerichtet. Im letzten Moment entschied sich Henri gegen ein allgemeines Plädoyer, das sich an alle richtete und innerhalb von Sekunden verpuffen würde.

»Ist eine Jette Jasmund hier?«, fragte er.

»Ja.«

Eine attraktive Blondine trat nach vorn. Sie sah nicht wie eine Journalistin der schreibenden Zunft aus, sondern wie eine durchgestylte Fernsehmoderatorin, die gerade aus der Maske kam.

»Ich muss Ihnen leider mitteilen, dass der Artikel, den Sie heute in der *Morgenzeitung* veröffentlicht haben, jeglicher Grundlage entbehrt. Stephan Jacobi ist nicht, ich wiederhole: NICHT verdächtig, seine Nichte Emily getötet zu haben. Er hat ein Alibi angegeben, das wir selbstverständlich genau überprüfen werden, doch das tun wir lediglich im Rahmen unserer Ermittlungsroutine. Stephan Jacobi ist für uns nicht automatisch verdächtig, weil er vorbestraft ist, und auch nicht deshalb, weil er gelegentlich im Zimmer neben seiner Nichte übernachtet hat. Es wäre schön, wenn Sie in Zukunft ein bisschen nachdenken, bevor Sie sich einen derartigen Artikel aus den Fingern saugen. Zum Beispiel darüber, was für ein Motiv er überhaupt hätte haben können, Emily zu töten?«

Henris Blick durchbohrte Jette. Alle starrten sie an. Ihr Gesicht färbte sich rot.

»Aber Sie haben doch selbst mit Ihrem Kollegen darüber gesprochen, dass Sie einen DNA-Test machen lassen wollen ...«, versuchte Jette, sich zu verteidigen.

»Was lernen Sie eigentlich an Ihren Journalistenschulen?« Als Jette die Augen verdrehte und Henri schnippisch ansah, konnte er nicht mehr an sich halten. »Doch wohl nicht, aus bruchstückhaften, aus dem Zusammenhang gerissenen Informationen, die Sie aus zweiter Hand erhalten haben, einen derart reißerischen Schmähartikel hinzuschmieren? Ohne die Quelle oder die Informationen zu überprüfen? Ohne auch nur ein bisschen darüber nachzudenken, ob Sie damit einen unschuldigen Menschen vorverurteilen?«

Jette warf ihm aus zusammengezogenen Augen böse Blicke zu. Im Gegensatz zu Elisa schien sie sich keiner Schuld bewusst zu sein. Sie ärgerte sich offenbar nur, dass Henri sie vor allen Kollegen öffentlich bloßstellte.

Bevor sie etwas erwidern konnte, wandte sich Henri an alle.

»Ich möchte an Ihre journalistische Professionalität und an Ihre Menschlichkeit appellieren. Ich weiß, dass Sie Ihre Leser und Zuschauer mit neuen Informationen versorgen wollen. Aber ich möchte Sie bitten, uns zu vertrauen, dass wir Ihnen die nötigen Informationen zum richtigen Zeitpunkt weitergeben werden. Und zwar dann, wenn sie intensiv überprüft wurden und wir sicher sein können, dass wir über Tatsachen sprechen, nicht über vage Vermutungen.«

Demonstrativer Seitenblick zu Jette Jasmund.

»Respektieren Sie, dass hier eine Familie wohnt, die um ihr Kind trauert, das sie auf grauenvolle Weise verloren hat. Lassen Sie sie in Ruhe trauern und hören Sie auf, dieses Haus zu belagern. Sobald es neue Informationen gibt, werden Sie von uns eine Pressemitteilung erhalten oder wir laden Sie zu einer Pressekonferenz ein. Hier gibt es nichts, was Sie tun können, außer dass Sie durch Ihre Anwesenheit die Situation für die Familie noch schlimmer machen, als sie ohnehin schon ist. Denken Sie mal darüber nach!«

Henri schwang sich über die Absperrung, ohne die Reaktion der Journalisten abzuwarten. Roman würde nicht begeistert sein über die negative Berichterstattung bezüglich mangelnder Kooperation seitens der ermittelnden Beamten, die zweifellos folgte. Aber das war immer noch weniger schlimm als der Artikel von Jette Jasmund in der *Morgenzeitung*.

Dennis hatte Elisa mit einem neuen Thema beauftragt. Der Stadtrat hatte aufgrund leerer Kassen die Planung einer Sporthalle im Hasenbergl gestoppt. Auch wenn der Stadtteil nur noch bedingt als sozialer Brennpunkt galt, konnte man dort wie überall gut eine Sporthalle brauchen, um den zahlreichen Kindern und Jugendlichen die Möglichkeit zu geben, in ihrer Freizeit sportlich aktiv zu sein. Dennis war dabei, einen Kommentar zur Entscheidung des Stadtrates zu verfassen, Elisa sollte einen Artikel über die generelle Versorgungssituation der Stadt hinsichtlich Sportstätten liefern und gleichzeitig hinterfragen, wie stark die bestehenden Sportstätten genutzt wurden.

Elisa hatte sich an Lena gewandt, die ihr geholfen hatte, in der Bildredaktion geeignetes Fotomaterial aufzutreiben. Sie hatten über Dennis' Verdacht gelacht, dass immer weniger Kinder und Jugendliche in Sportvereinen aktiv waren. Nur weil sportliche Betätigung für ihn undenkbar war, galt das nicht für einen Großteil der Bevölkerung.

Als Elisa aus der Bildredaktion zurück an ihren Platz kam, sah sie, dass Jette inzwischen eingetroffen war. Ihre Prada-Tasche lag geöffnet auf dem Schreibtisch, Jette selbst war im Glaskasten des Chefredakteurs und schäkerte mit André. Sie warf ihre langen blonden Haare über die Schultern, hing gebannt an Andrés Lippen und beugte sich ihm über seinen Schreibtisch entgegen. Als er geendet hatte, schüttete sie sich vor Lachen aus. Fehlte nur noch, dass sie eine Sektflasche aufmachten, um auf die guten Verkaufszahlen der *Morgenzeitung* anzustoßen.

Elisa setzte sich an ihren Platz. Aus dem Augenwinkel nahm sie wahr, dass Jette sich im Glaskasten halb gedreht hatte, um sich auf Andrés Tischkante niederzulassen und ihre wohlgeformten Beine, die der enge Minirock kaum bedeckte, in sein Gesichtsfeld zu rücken. Dabei hatte sie anscheinend auch bemerkt, dass Elisa wieder an ihrem Platz war, denn augenblicklich wich Jettes lachender Gesichtsausdruck einem besorgten, von Stirnrunzeln begleiteten Blick. Sie deutete mit dem Kopf in Elisas Richtung, woraufhin auch André herüberschaute. Elisa senkte den Kopf und tat so, als bemerke sie nicht, dass die beiden über sie sprachen. Sie überflog die Informationen, die sie bis jetzt zum Sporthallenthema gesammelt hatte, doch es gelang ihr nicht, sich wirklich darauf zu konzentrieren. Es war klar, dass Jette, die Schlange, schon wieder etwas im Schilde führte. Gegen Elisa.

Nach ein paar Minuten kam Jette an ihren Platz. Anstelle eines Grußes zischte sie:»Deine tollen Informationen waren grottenschlecht, weißt du das? Die Polizei verdächtigt den Onkel nicht, er hat auf einmal doch ein Alibi. Du solltest mal deine Ohren überprüfen lassen!«

»Und du solltest vielleicht erst mal fragen, bevor du die Informationen einer Kollegin klaust! Keiner hat dich gebeten, daraus einen halbgaren, reißerischen Artikel zu machen!«, fauchte Elisa zurück. »Ich habe ausdrücklich zu Dennis gesagt, dass diese Informationen nicht zur Veröffentlichung gedacht sind.«

»Pah!« Jette machte eine wegwerfende Handbewegung. »Du bist wirklich eine erbärmliche Journalistin! Du hättest nicht nur das Telefongespräch belauschen sollen, von dem du offensichtlich mehr als die Hälfte falsch verstanden hast. Du hättest dem Bullen richtig auf den Zahn fühlen müssen! Dann hättest du die korrekten Informationen bekommen! Wenn ich im gleichen Haus wie der Typ wohnen würde, dann wüsste ich minutiös über den jeweils aktuellen Ermittlungsstand Bescheid, das kannst du mir glauben!«

Sicher, weil du sofort mit ihm ins Bett hüpfen würdest!

Auch wenn Elisa Jette das durchaus zutraute, hatte sie Probleme damit, sie sich in Bärchens Armen vorzustellen.

»Ganz klar!«, höhnte sie. »Darf ich dich darüber aufklären, dass der gute Kommissar stinksauer ist wegen deines Artikels?«

Jette wurde rot, sagte aber nichts.

»Und dass ich wegen dieses lausigen Artikels nie wieder irgendeine Info von ihm bekommen werde!« Elisa redete sich immer mehr in Rage. »Denn wir wollen mal nicht aus den Augen verlieren, dass nicht die einzelnen Informationen schlecht waren, sondern dass der Artikel, den du daraus gemacht hast, grottenschlecht ist. Kommissar Wieland wird mir in Zukunft ganz sicher keine Informationen mehr geben. Diese Quelle hast du für alle Ewigkeit kaputtgemacht!«

»Das kann dir vollkommen egal sein, denn du wirst nicht mehr in die Verlegenheit kommen, mit diesem Kommissar zusammenzuarbeiten. Laut Anordnung des Chefredakteurs«, Jette warf einen triumphierenden Blick zu Andrés Glaskasten, »wirst du dich in diesem Fall nicht mehr einmischen. Das ist *mein* Thema und du lässt gefälligst die Finger davon! Du darfst dich voll und ganz auf diesen Turnhallenkram konzentrieren!« Jetzt war ihr Tonfall mehr als gehässig. »Und dann wird André sich überlegen, ob er jemandem wie dir wirklich einen festen Vertrag gibt!«

Das war es also, was Jette im Schilde führte. Sie wollte Elisa ganz loswerden. Und um das zu erreichen, bearbeitete sie André gründlich und hatte ihm sicher eine Menge Lügen aufgetischt. Elisa wäre am liebsten direkt in sein Büro gegangen, um sich zu rechtfertigen, aber ihr war klar: Jette hatte ihm die Wahrheit so verdreht präsentiert, dass eine Rechtfertigung von Elisa vermutlich einem Schuldeingeständnis gleichkam.

»Wie könnte ich mich denn in deinem Fall einmischen? Aktiv habe ich das sowieso nie getan. Aber ich bin jetzt schon gespannt darauf zu lesen, wie du in deinem nächsten Artikel alles verdrehen wirst, um aus der

Nummer mit Stephan Jacobi als Hauptverdächtigem wieder rauszukommen!«

»Könnten die Damen ihren Streit entweder leiser oder an einem anderen Ort austragen?« Plötzlich stand André Sievers neben ihren Schreibtischen und funkelte Elisa an. »Ich habe den Eindruck, dass Sie gewaltigen Unfrieden in unsere Redaktion bringen. Wenn das so weitergeht mit Ihrem unprofessionellen Verhalten, dann wird das nichts mit einem festen Vertrag!«

Elisa schnappte nach Luft.

»Unprofessionelles Verhalten? Das werfen Sie *mir* vor? *Sie* ist es doch, die meine Informationen geklaut und in einem äußerst fragwürdigen Artikel aufgebauscht hat. Das ist doch der Gipfel unprofessionellen Verhaltens!«

»Das sehe ich anders«, sagte André mit ruhiger Stimme, doch Elisa sah, wie seine Kieferknochen mahlten. »Wenn Sie zu der Einschätzung gelangt wären, dass die Informationen nicht geeignet waren für eine Veröffentlichung, dann hätten Sie Dennis niemals anrufen dürfen.« Das kam Elisa bekannt vor. *Sie sind eine miserable Journalistin, wenn Sie nicht wissen, wann Sie besser Ihren Mund halten.*

Doch André war noch nicht fertig: »Entweder wollten Sie sich damit interessant machen oder Ihr journalistischer Spürsinn ist nicht übermäßig ausgeprägt, was beides nicht für Sie spricht. Wir können von Glück sagen, dass Jettes Artikel so eine starke Leserresonanz ausgelöst hat. Damit das so bleibt, werden Sie sich in Zukunft nicht mehr in diesen Fall einmischen. Haben wir uns verstanden?«

»Sicher.«

Jette konnte die Suppe, die sie sich eingebrockt hatte, gern selbst auslöffeln. Elisa hatte nur etwas gegen die Art und Weise, wie sie die Fakten verdrehte, um sie schlecht dastehen zu lassen und dafür selbst umso mehr zu glänzen. Und sie hatte etwas gegen Andrés stolzen Unterton, als er über die starke Leserresonanz der *Morgenzeitung* sprach. Jedem halbwegs intelligenten Menschen musste doch klar sein, dass die Verkaufszahlen einmalig in die Höhe geschossen waren, weil eine primitive Sensationsgier die Leute nach der aktuellen Ausgabe hatte greifen lassen. Doch mit welchen Mitteln wollte Jette dieses Interesse aufrechterhalten?

Elisa registrierte Jettes selbstgefälliges Grinsen, mit dem sie André zunickte, bevor er seinen Platz am Newsdesk einnahm.

Biest!

Als Henri den Trakt der Mordkommission betrat, fielen alle über ihn her, als hätten sie schon seit Stunden auf ihn gewartet. Gleich vorn am Sekretariat hielt ihn Manuela Haseneder auf, von allen liebevoll *Hasi* genannt. Sie trug es mit Fassung, denn jeder konnte sehen, dass ihr Spitzname nichts mit ihrem Äußeren zu tun hatte. Ihre gepflegten Zähne waren sorgfältig reguliert und ihre Ohren waren auch nicht übermäßig groß oder lang. Ganz im Gegenteil, sie war eine attraktive junge Frau, bei der den ganzen Tag über haufenweise junge Polizeibeamte »zufällig« vorbei schneiten. Und sie war die gute Seele im Sekretariat, die auch in Stresssituationen die Ruhe bewahrte.

»Du sollst Herrn Richter dringend auf dem Handy zurückrufen. Er hat ein paar Fragen zu dem Artikel in der *Morgenzeitung* und leider kann er dich nicht auf deinem Handy erreichen.«

»Danke, Hasi.«

Sie nickte, wobei ihr brauner Pferdeschwanz hin und her wippte. Vermutlich hatte Roman sie schon genervt mit seinen Anrufen, nun konnte sie sagen, dass sie sein Anliegen weitergegeben hatte. Henri hatte bereits gesehen, dass Roman mehrfach versucht hatte, ihn zu erreichen.

Bevor Henri in sein Büro abbiegen konnte, kamen Marius und Tanja, die seine Stimme gehört haben mussten, aus ihrem Büro heraus auf den Flur. Sie begannen gleichzeitig zu reden, doch Tanja hörte nach wenigen Worten wieder auf und ließ Marius den Vortritt.

»Ich habe Feedback bekommen wegen der DNA-Probe von den Hautfetzen, die Dr. Vogel unter Emilys Fingernägeln sichergestellt hat.«

Marius machte es spannend.

»Und?«, fragte Tanja ungeduldig. Er hatte seine neuen Erkenntnisse anscheinend nicht mit ihr geteilt, sondern für Henri aufgehoben.

»Der Abgleich mit der Datenbank des BKA hat keinen Treffer geliefert. Unser Täter ist also kein polizeibekannter Sexualstraftäter.«

»Das wäre auch zu einfach gewesen!«, rief Lenz aus ihrem Büro heraus. Er kam zu ihnen in den Flur. »Ich hatte mir schon gedacht, dass Emilys Weg über die Schule nicht für eine zufällige Begegnung im Park sprechen würde. Ich denke, wir müssen davon ausgehen, dass sie den Täter kannte, dass sie ihm in den Park gefolgt und die Situation dort irgendwie eskaliert ist.«

»Stephan Jacobi hat mittlerweile ein Alibi für die Tatzeit angegeben. Um ganz sicherzugehen, lassen wir trotzdem eine Speichelprobe von ihm im Labor abgleichen.« Henri gab Marius den Plastikbeutel mit dem Wattestäbchen. »Haben wir über die Hotline schon brauchbare Zeugenaussagen reinbekommen?«

»Zwei Zeugen haben bis jetzt bestätigt, dass sie Emily im Park gesehen haben. Ihnen ist das Mädchen auf dem Rad aufgefallen, da sie allein unterwegs war und das Gewitter sichtbar bevorstand.«

»Sie war also nicht in Begleitung unterwegs?«

»Nein. Beide Zeugen haben ausgesagt, dass sie ohne Begleitung war. Der eine hat sie auf dem Fahrrad fahrend in der Nähe des Schlosses gesehen, die andere hat sie in der Nähe des Badenburger Sees bemerkt, wo sie ihr Fahrrad geschoben hat. Die Frau hat Emily sogar angesprochen, ob sie eine Fahrradpanne hat. Das muss das Mädchen verneint und sich dann freundlich bedankt haben. Die Frau ist mit ihrem Hund weitergegangen, ihr ist sonst nichts Verdächtiges aufgefallen.«

»Weitere Zeugen?«

Lenz winkte ab.

»Ein paar Wichtigtuer haben sich noch gemeldet, die Emily zu den irrsten Uhrzeiten an verschiedenen Orten der Stadt gesehen haben wollen. Nichts was uns weiterbringt. Es kostet nur eine Menge Zeit, die ganzen Hinweise zu überprüfen.«

Marius' Handy klingelte. Er wandte sich ab. Henri winkte Tanja in sein Büro, wo er und Lenz sich auf ihren Plätzen niederließen, während Tanja ihren angestammten Platz auf Henris Tischkante einnahm.

»Du hast auch noch was Neues, Tanja?«, fragte Henri.

Sie nickte.

»Ich habe ein bisschen im Polizeicomputer gewühlt und bin auf eine Information gestoßen, die aus dem Bundeszentralregister getilgt wurde, weshalb ich sie bei der Recherche gestern nicht gefunden habe. Christoph Jacobi wurde als Jugendlicher wegen eines Sexualdelikts verurteilt. Das ist lange verjährt und man kann es vor Gericht nicht mehr gegen ihn verwenden, aber die Information an sich ist natürlich interessant.«

Lenz pfiff durch die Zähne.

»Allerdings. Das sind ja zwei lustige Brüder, die Jacobis.«

»Stephan Jacobi hat inzwischen ein Alibi präsentiert. Er hat sich zur Tatzeit mit einer verheirateten Frau vergnügt, mit der er seit einiger Zeit eine Affäre hat«, erklärte Henri. »Christoph Jacobi, der davon gewusst hatte, hat nichts unternommen, um den Verdacht gegen seinen Bruder zu entkräften.

»Soll ich versuchen, noch mehr über das Sexualdelikt von damals herauszufinden, und Christoph Jacobi genauer unter die Lupe nehmen?«, fragte Tanja.

»Das übernehme ich selbst«, sagte Henri. »Wenn du mir die Informationen gibst, die du bisher gefunden hast.«

»Hier.« Sie legte einen Ausdruck vor ihm auf den Tisch, auf dem sie handschriftlich weitere Angaben ergänzt hatte.

»Ich hätte einen anderen Auftrag für dich«, sagte Henri. »Würdest du bitte so diskret wie nur irgend möglich das Alibi von Stephan Jacobi überprüfen? Er hat Angst, dass der Name seiner Geliebten morgen in der Zeitung steht.«

Tanja zog verwundert die Augenbrauen hoch.

»Über welche wichtige Person sprechen wir denn?«

Henri legte den Finger auf die Lippen und schob ihr nur den Zettel hinüber, auf dem er Name, Adresse und Telefonnummer von Stephanie Stadelhuber notiert hatte. Tanja machte große Augen.

»Ist das die Frau von ...«

»Genau.«

»Von wem?«, fragte Lenz und beugte sich neugierig nach vorn.

Tanja sah fragend zu Henri, und als er nickte, schob sie den Zettel zu Lenz hinüber. Lenz wollte etwas sagen, aber Henri war schneller.

»Ich möchte, dass das unter uns bleibt. Ruf sie an, ob du kommen kannst, aber pass bitte besser auf als ich, dass niemand dabei mithört.«

»Auch Marius nicht?«

»Auch Marius nicht«, entschied Henri. Er wusste noch nicht, ob er dem Kollegen vertrauen konnte. Und er wollte keine weitere Schlagzeile in der Zeitung riskieren.

»Die Aussage von Stephan Jacobi hat sich glaubhaft angehört, ich möchte ohne größeres weiteres Aufsehen einen Haken hinter seinen Namen machen.«

»Alles klar.« Tanja nahm den Zettel und rutschte von der Tischkante. »Ich ruf an, wenn ich mit ihr gesprochen habe.«

Tanja verließ das Büro. Henri griff nach dem Telefon, um den Anruf bei Roman Richter hinter sich zu bringen. Roman war empört über den Artikel in der *Morgenzeitung*. Henri ließ ihn eine Weile schimpfen, dann erklärte er ihm kurz und bündig, dass diese Journalistin sich da wohl einiges aus den Fingern gesogen habe, denn Stephan Jacobi habe inzwischen durchaus ein Alibi geliefert und sie seien gerade dabei, es zu überprüfen. Ganz normale Ermittlungen, ganz normale Sensationsgier der Journalisten. Nachdem Roman sich wieder halbwegs eingekriegt hatte, würgte Henri ihn schnellstmöglich ab mit dem Hinweis auf zeitkritische Recherchen.

Lenz lachte, als Henri endlich den Hörer auflegte.

»Stell dir vor, wie effizient du arbeiten könntest, wenn du ihn nicht immer betreuen müsstest!«

»Allerdings.« Henri verdrehte die Augen. »Mit was man sich so vollkommen überflüssigerweise herumschlagen muss!«

»Hast du inzwischen schon mal ein Wörtchen mit der Untermieterin deiner Mutter gewechselt, mit dieser Jette Jasmund?«

»Jette Jasmund ist nicht die Untermieterin meiner Mutter, sondern deren Kollegin, die den Artikel geschrieben hat. Die Untermieterin heißt Elisa Gerlach. Sie hat gesagt, dass sie nur unser Gespräch belauscht und mit ihrem Chef darüber geredet hat. Angeblich hat sie nichts damit zu tun, was dann aus ihren Informationen gemacht wurde.«

»Mir kommen die Tränen! Diese Journalisten lügen doch, wenn sie den Mund aufmachen.«

»Sie wirkte tatsächlich ziemlich zerknirscht, als ich sie zur Rede gestellt habe«, gab Henri zu. »Inzwischen glaube ich ihr. Sie scheint nicht so eine Sensationsreporterin zu sein wie diese Jette Jasmund. Ich befürchte, ich habe Elisa etwas hart angefasst. Sogar Anna hat sich eingemischt und sie in Schutz genommen.«

»Das will was heißen!«

Lenz kannte Anna gut. Er war oft bei Henri zu Besuch und hatte sogar schon die Ehre gehabt, von Anna in ihr Baumhaus eingeladen worden zu sein.

»Und Karen? Ist das wieder eine, mit der sie dich verkuppeln will?«

Henri stöhnte.

»Wahrscheinlich. Sie hat es zwar nicht direkt gesagt, aber Alter und Aussehen der Lady deuten darauf hin.«

»Ist sie hübsch?«

»Ja, das ist sie ... sehr sogar.« Henri schob das Bild von Elisa, das vor seinem geistigen Auge auftauchte, von sich. »Aber das interessiert mich nicht. Ich habe mir geschworen, dass ich in Zukunft die Finger von den Untermieterinnen meiner Mutter lasse. Das bringt nichts als Ärger.«

Mit der letzten Mieterin hatte er geflirtet und nach einer Weile auch mit ihr geschlafen. Am nächsten Tag hatte sie angefangen, von Hochzeit zu reden, und das war definitiv nichts, was er wollte. Ein bisschen Spaß ja, aber mehr nicht. Wer wusste schon, was Karen ihr erzählt hatte. Auf jeden Fall war die Situation äußerst unangenehm gewesen, bis sie endlich verstanden hatte, dass er seine Meinung nicht ändern würde, und ausgezogen war.

Henri nahm den Ausdruck zur Hand, den Tanja ihm gegeben hatte, und überflog die Informationen über Christoph Jacobi. Mithilfe von Tanjas Angaben fand er im System bald, wonach er suchte. Christoph hatte als Jugendlicher während einer Klassenfahrt eine Klassenkameradin zu sexuellen Handlungen gezwungen. Das Ganze war unter starkem Alkoholeinfluss passiert. Nach Aussage von Christoph war es einvernehmlich zum Geschlechtsverkehr gekommen, das Mädchen hatte allerdings nach der Rückkehr von der Klassenfahrt, anscheinend unter dem Einfluss ihrer Eltern, Anzeige erstattet. Aufgrund von Zeugenaussagen mehrerer Klassenkameraden, die die Version des Mädchens bestätigten, war Christoph zu einer Jugendstrafe verurteilt worden.

Henri blätterte in seinem Notizbuch. Christoph hatte angegeben, dass er sich zur Tatzeit beim Steuerberater und bei seiner Bank aufgehalten hatte, doch er hatte keine genauen Zeitpunkte nennen können. Und keine Zeugen, die den Bankbesuch bestätigen konnten. Er beauftragte Marius damit, den Steuerberater zu befragen, um von ihm genauer zu erfahren, wann Christoph sich dort aufgehalten hatte. Was auch immer dabei herauskommen sollte, die entscheidende Frage würde dadurch nicht beantwortet werden: Warum hätte Christoph Jacobi seine Tochter umbringen sollen?

Carina wollte den Schlüssel ins Schloss der Wohnungstür stecken, als sie innen lautes Gelächter hörte, Judiths helles, perlendes und Michaels tiefes, brummiges Lachen. Ihre Hand sank nach unten, sie war nicht bereit für die gute Stimmung der beiden. Carina trat zwei Schritte zurück und ließ sich auf eine der unteren Treppenstufen sinken.

Der Vormittag war grauenvoll gewesen. Unter normalen Umständen hatte Carina keine Probleme damit, die 26 Kinder ihrer Klasse zu bändigen, doch die Umstände waren nicht normal. Emilys Tod berührte jeden einzelnen der Schüler, doch auf sehr unterschiedliche Art. Manche der Kinder waren still und in sich gekehrt, manche zappelig und fahrig, während wieder andere dankbar schienen für die Ablenkung, die ein normaler Unterricht bot.

Natürlich war der Unterricht alles andere als normal gewesen, doch Carina hatte sich zumindest große Mühe gegeben. Auch wenn ihr selbst immer wieder Tränen in die Augen stiegen, sobald ihr Blick länger als für einen kurzen Augenblick an Emilys leerem Platz hängenblieb und ihre Gedanken zu dem blonden Mädchen zurückkehrten. Und zu dem, was ihr zugestoßen war. Die Kinder waren noch unschuldig und machten sich keine genaue Vorstellung davon, was mit Emily geschehen war, doch Carina war sich sicher, dass Emily grenzenlose Grausamkeit erlebt hatte. Körperliche und seelische Grausamkeit.

Am Morgen hatte Carina einen Versuch gemacht, mit den Schülern über Emilys Tod zu sprechen, doch sie hatte schnell gemerkt, dass die Bedürfnisse der Kinder für ein Gespräch mit der ganzen Klasse zu unterschiedlich waren. So war sie zum Unterrichtsstoff übergegangen und hatte den Schülern zwischendurch immer wieder kleine Arbeitsaufträge gegeben. Während jedes Kind über seinem Heft brütete, hatte sie sich einzelne Schüler herausgegriffen. Die, die Carina für die Verstörtesten und die Hilfsbedürftigsten hielt. Die, die in ihrem Elternhaus höchstwahrscheinlich nicht aufgefangen wurden. Sie war mit ihnen raus auf den Flur gegangen. Unter vier Augen hatten die meisten der Kinder sich geöffnet und über Emily gesprochen. Sie hatten ihre Gefühle mit Carina geteilt und sie hatte ihnen zugehört. Ihre tröstenden Worte waren ihr selbst unzulänglich erschienen, doch sie spürte die Dankbarkeit der Kinder darüber, dass sie da war und sie in den Arm nahm.

Doch jetzt, nach sechs langen Schulstunden, fühlte sich Carina völlig ausgelaugt und schwach. Ihre eigene Trauer hatte sie auf dem Heimweg von der Schule übermannt. Sie hatte keine Kraft mehr und das Lachen von Michael und Judith war das Letzte, was sie jetzt hören wollte. Doch sie merkte, dass ihr Körper dringend Energie brauchte. Sie würde schnell etwas mit ihnen essen und dann in ihrem Bett verschwinden.

Langsam zog sie sich am Treppengeländer nach oben, klemmte sich ihre Tasche unter den Arm und öffnete die Wohnungstür. Michael und Judith waren in der Küche, von dort konnte Carina ihre Stimmen hören. Sie stellte die Tasche im Flur ab und ging zu ihnen. Sie saßen nebeneinander am Tisch und beugten sich über ein Blatt Papier, das Judith in der Hand hielt.

»Hallo, ich bin wieder da!«, sagte Carina.

Judith hob den Kopf und nickte ihr nur zu.

»Hallo, Süße!« Michael stand sofort auf und küsste Carina auf die Wange. »Wie war der Unterricht?«

»Grässlich.« Sie verzog das Gesicht.

Michael sah sie mitfühlend an und wollte etwas sagen, doch Judith fuhr dazwischen. Sie wedelte mit dem Papier in ihrer Hand in der Luft herum. Carina registrierte, dass sie zu ihrem schwarzen Oberteil einen knallroten engen Rock trug. Wahrscheinlich würde sie ihre Trauerzeit noch vor Adrians Beerdigung für beendet erklären.

»Dann habe ich hier etwas, das dich aufheitern wird. Das ist der Entwurf für meine neue Küche. Ich lasse die Wand weiter nach außen setzen und damit wird die Küche viel größer als vorher. Sieht das nicht toll aus?«

Carina warf einen Blick auf die Skizze.

»Darf man das denn? Einfach so den Grundriss des Hauses verändern?«

Judith machte eine wegwerfende Handbewegung.

»Das interessiert doch keinen Menschen, ob ich da jetzt ein paar Quadratmeter mehr habe. Gefällt es dir denn nicht?«

»Doch, es wirkt sehr großzügig.«

Carina kam es in ihrer eigenen Küche auf einmal sehr eng vor.

»Ist der Neubau denn teuer?«

»Es sieht so aus, als ob ich einen Haufen Geld von der Versicherung bekomme.« Judith strahlte. »Adrian hat sich ja immer doppelt und dreifach abgesichert.«

Worüber sie früher gern gespottet hatte, das schien Judith jetzt gelegen zu kommen. Adrian hatte für eine gute Wohngebäudeversicherung gesorgt, das hatte er mehrfach erwähnt. Vermutlich erbte Judith nicht nur seinen Teil des

Vermögens, sondern kassierte darüber hinaus auch noch eine saftige Summe aus Adrians Lebens- und Unfallversicherungen. Sie dürfte bis an ihr Lebensende ausgesorgt haben, vermutete Carina.

»Was gibt es denn zu essen?«, erkundigte sich Michael. Er hatte zwar schon vor Carinas Unterrichtsschluss Mittagspause gehabt, doch anscheinend war ihre Schonfrist abgelaufen. Er schien nicht die Absicht zu haben, ein weiteres Mal das Kochen zu übernehmen.

»Ist noch was vom Curry da?«

»Nur ein kleiner Rest, das reicht höchstens für eine Person.«

Carina warf einen Blick in den Kühlschrank. Brokkoli, Paprika und eine Aubergine lagen im Gemüsefach. Eigentlich hatte Carina für einen Gemüsenudelauflauf eingekauft, aber sie hatte jetzt keine Kraft, um sich zum Kochen in die Küche zu stellen.

»Ich koche heute Abend. Vielleicht können wir jetzt einfach ein Brot essen.«

Michael sah sie fragend an, nickte dann aber.

»In Ordnung.«

»Ich würde gerne den Rest vom Curry nehmen«, erklärte Judith. »Ich habe jetzt wirklich Hunger.«

Carina verschlug es die Sprache. Sie sah zu Michael, doch er schien nichts dabei zu finden. Er setzte sich wieder neben Judith und studierte weiter ihre Umbaupläne.

»Ich geh mir mal die Hände waschen«, brachte Carina heraus und verließ die Küche. Im Bad ließ sie erst kaltes Wasser über ihre Finger und die Handgelenke laufen, doch als sich parallel Tränensturzbäche über ihre Wangen ergossen, kippte sie schließlich einen großen Schwall Wasser in ihr Gesicht. Mit dem Handtuch trocknete sie sich ab, doch die Tränen liefen immer weiter. Alles, was sich am Morgen angestaut hatte, schien sich jetzt Bahn zu brechen. Carina setzte sich auf den Badewannenrand. Sie hatte Mühe, Luft zu bekommen. Der Sauerstoff, den sie hektisch einsog, schien nicht in ihren Lungen anzukommen. Sie zwang sich dazu, langsam zu atmen. Einatmen, ausatmen, einatmen, ausatmen. Nach und nach beruhigte sie sich. Der Tränenstrom versiegte. Carina wischte sich noch einmal mit dem Handtuch über das Gesicht. Ihr Spiegelbild sah beängstigend aus. Sie war blass und ihre rot geränderten Augen verrieten, dass sie geweint hatte. Aber es war ihr egal. Nur noch schnell etwas essen, dann würde sie sich unter der Decke verkriechen.

»Wie siehst du denn aus?«, fragte Judith, als Carina in die Küche zurückkam. »Hast du schon wieder geheult? Davon wird doch keiner wieder lebendig!«

»Das ist mir auch klar, aber ...«

»Dann reiß dich jetzt mal ein bisschen zusammen! Du musst nach vorne schauen. Das mache ich doch auch!«

Judith lachte. Sie lachte tatsächlich! Carina hätte ihr am liebsten in ihr fröhliches Gesicht geschlagen, aber sie wusste, dass das nichts ändern würde. Einatmen, ausatmen, einatmen, ausatmen. Sie drehte sich zum Kühlschrank und begann, alles herauszuholen, was sie fürs Essen benötigten. Kurz hielt sie die Plastikdose mit dem Curry-Rest in der Hand, doch dann stellte sie sie wieder zurück. Wenn es Judith so gut ging, dann konnte sie die Dose selbst in die Mikrowelle stellen.

»Ich versuche nur, das Beste aus der Situation zu machen«, plapperte Judith weiter. Sie redete zwar zu ihnen beiden, doch sie sah nur Michael an, als sie fortfuhr. »Ich bin euch wirklich dankbar, dass ich noch bei euch bleiben darf! Natürlich könnten die Bauleute einfach schnell die Mauer an der Küche wieder so hochziehen, wie sie vorher war, und dann könnte ich sofort wieder zu Hause wohnen. Aber so habe ich jetzt die Gelegenheit, die Küche ganz neu zu gestalten. Und ich habe das Gefühl, dass das richtig schön werden wird.«

Sie zeigte mit der einen Hand auf die Pläne, mit der anderen umfasste sie Michaels Oberarm und drückte ihn fest an ihre Brust. Michael rückte von Judith ab, doch sie rutschte hinter ihm her. Sie deutete mit dem Kopf in Carinas Richtung und verdrehte die Augen. Carina, die die Szene aus dem Augenwinkel beobachtet hatte, fuhr herum. Alles Atmen nutzte nichts mehr.

»Weißt du was, Judith? Ich glaube, es wäre doch besser, wenn du das Loch in deiner Wand ganz schnell zumauern lässt und wieder in dein eigenes Haus zurückziehst! Wir haben dich hier aufgenommen, um dich in deiner Trauer um Adrian zu unterstützen. Da du deine Trauerzeit ja nun mit dem Trost von Adrians Geld erfolgreich abgeschlossen zu haben scheinst, würde ich dich bitten, unsere Wohnung wieder zu verlassen.« Carina funkelte Judith an, die vor Schreck Michaels Arm losließ. »Wir trauern sowohl um unseren Freund Adrian als auch um eine Schülerin von uns. Jeder trauert auf seine Weise, das muss man respektieren, aber ich kann deine Fröhlichkeit nicht mehr ertragen und ich lasse mir nicht von dir vorschreiben, eine genauso fröhliche Stimmung vorzutäuschen, nur damit es dir besser geht. Ich möchte, dass du deine Sachen nimmst und gehst! Jetzt gleich!«

Elisa gelang es immer besser, bei der Arbeit an einem Artikel den hohen Geräuschpegel um sich herum auszublenden. Die Ressortleiter, die am Newsdesk saßen, riefen ständig etwas zu ihren Kollegen hinüber. Die Redakteure des Landkreis-Ressorts, das sich direkt neben dem München-Ressort und somit hinter Elisa befand, pflegten ebenfalls einen lauten Austausch untereinander und Jette telefonierte auf der anderen Tischseite nahezu pausenlos. Sie schien langsam nervös zu werden, nach dem Knaller in der aktuellen Ausgabe der *Morgenzeitung* nichts Neues berichten zu können, außer dass Stephan Jacobi nun doch nicht als Hauptverdächtiger galt, sondern plötzlich ein Alibi aufweisen konnte. Und das war keine Information, die sie nach ihrem reißerischen Text auf der Titelseite gern präsentierte.

Elisa konzentrierte sich auf ihren Artikel über die Sporthallenausstattung. Sie hatte viele Informationen gesammelt und war nun dabei, sie strukturiert aufzubereiten. Sie wusste, dass sie sich keinen Schnitzer leisten konnte, André hatte sich klar ausgedrückt. Und wenn Elisa auch nicht sicher war, ob sie es dauerhaft in dieser Redaktion aushalten konnte, so wollte sie selbst die Wahl haben und sich nicht von André rausschmeißen lassen. Diese Genugtuung wollte sie Carsten nicht gönnen, der zweifellos erfahren würde, wenn sie bei der *Morgenzeitung* scheiterte.

Irgendwann am Nachmittag registrierte Elisa im Unterbewusstsein, dass die hektische Aktivität auf der anderen Schreibtischseite nachließ. Sie riskierte einen Blick und sah, dass Jette sich entspannt in ihrem Stuhl zurückgelehnt hatte, eine Kaffeetasse in der einen Hand, ihr Smartphone in der anderen Hand, auf das sie mit einem Lächeln herunterschaute. Es war offensichtlich, dass sie eine Nachricht bekommen hatte, die sie erfreute. Elisa tat ihr nicht den Gefallen nachzufragen, sie vertiefte sich wieder in ihre eigene Arbeit. Nach einer Weile löste sich das Rätsel von selbst. Jemand aus der Poststelle, ein kaugummikauendes langes Elend, das Elisa schon mehrfach über den Weg gelaufen war, brachte einen unauffälligen braunen Umschlag ohne Beschriftung zu Jette an den Tisch.

»Das ist gerade unten für dich abgegeben worden. Der Typ hat gesagt, es ist wichtig.«

»Und ob es das ist!« Jette riss den Umschlag an sich, hatte aber immer noch genug Zeit, den Boten zurechtzuweisen. »Für dich immer noch Sie, ja? Wo sind wir denn hier, wenn die Praktikanten so einen Ton anschlagen?«

Er zuckte mit den Achseln und trollte sich wieder.

Jette riss den zugeklebten Umschlag auf und zog einen Packen Fotoabzüge heraus. Soweit Elisa erkennen konnte, enthielt der Umschlag nur Fotos, es war kein Begleitbrief dabei, nicht einmal ein kleiner Zettel oder ein Post-it.

Als sie die Bilder sah, verstand sie, warum. Es handelte sich um die Tatortfotos, die die Polizei im Park aufgenommen haben musste. Emilys nackter Körper war darauf zu erkennen, aus allen möglichen Perspektiven, aus der Ferne, aus der Nähe, im Detail. Ihre starren Augen, ihre feuchten, strähnigen Haare. Detailaufnahmen von umgeknickten Pflanzen und verschiedenen Gegenständen. Emilys Kleidungsstücke im Gras, ihre Tasche neben ihrem Körper, ihr Fahrrad am Seeufer.

Elisa war sich nun sicher, dass Jettes Informant ein Polizei-Insider sein musste. Aber wie konnte er es wagen, dieses brisante Material an eine Journalistin zu geben, die keine Skrupel haben würde, eine oder gleich mehrere der Aufnahmen in der Zeitung abzudrucken? Was musste Jette dem Informanten in Aussicht gestellt haben, dass er dieses Risiko einging?

»Da staunst du, was?« Jette hatte bemerkt, dass Elisa sich die Fotos ansah, und warf ihr nun einen triumphierenden Blick zu. Sie breitete die Aufnahmen vor sich auf dem Tisch aus. »Wenn das mal nicht sensationelles Bildmaterial ist!«

»Du willst das doch nicht abdrucken?«, fragte Elisa wider besseres Wissen.

»Warum nicht? Niemand außer der *Morgenzeitung* kommt an diese Bilder. Sie werden uns die Ausgabe aus den Händen reißen.«

»Das ist geschmacklos!«

Jettes Blick wurde verächtlich.

»Schade, dass sich hier niemand für deine Meinung interessiert!«, sagte sie spöttisch.

Elisa stand auf, beugte sich nach vorn und deutete auf eines der Fotos. Sie konnte sehen, dass André in seinem Glaskasten den Kopf hob, um nachzuschauen, ob sie schon wieder aufeinander losgingen.

»Das ist ein kleines Mädchen, das bei der Tat dieses Verrückten offensichtlich sehr leiden musste. Willst du dieses Leid jetzt auch noch zur Schau stellen? Wahrscheinlich tut die Polizei alles, um diese Bilder vor den Eltern zu verbergen. Und du willst sie in der Zeitung abdrucken? Hast du überhaupt keinen Anstand? Kein Gewissen?«

»Was ist denn hier schon wieder los?« André tauchte neben Jette auf und sah Elisa genervt an.

»Ich habe gerade spektakuläres Bildmaterial bekommen.« Jettes Augen glänzten. »Die Tatortfotos von der Polizei.«

André betrachtete die Fotos. Sein gebräuntes Gesicht wurde eine Spur blasser.

»Wo hast du die her?«, fragte er Jette.

»Beziehungen«, sagte sie leichthin. »Ich finde, wir sollten auf jeden Fall das hier nehmen.«

Sie deutete auf eine Großaufnahme von Emilys verzerrtem Gesicht. Der Moment ihres Todes musste schmerzhaft und brutal gewesen sein, genau wie die Minuten davor, von denen ihr blasser, nackter Körper erzählte. Sie war sicher nicht friedlich entschlafen.

»Das ist nicht euer Ernst!«, mischte sich Elisa ein. »Die *Morgenzeitung* ist doch kein Revolverblatt, das mit dem Leid anderer Leute Geld macht! Denkt doch mal an die Familie, an Emilys Eltern! Sollen sie ihre Tochter so sehen?«

»Wenn die Konkurrenz an diese Fotos käme, würde die auch keine Sekunde zögern, sie abzudrucken ...«, fing Jette an, doch André unterbrach sie.

»Aber wir tun das nicht!«, entschied er. Er machte eine minimale Kopfbewegung in Elisas Richtung. »Sie hat recht, das würde den Schmerz der Eltern nur noch vergrößern.«

»Aber ...«, protestierte Jette.

»Außerdem will ich gar nicht wissen, wie du an die Bilder gekommen bist, Jette.«

»Mit meinem Charme«, schäkerte sie, doch André war nicht mehr in Flirtstimmung.

»Das ist illegal. Solange die Polizei solche Fotos nicht offiziell zur Verfügung stellt, können wir sie nicht verwenden. Schon mal was vom Urheberrecht gehört?«

»Danach fragt doch kein Mensch ...«

»Und ob! Gerade nach der gestrigen Berichterstattung, die schon hart an der Grenze war.«

»Was hast du denn auf einmal, André? Heute Morgen hast du dich noch über die hohen Verkaufszahlen gefreut.«

Sein Blick streifte Elisa kurz. »Ja, das habe ich. Aber ich möchte nicht, dass wir dauerhaft auf dieser Schiene bleiben.«

»Auf welcher Schiene?«

Jette schien nicht zu verstehen, was André meinte, doch er antwortete ihr nicht. Er betrachtete erneut die Bilder.

»Wir werden kein Foto von Emily abdrucken, verstanden? Höchstens eins von ihrem Fahrrad, weil das helfen könnte, Zeugen zu finden. Immerhin sind diese Aufkleber mit den weißen Rosen ziemlich auffällig. Aber das muss ich erst rechtlich abklären. Und bis dahin gibt es keine Alleingänge mehr, Jette, ist das klar? Sobald ich weiß, ob wir das Fahrradbild verwenden können, gebe ich dir Bescheid und sage dir, wie lang dein Text werden muss.«

»Aber was soll ich denn jetzt schreiben?«, jammerte sie. »Die Polizei hält sich mit Informationen zurück, der blöde Pressesprecher will mir keine neuen Fakten geben.«

Als ob das verwunderlich wäre nach dem Geschmiere, unter dem Jettes Name gestanden hatte.

»Was hättest du denn zu den Bildern geschrieben?«, fragte André.

»Na ja, da hätte man ja nicht viel Text gebraucht ...« Jette wurde kleinlaut.

André zog die Brauen hoch.

»Ich muss noch mal telefonieren«, meinte Jette und griff nach ihrem Handy. Sie ging nach draußen. Anscheinend wollte sie nicht, dass Elisa mithörte, wenn sie ihre Kontaktperson bei der Polizei anrief.

André sah zu Elisa, wollte etwas sagen, überlegte es sich dann aber doch anders und verschwand wieder in seinem Glaskasten, wo er wie Jette zum Telefon griff. Elisa warf einen letzten Blick auf die Fotos, die immer noch auf Jettes Schreibtisch ausgebreitet lagen. Plötzlich stutzte sie und betrachtete das Foto von Emilys Fahrrad genauer. Überall auf dem Fahrradrahmen waren Aufkleber mit weißen Rosen angebracht, die Elisa bekannt vorkamen. Wo hatte sie solche Rosenaufkleber nur schon gesehen? Ihr Blick schweifte über die anderen Fotos. Da! Auf Emilys roter Tasche, die neben ihr im Gras lag, war eine weitere weiße Rose aufgeklebt.

Weiße Rose, weiße Rose, weiße Rose … Wo waren ihr die weißen Rosen schon einmal begegnet? Elisa überlegte. In den letzten Tagen war sie nur zweimal persönlich mit dem Mordfall Emily in Berührung gekommen; auf der Pressekonferenz und als sie auf dem Weg zu den Hildebrands an Emilys Elternhaus vorbeigekommen war. Sie konnte sich nicht daran erinnern, dass ihr die Rosen auf der Pressekonferenz aufgefallen waren. Dann dämmerte es ihr auf einmal: Sie hatte die weißen Rosen auf einem Schuhkarton gesehen, den jemand vor dem *Delicat* abgelegt hatte, neben den Blumen und den kleinen Plüschtieren. Es waren genau die gleichen Aufkleber gewesen und der Karton war über und über davon bedeckt gewesen.

Was hatte das zu bedeuten? War Emily ein Fan von weißen Rosen gewesen? Die Blumen, die vor ihrem Haus niedergelegt worden waren, waren jedoch nicht weiß gewesen, Elisa konnte sich an rosafarbene und gelbe Rosen und ein gemischtes Sträußchen erinnern, aber nicht an weiße Rosen. Was für eine Bedeutung konnten die Rosenaufkleber dann haben? War Emily vielleicht Mitglied einer Kinderbande gewesen, deren Erkennungszeichen eine weiße Rose war?

Eine Erinnerung stieg langsam aus den Tiefen von Elisas Gedächtnis hoch, erst verschwommen, doch dann trat sie immer klarer zutage. Großvater saß in seinem Sessel und las Elisa und ihren Geschwistern vor. Von rivalisierenden Kinderbanden. Von der *Weißen Rose* und der *Roten Rose*. Von Kalle Blomquist und seinen Freunden Anders und Eva-Lotta. Sie bildeten die *Weiße Rose*. Kalle Blomquist, der arrogante Meisterdetektiv, der Elisa zwar beeindruckt hatte, der ihr aber nie so sympathisch gewesen war wie seine Freunde. Gemeinsam hatten sie verzwickte Fälle gelöst, waren ständig vermeintlichen oder wirklichen Verbrechern auf der Spur gewesen. Was, wenn auch Emily einer solchen Kinderbande angehört hatte? Wenn die Kinder – genau wie Kalle, Anders und Eva-Lotta – in jeder Situation ein Verbrechen witterten und den lieben langen Tag damit beschäftigt waren, andere Leute zu beobachten und zu verfolgen? Was, wenn Emily im Park gewesen war, weil sie glaubte, jemandem auf der Spur zu sein? Aber was war dann im Park passiert? Änderte diese Theorie irgendetwas daran, dass Emily vergewaltigt und ermordet worden war?

In Gedanken versunken ging Elisa um den Tisch herum zurück zu ihrem Platz. Sie setzte sich und schaute auf ihren Bildschirm, doch sie sah nicht, was dort stand.

Es änderte nur dann etwas, wenn Emily jemandem gefolgt war, der tatsächlich Dreck am Stecken hatte und der sie loswerden wollte, weil sie ihm aus irgendeinem Grund gefährlich worden war. Doch wie groß war die Wahrscheinlichkeit, dass Emily und ihre Freunde tatsächlich ein Verbrechen beobachtet hatten?

Genauso groß wie die Wahrscheinlichkeit, dass die Polizei innerhalb von zwei Tagen zwei Todesfälle in ein und derselben Straße, nur wenige Häuser voneinander entfernt, aufzuklären hatte.

Elisa lehnte sich zurück und atmete tief ein. Bestand ein Zusammenhang zwischen den beiden Fällen? Emily konnte bei der Explosion am Sonntag etwas beobachtet haben, das sie dann einen Tag später selbst in Gefahr gebracht hatte. Hatte der Täter sie zum Schweigen bringen wollen? War es möglich, dass der Mord an ihr nur als Sexualverbrechen getarnt war? Elisa betrachtete die Fotos, auf denen Emilys toter Körper zu sehen war. Sie erkannte Würgemale am Hals des Mädchens, aber das Bild verriet ihr nicht, was sich genau dort im Park zugetragen hatte.

Elisa sah herum. Sie wollte mit jemandem über ihre Theorie sprechen. Ihr Blick fiel auf Dennis' breiten Rücken am Newsdesk. Nein, entschied sie, mit Dennis konnte sie nicht darüber reden und mit Jette erst recht nicht. Nicht nach allem, was passiert war. Mit André? Wieder hob er den Kopf, als er ihren Blick spürte. Schnell sah sie aus dem Fenster, tat so, als ob sie geistesabwesend umherschaue, während sie nach einem geschliffenen Ausdruck für ihren Text suchte. Nein, André brauchte sie nicht mit einer halbgaren Theorie zu kommen. Er würde ihr kaum zuhören, geschweige denn ihrer Argumentation folgen, wenn sie nicht konkretere Hinweise benennen konnte.

Aber was, wenn es tatsächlich diesen Zusammenhang zwischen den beiden Todesfällen gab? Ob jemand bei der Polizei beim Anblick der Rosenaufkleber die gleichen Assoziationen gehabt hatte wie Elisa? Plötzlich wusste Elisa, mit wem sie darüber sprechen konnte. Sie hatte das Telefon schon in der Hand, zögerte dann aber.

Würde Henri Wieland sie nur auslachen? Es war immerhin eine ziemlich vage Theorie. Aber ganz war sie nicht von der Hand zu weisen. Und wenn es tatsächlich so gewesen war, dann war Elisas Hinweis hilfreich für die Ermittlungen.

Sie entschied, dass sie sich lieber vor Henri Wieland als vor André Sievers blamierte. Bei Bärchen war sie sowieso schon komplett in Ungnade gefallen, bei André ging es immerhin um ihren Job. Und sollte sich Elisas Instinkt als richtig erweisen, dann konnte sie sich mit diesem Hinweis rehabilitieren. Bei Henri *und* bei André.

Sie entschied sich für Henri Wielands Handynummer. Es läutete nur ein einziges Mal, dann hörte sie seine Stimme.

»Wieland.«

»Elisa Gerlach hier. Ich bin die Mieterin Ihrer ...«, setzte sie an, da sie nicht sicher war, ob er sich überhaupt ihren Namen gemerkt hatte.

»Ich weiß, wer Sie sind. Was wollen Sie?«

Er war immer noch stinksauer auf Elisa.

»Ich ... es tut mir leid ...«

»Ihre Nummer kommt mir bekannt vor«, unterbrach er sie. »Haben Sie mich gestern schon mal angerufen?«

»Ja ... wegen der Obduktion von Adrian Hildebrand.«

»Wo haben Sie meine Handynummer her?«

»Von Ihrer Mutter«, gab Elisa kleinlaut zu. »Ich wusste mir nicht anders zu helfen, weil ich die Informationen so dringend gebraucht habe. Und als ich Sie auf der Pressekonferenz erkannt habe ...«

»Sie schrecken wirklich vor gar nichts zurück, oder?«

»Nein ... doch ... es tut mir leid ... Sie müssen einen ganz falschen Eindruck von mir haben. Ich möchte mich noch mal entschuldigen, dass die Informationen von Ihrem Telefonat gestern in der Zeitung gelandet sind. Sie müssen mir glauben, dass das nicht meine Absicht war!« Immerhin hatte er nicht gleich aufgelegt, sondern hörte ihr noch zu. »Ich habe einen Riesenfehler gemacht, als ich über das Gehörte gesprochen habe, aber mir war nicht bewusst, was ich damit in Gang setze. Es tut mir so leid!«

»Was wollen Sie von mir?« Er klang immer noch unfreundlich und abweisend, aber immerhin sprach er mit ihr.

»Ich würde es gerne wieder gutmachen.«

»Haha!« Er lachte gekünstelt auf. »Jetzt bin ich aber gespannt, wie Sie das machen wollen! Haben Sie brandheiße Informationen für uns, die Sie irgendwo erlauscht haben?«

»Das nicht, nein ... Mir ist da nur so eine Idee durch den Kopf gegangen. Sie klingt vielleicht etwas weit hergeholt, aber ich dachte, falls bei Ihnen noch niemand darauf gekommen ist, dann könnte es vielleicht hilfreich sein.«

»Ich kann mich kaum noch halten vor Spannung!« Seine Stimme war voller Ironie.

»Mir sind die Aufkleber mit den weißen Rosen aufgefallen, die auf Emilys Fahrrad und ihrer Tasche angebracht sind. Die gleichen Aufkleber waren auf einer Schachtel, die vor ihrem Haus niedergelegt wurde. Ich habe mir überlegt, ob Emily vielleicht einer Kinderbande angehört hat. Kennen Sie Kalle Blomquist und die *Weiße Rose*?«

»Kalle Blomquist? Die *Weiße Rose*? Wovon reden Sie?«

Elisa verfluchte sich dafür, dass sie sich ihre Worte nicht zurechtgelegt hatte, bevor sie zum Telefon gegriffen hatte. Ihr war selbst klar, dass es sich so ziemlich verwirrend anhören musste. Sie setzte von Neuem an.

»Kalle Blomquist ist eine Figur aus einem Kinderbuch von Astrid Lindgren. Zusammen mit seinen Freunden ermittelt er in Kriminalfällen. Sie haben eine Detektivbande namens *Weiße Rose* gegründet.«

»Aha. Und was hat das mit Emily zu tun?«

»Mir kam wegen der Rosenaufkleber der Gedanke, dass Emily auch eine ähnliche Bande ins Leben gerufen haben könnte. Und dass sie nicht zum Spaß im Park herumgeradelt ist, sondern vielleicht jemandem gefolgt ist.«

»Und dieser Jemand soll sie dann missbraucht und getötet haben?«

Elisa merkte, dass er mit seiner Geduld bald am Ende war und sie nicht mehr lange Zeit hatte, um ihn zu überzeugen.

»Stellen Sie sich mal einen Moment lang vor, Adrian Hildebrands Tod wäre kein Unfall gewesen und Emily hätte irgendetwas oder irgendjemand Verdächtiges beobachtet. Ist es denn nicht sehr unwahrscheinlich, dass sich zwei Todesfälle so kurz hintereinander in unmittelbarer Nachbarschaft ereignen?«

Stille in der Leitung. Elisa konnte förmlich spüren, wie Henri sich ihre Worte durch den Kopf gehen ließ. Misstrauisch. Prüfend. Ungläubig.

»Wir haben keinerlei Fremdeinwirken bei der Gasexplosion in Adrian Hildebrands Haus festgestellt«, sagte er schließlich. »Es hat sich niemand gewaltsam Zutritt verschafft und am Tatort weist auch nichts auf die Beteiligung einer weiteren Person hin. Ich habe Ihnen doch gestern schon gesagt, dass wir von einem Unfall ausgehen.«

Elisa konnte Papierrascheln hören, der Kommissar schien nebenbei in irgendwelchen Akten zu blättern.

»Hören Sie, ich kann verstehen, dass Sie ein schlechtes Gewissen haben wegen des Artikels, der heute in der *Morgenzeitung* erschienen ist und dass Sie das wiedergutmachen wollen. Aber ich glaube, dass da Ihre Fantasie mit Ihnen durchgeht. Es wäre nett, wenn Sie diese an den Haaren herbeigezogene Geschichte nicht auch noch abdrucken und damit eine neue Welle verursachen. Lassen Sie uns einfach in Ruhe unsere Ermittlungen durchführen. Früher oder später werden wir Emilys Mörder schon zu fassen bekommen.«

»Ich wollte nur helfen ...«

»Lassen Sie das bitte sein! Wir verfolgen zurzeit mehrere Anhaltspunkte und können nicht so ein Chaos gebrauchen, wie es Ihre Artikel verursachen.«

»Es war nicht mein Artikel«, verteidigte sich Elisa, doch Henri unterbrach sie schon wieder.

»Wie dem auch sei. Lassen Sie uns unseren Job machen, dann bekommen Sie von uns bald neue Informationen, mit denen Sie Ihren Job machen können. Und jetzt entschuldigen Sie mich, ich habe zu tun.«

Er legte auf. Elisa sah auf ihr Handy und drehte es unschlüssig hin und her. Er hielt ihre Theorie also für eine Ausgeburt ihrer Journalistenfantasie, die es nicht wert war, weiter überprüft zu werden. Oder er wollte sich nicht darauf einlassen, darüber nachzudenken, weil er immer noch sauer auf sie war. Es war also unwahrscheinlich, dass die Polizei Elisas Theorie überprüfen würde.

»Elisa! Wie weit bist du mit den Sporthallen?«, rief Dennis vom Newsdesk herüber. Vermutlich brauchte er die Fakten ihres Artikels als Grundlage für seinen Kommentar.

»Fast fertig!«, rief sie und hatte im gleichen Moment eine Idee. »Ich glaube nur, dass es gut wäre, den Artikel noch mit ein paar aktuellen Stimmen zu beleben. Etwa von Leuten, die unzufrieden sind, weil Sportstunden ausfallen oder erst gar nicht angeboten werden können.«

»Und wo willst du die herbekommen?«

»Ich habe mir überlegt, dass ich in einen Stadtteil fahren könnte, wo es eindeutig zu wenig Sporthallen gibt. Ich könnte dort jemanden von einem Sportverein interviewen oder vor einer Sporthalle wartende Eltern befragen, die ihre Kinder abholen. Da ist bestimmt jemand dabei, der unzufrieden ist mit dem bestehenden Sportangebot.«

»Das klingt nicht schlecht. Kannst du mir deinen Artikel aber trotzdem schon mal schicken?«

»Ich bin gleich fertig, dann bekommst du ihn. Wenn ich dir ein paar O-Töne telefonisch durchgebe, kannst du sie dann noch ergänzen?«

»Klar, kein Problem.«

Elisa beugte sich über die Tastatur. Wenn Dennis ihren Artikel für den Druck fertigmachte, dann hatte sie Zeit für weitere Recherchen. Sie brauchte ihm ja nicht zu sagen, dass sie eine Sporthalle auswählen wollte, die auf dem Weg nach Nymphenburg lag.

Henri sah ein zweites Mal den Posteingangskorb auf seinem Schreibtisch und den Posteingang seines E-Mail-Accounts durch.

»Haben wir schon den Abschlussbericht von der Spurensicherung zur Explosion bei Adrian Hildebrand bekommen?«, erkundigte er sich bei Lenz.

»Ich kann mich nicht erinnern.« Lenz sah auf. »Das ist mir gar nicht aufgefallen, aber jetzt, wo du es sagst ...«

Sie hatten sich so auf den Mord an Emily konzentriert, dass sich keiner mehr um die Dokumentation des Falles Hildebrand gekümmert hatte, nachdem festgestanden hatte, dass es sich bei der Explosion um einen Unfall gehandelt haben musste.

Henri tippte Arnies Durchwahl ein. Der brummige Kollege ließ es erst ein paarmal klingeln, bevor er abhob.

»Sag nicht, dass ihr schon wieder einen neuen Fall habt«, posaunte er los, ohne sich mit einem Gruß aufzuhalten. »Jetzt reicht es langsam für diese Woche.«

»Nein, keine Sorge, Arnie. Ich wühle noch in den alten Geschichten, genauer gesagt im Fall Adrian Hildebrand. In den Unterlagen haben wir noch keinen Abschlussbericht von euch.«

»Hat der Schmitt euch den nicht geschickt?«

»Bis jetzt nicht.«

»Ist wahrscheinlich wegen der Kleinen liegengeblieben. Ich musste ihn dazu holen, als Peters krank geworden ist.«

»Kannst du Schmitt noch mal dran erinnern?«

»Warum ist das denn plötzlich so dringend?«

Henri hatte Elisas Stimme im Kopf.

Stellen Sie sich mal einen Moment lang vor, Adrian Hildebrands Tod wäre kein Unfall gewesen und Emily hätte irgendetwas oder irgendjemand Verdächtiges beobachtet. Ist es denn nicht sehr unwahrscheinlich, dass sich zwei Todesfälle so kurz hintereinander in unmittelbarer Nachbarschaft ereignen?

»Ich will einfach nur sichergehen, dass es sich wirklich um einen Unfall gehandelt hat, und den Fall dann abschließen.«

»Ich sag Schmitt Bescheid.«

»Gibt's im Fall Emily was Neues?«

»Wir haben die Luftpumpe der Kleinen gefunden. Irgendwie hatte ich ein komisches Gefühl und habe noch mal ein Tauchteam in den See geschickt. Die Luftpumpe lag in einiger Entfernung zur Fundstelle des Fahrrads.«

Marius betrat das Büro und ließ sich auf Henris Tischkante nieder. *Totenkopfäffchen.* Henri drehte sich mit seinem Bürostuhl weg.

»Was heißt *in einiger Entfernung*?«

»Ein, zwei Meter.«

»Sie könnte sich beim Reinwerfen aus der Aufhängung am Fahrrad gelöst haben.«

»Könnte sein. Das ist Spekulation.«

»Fingerabdrücke?«

»Nee, das Ding muss fein säuberlich abgewischt worden sein.«

Henri machte sich eine kurze Notiz und beendete das Gespräch.

»Ich hab Neuigkeiten!«, platzte Marius heraus, kaum dass Henri aufgelegt hatte. »Das Alibi von Christoph Jacobi umfasst doch nicht so einen langen Zeitraum, wie er behauptet hat. Der Steuerberater hat gesagt, dass er um Viertel vor eins bei ihm war, er selbst war gerade auf dem Sprung zum Essen.«

»Wie lange hat Christoph Jacobi sich dort aufgehalten?«

»Laut Steuerberater maximal fünf Minuten. Er sagt, er habe solchen Hunger gehabt, dass er Christoph schnell abgewimmelt hat.«

Henri blätterte in seinen Notizen.

»Dann ist er noch zum Kontoauszugsdrucker ...«

»Und hätte schon um kurz nach eins wieder am Restaurant sein und Emily folgen können«, beendete Marius Henris Satz. Er grinste zufrieden.

»Aber warum hätte er seine Tochter töten sollen? Ich sehe keinerlei Motiv«, meinte Lenz.

»Vielleicht müssen wir in der Familie noch tiefer graben. Falls er Emily schon länger missbraucht hat, könnte sie gedroht haben, ihrer Mutter davon zu erzählen, oder so was in der Art.«

»Mit solchen Verdächtigungen müssen wir vorsichtig sein. Gerade nach der Geschichte mit Stephan Jacobi«, bremste Henri Marius. »Ich würde mit Christoph Jacobi auch gern noch über seine Jugendstrafe reden, aber dabei bewegen wir uns auf dünnem Eis.«

Marius zuckte mit den Achseln und stand auf.

»Wie du meinst.«

Er war schon an der Tür, als Henri ihn zurückrief.

»Marius, ich habe noch eine Frage zur Obduktion. Hält Dr. Vogel die Tat wirklich für ein Sexualdelikt?«

Marius und Lenz sahen Henri erstaunt an.

»Wie meinst du das?«

»Dr. Vogel hat doch festgestellt, dass Emily zuerst erwürgt und erst danach penetriert wurde. Würde ein Sexualtäter so vorgehen? Würde er sie wirklich zuerst töten und sich dann an ihr vergehen? Ich kenne mich da nicht so aus, aber ich stelle mir vor, dass die Lust nicht so groß sein kann, mit einem toten Körper ...« Henri brach ab und hob hilflos die Schultern.

»Keine Ahnung, was in so einem kranken Hirn vor sich geht«, meinte Lenz mit angewidertem Blick. »Ob das Töten allein schon Lust bereitet ...?«

»Hat Dr. Vogel etwas in der Richtung geäußert? Hatte Emily im Genitalbereich starke Verletzungen oder wäre es denkbar, dass mit der nachträglichen Penetration nur ein Sexualdelikt vorgetäuscht werden sollte?«

Marius runzelte die Stirn.

»Dazu hat Dr. Vogel nichts gesagt. Er hat festgestellt, dass das Jungfernhäutchen eingerissen war ...«

»Du meinst, es war gar keine Vergewaltigung, sondern nur ein Ablenkungsmanöver von dem eigentlichen Mord?« Lenz sah Henri fragend an.

»Ich denke, wir sollten diese Möglichkeit zumindest nicht ganz …«

»Habt ihr nicht gesagt, dass die von der Spurensicherung die Luftpumpe von Emilys Fahrrad vermisst haben? Und wenn der Täter die genommen hat, um so zu tun als ob?«

Marius sah von Lenz zu Henri.

»Die Luftpumpe ist inzwischen aufgetaucht«, erklärte Henri. »Arnie hat mir gesagt, dass sie sie im See in der Nähe des Fahrrads gefunden haben.«

»Reingeworfen oder reingefallen?«

»Schwer zu sagen. Auf jeden Fall sind keine Fingerabdrücke darauf zu finden; Arnie meint, sie sei abgewischt worden.«

Henri überlegte.

»Marius, frag doch mal bei Dr. Vogel an, ob er es für möglich hält, dass Emily mit der Luftpumpe penetriert wurde. Das würde nämlich einiges ändern. Wenn das Sexualdelikt nur vorgetäuscht wurde, dann wäre die Motivlage eine ganz andere. Dann müssten wir davon ausgehen, dass Emily nicht von einem irren Triebtäter, sondern möglicherweise aus ganz anderen Gründen aus dem Weg geschafft wurde.«

Weil sie etwas wusste, das sie nicht wissen sollte?

Für einen kurzen Moment klang Elisas Detektivtheorie nicht mehr ganz so abwegig, doch Henri schob den Gedanken an sie beiseite.

»Gib uns Bescheid, sobald du Dr. Vogel gesprochen hast, ja?«

Marius verschwand.

»Allein der Gedanke ist krank!«, meinte Lenz.

»Ich finde den Gedanken, dass jemand sich an einem zehnjährigen Mädchen vergeht, genauso krank«, erwiderte Henri.

»Und wenn solche Leute dann nicht mal in den Knast kommen, weil ihnen irgendein verrückter Psychologe eine traurige Kindheit bescheinigt!« Lenz hatte zu diesem Thema eine dezidierte Meinung. Doch bevor er in Fahrt kam, unterbrach das Klingeln von Henris Telefon das Gespräch.

»Wieland.«

»Tanja hier, hallo Henri!«

»Hallo, Tanja. Was gibt es Neues?«

»Stephanie Stadelhuber hat Stephan Jacobis Alibi bestätigt. Sie war seit dem späten Vormittag bei ihm in der Wohnung. Erst gegen halb drei haben sich beide auf den Weg gemacht. Er musste dringend ins Restaurant, war später dran als sonst. Und sie musste ihre Kinder bei ihrer Mutter abholen, der sie erzählt hat, dass sie einen offiziellen Termin mit ihrem Mann wahrnehmen müsse.«

»Das hört sich nach einem entspannten Leben an, wenn man den halben Tag im Bett verbringen kann.«

»Richtig glücklich hat sie nicht gerade gewirkt«, meinte Tanja. »Sie war sehr darauf bedacht, dass niemand etwas von der Befragung erfährt. Wir mussten uns auf einem Spielplatz treffen, damit ihre Haushaltshilfe, oder wie immer man das nennt, nichts mitbekommt.«

»Stephan Jacobi ist also aus dem Schneider«, fasste Henri zusammen. »Dann werden Lenz und ich jetzt seinem Bruder einen weiteren Besuch abstatten und ihm auf den Zahn fühlen. Sein Alibi ist nämlich plötzlich reichlich wackelig.«

Das Tränende Herz im Vorgarten der Hildebrands verblühte bereits, die kleinen rosa Herzen waren nicht mehr prall, sondern hingen schlaff herunter. Die Hitze machte den Pflanzen genauso zu schaffen wie den Menschen.

Elisa nahm einen Schluck Wasser aus der Flasche, die sie sich vorsorglich besorgt hatte. Diesmal war sie besser vorbereitet. Sie hatte das Flugblatt mit dem Foto von Emily eingesteckt und sich sogar schon die Worte zurechtgelegt, mit denen sie Judith Hildebrand fragen wollte, ob sie oder ihr Mann Emily gekannt hatten. Sofern sie überhaupt noch mal bereit war, mit ihr zu sprechen.

Elisa streckte ihren Finger zur Klingel aus, als hinter ihr eine Stimme erklang.

»Da werden Sie kein Glück haben.« Eine junge Frau mit Kinderwagen und einem Kind an der Hand sah Elisa freundlich lächelnd an. »Frau Hildebrand wohnt zurzeit nicht hier. Das Haus ist beschädigt.«

»Verstehe. Sie wissen nicht zufällig, wo Frau Hildebrand untergekommen ist?«

»Doch! Zu uns hätte sie natürlich auch kommen können, aber ich nehme an, dass die Kinder ihr lästig geworden wären. Da ist sie lieber zu ihren kinderlosen Freunden in die Brunhildenstraße gezogen. Gleich hier um die Ecke.«

»Und die Freunde heißen ...?«

»Engl. Ich glaube, Carina und Michael Engl. Versuchen Sie es dort mal.«

»Danke.«

Die Frau schob den Kinderwagen bis zum nächsten Haus und bog dann in die Auffahrt ab. Sie war die direkte Nachbarin der Hildebrands.

Elisa stieg auf ihr Rad und fuhr bis zur nächsten Straßenecke. Auf der anderen Straßenseite war das *Delicat*. Inzwischen lungerten deutlich weniger Journalisten und Fotografen vor dem Gebäude herum, wahrscheinlich hatten sie gemerkt, dass dort nichts Interessantes zu sehen war.

Elisa radelte bis zum ersten Hauseingang in der Brunhildenstraße und las die Namensschilder neben den Klingeln. Jeder neue Mieter schien hier seinen Namen einfach über den des Vormieters zu kleben, handschriftlich auf mehr oder weniger ordentlichen Papierstreifen und mit Tesa befestigt. *Engl* stand dort in Großbuchstaben auf einem weißen Zettelchen, darunter klebten keine alten Schilder wie bei den anderen Klingeln. Entweder wohnten die Engls schon lange hier oder sie hatten sich die Mühe gemacht, den Namen des Vormieters abzulösen, bevor sie ihren aufklebten.

Elisa stellte ihr Rad in der Hofeinfahrt ab, die neben dem Haus zu den Garagen führte, und wickelte das Fahrradschloss um den Rahmen und durch die Speichen der Räder.

Die Haustür stand offen, sie war mit einem Holzkeil befestigt. Elisa lief die Treppe nach oben, an jeder Wohnungstür warf sie einen Blick auf das Namensschild neben der Klingel. Die Engls wohnten im zweiten Stock. Elisa läutete. Kurz darauf öffnete ein Mann um die Vierzig die Tür. Das musste Michael Engl sein. Elisa nannte ihren Namen.

»Ich bin auf der Suche nach Judith Hildebrand«, erklärte sie. »Ihre Nachbarin hat mir gesagt, dass sie vorübergehend bei Ihnen wohnt.«

Er räusperte sich.

»Ja ... also ... sie hat bei uns gewohnt. Jetzt nicht mehr. Sie ist vorhin gegangen. Sie wollte ... Ich nehme mal an, dass sie erst noch ein paar Sachen von zu Hause geholt hat. Dann wollte sie in ein Hotel.«

»Sie wissen nicht zufällig, in welches Hotel?«

Er hob die Schultern.

»Das hat sie nicht gesagt. Aber Sie erreichen sie bestimmt auf dem Handy. Sind Sie eine Freundin? Haben Sie die Nummer?«

»Ich ... äh ... nein ... die habe ich nicht. Könnten Sie sie mir geben?«

Sein Blick wurde misstrauisch.

»Sind Sie von der Polizei?«

»Nein ... Ich bin Journalistin. Ich möchte Judith Hildebrand ein paar Fragen stellen.«

»Wegen der Explosion in ihrem Haus?«

Er hörte sich leicht verwundert an.

»Eher wegen des Mordes an der kleinen Emily.«

»Was sollte Judith damit zu tun haben?«

»Vielleicht gibt es einen Zusammenhang zwischen den beiden Fällen.« Elisa zog ihr zerfleddertes Notizbuch heraus. »Können Sie mir die Nummer von Frau Hildebrand geben?«

Er schüttelte den Kopf.

»Ich glaube nicht, dass es Judith recht wäre, wenn ich ihre Nummer an die

Presse weitergebe. Wahrscheinlich würde sie nicht mal wollen, dass ich mit Ihnen spreche.«

Mit einem lauten Knall flog die Tür zu.

Danke für das Gespräch.

Immerhin wusste Elisa jetzt, dass Judith nicht mehr bei den Engls wohnte. Mit etwas Glück konnte sie sie noch zu Hause erwischen, bevor sie für die Nacht in ein Hotel ging. Elisa lief eilig die Treppe hinunter. Das Rad ließ sie stehen, für die paar Schritte war sie zu Fuß schneller.

Diesmal betätigte Elisa die Klingel der Hildebrands wirklich. Gespannt lauschte sie auf eine Regung im Haus und erschrak, als die Tür geöffnet wurde, ohne dass vorher ein Ton zu hören gewesen wäre. Judith Hildebrand, bekleidet mit einem knallroten Rock, der in krassem Kontrast zu ihren kupferroten Haaren stand, sah Elisa fragend an. Sie schien sie nicht wiederzuerkennen.

Gut so.

»Guten Tag, Frau Hildebrand. Darf ich Sie kurz im Zusammenhang zur Ermordung von Emily Jacobi etwas fragen?« Elisa zog das Flugblatt aus der Tasche und hielt Judith das Foto von Emily hin. »Kannten Sie Emily?«

Judith warf einen Blick auf das Bild.

»Kann schon sein. Wir sind oft zum Essen im *Delicat*. Vermutlich habe ich sie dort schon mal gesehen.«

»Ihr Mann wahrscheinlich auch, oder?«

Judith Hildebrand zuckte kaum merklich zurück.

»Das ist anzunehmen.«

»Sie kannten Emily also nicht näher, Sie und Ihr Mann.«

»Nein. Warum fragen Sie mich das?«

»Ich habe den Verdacht, dass ein Zusammenhang zwischen den beiden Todesfällen bestehen könnte. Dass Emily beim Detektivspielen etwas beobachtet hat und vielleicht deshalb aus dem Weg geräumt werden sollte.«

Judiths Blick schien Elisa zu durchbohren.

»Aber was soll sie beobachtet haben? Die Polizei ist zu dem Schluss gekommen, dass die Explosion ein Unfall war.« Judiths Augen verengten sich zu schmalen Schlitzen. »Wer sind Sie überhaupt, dass Sie solche Fragen stellen? Irgendwoher kenne ich Sie doch ...?«

Ein Telefonklingelton aus dem Hintergrund unterbrach Judith. Die gleiche melodische Tonfolge, die auch Sasha ausgewählt hatte.

Judith griff nach dem Handy, das schräg hinter ihr auf einer Kommode lag. Ihr Gesicht hellte sich auf, als sie auf dem Display sah, wer anrief.

»Herr Bauer!«, flötete sie ins Telefon, begleitet von einem perlenden Lachen. »Schön, dass Sie sich melden ... Eine Metalltür! ... Das ist ja eine tolle Idee!«

Plötzlich schien ihr bewusst zu werden, dass Elisa noch immer an der Tür stand und zuhörte. Sie warf ihr einen finsteren Blick zu und schloss dann mit Nachdruck die Haustür.

»Das gibt's doch nicht!« Henri traute seinen Augen nicht, doch in der Hofeinfahrt auf der anderen Straßenseite stand das knallrote Hollandfahrrad von Elisa Gerlach.

»Was ist denn?«

Lenz, der auf der Beifahrerseite ausgestiegen war, drehte sich zu Henri um.

»Da drüben steht das Fahrrad unserer neuen Mitbewohnerin vor dem Haus.«

»Die Journalistin von der *Morgenzeitung?*«

»Genau.«

»Ich dachte, sie hätte mit der Berichterstattung über den Mord an Emily nichts zu tun. Was macht sie hier?«

Henri warf einen Blick auf die Presseleute vor dem *Delicat*. Elisa konnte er unter ihnen nicht ausmachen.

»Ich fürchte, sie spielt Privatermittlerin.«

Henri hatte Lenz nichts von Elisas Anruf und ihrer Idee, dass ein Zusammenhang zwischen den beiden Todesfällen bestehen könnte, erzählt. Er hatte nicht erwartet, dass Elisa diesen Gedanken eigenständig weiterverfolgen könnte. Dabei hätte ihm klar sein müssen: Sie würde selbst ermitteln, wenn er sich nicht dazu bereiterklärte. Sie war nicht der Typ Frau, die schnell aufgab, wenn sie sich einmal in etwas verbissen hatte. Sie erinnerte ihn an Lynn, seine amerikanische Gastmutter. Lynn war Detective beim New York Police Department und sie hatte während Henris Auslandsjahr beeindruckend viele Mordfälle gelöst. Elisa schien ähnlich hartnäckig zu sein wie Lynn. Ob ihre Intuition auch ähnlich gut war?

Dann sollten wir ihre Idee vielleicht doch noch mal überdenken ...

Einer der Fotografen wurde auf Henri und Lenz aufmerksam und die Meute geriet in Bewegung. Henri setzte seine Sonnenbrille und eine undurchdringliche Miene auf.

»Kein Kommentar!«

Das war die einzige Antwort, die die Journalisten auf ihre Fragen bekamen. Jemand hatte die Absperrung am Parkplatz des *Delicat* entfernt, trotzdem waren die Journalisten nicht nähergerückt.

Immerhin.

Das Heute-geschlossen-Schild hing nicht mehr an der Tür, stattdessen informierte ein kleinerer Zettel darüber, dass das Restaurant ab 18 Uhr geöffnet sei. Lenz deutete darauf und warf Henri mit hochgezogenen Augenbrauen einen kurzen Blick zu. Henri schob die Tür auf und sie betraten das Restaurant.

»Wir haben noch nicht geöffnet!«, ertönte Christoph Jacobis Stimme aus dem Büro. Er steckte den Kopf durch die Tür und erkannte sie.

»Entschuldigung, ich dachte, es kämen schon Essensgäste herein.« Er kam zu ihnen und gab ihnen die Hand.

»Sie haben heute schon wieder geöffnet?«, fragte Lenz.

»Ja!« Daniela Jacobi kam durch die Küchentür zu ihnen. Sie trug jetzt wieder ihr dunkles Kostüm und hatte die Haare zu einem strengen Dutt nach oben gesteckt. Sie war sorgfältig geschminkt, aber auch das Make-up konnte die vom Weinen geschwollenen Augenlider nicht vollständig verbergen. Als sie näherkam, roch Henri Nikotin. Wahrscheinlich hatte sie den ganzen Tag nonstop geraucht. »Wir haben es nicht mehr ausgehalten, nur herumzusitzen und an Emily zu denken. Sie können das vielleicht nicht verstehen«, ihr Blick streifte Lenz, »aber wir müssen uns ablenken. Wir müssen etwas zu tun haben.«

»Doch, das können wir verstehen, Frau Jacobi«, antwortete Henri in besänftigendem Ton.

Nur zu gut konnte er verstehen, dass sie vor ihrer Trauer flüchten wollten. Es war nur fraglich, ob die Leute da draußen es auch verstehen würden. Ob sie sich dadurch nicht erneut zur Zielscheibe für die Presse machten.

Hinter Daniela tauchte Stephan Jacobi auf. Er trug seine weiße Kochkleidung. Henri nickte ihm zu.

»Herr Jacobi, Ihr Alibi wurde bestätigt.«

»Haben Sie mit Stephanie gesprochen?«

Als Stephan den Namen seiner Geliebten nannte, sah Henri fragend zu seiner Schwägerin. Stephan winkte ab.

»Ich hab Dani alles erzählt. Sie können Stephanies Namen ruhig erwähnen. Dani und ich, wir haben uns ausgesprochen.«

Daniela lächelte ihm zu.

»Das freut mich. Unsere Kollegin hat sich mit Stephanie Stadelhuber getroffen, ganz diskret auf einem Spielplatz. Sie hat bestätigt, dass Sie zur fraglichen Zeit zusammen waren. Das wäre jetzt also geklärt.«

»Dann brauchen Sie mich nicht mehr? Ich müsste mich jetzt nämlich um meine Soßen kümmern.«

Stephan verschwand Richtung Küche. Henri wandte sich an seinen Bruder.

»Herr Jacobi, wir haben auch Ihre Zeitangaben genauer überprüft ...«

»Verdächtigen Sie jetzt etwa als Nächsten mich?«, unterbrach Christoph ihn. »Ich soll meine Tochter ...?«

»Nein, Herr Jacobi. Verstehen Sie uns nicht falsch. Wir müssen mit Sicherheit ausschließen können, dass Sie etwas mit Emilys Tod zu tun haben, und solange da noch ein, zwei Fragezeichen sind, können wir das nicht.«

»Was für Fragezeichen?!?«

»Sie haben angegeben, dass Sie zur Tatzeit bei Ihrem Steuerberater waren. Er konnte allerdings nur bestätigen, dass Sie erheblich früher und auch nicht sehr lange bei ihm waren.«

»Ich habe Ihnen doch schon gesagt, dass ich mich nicht mehr genau an die Uhrzeiten erinnere! Hätte ich gewusst, dass ich verdächtigt werde, meine eigene Tochter ermordet zu haben, dann hätte ich natürlich permanent auf die Uhr geschaut und mir genau notiert, wann ich wo war.« Christoph fuhr sich mit beiden Händen über den blank rasierten Kopf. »Dann war ich eben früher beim Steuerberater! Aber das heißt doch noch lange nicht, dass ich Emily etwas angetan habe! Ich war hier im Büro und habe gearbeitet. Ich habe das Haus nicht mehr verlassen, bis wir uns auf die Suche nach Emily gemacht haben!« Christoph hatte Tränen in den Augen, doch er sah Henri unverwandt an. »Und was ist Ihr zweites Fragezeichen?«

»Das Sexualdelikt, weswegen Sie …«

»Ich habe befürchtet, dass Sie das ausgraben würden.« Christoph ließ sich auf einen der Stühle sinken und verbarg sein Gesicht in den Händen. Daniela war mit drei schnellen Schritten bei ihm und legte ihre Hand auf seine Schulter.

»Das dürfen Sie überhaupt nicht mehr gegen Christoph verwenden«, fuhr sie Henri an. »Er hat seine Strafe abgesessen und das ist längst verjährt.«

»Das ist richtig.« Henri suchte nach passenden Worten. »Trotzdem müssen wir uns natürlich fragen, ob sein Sexualverhalten …«

»Sein Sexualverhalten?« Danielas Stimme wurde schrill. Sie baute sich wie ein menschliches Schutzschild zwischen Christoph und Henri auf. »Soll ich Ihnen mal was zum Sexualverhalten meines Mannes sagen? Nur weil er damals mit einer Jugendlichen … dieses Problem hatte, heißt das noch lange nicht, dass er auf kleine Mädchen abfährt. Ganz im Gegenteil! Christoph hat sehr erwachsene Fantasien, das können Sie mir glauben! Und die lebt er mit mir aus! Und zwar regelmäßig!«

»Dani!«

Christoph Jacobi war Danielas Ausbruch sichtlich peinlich. Während sie sprach, war er rot geworden. Er wollte sie stoppen, doch sie war nicht zu bremsen.

»Ich lege die Hand dafür ins Feuer, dass Christoph sich nicht an Emily vergangen hat«, sagte sie feierlich. »Er hat sie sehr geliebt, aber er hat sie ganz sicher nicht sexuell begehrt.« Sie strich ihm zärtlich über den Arm. Der Blick, den sie für Henri und Lenz übrig hatte, war dagegen eisig. »Ich bin bestimmt nicht so eine Supermutter wie die anderen hier in der Nachbarschaft, aber ich habe immer offen mit Emily über alles geredet und ich weiß, dass sie nicht still vor sich hingelitten hätte, wenn sie von jemandem missbraucht worden wäre.« Sie holte tief Luft. »Emily war ein sehr selbstständiges Kind. Sie hat ihre Probleme meistens selbst geregelt. Aber wenn sie gemerkt hat, dass sie es allein nicht schafft, dann ist sie zu mir gekommen. Und das hätte sie auch getan, wenn Stephan oder Christoph oder irgendjemand anderes sie zu etwas gezwungen hätte, was sie nicht tun wollte. Sind Sie vielleicht schon mal auf die Idee gekommen, dass das dort im Park ein Verrückter war, dem sie nur zufällig begegnet ist und dass *diese* Person eine gestörte Sexualität hat?«

Oder dass diese Person sie nur glauben lassen wollte, es handle sich um ein Sexualverbrechen? Weil diese Person Emily aus ganz anderen Gründen hatte loswerden wollen. Weil es tatsächlich merkwürdig war, dass sich innerhalb von zwei Tagen zwei Todesfälle in allernächster Nachbarschaft ereigneten.

Immer wieder kam Henri auf Elisas Theorie zurück. Und jedes Mal klang sie ein bisschen plausibler.

Elisa lief in Gedanken versunken zurück in die Brunhildenstraße. Die Hildebrands hatten Emily also nicht persönlich gekannt. Doch das hieß noch lange nicht, dass Emily *sie* nicht gekannt hatte.

Als Elisa auf der Straße einige Kinder sah, die sich mit Rollern ein Wettrennen lieferten, wusste sie plötzlich, wen sie zu Emilys Aktivitäten befragen musste.

Sie beobachtete die Kinder eine Weile und stellte fest, dass zwei Jungen sich abgesondert hatten. Sie fuhren nicht beim Wettrennen mit, sondern hatten sich etwas entfernt auf der Bordsteinkante niedergelassen. Man konnte meinen, dass sie den anderen Kindern zuschauten, doch wenn man genauer hinsah, erkannte man, dass sie nur vor sich hinstarrten und gelegentlich ein, zwei Worte wechselten.

Einer der beiden hatte eine blonde Stoppelfrisur, der andere halblange braune Haare, die ihm ins Gesicht fielen. Als Elisa zu ihnen trat und ihr Schatten sich auf den Füßen der Jungen abzeichnete, hoben sie ihre Köpfe.

»Hallo, ich bin Elisa«, stellte sie sich vor.

Die Jungen sahen sie nur neugierig an, sagten aber nichts.

»Fragt ihr euch auch, wie die anderen Kinder schon wieder lachen und spielen können, nach allem, was mit Emily passiert ist?«

Beide nickten.

»Darf ich mich für einen Moment zu euch setzen?«

Erneutes Nicken. Elisa ließ sich auf dem Bordstein neben dem Jungen mit den braunen Haaren nieder. Er machte einen offeneren Eindruck als sein Freund.

»Ihr wart wohl gute Freunde von Emily?«

»Ja.« Die Antwort des braunhaarigen Jungen war leise, aber inbrünstig. »Ich bin Moritz.«

Elisa gab ihm die Hand.

»Freut mich, dich kennenzulernen«, sagte sie.

Auch der andere Junge streckte ihr die Hand hin.

»Nico«, sagte er.

»Hallo, Nico.« Elisa lächelte ihm zu. »Nach allem, was ich gehört habe, war Emily ein tolles Mädchen, oder?«

»Ja, sie war super.« Moritz' Gesicht hellte sich allein bei der Erinnerung an die Freundin auf. »Sie war so lustig. Und sie hatte immer tolle Ideen.«

»Was denn zum Beispiel für Ideen?«

»Was wir spielen könnten! Sie hat sich immer Geschichten ausgedacht und wir haben die dann nachgespielt. Nicht so langweiliges Vater-Mutter-Kind-Zeug, was Mädchen normalerweise spielen, sondern richtig spannende Geschichten.«

»Habt ihr auch manchmal Detektiv gespielt?«

Die Jungen warfen sich einen kurzen Blick zu.

»Detektiv?«, fragte Moritz gedehnt.

»Mir ist aufgefallen, dass auf Emilys Sachen lauter weiße Rosen aufgeklebt waren, da dachte ich, dass sie möglicherweise in einer Art Detektivclub war ...«

»Detektivclub?« Die Jungen hielten mit ihren Blicken stumme Zwiesprache. Moritz hob kaum merklich die Schultern.

Aus dem gegenüberliegenden Haus kam eine blonde Frau mit einem Einkaufskorb in der Hand. Sie hatte ihre Haare mit unzähligen Klammern hochgesteckt, was sie älter wirken ließ, auch wenn ihre ganze Erscheinung in ihrem luftigen Sommerkleid mit den schmalen Trägern auf Elisa immer noch eher niedlich wirkte. Kaum, dass sie die drei auf der anderen Straßenseite bemerkt hatte, kam sie auch schon herübergelaufen.

Mist, fast hätten die Jungen angefangen zu reden ...

»Darf ich fragen, wer Sie sind und was Sie von den Kindern wollen?« Ihr Tonfall war genauso feindselig wie ihr Blick.

»Ich bin gerade mit den Jungen ins Gespräch gekommen, über Emily ...«

»Sind Sie Journalistin?«

»Ja, mein Name ist Elisa Gerlach.« Sie streckte die Hand aus, stand aber nicht auf. »Und Sie sind ...?«

»Carina Engl, die Lehrerin der Kinder.«

Sie ergriff zwar Elisas Hand, blieb aber in Abwehrhaltung. Wie eine Löwenmutter, die ihre Jungen verteidigt.

»Glauben Sie nicht, dass schon genug Unsinn in der Zeitung stand? Können Sie uns alle nicht einfach in Ruhe lassen?«

»Tatsächlich ist mir etwas aufgefallen, was vielleicht bei der Aufklärung des Mordes helfen könnte, aber bis jetzt handelt es sich dabei nur um eine Theorie. Ich kannte Emily ja nicht, deshalb habe ich die Jungen gefragt, ob sie etwas von einem Detektivclub wissen.«

»Detektivclub?«, echote Carina im gleichen Ton wie Moritz zuvor.

Elisa redete schnell weiter.

»Auf Emilys Sachen waren überall Aufkleber mit weißen Rosen. Und auf einer Schachtel, die nach ihrem Tod vor dem Restaurant niedergelegt wurde, auch. Ich habe mich gefragt, ob die weißen Rosen etwas zu bedeuten haben. Vielleicht eine Art Abzeichen ...«

Nico wurde rot.

»Weiße Rosen!« Carina Engl überlegte. Ihr feindseliger Gesichtsausdruck verschwand. Sie sah Elisa offen an. »Kennen Sie *Kalle Blomquist?* Das habe ich gerade mit den Kindern in der Schule gelesen. Da gibt es eine Kinderbande namens *Weiße Rose.*«

»Genau das ist mir auch durch den Kopf gegangen. Und Sie haben das Buch gerade in der Schule durchgenommen?«

Carina nickte. Elisa sah fragend zu den Jungen, die beide ihrem Blick auswichen. Carina setzte ein strenges Gesicht auf.

»Moritz, Nico, ihr solltet uns wirklich sagen, was ihr wisst!«

»Aber es ist geheim!«, rief Moritz. »Wir haben geschworen, dass wir niemandem davon erzählen.«

»Ihr drei habt geschworen, ihr beide und Emily?«

Moritz nickte. Dann entschied er sich zu reden.

»Emily wollte, dass es richtig echt ist. Ein Detektivclub mit richtig echten Fällen.«

Carina atmete hörbar aus und ließ sich neben Nico auf der Bordsteinkante nieder.

»Und? Hattet ihr richtig echte Fälle zu lösen?«, fragte Elisa.

»Na ja, nicht wirklich.«

»Habt ihr manchmal einfach so Leute verfolgt?«

»Manchmal«, meinte Moritz. »Aber die hatten nie wirklich was verbrochen. Das haben wir nur gespielt. Emily hat sich was ausgedacht, darin war sie echt gut.«

Es war klar, wer in dieser Dreiergruppe die Rolle des pfiffigen Meisterdetektivs übernommen hatte.

»Und am Montag? Habt ihr da auch jemanden verfolgt?«

»Am Montag?«

Moritz überlegte. »Nein, da haben wir nur hier auf der Straße gespielt. Bis wir reinmussten, wegen des Gewitters.«

»Das ist nicht ganz richtig!«, kam es plötzlich von Nico. Bis auf seinen Namen hatte er bisher nichts gesagt. Alle sahen zu ihm. Er schaute seinen Freund an. »Als deine Mutter dich gerufen hat, waren Emily und ich noch ein bisschen länger draußen. Emily ist auf einmal ganz komisch geworden. Sie ist hin und her gerannt und hat die Leute auf der Straße beobachtet, als ob da irgendwas Verdächtiges gewesen wäre.«

»Und was war das? War da irgendjemand Fremdes?«

Nico schüttelte den Kopf.

»Nein, nur Leute aus der Nachbarschaft. Deswegen habe ich mich gewundert, was sie plötzlich hatte. Ich musste dann auch rein, meine Mutter hat mich gerufen. Emily hat nur gelacht und gesagt, dass sie keine Angst vor dem Gewitter hat. Sie wollte lieber noch eine heiße Spur verfolgen.«

»Das hat sie so gesagt?« Elisa und Carina wechselten einen Blick über die Köpfe der Jungen hinweg.

»Mmm«, machte Nico.

»Was kann sie damit gemeint haben?«

»Keine Ahnung.« In Nicos Augen standen Tränen. Carina legte den Arm um seine Schultern.

»Sie hat immer gerne geheimnisvoll geklungen«, warf Moritz ein.

»Kann es sein, dass ihr Detektive am Tag vorher bei der Explosion bei den Hildebrands irgendetwas Besonderes beobachtet habt?«, erkundigte sich Elisa.

Carina sah Elisa fragend an. Sie überlegte kurz, dann schien sie Elisas Gedankengang folgen zu können. Gespannt sah sie zu den Jungen.

»Ich bin erst nach der Explosion raus auf die Straße gegangen«, sagte Moritz.

»Ich auch.«

Nico nickte.

»Und Emily?«

»Sie war schon die ganze Zeit draußen gewesen. Sie fand das alles furchtbar aufregend, aber in Wirklichkeit war es langweilig. Wir waren dort und haben den Feuerwehrleuten eine Weile zugeschaut, aber als die wieder weg sind, konnte man überhaupt nichts mehr sehen. Wir haben dann mit den Rollern ein Rennen gemacht. Wir haben mit Kreide einen Parcours aufgezeichnet.«

»Ja, ich habe euch gesehen«, bestätigte Carina. »Hat Emily denn Andeutungen gemacht, ob *sie* bei den Hildebrands etwas Ungewöhnliches beobachtet hat?«

Die Jungen sahen sich ratlos an.

»Nein, davon hat sie nichts gesagt.«

»Erst am Montag hat sie über die heiße Spur gesprochen?«

Nico nickte, während Moritz unschlüssig die Achseln hob.

»Zu mir hat sie gar nichts davon gesagt.«

»Dann muss sie irgendetwas gesehen haben, was sie plötzlich misstrauisch gemacht hat ...«

»Und dieser Sache oder dieser Person scheint sie dann mit ihrem Fahrrad gefolgt zu sein«, beendete Elisa Carinas Satz.

»Ich glaube, das ist nichts, was Sie in Ihrer Zeitung schreiben sollten. Das ist etwas, was die Polizei erfahren sollte.«

Elisa nickte.

»Da haben Sie vollkommen recht. Ich kenne den ermittelnden Kommissar zufällig persönlich.«

»Kommissar Wieland?«

»Genau. Ich werde mit ihm reden.«

Und zwar nicht am Telefon. Sie würde ihm zu Hause persönlich auflauern. Und diesmal würde er ihr solange zuhören müssen, bis sie ihn überzeugt hatte. Emily hatte laut Nico eine heiße Spur verfolgen wollen. Das konnte Henri Wieland nicht einfach ignorieren.

Carina nickte Elisa zu.

»Gut. Und ich werde jetzt zur Apotheke und zum Einkaufen gehen. Wollt ihr mich begleiten, Jungs? Vielleicht können wir ja noch kurz an der Eisdiele vorbeischauen?«

Carina lächelte, doch Elisa sah den prüfenden Blick, den sie den beiden Jungen zuwarf. Sie machte sich Sorgen um Emilys Freunde. Und sie wollte sie trösten. Wenn ein Eis auch nicht ihre Trauer lindern würde, so lenkte es sie doch für einen Moment ab.

Moritz und Nico erwiderten Carinas Lächeln. Sie schienen ihre Lehrerin zu mögen. Bereitwillig standen sie auf und schlossen sich ihr an. Moritz bot höflich an, ihren Korb zu tragen.

Elisa verabschiedete sich und ging über die Straße zu ihrem Fahrrad. Sie überlegte kurz, ob sie in der Redaktion anrufen sollte, doch die Frage war schnell beantwortet. Diesmal würde sie ihre Informationen so lange für sich behalten, bis sie sicher sein konnte, dass sie einen Artikel wert waren. Jetzt war es wichtiger, mit Henri Wieland zu sprechen und ihn dazu zu bringen, den Unfalltod von Adrian Hildebrand infrage zu stellen. Ganz neu zu denken.

Elisa griff nach der Wasserflasche in ihrem Fahrradkorb und trank gierig. Sie hatten direkt in der Sonne gesessen, und wenn sie auch nicht mehr ganz so heiß vom Himmel herunterbrannte, war Elisa doch ins Schwitzen gekommen. Durch die Sonne und durch die folgenschweren Schlussfolgerungen, die sie aus den Worten der beiden Jungen gezogen hatte.

Elisa beugte sich über den Fahrradkorb und kontrollierte ihr Handy. Sasha hatte versucht, sie zu erreichen, doch sie hatte jetzt keine Zeit zurückzurufen. Sie suchte in den Tiefen ihrer Tasche nach dem Fahrradschlüssel, als sie hinter sich plötzlich schnelle Schritte hörte und dann einen heftigen Schmerz an der Schläfe spürte. Sie wollte sich umdrehen, doch ihr Körper gehorchte ihr nicht mehr. Auf einmal war alles um sie herum schwarz.

Donnerstag

Carina trat nackt an den Schrank, um frische Wäsche herauszuholen. Sie hielt inne, als sie ihr Spiegelbild an der Schranktür sah. Dunkle Ringe unter den Augen zeugten von ihrer Müdigkeit. Ihre Haut war blass und fühlte sich trocken an. Sie hatte in den letzten Nächten wenig geschlafen. So viel war tagsüber passiert, das sie nachts nicht losgelassen hatte. Sie hatte sich hin- und hergewälzt, war immer wieder aus dem Schlaf hochgeschreckt, um gleich darauf in einen neuen, merkwürdig realen, aber gleichzeitig vollkommen unsinnigen Traum zu fallen. Sie hatte Szenen mit Emily und Adrian erlebt, manche wie ein Déjà-vu vermischt mit realen Begegnungen aus der Vergangenheit, manche ganz und gar surreal, entsprungen aus Carinas gegenwärtigem Gefühlswirrwarr.

Doch auch wenn sie müde aussah, hatten ihre Augen einen neuen Glanz. Carina hatte das Gefühl, von innen heraus zu strahlen. Auch in der letzten Nacht war der Schlaf nicht erholsam gewesen, aber diesmal waren ihre Gedanken glücklicher Natur gewesen. Aufregend und glücklich!

Carina drehte sich vor dem Spiegel ins Profil. Prüfend musterte sie ihren Körper von oben bis unten, schließlich blieb der Blick auf dem Bauch hängen. Er war flach wie stets, Carina hatte einen zierlichen Körper mit schmalem Rumpf und kleinen Brüsten. Michael versicherte ihr zwar immer wieder, dass er sie wunderschön fand, genau wie sie war, doch Carina war sich sicher, dass ihm ein üppigerer Busen besser gefallen würde.

Lächelnd strich Carina über ihren Bauch. Bald würde sie mehr zu bieten haben. Am Bauch und auch am Busen. Ein bisschen musste sie sich noch gedulden, sie war erst in der vierten Woche, wenn sie richtig gerechnet hatte. Aber was waren schon ein paar Monate gegen die lange Zeit, die sie auf diesen Moment gewartet hatte?

Carina nahm das Teststäbchen vom Nachttisch und überprüfte, ob der blaue Streifen immer noch zu sehen war. Ja – klar und deutlich! Ob sie das Stäbchen länger aufbewahren konnte? Michael hatte es abgelehnt, das Teststäbchen überhaupt auf seinen Nachttisch zu legen – »Das riecht doch nach Urin!« –, doch Carina hätte es gern für immer aufbewahrt. Schließlich war es ein Glücksbringer. Im wahrsten Sinne des Wortes.

In der Küche klapperte Michael mit dem Frühstücksgeschirr. Carina zog sich schnell an und ging hinüber zu ihm. Michael war dabei, Marmelade aus dem Kühlschrank zu holen.

»Guten Morgen!« Carina küsste ihn von hinten auf den Rücken. Michael drehte sich um und küsste sie zurück. Auf den Mund.

»Guten Morgen!« Er grinste. »Zu zweit ist es doch viel netter!«

»Zu zweit?« Carina sah ihn fragend an. »Freust du dich denn gar nicht?«

»Wie meinst du das?«

»Auf das Baby. Freust du dich gar nicht auf das Baby?«

»Doch ... natürlich ... sicher!«, beeilte er sich zu versichern. »Das meine ich doch gar nicht.«

»Sondern?«

»Ich meine, zu zweit ohne Judith. Gestern war ich mir nicht sicher, ob es eine gute Idee war, sie wegzuschicken, aber jetzt bin ich froh, dass wir wieder allein sind.« Michael zog Carina an sich und küsste sie erneut. »Sie kann es sich leisten, in ein Hotel zu gehen.«

Carina nickte. »Ich glaube, dass sie uns nicht wirklich braucht.«

»Im Gegenteil.«

»Sie trauert weniger um Adrian, als wir das tun.«

Michael musterte Carina. Er strich ihr leicht über die Wange.

»Judith denkt immer nur an ihren Vorteil«, fuhr Carina fort. »Sie ist ein richtig gefühlskaltes Monster.«

Michael drückte Carina fest an sich.

»Nicht jeder ist so sensibel wie du, meine Süße. Und deshalb liebe ich dich so sehr!«

Carina ließ sich in Michaels Umarmung fallen. Sie wollte nicht mehr an Judith denken. Sie wollte sich freuen, sie wollte glücklich sein. Endlich war ihr größter Wunsch in Erfüllung gegangen.

Das Erste, was Elisa fühlte, als sie zu sich kam, waren stechende Kopfschmerzen. Danach ein muffiger, schweißiger Geruch an der Nase. Sie öffnete die Augen, doch es blieb dunkel. Als hätte ihr jemand ein Stoffstück um die Augen gebunden. Ein Kleidungsstück. Ein verschwitztes, stinkendes Kleidungsstück. Elisa versuchte, durch den Mund zu atmen, doch ihre Lippen wurden von einem straff festgezurrten Klebeband zusammengepresst.

Genauso wenig gelang es ihr, sich aufzurichten. Sie lag auf dem Rücken, ihre Hände waren über dem Kopf festgebunden. Sie ertastete mit den Fingerspitzen etwas Rundes, metallisch Kühles. Ein Rohr vielleicht, hinter dem ihre Hände zusammengebunden waren? Mit einem fingerdicken Seil, das kratzte.

Auch Elisas Füße waren zusammengeschnürt. Jemand hatte sichergestellt, dass sie sich weder von der Stelle bewegen noch bemerkbar machen konnte. Immerhin gelang es ihr, die Beine etwas auszustrecken, als sie langsam ihre starren Muskeln dehnte und sich langmachte.

Elisas Jeans war steif und fühlte sich klamm an. Sie fröstelte, ein Schauer überlief ihren Körper, gefolgt von einer heftigen Gänsehaut. Mit dem Gesicht drückte sich Elisa gegen den Oberarm und spürte halb Stoff, halb nackte Haut. Vermutlich trug sie immer noch das T-Shirt, das sie bei ihren Befragungen in Nymphenburg nassgeschwitzt hatte.

Elisa lag auf hartem Untergrund. Es war schwer auszumachen, an welchem Ort sie sich befand. Elisa versuchte, sich zu erinnern. Was war passiert? Jemand hatte ihr einen harten Gegenstand von der Seite an den Kopf geschlagen. An mehr konnte Elisa sich nicht erinnern. An ihrer Schläfe pulsierte es immer noch heftig – wie ein Echo des Schlages strahlte der Schmerz in ihren ganzen Körper aus. Sie wusste nicht, wo sie sich befand. Sie hatte keine Ahnung, wie sie an diesen Ort gekommen war. Vage spukte ein Ton in ihrer Erinnerung herum. Der Signalton eines Schiffes. Oder war es das, was sie jetzt im Moment hörte? Elisa versuchte, sich zu konzentrieren, doch es kostete enorm viel Kraft, ihre Wahrnehmung auf einen Gedanken zu fokussieren. Es klang wie ein Schiffshorn. Wie eines der großen Containerschiffe im Hamburger Hafen.

War sie am Ende in Wirklichkeit dort? War alles nur ein Traum gewesen? Der Umzug? Die *Morgenzeitung*? Lag sie in Hamburg im Bett und schlief?

Erneut riss Elisa die Augen auf, doch der Blick auf ihre Umgebung blieb ihr verwehrt. Sie sah lediglich einen dunklen Streifen vor ihrem Gesicht, an dessen oberem und unterem Rand es heller schimmerte. Das war alles. Nicht einmal das Schiffshorn war jetzt noch zu hören.

Elisa verspürte plötzlich irrsinnigen Durst. Ihr Mund war vollkommen ausgetrocknet, die Zunge hing wie ein schlaffer Klumpen im Mundraum. Vergeblich schob sie die Zunge hoch und stieß von innen gegen ihre Lippen. Sie konnte das Klebeband nicht wegdrücken.

Schwankte der Untergrund etwa? War sie doch auf einem Schiff? Elisa versuchte erneut, sich auf Geräusche aus ihrer nächsten Umgebung zu konzentrieren. Doch sie konnte nicht mehr unterscheiden, ob es ihr Körper war oder der Untergrund, der sich bewegte. Wie eine große Welle erfasste sie die Dunkelheit, die ihr Bewusstsein mit in die Tiefe riss.

Als Henri in die Küche kam, war Karen in die Lektüre der Zeitung vertieft. Die Orangenhälfte in ihrer Hand verriet, dass sie ihre Frühstücksvorbereitungen unterbrochen hatte. Die Berichterstattung in der Zeitung war offensichtlich spannend.

»Haben die Journalisten neue Erkenntnisse in unserem Fall gewonnen?«, fragte Henri.

Karen drehte sich zu ihm um.

»Reg dich nur nicht gleich wieder auf, Henri!«

»Warum? Gibt es etwa Grund, sich aufzuregen?«

Er warf einen Blick über Karens Schulter. In der aufgeschlagenen Zeitung waren mehrere Fotos abgedruckt. Emilys Fahrrad war zu sehen, übersät von den Rosenaufklebern, von denen Elisa gesprochen hatte. Daneben befand sich eine Aufnahme des Restaurants von Emilys Eltern mit einer Vergrößerung des Zettels mit der Ankündigung, dass das *Delicat* am Abend wieder geöffnet sein würde.

Der Artikel neben den Fotos war erneut von Jette Jasmund geschrieben worden. Henri überflog die überschaubaren Textzeilen. Die Journalistin berichtete in wenigen Worten, dass Stephan Jacobi nun doch ein Alibi vorweisen konnte. Dann ließ sie sich umso ausschweifender darüber aus, dass die Jacobis so kurze Zeit nach dem Mord an Emily schon wieder ans Arbeiten denken konnten und das Restaurant geöffnet hatten. Jedes Wort von Jette Jasmund drückte unverhohlene Missbilligung aus. Es war offensichtlich, dass sie sich mangels anderer Fakten auf diesen Nebenschauplatz begeben hatte und das Thema nun genauso reißerisch aufmachte wie den angeblichen Verdacht vom Vortag. Elisa schien die Wahrheit gesagt zu haben; für den Artikel über Stephan Jacobi musste allein Jette Jasmund verantwortlich gewesen sein.

Henris Blick fiel auf Elisas Namen, der unter einem Artikel auf der nächsten Seite stand. Sie berichtete über die Anzahl der Sporthallen im Stadtgebiet und deren Auslastung. Der Text war sachlich, informativ und lebendig geschrieben. Henri wurde langsam klar, dass er Elisa unrecht getan hatte. Und zwar gewaltig!

»Morgen!«

Anna betrat die Küche, gefolgt von Luna. Der Hund schnupperte kurz an Henris Hosenbeinen und lief dann wieder hinaus. Karen, die inzwischen weiter Orangensaft ausgepresst hatte, drehte sich zu Anna.

»Guten Morgen, Anna! Hast du gut geschlafen?«

»Mmm«, machte Anna nur und lud sich wie jeden Morgen alles auf den Arm, was sie für ihr Frühstück benötigte. Nur nicht zweimal zwischen Küche und Esstisch hin- und hergehen müssen.

Karen ließ sich nicht beirren.

»Ich schneide dir ein paar Paprikastreifen für die Schule auf«, teilte sie Anna mit.

»Mmm.«

Henri betrachtete erneut die Aufnahme von Emilys Fahrrad. Woher hatte die Presse dieses Foto? Das Rad war immer noch bei der Spurensicherung, wann hätten die Pressefotografen eigene Aufnahmen davon machen können? Die Aufnahme sah so aus wie das Bild, das sie bei der Pressekonferenz an die

Wand geworfen hatten. Ob die Journalisten das abfotografiert hatten? Dafür war die Qualität des Bildes jedoch zu gut. Das sah nicht nach einer übermäßig hellen Aufnahme aus, was der Fall hätte sein müssen, wenn das Bild an die Wand projiziert worden war.

Henri beugte sich über die Zeitung und betrachtete das Foto genauer. Es hatte genau die gleiche Perspektive wie die Aufnahme der Spurensicherung. Und die vielen weißen Rosenaufkleber waren genauso im Mittelpunkt des Bildausschnitts wie auf den Polizeibildern. War es möglich, dass die *Morgenzeitung* in den Besitz der Aufnahmen der Spurensicherung gelangt war? Aber wie sollten sie das geschafft haben? Die Kollegen der Spurensicherung hatten alle Tatortfotos im zentralen System abgelegt, die Ermittler hatten sie dann selbst ausgedruckt, sonst hatte niemand die Fotos in die Hand bekommen. Konnten sich die Journalisten inzwischen etwa auch in das Polizeisystem hacken?

»Henri!«

So klang die Stimme seiner Mutter, wenn er nicht zuhörte.

»Was ist?«

»Ich habe gerade gesagt, dass ich mich heute Abend mit meinen Mädels treffe und dass du dich um das Essen und Anna kümmern musst.«

Karens »Mädels« waren in genauso fortgeschrittenem Alter wie Karen selbst, eine muntere Truppe verheirateter oder verwitweter Damen, die sich regelmäßig zu verschiedensten Aktivitäten trafen, wobei gemeinsame Spaziergänge oder Museumsbesuche zu den harmloseren Unternehmungen zählten. Berühmt-berüchtigt waren dagegen die langen Rommé-Abende, die mit starkem Alkoholkonsum einhergingen. Seltsamerweise machte es Karen überhaupt nichts aus, an solchen Abenden sämtliche Gesundheits- und Ernährungsgrundsätze über Bord zu werfen, an die sie sich sonst streng hielt, wenn sie für Henri und Anna kochte.

»Wir könnten heute Abend grillen«, schlug Henri Anna vor. Grillen war bei Karen überhaupt nicht beliebt. Auch jetzt war ihr anzusehen, dass sie sich mühsam einen Kommentar über krebserregende Substanzen im Grillfleisch verkniff.

Annas Bedenken waren anderer Natur.

»Könnten wir machen«, sagte sie gedehnt. »Wenn du es schaffst, mal nicht so spät nach Hause zu kommen. Und vorher einzukaufen.«

Henri versuchte an den Abenden, an denen Karen nicht zu Hause war, früher heimzukommen, damit Anna nicht allein war. Bei laufenden Ermittlungen klappte das nicht immer.

Luna kam zurück in die Küche und rieb sich nacheinander an Annas, Henris und Karens Beinen. Als keiner von ihnen reagierte, jaulte sie einmal leise auf.

»Lass Luna doch kurz mal raus!«, forderte Karen Henri auf. »Ich kümmere mich in der Zwischenzeit um das Frühstück.«

Henri nickte geistesabwesend. Er war in Gedanken immer noch bei den Fotos, die in der *Morgenzeitung* abgedruckt waren.

»Komm, Luna.«

Henri öffnete die Haustür. Luna erleichterte sich am Pfosten des Carports. Damit jeder Hund, der dort vorbeikam, sofort wusste, dass dieses Grundstück ihr Revier war.

Henri sah zu den Mülltonnen hinüber. Elisas Fahrrad stand nicht dort. Bildete sie sich etwa ein, dass sie wegen dieses einen Regenschauers nun ihr Rad immer unter dem Carport abstellen konnte? Er ging ein paar Schritte an der Hauswand entlang und warf einen Blick um die Ecke. Kein Fahrrad.

Seltsam.

Eine Journalistin, die sich schon vor acht Uhr auf den Weg zur Arbeit machte. Noch dazu bei einer Zeitung, die morgens erschien und damit ihren Redaktionsschluss wahrscheinlich eher am Abend hatte. Oder hatte sie sich schon in aller Frühe auf den Weg gemacht, weil sie immer noch dabei war, Privatermittlungen zu betreiben?

»Luna!«

Henri rief nach der Hündin, die ihm brav zurück ins Haus folgte.

»Hast du Elisa Gerlach heute schon gesehen oder gehört?«, fragte Henri seine Mutter, als er zurück in die Küche kam. Anna hob den Kopf, als Elisas Name fiel, und sah neugierig zu ihnen hinüber.

»Elisa?« Karen überlegte. »Nein, weder gesehen noch gehört. Warum fragst du?«

»Ich wollte bei ihr nachhaken, wo die *Morgenzeitung* unsere Tatortfotos herhat. Aber ihr Fahrrad ist schon weg.«

»Vielleicht hat sie es gestern irgendwo stehenlassen und ist mit den öffentlichen Verkehrsmitteln heimgekommen«, schlug Anna vor.

»Dann müsste sie ja da sein.« Henri stellte die Kaffeetasse, die er gerade in die Hand genommen hatte, wieder ab. »Ich schaue mal kurz hoch.«

»Sei nicht wieder so grob zu ihr, Henri. Sie war gestern richtig fertig.«

»Genau, Papa. Du warst echt fies zu ihr. Dabei konnte sie gar nichts dafür.« Auch Anna ergriff Elisas Partei.

»Mag sein. Aber man wird ja wohl mal fragen können, wie die Presse an Tatortfotos kommt. Wenn die in der Lage sind, sich in unser System zu hacken ...«

Henri nahm immer zwei Stufen auf einmal, als er die Treppe nach oben lief. Diesmal klopfte er weniger heftig an die Tür als am Vortag. Als sich drinnen nichts rührte, wurde sein Klopfen lauter. Immer noch keine Reaktion. Vorsichtig drückte Henri die Klinke nach unten, die Tür ging auf. Elisa schien die Wohnungstür nie abzuschließen.

»Elisa? ... Äh ... Frau Gerlach?«, rief Henri in die Wohnung hinein. Keine Antwort. Henri schob die Tür ein Stück weiter auf. Die Wohnung machte einen aufgeräumten, vor allem aber menschenleeren Eindruck. Henri spähte um die Ecke in den Schlafbereich. Das Bett war gemacht, Elisa schien in dieser Nacht nicht hier geschlafen zu haben.

Es ging Henri nichts an, doch auf einmal beunruhigte es ihn, dass sie nicht da war. Sie wohnte erst seit Kurzem in der Stadt, bei wem sollte sie übernachtet haben? Hatte sie jemanden kennengelernt und gleich die Nacht mit ihm verbracht? Irgendwie wirkte sie nicht wie eine Frau, die mit dem Erstbesten ins Bett ging. Aber was wusste er schon über sie? Nicht viel. Schließlich war er ihr konsequent aus dem Weg gegangen.

Was er langsam zu bereuen begann ...

»Ist sie nicht da?«

Anna stand auf der Türschwelle und sah ihren Vater fragend an.

»Nein. Entweder sie hat überhaupt nicht hier übernachtet oder sie ist schon früh aufgestanden. So früh, dass sie sogar noch Zeit hatte, ihr Bett fein säuberlich zu machen.« Henri zögerte. »Obwohl sie nicht gerade wie eine ordnungsliebende Frühaufsteherin auf mich wirkt.«

»Papa!«

Henri winkte ab.

»Ja, ich weiß. Ich sollte so was nicht sagen, schließlich kenne ich sie überhaupt nicht.«

»Das meine ich nicht ...« Anna sog hörbar die Luft ein.

»Sondern?«

»Ich mache mir wirklich Sorgen um Elisa. Wenn ihr etwas zugestoßen ist und sie deshalb nicht nach Hause gekommen ist?«

Henri legte Anna den Arm um die Schultern und drückte sie an sich.

»Wir müssen sicher nicht gleich an das Schlimmste denken ... Weißt du was? Ich werde sie nachher in der Redaktion anrufen, weil mich eher die Tatsache beunruhigt, dass die Presse an unsere Tatortfotos gekommen ist. Und dann wird sich bestimmt schnell aufklären, ob Elisa woanders übernachtet hat.«

Als Elisa wieder zu sich kam, hämmerten noch quälendere Schmerzen in ihrem Kopf. Der Durst war noch stärker geworden. Dazu kam lautes Magenknurren, Elisa hatte nun auch gewaltigen Hunger. Sie hatte keine Ahnung, wie lange es her war, dass sie zuletzt etwas gegessen hatte. Sie erinnerte sich, dass sie aus ihrer Wasserflasche getrunken hatte – kurz, bevor sie überwältigt worden war. Doch wie viel Zeit war seither vergangen? Ein paar Stunden? Eine ganze Nacht? Oder noch länger? Am Rand ihrer stinkenden Augenbinde schimmerte immer noch ein heller Streifen. Also war es um sie herum zumindest nicht komplett dunkel. Wenn das Tageslicht war, dann hatte sie mindestens eine Nacht hier gelegen.

Elisa fühlte sich nicht mehr so benebelt wie zuvor. Ihre Wahrnehmung war nun geschärft, sie nahm weitere Eindrücke ihrer Umgebung auf. Wieder kam es ihr so vor, als ob der Untergrund, auf dem sie lag, leicht schwankte. Und dazu hörte sie ein leichtes Plätschern, wie von Wellen, die gegen einen Schiffskörper schlagen. Also war ihr erster Eindruck, dass sie sich auf einem Boot oder einem Schiff befand, richtig gewesen. Aber wo? Wo war sie? Und warum war sie ausgerechnet auf einem Boot? Wer hatte sie hierher geschafft? Und warum? Sie konnte keinen Motor hören. Elisa konzentrierte sich und versuchte, alles, was an ihr Ohr drang, in Einzelgeräusche zu zerlegen. Sie hörte ein Schnattern. Vielleicht von einer Ente? Klirrendes Metall, das rhythmisch gegeneinander schlug. Irgendetwas knarzte, doch Elisa konnte das Geräusch nicht einordnen. Sie war auf jeden Fall nicht im Freien, sondern in einem wie auch immer gearteten Raum. Alles, was sie hörte, klang entfernt, wie durch eine Wand. Dann plötzlich ganz klar der Schrei einer Möwe. War sie irgendwo auf offenem Wasser? Oder lag das Boot, in dem sie gefangen war, in einem Hafen?

Das fortgesetzte Plätschern regte Elisas Blase an. Auch wenn sie extremen Durst hatte, wollte ihr Körper Flüssigkeit loswerden. Das war nicht fair! Sie brauchte jeden einzelnen Tropfen. Elisa presste die Beine fest zusammen. Sie musste an etwas anderes denken.

Zum Beispiel daran, was passiert war und wer sie auf dieses Boot befördert hatte. Wer hatte ein Interesse daran, sie hier festzuhalten? Oder noch schlimmer: sie verschwinden zu lassen? Hatte sie mit ihren Fragen ins Schwarze getroffen? Gab es tatsächlich einen Zusammenhang zwischen der Explosion in Adrian Hildebrands Haus und dem Mord an der kleinen Emily? Und wollte der Täter sie, die einzige Person, die diesen Zusammenhang bisher erkannt – na ja, eher erahnt – hatte, aus dem Weg schaffen? Elisa schluckte.

Wer konnte überhaupt wissen, dass Elisa bei ihren Recherchen dieser neuen Spur gefolgt war? Sie hatte am Telefon mit Henri Wieland darüber gesprochen und er hatte keinen Zweifel daran gelassen, was er von ihrer Theorie hielt. Ob jemand dieses Gespräch belauscht haben konnte? Elisa hatte von der Redaktion aus telefoniert und sie war sich sicher, dass bei der *Morgenzeitung* niemand davon etwas mitbekommen hatte. Jette und Dennis waren nicht an ihren Plätzen gewesen und die anderen Kollegen zu weit weg, um etwas zu verstehen, zumal Elisa extra leise gesprochen hatte.

Es war sehr viel wahrscheinlicher, dass der Täter sie bei ihren Nachforschungen in Nymphenburg bemerkt hatte. Sie hatte Judith Hildebrand und die beiden Jungen befragt und schließlich auch noch mit der Lehrerin, Carina Engl, über ihren Verdacht gesprochen. Doch sicher wäre keine der beiden Frauen dazu in der Lage gewesen, Elisa zu überwältigen. Niederschlagen, ja. Das war denkbar. Aber keine der beiden hätte es geschafft, Elisa irgendwohin zu tragen. Beide waren mindestens einen Kopf kleiner als Elisa und sie sahen nicht gerade wie durchtrainierte Kraftpakete aus.

Der Täter musste Elisa beobachtet und vielleicht sogar ihren Worten gelauscht haben, als sie ihren Verdacht gegenüber Judith und Carina geäußert hatte. Doch Elisa konnte sich an niemanden erinnern, der auch nur annähernd in ihre Hörweite gekommen war.

Plötzlich vernahm sie Schritte. Das Geräusch kam nicht von oben, sondern seitlich von Elisa. War da ein Steg neben dem Boot? Oder war das Boot so groß, dass man die Kabine auf Deck umrunden konnte? Aber dann würde das Wellenplätschern nicht so laut zu hören sein; bis jetzt hatte es sich eher angefühlt, als sei sie auf einem kleineren Boot gefangen, das unmittelbarer den Bewegungen des Wassers ausgesetzt war. Vielleicht lag das Boot in einem Hafen und gerade lief jemand auf dem Anlegesteg vorbei. Elisa versuchte zu schreien, doch es kam nur ein kläglicher und viel zu leiser Ton aus ihrer Kehle. Das Klebeband über ihrem Mund verhinderte, dass sie sich artikulieren oder um Hilfe rufen konnte. Schon wurden die Schritte leiser. Elisa zog die Füße an und trat mit aller Kraft nach unten aus. Sie wollte ein Geräusch erzeugen, mit dem sie auf sich aufmerksam machen konnte. Doch ihre Füße stießen ins Leere. Sie rollte sich so weit zur Seite, wie es ihre festgebundenen Arme zuließen, und trat aus. Diesmal traf sie auf einen harten Widerstand, doch das Geräusch, das dabei entstand, war nur ein dumpfer Schlag. Nichts, was die Aufmerksamkeit einer Person auf sich ziehen konnte, die zufällig draußen vorbeiging. Elisa lauschte erneut. Sie hörte keine Schritte mehr.

Immerhin war es nicht der Täter, der zurückgekommen war, um was auch immer mit ihr zu tun. Ob er sie hier nur festhalten wollte? Aber was sollte ihm das bringen, wenn er sein Geheimnis dauerhaft schützen wollte? Bei Emily schien er auch nicht lange gefackelt zu haben, wenn Elisas Theorie, dass Emily eine unbequeme Zeugin war und deshalb hatte sterben müssen, stimmte. Würde er Elisa genauso töten? Und wenn er das vorhatte, warum hatte er es nicht längst getan? Warum hatte er sie zusammengeschnürt wie ein Paket auf diesem Boot gelassen? Elisas Gedanken rasten. Was würde geschehen, wenn er zurückkam? Glaubte der Täter ernsthaft, davonkommen zu können, wenn nun auch noch eine dritte Person, die mit dem Geschehen in Nymphenburg zu tun hatte, unter mysteriösen Umständen verschwand? Oder auch zu Tode kam? Elisa spürte, wie ihr der Schweiß ausbrach, obwohl der Untergrund, auf dem sie lag, kalt war. Hatte er sie deshalb auf dieses Boot gebracht, um einen Unfall oder etwas Ähnliches weit weg von Nymphenburg zu arrangieren? Man würde ihre Leiche irgendwo finden und niemand würde einen Zusammenhang zu den Recherchen herstellen, die Elisa betrieben hatte.

Wusste der Täter, dass es länger dauern würde, bis überhaupt jemand Elisas Abwesenheit bemerkte? Jetzt wurde Elisa schmerzlich bewusst, dass sie mit niemandem in der Redaktion über ihre Pläne gesprochen hatte. Dennis würde sich wahrscheinlich wundern, wenn Elisa nicht zur Arbeit erschien, aber er würde deshalb nicht gleich die Polizei alarmieren. Vielleicht würde er hinter ihr hertelefonieren und ein paar Nachrichten auf ihrer Mailbox hinterlassen, aber bis er sich ernsthaft Sorgen machte, würde einige Zeit vergehen.

Carina Engl war die einzige Person, die über Elisas Recherche Bescheid gewusst hatte. Elisa hatte mit ihr ausgemacht, dass sie Henri Wieland über ihre Schlussfolgerungen informieren würde, aber wie sollte die Lehrerin jemals erfahren, dass es dazu nicht mehr gekommen war? Sie würde schlicht und ergreifend davon ausgehen, dass die Polizei Elisas Theorie hatte widerlegen können und daher diese Spur nicht weiter verfolgt wurde.

Wann würden die Wielands bemerken, dass Elisa verschwunden war? Elisa hatte den Verdacht, dass Karen ihre Ohren überall hatte. Sie bekam vermutlich genau mit, wann Elisa das Haus betrat und wann sie es verließ, und ihr würde früher oder später auffallen, dass Elisa nicht mehr heimkam.

Anna würde von ihrem Baumhaus aus sehen, dass die Tür zur Dachterrasse geschlossen war, die Elisa eigentlich immer sofort aufriss, wen sie heimkam, um frische Luft in die Dachwohnung zu lassen. Und Henri Wieland würde sich freuen, wenn Elisas Fahrrad ihm nicht mehr im Weg stand. Aber würden sie sich deshalb gleich Sorgen um ihre Mieterin machen? Würde Henri sich an Elisas Anruf erinnern, in dem sie ihm von ihrem Verdacht erzählt hatte? Irgendwann wahrscheinlich schon, aber dann konnte es für sie bereits zu spät sein.

Sie konnte nicht darauf warten, dass jemand ihr Verschwinden bemerkte. Und sie konnte erst recht nicht darauf vertrauen, dass es irgendjemandem gelingen würde, sie auf diesem Boot aufzuspüren. Sie musste selbst aktiv werden. Sie musste versuchen, sich von ihren Fesseln zu befreien, um abhauen zu können, bevor ihr Entführer wiederkam.

Blind berührte Elisa mit den Fingerspitzen die Schnur, die ihre Hände hinter dem Metallrohr fesselte. Sie konnte das lose Ende des Seils ertasten, doch es war nicht möglich, ihre Hände so weit zu drehen, dass sie das Seil zu fassen bekam. Ihr Entführer hatte nicht nur die Handgelenke zusammengeschnürt, sondern auch noch die Finger mit Klebeband umwickelt, sodass sie sie nicht voneinander lösen und nach irgendetwas greifen konnte. Sie zerrte an der Schnur, die immer tiefer ins Fleisch einschnitt, aber kein bisschen lockerer wurde.

Mit einer verzweifelten Anstrengung spannte Elisa ihre Bauchmuskeln an und warf ihre zusammengebundenen Füße, so weit es ging, hinter ihren Kopf. Sie wollte die Füße in die Nähe ihrer festverschnürten Hände bringen, um zumindest die Fessel an den Knöcheln zu lösen. Die verrenkte Haltung tat am ganzen Körper weh, doch Elisa zwang ihre langen Beine immer weiter nach hinten. Tatsächlich berührten ihre Finger die Fußfesseln, doch sie bekam ihre Hände nicht weit genug auseinander, um wirklich zupacken zu können. In ihren zusammengedrückten Fingerspitzen hatte sie nicht genug Kraft, um das Seil fassen zu können. Immer wieder glitt sie ab. Elisa ließ die Füße zurück auf den Boden fallen und streckte sich. Sie lockerte ihre Muskeln und sammelte sich. So schnell würde sie nicht aufgeben. Mit Schwung warf sie ihre Füße erneut nach hinten.

Während der Morgenbesprechung spürte Henri eine merkwürdige Unruhe. Er wusste, wie wichtig der Informationsaustausch war, und normalerweise legte er viel Wert darauf, dass alle Mitglieder des Teams den gleichen Wissensstand hatten. Doch an diesem Morgen ging ihm alles zu langsam. Das konnte daran liegen, dass Roman sich in letzter Minute zu ihnen gesetzt hatte und mit seinen zahlreichen Rückfragen und seinem ewigen *Wir brauchen bald Ergebnisse!* immer wieder den Informationsfluss unterbrach. Doch jeder wusste, dass es schneller ging, seine Fragen zu beantworten, als sich mit ihm auf eine Diskussion darüber einzulassen, dass er nicht in der Lage war, vor der Besprechung ihre Berichte zu lesen.

Henri fasste seinen und Lenz' erneuten Besuch bei den Jacobis in kurzen Worten zusammen und endete mit der Schlussfolgerung, dass sie Christoph Jacobi für unschuldig hielten, der Täter also mit großer Wahrscheinlichkeit nicht im familiären Umfeld zu finden war.

Als Nächstes kam Marius dran.

»Kennt ihr den schon?«, begann er, doch Henri schnitt ihm sofort das Wort ab.

»Nicht jetzt, Marius.«

»Ich wollte bloß 'n bisschen die Stimmung auflockern.«

Henri schüttelte den Kopf. Ohne ihn eines weiteren Blickes zu würdigen, berichtete Marius von seinem Gespräch mit Dr. Vogel. Der Rechtsmediziner zog durchaus in Erwägung, dass Emily mit der Luftpumpe penetriert worden war. Er hatte auf der linken Innenseite der Scheide eine leichte Abschürfung gefunden, aus der etwas Blut ausgetreten war. Diese Verletzung konnte von dem Plastikstück verursacht worden sein, das beim Luftaufpumpen auf das Fahrradventil aufgesetzt wurde. Doch festlegen wollte sich Dr. Vogel letztendlich nicht. Er betonte, es sei denkbar, er könne aber nicht zweifelsfrei nachweisen, dass Emily mit einem derartigen Gegenstand misshandelt worden war.

Außerdem berichtete Marius, das Labor habe bestätigt, Stephan Jacobi könne nicht der Täter sein. Seine DNA stimmte nicht mit der DNA überein, die unter Emilys Fingernägeln sichergestellt worden war.

Eine Kollegin von der Hotline zählte die Hinweise auf, die inzwischen eingegangen waren. Selbst bei einem solchen Fall gab es Wichtigtuer, die meinten, sich mit vagen oder verworrenen Angaben hervortun zu müssen. Meistens stellte sich im Nachhinein heraus, dass weder ihre Zeit- noch ihre Ortsangaben korrekt waren, doch da sie immer beteuerten, sich ganz sicher zu sein, waren die Beamten verpflichtet, jedem einzelnen Hinweis nachzugehen. Seit die Fotos von Emilys Fahrrad in der *Morgenzeitung* erschienen waren, hatten noch mehr Leute angerufen, die sie damit gesehen haben wollten. Bei der genauen Überprüfung hatte sich dann herausgestellt, dass alle Angaben letztendlich nur das bestätigten, was sie schon wussten: Emily war zuerst zu ihrer Schule, von dort aus zum Schloss und dann in den Park geradelt.

Als Henri die Besprechung für beendet erklärt hatte, verließ er selbst als Erster eilig den Raum, bevor Roman ihn mit weiteren Fragen behelligen konnte. In seinem Büro griff er sofort nach dem Telefon. Lenz, der ihm gefolgt war, sah Henri fragend an, doch er konzentrierte sich auf das Freizeichen von Elisas Handy, und Lenz ging wieder hinaus.

»Hier ist die Mailbox von Elisa Gerlach. Bitte hinterlassen Sie nach dem Signalton Ihren Namen und Ihre Nummer, ich rufe Sie dann gern zurück!«, hörte er Elisa sagen. Ihre Stimme klang, als ob sie beim Sprechen lächelte.

Henri legte auf. Er sah erneut auf die Kontaktliste seines Handys. Elisa hatte ihn sowohl von ihrem Handy als auch vom Festnetzanschluss in der Redaktion angerufen. Nach ihrem zweiten Anruf hatte er beide Nummern unter ihrem Namen abgespeichert, um in Zukunft vorgewarnt zu sein. Sollte sie nun bei jedem Fall mit ihren Fragen nerven, dann würde er seine Mobilfunknummer ändern müssen. Er hatte kein Problem damit, seine Handynummer bei Ermittlungen an betroffene Personen weiterzugeben, aber dass jemand von der Presse ihn nun direkt erreichen konnte, war nicht lustig. Die Journalisten sollten sich gefälligst an die Pressestelle wenden, wenn sie Auskünfte für ihre Berichterstattung brauchten.

Noch bevor Henri Elisas Nummer in der Redaktion anwählen konnte, klingelte sein eigener Festnetzanschluss. Es war Arnie, der Chef der Spurensicherung. Wie immer hielt er sich nicht mit langem Herumgeplänkel auf.

»Wegen der Explosion«, klärte er Henri über den Grund seines Anrufs auf. »Ich hab dem Schmitt gestern Dampf gemacht, als du angerufen hast. Der Abschlussbericht war noch nicht fertig ... wegen der Kleinen ... du weißt schon ...«

Arnies Gestotter war mehr als untypisch für ihn.

»Was genau willst du mir sagen?«, fragte Henri.

»Na ja, also ... als wir Schmitt bei den Ermittlungen wegen der Kleinen ...«

»Emily?«

»Ja, genau ... Emily. Als wir Schmitt von der Explosion abgezogen haben, um den Tatort im Park und die Sachen von der Kleinen zu untersuchen, da war er mit dem Herd noch nicht fertig.«

»Mit welchem Herd?« Henri wurde langsam ungeduldig. »Kannst du mal Klartext reden, Arnie?«

»Mit dem Herd, den wir nach der Gasexplosion hierher geschafft haben.«

»Aus der Küche von Adrian Hildebrand? Was ist mit dem Herd?« Henri horchte auf.

»Ich habe mir das Teil gerade angesehen und ich fürchte, dass Schmitt recht hat.«

»Recht womit? Arnie, jetzt rede schon!« Henri wurde lauter.

»Es sieht so aus, als sei das Ding manipuliert worden. Nur ganz minimal, man sieht es kaum, aber wir haben Kratzspuren gefunden, die darauf hindeuten, dass die Gaszuleitung geöffnet wurde.«

»So, dass Gas ausströmen konnte?«

»Genau.«

»Wie ist das möglich? Das hättet ihr doch gleich sehen müssen, wenn die Leitung beschädigt war!«

»Nicht, wenn der Täter so schlau war, die Leitung direkt am Herdanschluss aufzuhebeln«, wies Arnie Henris Vorwurf zurück und setzte gleich noch einen drauf. »Außerdem hast du ja selbst gesehen, wie der Herd nach der Explosion aussah. Alles war verkohlt, Schmitt musste erst mal sämtliche Teile freilegen.«

Henri ging es nicht um die Versäumnisse der Kollegen. Er war schon bei der einzigen Schlussfolgerung, die sich aus den neuen Informationen ziehen ließ.

»Das heißt also, jemand hat absichtlich dafür gesorgt, dass genügend Gas in die Küche geströmt ist, sodass der kleinste Funke genügte, um diese Riesenexplosion auszulösen?«

»Yep, das heißt es wohl.«

»Mist! Dir ist wohl klar, dass das eine ganze Menge ändert?«

Arnie schnaufte am anderen Ende der Leitung.

»Hey, ich weiß, das ist blöd gelaufen … Aber wir waren einfach zu wenig Leute für so viele Fälle gleichzeitig … Sorry.«

Henri wusste, dass es Arnie viel Überwindung kostete, sich zu entschuldigen. Normalerweise hatte er seine Leute im Griff, sodass es zu solchen Pannen nicht kam. Und wahrscheinlich war es Henri gerade deshalb gar nicht eingefallen, eine Einschätzung, die aus der Spurensicherung kam, infrage zu stellen. Stattdessen hatte er Elisa mit ihrer Mordtheorie in die Wüste geschickt. Doch nun sah alles danach aus, dass sie damit richtiggelegen hatte. Wenn die Gasleitung bei Adrian Hildebrand manipuliert worden war, dann war sein Tod kein Unfall, sondern absichtlich herbeigeführt worden. Es war durchaus möglich, dass Emily den Täter bei den Hildebrands gesehen hatte und ihm gefolgt war. Und was dann geschehen war …

Henri merkte, dass Arnie immer noch am anderen Ende der Leitung wartete.

»Schick mir den Bericht, wenn er fertig ist«, sagte er zu ihm und beendete das Gespräch.

»Was ist los?«, fragte Lenz, der mit einem Teller Croissants aus der Cafeteria hereinkam und mitbekommen hatte, wie Henri den Hörer aufs Telefon geknallt hatte.

»Der Spurensicherung ist jetzt aufgefallen, dass die Gaszuleitung bei den Hildebrands manipuliert war.«

»Im Ernst?« Lenz sah ihn ungläubig an.

Henri nickte.

»Arnie ist gerade zu Kreuze gekrochen.«

»Aber das heißt … Das bedeutet ja …« Lenz musste seine Gedanken erst sortieren.

»Genau! Das ändert alles. Elisa könnte doch recht gehabt haben.«

»Elisa? Welche Elisa? Und mit was soll sie recht gehabt haben?«

»Elisa ist unsere neue Mieterin. Die Journalistin, die bei der *Morgenzeitung* arbeitet.«

»Die, die deine Telefonate belauscht?«

Henri nickte wieder.

»Sie hat mich gestern angerufen und die Theorie aufgestellt, dass ein Zusammenhang zwischen den beiden Todesfällen in Nymphenburg besteht. Dass Adrian Hildebrand nicht durch einen Unfall, sondern durch Mord ums Leben kam, und dass Emily sterben musste, weil sie dem Mörder in die Quere kam. Elisa meinte, dass Emily einer Art Detektivclub angehörte und zufällig etwas Belastendes beobachtet haben könnte.«

»Deshalb hast du gestern noch mal bei der Spurensicherung nachgehakt wegen des Abschlussberichts im Fall Hildebrand.«

»Um ehrlich zu sein, habe ich Elisas Theorie nicht wirklich ernstgenommen. Mir ist nur aufgefallen, dass die Unterlagen noch nicht vollständig waren. Ich habe nichts weiter unternommen, weil es sich für mich zu sehr nach einer Journalisten-Story angehört hat. Jetzt sieht das natürlich anders aus, aber gestern habe ich sie bloß abgewimmelt.«

»Und sie hat auf eigene Faust weiterermittelt. Du hast ihr Fahrrad vor dem Haus gegenüber des Restaurants der Jacobis gesehen. Meinst du, sie hat dort in der Gegend weitere Leute befragt?«

»Zuzutrauen wäre es ihr. Wir müssen die anderen informieren.«

Henri griff nach seinem Telefon und beorderte Tanja und Marius in ihr Büro. Er fasste für die beiden kurz zusammen, was er von Arnie erfahren hatte und welche Schlussfolgerungen sie bis jetzt daraus gezogen hatten. Tanja durchdachte die neue Ausgangslage blitzschnell.

»Wenn es sich so zugetragen hat, wie ihr sagt, dann ist auch klar, warum Emilys Tod als Sexualdelikt verschleiert wurde. Damit standen die Ermittlungen von Anfang an unter einem ganz anderen Fokus. Das Ganze war nur ein riesiges Ablenkungsmanöver.«

»Du hast recht.« Henri stimmte Tanja zu. »Die ganze Überlegung mit der Luftpumpe ...«

Für Emilys Eltern würde es ein kleiner Trost sein zu erfahren, dass Emily vor ihrem Tod keinen sexuellen Übergriffen ausgesetzt war.

»Und Dr. Vogels Aussage, dass die Penetration erst nach dem Tod erfolgte«, ergänzte Marius.

Henri verteilte die anstehenden Aufgaben.

»Tanja, ich möchte, dass du diese neuen Informationen im Team weitergibst. Marius und Lenz, ihr nehmt euch noch mal die gesamten Unterlagen im Fall Adrian Hildebrand vor und gleicht sie mit den neuen Erkenntnissen ab. Wir haben jetzt zwei Mordermittlungen und müssen davon ausgehen, dass sie unmittelbar zusammenhängen. Vielleicht gibt uns eine Spur aus dem einen Fall einen Hinweis auf den anderen. Also, legt los!«

»Und was machst du?«

»Ich werde Elisa Gerlach in der Redaktion anrufen und über ihre Recherche ausquetschen.«

Die drei anderen verließen den Raum, während Henri zum Telefon griff. Es läutete geraume Zeit, bis jemand abhob.

»Thalhammer, Apparat Gerlach.«

»Henrik Wieland, Kripo München.« Henri hatte keine Ahnung, mit wem er sprach. Er versuchte, möglichst viel Polizeiautorität in seinem

Tonfall mitschwingen zu lassen. »Ich müsste dringend mit Frau Gerlach sprechen.«

»Sie ist noch nicht da. Um was geht es denn?«

»Ich brauche einige Auskünfte zu ihrer aktuellen Recherche.«

»Zu den Sporthallen?!?« Die Stimme seines Gesprächspartners ging um zwei Oktaven nach oben.

»Äh, nein ...« Offensichtlich beherzigte Elisa inzwischen seinen Vorschlag, sich in ihrer Redaktion nicht über ungelegte Eier auszulassen. Der Typ schien nicht zu wissen, dass sie sich im Mordfall Emily festgebissen hatte. »Mit wem habe ich denn bitte das Vergnügen?«, erkundigte er sich.

»Mein Name ist Dennis Thalhammer. Ich bin Leiter des München-Ressorts«, klärte ihn der andere hoheitsvoll auf. »Ich bin der direkte Vorgesetzte von Elisa Gerlach.«

Ach DER!

Henri verzichtete darauf, mit Dennis Thalhammer über Journalistenethik zu diskutieren.

»Wissen Sie, ob Frau Gerlach im Moment schon zu Recherchezwecken unterwegs ist?«

»Bestimmt nicht, dafür ist es noch viel zu früh.«

Immerhin schien Elisa ihre Wohnung bereits Stunden vorher verlassen zu haben. Wenn Henri bisher nur beunruhigt darüber war, dass er Elisa nicht erreichen konnte, so machte er sich nun ernsthafte Sorgen. Wo war sie?

»Um was geht es denn? Kann ich Ihnen eventuell weiterhelfen?« Dennis klang gleichzeitig hilfsbereit und neugierig.

»Das glaube ich nicht.«

»Hm ... Dann richte ich ihr aus, dass sie sich bei Ihnen melden soll, wenn sie hier ist. Hat sie Ihre Nummer?«

»Davon gehe ich aus.«

Er würde sie ganz bestimmt nicht noch einem weiteren Journalisten diktieren.

Henris Festnetznummer war automatisch unterdrückt und auf dem Display des Anrufempfängers nicht zu sehen.

»Sie können es auch auf ihrem Handy versuchen, wenn es eilig ist«, schlug Dennis Thalhammer vor.

»Das habe ich schon getan. Sie geht nicht dran.«

»Oh ...« Kurzes Zögern. »Na ja, aber das ist kein Grund zur Sorge. Wahrscheinlich ist sie schon auf dem Weg hierher und hört nicht, wenn es in der Tasche klingelt.«

»Wahrscheinlich.«

Trotzdem versuchte Henri es noch mal auf Elisas Handy, nachdem er das Gespräch mit Dennis beendet hatte. Und hörte wieder nur ihre fröhliche

Stimme: »Hier ist die Mailbox von Elisa Gerlach. Bitte hinterlassen Sie nach dem Signalton Ihren Namen und Ihre Nummer, ich rufe Sie dann gern zurück!«

Carinas Blick blieb immer wieder an Emilys leerem Platz hängen. Auch wenn die Freude über das Baby die Trauer für einen Moment überstrahlt hatte, so kamen die Gedanken an Emily und Adrian zurück, sobald sie das Klassenzimmer betreten hatte und Emilys Abwesenheit in jeder Sekunde spürbar war. Wenn Carina jemanden suchte, der zum Sekretariat ging, um zu fragen, ob die zwei fehlenden Schüler entschuldigt worden waren. Das war immer Emilys Job gewesen. Oder wenn Carina so wie jetzt die Mathehausaufgaben mit den Kindern durchging, und sich niemand traute, sie darauf hinzuweisen, dass sie genau die gleichen Aufgaben bereits in der Vorwoche durchgerechnet hatten. Emily hätte keine Hemmungen gehabt, Carina zu fragen, wo sie ihren Kopf hatte.

Carina brach mitten in der Aufgabe ab, als sie merkte, dass ihr die Zahlen bekannt vorkamen. Sie riss sich zusammen und ging zur nächsten Lerneinheit über. Sie erklärte den Schülern, wie sie sich bei Rechnungen mit großen Zahlen durch eine Überschlagsrechnung erst mal an das Ergebnis annähern konnten. An der Tafel rechnete sie einige Beispielaufgaben vor, dann teilte sie ein Übungsblatt aus, auf dem die Kinder selbst Rechnungen lösen mussten, zuerst per Überschlag und dann mit dem genauen Ergebnis.

Während die Kinder rechneten, ging Carina durch die Reihen. Als sie von hinten auf Emilys Platz zuging, fiel ihr auf, dass deren Hefte und Bücher noch immer unter dem Tisch lagen. Und ganz vorn an dem Fach unter dem Tisch war ein Aufkleber mit einer weißen Rose befestigt. Carina drehte eine weitere Runde und stellte fest, dass an Moritz' und Nicos Fächern ebenfalls Rosenaufkleber angebracht waren. Bei niemandem sonst. Carina lächelte. Sicher war es Emily gewesen, die den Detektivclub ins Leben gerufen hatte. Und die die Aufkleber als Erkennungszeichen organisiert hatte.

Nico radierte so heftig auf seinem Arbeitsblatt, dass es einriss. Schuldbewusst sah er zu Carina. Glaubte er, dass sie ihn wegen so was schimpfen würde?

»Macht doch nichts«, sagte Carina nur und lächelte ihm beruhigend zu. Nico sah sie dankbar an und beugte sich wieder über sein Blatt. Seit Emilys Tod war er noch stiller als vorher.

Carina fiel wieder ein, was er am vorigen Nachmittag gesagt hatte. Dass Emily kurz vor ihrem Verschwinden einer heißen Spur gefolgt sei. Über der ganzen Aufregung um den positiven Schwangerschaftstest hatte Carina das Gespräch fast wieder vergessen. Ob diese Elisa Gerlach inzwischen schon mit Kommissar Wieland gesprochen hatte? Ob die Polizei Adrians Tod nun noch einmal untersuchen würde? Wenn sie wussten, dass Emily etwas Verdächtiges gesehen hatte und dass sie irgendjemandem gefolgt war. Denn das würde doch bedeuten, dass Adrians Tod nicht länger auf einen Unfall, sondern auf Mord zurückzuführen war, überlegte Carina.

Aber wer sollte ein Interesse daran gehabt haben, Adrian umzubringen? Adrian war der harmloseste und freundlichste Mensch, den Carina je gekannt hatte. Er hatte keiner Fliege etwas zuleide tun können, und bevor er mit jemandem Streit bekam, war er immer derjenige gewesen, der einlenkte. Es war unvorstellbar, dass Adrian sich jemanden zum Feind gemacht hatte.

Es gab natürlich eine Person, die von Adrians Tod enorm profitierte. Carina ließ sich auf ihren Platz hinter dem Pult sinken. Sie erweckte äußerlich den Eindruck, als überwache sie die Kinder beim Arbeiten – wie immer die Ruhe in Person –, tatsächlich war sie plötzlich völlig aufgewühlt.

Judith hatte durch Adrians Tod ausgesorgt. Ihre gemeinsamen Besitztümer und Adrians zahlreiche Versicherungen würden ihr ein sorgenfreies Leben ermöglichen. Aber das hätte sie auch *mit* Adrian gehabt. Das war kein Grund, ihn umzubringen. Schließlich hatte Adrian sich Judith gegenüber nie kleinlich gezeigt. Sie stammte aus einfachen Verhältnissen, hatte als Sprechstundenhilfe in seiner Praxis gearbeitet. Seit ihrer Hochzeit hatte sie ein Luxusleben geführt, ohne selbst jemals einen Finger rühren zu müssen. Adrian hatte nicht mal von ihr die Erfüllung seines sehnlichsten Wunsches verlangt. Er war ein Familienmensch und hätte gern eine große Familie um sich herum gehabt, doch Judith lehnte es rundheraus ab, Kinder zu bekommen, die nur Stress machten und ihr ihre Figur verderben würden. Aber was, wenn er sie deswegen nun doch unter Druck gesetzt hatte? Wenn er nach ihrem Gespräch am Samstag im Café nur vorübergehend beruhigt gewesen war? Wenn er am Samstagabend oder am Sonntagmorgen mit Judith gestritten, ihr Vorwürfe gemacht und sie wieder bedrängt hatte? Wenn es für Judith bequemer gewesen war, ihn loszuwerden?

Oder hatte Judith doch etwas gemerkt? War sie durchgedreht und hatte Adrian umgebracht? Dann war Carina allerdings auch selbst in Gefahr ...

Ihr Blick fiel wieder auf Emilys leeren Platz. Wenn es so war, dann schreckte Judith vor nichts zurück. Und dann konnte sich auch Carina ihres Lebens nicht mehr sicher sein.

Entschlossen zog Carina ihr Handy aus der Tasche. Die Kinder waren noch in das Arbeitsblatt vertieft, sie würde sie einen Moment alleinlassen können.

»Ich bin kurz draußen vor der Tür«, kündigte sie an und verließ den Raum.

Die Nummer von Kommissar Wieland hatte sie in ihr Handy eingespeichert. Er ging nach dem zweiten Läuten dran.

»Hallo, Frau Engl«, sagte er. Offensichtlich hatte er ihre Nummer erkannt. Oder sie mit ihrem Namen abgespeichert. Carina fand, dass er etwas gehetzt klang, und war sofort unsicher, ob es eine gute Idee gewesen war, ihn anzurufen.

»Hallo, Herr Wieland«, sagte sie erst mal, um etwas Zeit zu gewinnen und sich ihre Worte zurechtzulegen.

»Was kann ich für Sie tun?«, fragte er.

»Elisa Gerlach hat Sie bestimmt schon angerufen wegen des Detektivclubs und Emilys heißer Spur ...«

»Wegen was?!« Seine Stimme klang alarmiert.

»Hat sie Sie etwa nicht angerufen?«

»Nein, im Gegenteil. Ich versuche seit heute Morgen, Elisa zu erreichen. Sie ist wie vom Erdboden verschluckt. Haben Sie mit ihr gesprochen?«

»Ja, gestern Nachmittag. Sie war in unserer Straße und hat Emilys Freunde befragt. Sie wissen schon, Moritz und Nico, mit denen Sie auch geredet haben. Elisa war auf die Idee gekommen, dass Emily einem Detektivclub angehört haben könnte.«

»Darüber hat sie gesprochen. Und? Gab es so einen Detektivclub?«

»Ja. Emily, Moritz und Nico waren die *Weiße Rose*, wie in dem Kinderbuch von Astrid Lindgren.«

»Ich weiß schon, Kalle Blomquist.« Henrik Wieland stieß einen undefinierbaren Laut aus. »Warum haben die Jungen das nicht schon vorher erwähnt, als wir sie befragt haben?«

»Sie haben alle drei ewige Verschwiegenheit geschworen oder so was in der Art. Aber Elisa hat ihnen die Würmer aus der Nase gezogen.«

»Das kann ich mir vorstellen.«

»Jedenfalls hat Nico am Ende erzählt, Emily habe am Montag erwähnt, dass sie einer heißen Spur folgen wollte, als die Jungs wegen des Gewitters reinmussten.«

»Einer heißen Spur?«

»Nico wusste auch nicht mehr. Elisa schien die Vermutung zu haben, dass Emily bei der Explosion am Sonntag im hildebrandschen Haus etwas Verdächtiges beobachtet haben könnte. Und nun am Montag jemandem gefolgt sein könnte.« Carina stutzte. »Ich finde es sehr merkwürdig, dass Elisa sich nicht bei Ihnen gemeldet hat. Sie wollte gleich mit Ihnen sprechen, weil sie das Gefühl hatte, dass diese Informationen für Ihre Ermittlungen hilfreich sein könnten.«

»Das sind sie auf jeden Fall.« Der Kommissar seufzte. »Langsam mache ich mir Sorgen um Elisa. Ich kenne sie nicht gut, aber das sieht ihr nicht ähnlich. Wann, sagen Sie, wollte sie mich erreichen?«

»Wir haben uns gegen achtzehn Uhr getrennt. Mehr kann ich nicht sagen.«

»Steht in Ihrer Hofeinfahrt immer noch ein rotes Fahrrad?«

»Keine Ahnung. Mir ist keins aufgefallen.«

»Wir kommen zu Ihnen in die Schule«, sagte Henrik Wieland entschieden. »Ich möchte gern selbst noch mal mit den Jungs reden.«

»In Ordnung.« Carina fiel ein, dass sie eigentlich aus einem anderen Grund angerufen hatte. »Da ist noch etwas ...«

»Ja?«

»Wenn wir davon ausgehen, dass Emily im Zusammenhang mit dem Tod von Adrian Hildebrand etwas Verdächtiges beobachtet hat, dann müssen wir doch auch davon ausgehen, dass die Gasexplosion kein Unfall war, oder? Dass Adrian ermordet wurde?«

»Für etwas Geringeres hätte man Emily bestimmt nicht aus dem Weg räumen müssen.«

»Ich habe mich gefragt, wer ein Interesse daran haben könnte, Adrian zu töten. Er war so ein lieber Mensch. Wer sollte so etwas tun?«

»Das haben wir uns auch schon gefragt. Haben Sie eine Idee?«

»Eigentlich gibt es nur eine einzige Person, die von seinem Tod profitiert. Es ist nicht meine Art, jemanden anzuschwärzen, aber ihr Verhalten scheint mir einer trauernden Witwe einfach nicht angemessen zu sein.«

»Sie sprechen von Ihrer Freundin ...«

»Judith Hildebrand. Ja!« Carina zögerte. »Ich weiß, dass das ein schwerwiegender Verdacht ist, aber sie scheint so schnell über den Verlust ihres Mannes hinweggekommen zu sein, dass es mir fast Angst macht ... Verstehen Sie mich nicht falsch ...« Carina verlor den Faden. »Adrian hatte mehrere Unfall- und Lebensversicherungen abgeschlossen ... Ich will nicht schlecht reden ... aber andererseits ... wenn ein Kind getötet wird ...«

»Wir müssen alle Möglichkeiten in Erwägung ziehen, machen Sie sich deshalb keine Gedanken, Frau Engl. Es ist unser Job herauszufinden, was die Wahrheit ist. Wir kommen jetzt zu Ihnen!«

Zum dritten Mal erklang der Klingelton von Elisas Handy. Es musste ganz in der Nähe liegen, irgendwo schräg oberhalb ihres Kopfes. Sie hatte einen der Standardtöne aktiviert, ein melodischer Dreiklang, der ihr gut gefiel, der aber ihrer Erfahrung nach nicht viel genutzt wurde. So hörte sie ihr Handy überall leicht heraus. So wie hier auf dem Boot. Das bedeutete erstens, dass ihr Entführer ihr Handy hierher mitgenommen hatte – aus welchen Gründen auch immer –, und zweitens, dass nun schon dreimal jemand versucht hatte, sie zu erreichen. Wahrscheinlich war es Dennis, der sich wunderte, warum sie nicht im Büro erschien. Oder Sasha, die mit Elisa quatschen wollte. Keiner der beiden würde sofort unruhig werden, wenn er sie nicht erreichte, aber irgendwann würden sie stutzig werden, wenn sie so gar nichts von Elisa hörten. Und spätestens dann würden sie nach ihr suchen.

Aber wie sollten sie sie hier auf dem Boot finden? Wie sollten sie auf die Idee kommen, dass Elisa niedergeschlagen und verschleppt worden war? Wenn nicht irgendjemand zufällig gesehen hatte, wie sie überwältigt worden war, dann würden sie niemals auf Elisas Spur kommen. Es sei denn, sie orteten ihr Handy. Elisa begann, Hoffnung zu schöpfen. Wenn niemand sie erreichen konnte, dann würden sie früher oder später die Polizei einschalten. Und die konnte veranlassen, dass das Handy geortet wurde. Früher oder später.

Später konnte bedeuten, dass es unter Umständen schon *zu* spät für Elisa war. Sie machte sich keine Illusionen darüber, was passieren würde, wenn ihr Entführer zurückkam. Er hatte Emily getötet, dann würde er auch sie töten. Aber sie hatte keine Ahnung, wann er zurückkommen würde. Sie musste weiter versuchen, sich selbst zu befreien. Bis jetzt war es ihr nicht gelungen, die Fesseln auch nur im Geringsten zu lockern. Sie hielten Arme und Beine bombenfest zusammen. Elisa hatte es aufgegeben, ihre Beine nach hinten zu werfen, sie bekam ihre Hände einfach nicht frei genug, um die Fesseln ergreifen, geschweige denn, um sie lösen zu können.

Mit den Füßen gegen den seitlichen Widerstand gedrückt schob sie ihren Körper auf dem Rücken weiter nach oben in Richtung ihrer Hände. Der Druck auf ihrer Blase wurde immer größer, doch Elisa versuchte, ihn zu ignorieren. Sie hatte Wichtigeres zu tun. Mit dem Kopf stieß sie gegen die Metallstange, hinter der ihre Hände zusammengebunden waren. Sie rückte ein kleines Stück zur Seite und schob sich dann weiter nach oben, bis ihre Fingerspitzen ihre Haare berührten. Elisa wollte nach dem stinkenden Stofffetzen greifen, der um ihren Kopf gebunden war, doch sie rutschte immer wieder ab.

»Scheiße!« In ihrem Kopf fluchte Elisa laut, aus ihrem Mund kam nur ein unartikuliertes *Hrmpf.* Wieder und wieder versuchte sie, den Stoff zu fassen zu bekommen. Wieder und wieder rutschten ihre Fingerspitzen ab. Es wollte ihr einfach nicht gelingen, etwas festzuhalten.

Sie hielt inne, um zu überlegen. Wenn sie nicht greifen konnte, dann konnte sie vielleicht schieben. Sie rutschte noch ein Stück nach oben, bis sie ihre Fingerspitzen unterhalb des Stoffes auf ihrer Wange spüren konnte. Sie spreizte Zeige- und Mittelfinger so weit auseinander, wie es das Klebeband zuließ, drückte den Zeigefinger fest gegen ihre Wange und schob sich dann wieder nach unten. Die Spitze ihres Zeigefingers hakte sich unter dem Stoff ein und es gelang Elisa, die Augenbinde nach oben über den Kopf abzustreifen.

Das Licht, das ihr im nächsten Moment in die Augen schien, blendete sie zunächst – es war tatsächlich heller Tag –, doch schnell gewöhnten sich ihre Augen daran. Tatsächlich befand sie sich auf einem Boot, möglicherweise einem Segelboot, wenn die Metallstange, an die sie gefesselt war, die Fortsetzung des Mastes unter Deck war. Der Raum war nicht groß. Links und rechts von Elisa zogen sich an den Seiten Sitzbänke entlang, die hinter der Metallstange aufeinandertrafen und sich nach hinten zu einem Schlafplatz vergrößerten. Elisa legte den Kopf in den Nacken und sah auf einer der Sitzbänke ihre Tasche liegen. Die Eingangstür war verschlossen. Durch ein kleines Seitenfenster konnte Elisa nach draußen schauen. Die Sonne schien, es war ein weiterer strahlender Sommertag. In Elisas Sichtfeld bewegte sich etwas. Sie rutschte nach unten, um besser erkennen zu können, was das war. Es handelte sich um die Masten von mehreren Segelbooten, sie befand sich offenbar in einem Hafen.

Elisa sah sich in ihrem Gefängnis um. Der Innenraum des Bootes wirkte gepflegt. Die glänzenden Holzarmaturen sahen nach Mahagoni aus, darunter war ein blauer Samtstoff über die Sitzbänke gespannt. An den Wänden hingen gerahmte alte Seekarten. In einem regalähnlichen Holzgestell, dessen Fächer mit einer Art Reling versehen waren, damit die Gegenstände nicht herausfallen konnten, waren Kristallgläser verstaut. Daneben standen ein paar Bücher. Der Besitzer dieses Bootes war kein armer Schlucker.

Das Kleidungsstück, das als Augenbinde fungiert hatte, lag halb unter Elisas Kopf. Sie verdrehte sich und sah, dass es sich um ein verschlissenes Sweatshirt handelte. Oft getragen und selten gewaschen.

Angespornt von ihrem Erfolg mit der Augenbinde nahm Elisa sich nun das Klebeband über ihrem Mund vor. Wenn sie schon nicht ihre Fesseln lösen konnte, musste sie dafür sorgen, dass sie um Hilfe rufen konnte, wenn das nächste Mal jemand über den Steg ging. Was seither nicht noch einmal vorgekommen war. Aber man konnte nie wissen. Elisa wollte vorbereitet sein.

Das Klebeband erwies sich als weitaus hartnäckiger als die Augenbinde. Elisa konnte nicht mal einen kleinen Zipfel an der Ecke lösen. Das Band bot einfach zu wenig Angriffsfläche, unter die sie eine Fingerspitze hätte schieben können. Doch Elisa war nicht bereit, so schnell aufzugeben. Sie bewegte ihren Kopf immer wieder zu ihren Händen, zu ihren Fingern. Und sie rutschte immer wieder ab, bekam das glatte Ding einfach nicht zu fassen.

Wieder ertönte der Klingelton von Elisas Handy aus ihrer Tasche. Wieder versuchte jemand, sie zu erreichen. Hoffentlich drängte bald jemand darauf, sie suchen zu lassen. Hoffentlich kam bald jemand auf die Idee, ihr Handy orten zu lassen.

Vor allem, bevor der Akku seinen Geist aufgab!

Elisa wurde bei diesem Gedanken heiß und kalt. Der Akku war schon nicht mehr ganz aufgeladen gewesen, als sie die Redaktion verlassen hatte. Doch wie mochte sein Ladezustand jetzt aussehen? Nachdem das Handy stundenlang eingeschaltet in ihrer Tasche gelegen hatte? Über kurz oder lang würde das Handy ausgehen und dann war es nicht mehr möglich, den Standort zu ermitteln.

Moritz und Nico waren extrem eingeschüchtert, als Henri und Lenz sie ein weiteres Mal befragten. Carina Engl hatte sie aus dem Klassenzimmer heraus zu ihnen auf den Flur geholt und war dann wieder in der Klasse verschwunden. Henri und Lenz hatten sich mit den Jungen an einen der runden Tische im Flur gesetzt und einige Fragen zu ihrem Detektivclub gestellt, auf die die beiden nur einsilbig geantwortet hatten. Selbst Moritz, den Henri als lebhaft und extrovertiert in Erinnerung hatte, brachte kaum den Mund auf. Henri war klar: Sie durften ihnen auf keinen Fall explizit den Vorwurf machen, dass sie den Detektivclub nicht schon früher erwähnt hatten, wenn sie überhaupt noch etwas von ihnen erfahren wollten.

»Was genau habt ihr denn am Sonntag bei den Hildebrands beobachtet, als ihr nach der Explosion dort wart?«, fragte Lenz.

Moritz zog langsam die Schultern hoch.

»Nur die Feuerwehrleute. Und Polizisten.«

»Sie beide waren auch da«, ergänzte Nico und sah von Henri zu Lenz.

»Stimmt.« Henri nickte ihm zu. »Habt ihr euch denn überlegt, ob die Explosion ein Fall für euren Detektivclub sein könnte?«

»Nein. Man hat ja von der Straße nichts gesehen.«

»Und Emily? Hat sie das in Erwägung gezogen?«

»Sie wollte sich in einen der Nachbargärten schleichen, um mehr zu sehen. Aber da waren überall Leute. Deswegen haben wir es nicht gemacht.«

»Was habt ihr stattdessen gemacht?«

»Wir sind zurück zum Spielen in die Brunhildenstraße.«

»Hattet ihr den Eindruck, dass Emily damit nicht zufrieden war? Dass sie gerne noch länger bei den Hildebrands geblieben wäre, weil sie da bereits etwas Verdächtiges bemerkt hatte?«

»Nein, sie ist mit uns gekommen und hat nichts mehr über die Explosion gesagt. Wir haben gespielt, bis wir zum Abendessen nach Hause mussten.« Moritz sah sie neugierig an. »Was hätte Emily denn Verdächtiges bemerken sollen?«

»Das wissen wir nicht. Wir glauben nur inzwischen, dass Emily umgebracht wurde, weil sie irgendetwas über die Explosion wusste.«

»Aber was soll sie gewusst haben? Das war doch ein Unfall.«

»Vielleicht war es das nicht.« Henri wandte sich an Nico. »Am Montag habt ihr auch wieder auf der Straße gespielt. Moritz musste reingehen. Was ist dann passiert?«

»Emily und ich hatten keine Lust, ohne Moritz weiterzuspielen. Wir haben uns auf die Bordsteinkante gesetzt und über die Schule gesprochen. Über die Aufsätze, die wir zurückbekommen haben.«

»Und dann?«

»Plötzlich ist Emily aufgesprungen. Als ich sie gefragt habe, was sie da macht, hat sie gesagt, dass ihr gerade etwas eingefallen ist, was sie fast vergessen hätte.«

Henri horchte auf.

»Was war das?«

»Das hat sie nicht gesagt. Und ich konnte nicht mehr nachfragen, weil meine Mutter kam, um mich reinzurufen wegen des Gewitters.«

»Aber Emily hat noch etwas zu dir gesagt?«

»Ja! Sie hat gesagt, dass sie keine Angst vor dem Gewitter hat und dass sie ihr Fahrrad holt, weil sie einer heißen Spur folgen will.«

»Einer heißen Spur. Hat sie das so ausgedrückt?«, fragte Lenz nach.

Nico nickte. Er hatte Tränen in den Augen. Henri beugte sich zu ihm. Beruhigend legte er eine Hand auf den schmalen Kinderarm.

»Was ist, Nico?«

»Hätten Sie sie retten können, wenn ich das früher erzählt hätte? Von der heißen Spur?«

Henri schüttelte den Kopf.

»Nein, Nico. Als wir begonnen haben, nach Emily zu suchen und ihr befragt wurdet, wann ihr sie zuletzt gesehen habt, da war sie bereits tot. Mach dir deswegen keine Gedanken. Es hätte nichts geändert!«

»Wirklich?« Eine Träne löste sich und rollte über Nicos Wange.

»Wirklich!«, versicherte Henri mit Nachdruck. »Jetzt geht es nur noch darum, denjenigen zu finden, der Emily getötet hat. Und dabei könnt ihr uns mit euren Aussagen sehr helfen.«

Henri und Lenz wechselten einen Blick. Für ihre Ermittlungen hätte es allerdings einen Unterschied gemacht, wenn sie bereits früher von der heißen Spur gehört hätten, die Emily verfolgt hatte. Gleich am Dienstag, als sie mit den Jungen gesprochen hatten, nachdem Emily gefunden worden war. Doch Nicos Mutter war ihnen in die Quere gekommen.

»Als Emily sich so plötzlich erinnert hat«, machte Henri behutsam weiter,

»war da irgendetwas passiert? War jemand vorbeigekommen? Eine Person? Ein Auto?«

Nico sah ihn ratlos an.

»Ich weiß es nicht. Mir ist nichts aufgefallen.«

»Wo genau habt ihr denn auf der Bordsteinkante gesessen?«, fragte Lenz.

»Da, wo wir uns gestern auch hingesetzt haben, als die Reporterin kam und Frau Engl.« Nico sah zu seinem Freund. Moritz eilte ihm sofort zu Hilfe.

»In der Brunhildenstraße, wo wir immer spielen. Nicht direkt vor Emilys Haus, weil vor dem Restaurant oft Autos auf dem Bürgersteig geparkt werden. Ein bisschen weiter hinten.«

»Wir haben da mit Kreide auf die Straße gemalt«, ergänzte Nico.

»Das schauen wir uns gleich vor Ort an. Du hast gesagt, dass ihr gestern dort mit Frau Engl und der Reporterin gesprochen habt.«

Nico nickte.

»Frau Engl hat mir gesagt, worüber ihr geredet habt.«

»Über den Detektivclub ...«

»Genau. Ich würde von euch gern wissen, ob ihr gesehen habt, wo die Reporterin nach eurem Gespräch hingegangen ist.«

Die Jungen sahen sich an. Es war Moritz, der zuerst antwortete: »Keine Ahnung, ich hab nicht darauf geachtet. Wir sind mit Frau Engl zum Einkaufen gegangen. Sie musste zur Apotheke. Und sie hat uns ein Eis gekauft.«

»Und du, Nico? Hast du gesehen, wo die Reporterin hingegangen ist?«

»Ich glaube, sie ist auf die andere Straßenseite rübergegangen.«

»Hatte sie dort ihr Fahrrad abgestellt? Ein rotes?«

»Ich habe nicht weiter darauf geachtet«, meinte Nico. »Ich weiß es nicht.«

»Warum fragen Sie das?«, erkundigte sich Moritz. »Was ist denn mit der Reporterin?«

»Sie wollte mich eigentlich anrufen, aber das hat sie nicht getan. Und ich kann sie nicht erreichen«, erklärte Henri.

»Ist sie auch verschwunden? Wie Emily?«

Hoffentlich nicht wie Emily ...

Henris Magen zog sich zusammen. Wenn Elisa etwas zugestoßen war! Weil *er* nicht offen gewesen war für ihre Argumentation! Weil *er* ihr gegenüber Vorbehalte gehabt hatte, die vollkommen unberechtigt gewesen waren! Elisas Intuition hatte sie nicht getrogen. Wie Lynn hatte sie sich in den Fall verbissen, doch sie war keine ausgebildete Polizistin. Er konnte nur hoffen, dass ihr Bauchgefühl sie jetzt nicht in Gefahr gebracht hatte. Er musste sie finden. So schnell wie möglich!

Henri gab jedem der Jungen eine Visitenkarte.

»Hier steht meine Telefonnummer drauf. Wenn euch noch irgendetwas einfallen sollte, egal wie unwichtig es euch erscheint, dann ruft mich bitte gleich an.«

Ehrfürchtig betrachteten die beiden die Karte. *Kriminalhauptkommissar,* formten Moritz' Lippen lautlos.

»Können wir jetzt wieder reingehen?«, fragte Nico.

»Ja. Ihr habt uns sehr geholfen. Danke!«

Als Moritz und Nico hineingingen, nickten Henri und Lenz Carina Engl zum Abschied durch die geöffnete Klassenzimmertür zu.

»Du machst dir langsam Sorgen um diese Reporterin, oder?«, fragte Lenz. Sie gingen zum Treppenhaus. Henri nickte.

»Ich hätte ihre Theorie ernstnehmen sollen. Aber ich war so genervt von ihr! Hätte ich geahnt, dass sie allein weiterermittelt …«

»Lass uns rüber in die Brunhildenstraße fahren und uns dort noch mal umschauen. Vielleicht finden wir irgendeinen Anhaltspunkt.«

Henri parkte gegenüber dem Haus, in dem die Engls wohnten. In der Hofeinfahrt hatte er am Vortag Elisas rotes Fahrrad stehen sehen, als sie auf dem Weg ins *Delicat* gewesen waren. Jetzt war es nicht mehr da.

»Ich schaue mal rüber!«

Henri überquerte die Straße. Er folgte der schmalen Einfahrt, die neben dem Haus nach hinten zu den Garagen führte. Sie waren alle geschlossen. Henri sah sich auf der anderen Seite des Hofes um. Einige Büsche begrenzten das Grundstück zu den nächsten Nachbarn, daneben standen grüne, braune, gelbe, blaue und schwarze Mülltonnen, ein buntes Stillleben, dekoriert mit weiterem Müll, der vor den Tonnen auf dem Boden lag. Er wollte sich gerade umdrehen und wieder zurück zu Lenz gehen, als sein Blick angezogen wurde von einem metallischen Blinken hinter einem der Büsche. Mit ein paar Schritten hatte Henri den Busch umrundet und fand dahinter das, was er befürchtet hatte. Elisas Fahrrad. Jemand hatte es notdürftig hinter dem Busch versteckt.

»Ist das Elisas Fahrrad?«, fragte Lenz hinter ihm.

»Ja, das ist es. Aber wir wissen nicht, ob sie selbst es hier versteckt hat oder jemand anderes.«

»Das Rad ist mit einem Schloss abgesperrt, man kann es also nicht einfach so wegfahren.«

»Vielleicht sollte es erst mal nur außer Sichtweite geschafft werden.« Henri überlegte. »Ich wüsste nicht, warum Elisa selbst es hier versteckt haben sollte.«

Er zog sein Handy heraus.

»Ich versuche noch mal, sie telefonisch zu erreichen.«

In der Redaktion war sie seither nicht aufgetaucht, erfuhr er von Dennis

Thalhammer. Und unter ihrer Handynummer meldete sich immer noch niemand.

»Immerhin bekomme ich ein Freizeichen auf ihrem Handy. Es scheint also eingeschaltet zu sein. Du kannst sagen, was du willst, aber ich lasse das Handy jetzt orten. Hier stimmt was nicht!«

Wenn man sich fest vornahm, an etwas Bestimmtes nicht mehr zu denken, konnte man ganz sicher sein, dass man an nichts anderes mehr dachte. Elisas Versuche, den immer stärker werdenden Harndrang zu ignorieren, liefen zunehmend ins Leere. Wenn sie es anfangs noch schaffte, für ein paar Minuten an etwas anderes zu denken, so dauerte es inzwischen nur noch ein paar Sekunden, dann meldete sich der übermächtige Druck auf ihrer Blase wieder. *Warum lasse ich es nicht einfach laufen?*

Wenn Elisas Entführer wiederkam, wäre eine eingenässte Hose ihr geringstes Problem, so viel war klar. Trotzdem! Sie ahnte, dass der Urin auf der Hose sie einen großen Teil ihres Selbstbewusstseins kosten würde. Sie war durch die Fesseln und den zugeklebten Mund ihrem Gegner sowieso schon meilenweit unterlegen, aber sie wollte sich nicht als hilfloses Opfer sehen. Sie wollte kämpfen. Sie würde nicht klein beigeben. Sie würde sich zur Wehr setzen. Und dafür benötigte sie ihre ganze Kraft und ihr ganzes Selbstbewusstsein!

Das Handy klingelte wieder. Es funktionierte also noch! Elisa rechnete nach. Wenn sie davon ausging, dass der Schlag gegen den Kopf sie nur für eine Nacht außer Gefecht gesetzt hatte, dann konnte der Akku bis weit in den nächsten Tag hinein halten. Da das Handy aber nicht frisch aufgeladen war, würde der Akku wahrscheinlich bereits am Vormittag den Geist aufgeben. Dem Glanz der benachbarten Segelmasten nach zu urteilen, stand die Sonne nun schon ein ganzes Stück höher am Himmel als vorhin, nachdem sie sich von ihrer Augenbinde befreit hatte. Die Uhrzeit war trotzdem schwer abzuschätzen. Die Luft im Boot heizte sich immer mehr auf. Elisa begann, in ihrer Jeans zu schwitzen.

Plötzlich brach der Dreiklang mitten in der Tonfolge ab. Hatte der Anrufer aufgelegt oder war nun doch der Akku leer? Elisa drückte sich wieder mit den Füßen ab und versuchte erneut, mit den Fußspitzen ihre Tasche auf der Bank zu erreichen. Wenn es ihr nur gelingen würde, die Füße in den Umhängegurt zu stecken und dann die Tasche nach unten zu ziehen. Doch der Gurt befand sich auf der von Elisa abgewandten Seite. Es war aussichtslos. Da sie am Boden lag, war sie zu weit entfernt.

Vielleicht schaffte sie es, wenn es ihr gelang, sich weiter aufzurichten. Elisa drückte sich mit den Füßen ab und schob ihren Körper nach oben, bis der

Kopf die Metallstange berührte. Sie drehte sich auf die linke Seite, was mit den zusammengebundenen Füßen nicht leicht war, doch sie konnte ihre Hüfte zentimeterweise weiterschieben. Bis der rechte Arm so verdreht war, dass es nicht mehr weiterging. Elisa mobilisierte sämtliche Bauchmuskeln, zog die gefesselten Hände ein Stück an der Stange nach oben, sodass sie schließlich die angezogenen Knie unter ihren Körper ziehen konnte. Sie atmete tief ein. Was jetzt? Elisa warf einen Blick nach oben. Die Tasche schien nun auf einmal in Reichweite zu sein. Sie musste nur noch ein bisschen weiter nach oben kommen. Elisa spannte den ganzen Körper an und streckte sich, doch die verdrehten Hände versperrten den Weg. Mit aller Kraft versuchte Elisa, sich noch weiter hochzudrücken, doch ihre Muskeln begannen auf einmal zu zittern und sie konnte die Körperspannung nicht länger halten. Elisa stürzte nach unten und schlug mit dem Kopf zuerst auf der Metallstange und dann auf dem harten Boden auf. Ausgerechnet an der Stelle, an der sie der Gegenstand getroffen hatte, mit dem sie niedergeschlagen worden war. Ein stechender Schmerz fuhr durch ihren Kopf und ihr wurde schwarz vor Augen. Für einen Moment befürchtete Elisa, dass sie wieder ohnmächtig wurde.

»Nein!« Der Schrei war nicht zu hören, aber er hallte durch Elisas ganzen Körper. Sie drehte sich zurück auf den Rücken, um ihre verrenkten Arme zu lockern.

Der Schmerz an ihrer Schläfe pulsierte und plötzlich konnte Elisa fühlen, wie etwas Flüssiges über ihre Wange lief. Warm und mit einem metallischen Geruch. Das war kein Schweiß, das war Blut. Im gleichen Moment entleerte sich ihre Blase. Und dann vermischte sich das Blut mit Elisas Tränen.

»Lass uns zum Auto zurückgehen«, sagte Henri zu Lenz und steckte sein Handy in die Hosentasche. Er sah zu den umliegenden Häusern hoch, während sie zur Straße gingen. Nur von dem Haus, in dem die Engls wohnten, gingen Balkone und Fenster nach hinten zu den Garagen hinaus. Doch dazwischen befanden sich die Kronen der hohen Bäume, die im Garten der Erdgeschosswohnung standen. Es war zu bezweifeln, dass man von dort oben durch das Laub der Bäume bis zu ihnen hinunterschauen konnte. Genauso, wie zu bezweifeln war, dass jemand beobachtet haben konnte, wie Elisa überwältigt wurde. Falls das überhaupt an der Stelle geschehen war, wo sie ihr Fahrrad gesehen hatten. Auch das Nachbarhaus war von hohen Bäumen umgeben, deren Kronen den Blick in die Hofeinfahrt versperrten.

»Auch wenn ich nicht glaube, dass jemand was gesehen haben kann, sollten wir die Anwohner abklappern.«

Lenz nickte. Sie trennten sich und klingelten sich bei den angrenzenden

Häusern durch, doch sie hatten wenig Glück. Um diese Uhrzeit war kaum jemand zu Hause. Die wenigen Anwohner, die sie antrafen, hatten nichts Auffälliges beobachtet.

»Soll ich die Spurensicherung für das Fahrrad anfordern?«, fragte Lenz, als sie vor dem Haus der Engls wieder zusammentrafen.

Henri nickte nur wortlos. Seine Miene drückte offensichtlich die Anspannung, die er empfand, deutlich aus, denn Lenz fühlte sich bemüßigt, ihm in beruhigendem Ton mitzuteilen, dass die Handyortung bestimmt schnell erfolgt sein würde. Schließlich konnte niemand abstreiten, dass Gefahr im Verzug war.

Sie setzten sich ins Auto, das sich in der prallen Sonne schnell aufgeheizt hatte. Henri ließ die Fensterscheiben herunter. Er konnte sich nicht erinnern, wann er sich zuletzt so mies gefühlt hatte. Ungeduldig trommelte er mit den Fingern auf das heruntergelassene Fenster, auf dem er seinen Arm abgelegt hatte. Lenz machte ein paar Versuche, ein Gespräch in Gang zu bringen, nachdem er bei der Spurensicherung angerufen hatte, aber Henri antwortete so einsilbig, dass der Kollege es bald aufgab.

Als eine Textnachricht auf Henris Handy einging, zuckte er zusammen. Hatte Tanja bereits Auskunft bekommen? Doch die Nachricht war nicht von Tanja, sondern von Anna.

Hast du Elisa gesprochen?

Noch nicht, antwortete Henri. *Aber wir suchen sie.*

Ich mach mir Sorgen, schrieb Anna.

Ich auch, aber wir tun alles, um sie zu finden.

Anna antwortete nicht mehr, doch Henri konnte sehen, dass sie noch online war.

Seit wann dürft ihr in der Schule euer Handy benutzen?, schrieb Henri.

Dürfen wir nicht ... bin auf dem Klo ... hab's nicht mehr ausgehalten ...

War das wirklich Anna, die ihm schrieb? Die mürrische, abweisende Anna, die jegliche Gefühlsregung hinter ihrem schwarzen Kleidungs- und Make-up-Panzer verbarg?

Wir werden sie finden! Ich versprech dir, dass ich nicht lockerlassen werde, bis wir wissen, was los ist! Wir orten gerade Elisas Handy, bestimmt erfahren wir bald, wo sie ist.

Ist doch nicht so übel, einen Bullen als Vater zu haben, kam zurück. *Hab dich lieb, Papa!*

Ich dich auch, Anna!

Henri legte das Handy aufs Armaturenbrett.

»Das war Anna. Sie macht sich Sorgen um Elisa.«

»*Deine* Anna?«

»Ja ... Sie scheint Elisa zu mögen ...«

232

Das Läuten des Handys unterbrach Henri. Schnell griff er danach. Aber wieder war es nicht Tanja, die sich bei ihm meldete. Es war Sönke, sein Bruder.

»Hi, Henri«, sagte er. »Alles klar bei dir?«

Nichts war klar, gar nichts. Wo sollte man da beginnen?

»Hab gerade einen schwierigen Fall.«

Lenz sah Henri fragend an.

»Ist bloß mein Bruder«, flüsterte er und winkte ab.

Sönke lachte.

»Wie immer.«

Henri ahnte, was nun kam.

»Ich hab gerade einen finanziellen Engpass«, sagte Sönke, »und wollte fragen, ob du mir mit ein paar Euro – vielleicht 500 – aushelfen kannst.«

Wie immer.

Sönke lebte als freiberuflicher Zeichner in Berlin. Auch er hatte sich geweigert, das Architekturbüro ihres Vaters weiterzuführen. Er hatte den steinigen Weg einer Künstlerkarriere eingeschlagen und schlug sich mit Auftragsarbeiten für verschiedene Medien durch. Seine Zeichnungen waren bissig und pointiert, doch sie garantierten kein regelmäßiges Einkommen. Immer wieder pumpte er Henri an und meistens vergaß er, das geliehene Geld zurückzuzahlen. Beim letzten Mal hatte Henri sich fest vorgenommen, ihm nichts mehr zu leihen, doch gerade als er zu einer scharfen Erwiderung ansetzen wollte, klopfte ein weiterer Anrufer an. Wenn das Tanja war, die in Erfahrung gebracht hatte, wo Elisa sich aufhielt ...

»Ich überweise dir was, kann jetzt nicht reden«, sagte Henri zu Sönke und wechselte zu dem anderen Anrufer, bevor Sönke antworten konnte. Diesmal war es Tanja.

»Das Mobiltelefon von Elisa Gerlach hat bis vor knapp zwanzig Minuten regelmäßig Verbindung zu ein und demselben Sendemast gehabt. Ganz plötzlich ist die Verbindung abgebrochen, seither wurden keine Signale mehr empfangen.«

»Weil das Handy ausgeschaltet wurde?«

»Das wäre möglich, wissen wir aber nicht mit Sicherheit.«

»Und bis dahin war das Handy die ganze Zeit an ein und demselben Ort?«

»Seit gestern Abend«, bestätigte Tanja.

»Sag schon, *wo* das Handy geortet wurde!«

»In Starnberg.«

»In Starnberg?«, wiederholte Henri. Lenz riss die Augen auf. Henri stellte den Lautsprecher an, damit er mithören konnte. »Was macht sie denn in Starnberg?«

Hatte sich Elisa am Ende nur einen netten Abend gemacht und jemanden in Starnberg besucht? Aber dann wäre sie doch ans Handy gegangen! Und sie hätte nicht ihr Fahrrad hinter einem der Büsche in der Brunhildenstraße versteckt!

»Lässt sich das Handy nicht genauer orten?«

»Doch. Es muss sich im östlichen Ortsteil Richtung Percha befinden«, erklärte Tanja. »Ich habe mir das gerade mal auf der Karte angesehen. Eine genaue Adresse können sie nicht angeben, aber das Handy ist irgendwo in der Gegend zwischen dem Wasserpark und dem Segelclub Würmsee. Bei Google Earth sieht es so aus, als seien dazwischen einige Wohnhäuser, wo Elisa Gerlach sich vielleicht aufgehalten hat. Henri, du hast doch früher in Starnberg gewohnt, kennst du dich dort nicht aus?«

»Wasserpark! Segelclub!« Henri versuchte, sich die Örtlichkeiten ins Gedächtnis zu rufen. Mit den Kindern war er im Sommer gern ins Strandbad gegangen. Claire hatte den Trubel dort nicht gemocht, sie blieb lieber zu Hause, wo sie in ihrem Pool im Garten schließlich auch baden konnten. Doch Henri zog das Seewasser dem Chlorwasser im Pool vor. Deshalb hatte er sich die Kinder geschnappt und war mit ihnen an den See gefahren. Und Claire hatte sich währenddessen über die Ruhe im Haus gefreut.

Aber Elisa hatte sicher nicht im Strandbad übernachtet. Wo hatte sie sich aufgehalten?

»Segelboote!«, rief Lenz plötzlich aus. »Wo haben wir Segelboote gesehen? Erst vor Kurzem ...«

Henri sah ihn an und dann fiel es ihnen gleichzeitig ein.

»Im Schlafzimmer von Adrian Hildebrand!«

Dort hingen gerahmte Fotos von Segelbooten an der Wand. Henri konnte sich an keine Details mehr erinnern, aber er wusste, dass es mehrere Aufnahmen von verschiedenen Booten gewesen waren, die sie betrachtet hatten.

Sollte es möglich sein, dass Judith Hildebrand ...?

Henri fiel der Anruf von Carina Engl ein.

»Wir müssen mit Judith Hildebrand reden. Schick einen Streifenwagen dorthin und versetz schon mal die Kollegen in Starnberg in Bereitschaft!«, rief Henri ins Telefon und startete den Motor. »Wir melden uns gleich wieder!«

Henri beschleunigte bis zum Ende der Straße und bog dann mit quietschenden Reifen in die Zuccalistraße ein. Nach ein paar Metern stoppte er den Wagen vor dem Haus der Hildebrands. Gleichzeitig sprangen sie beide aus dem Auto. Es war nicht zu erkennen, ob Judith Hildebrand zu Hause war. Die Garage war geschlossen, ihr Porsche stand nicht davor. Henri klingelte Sturm. Keine Reaktion. Doch als er den Finger zum zweiten Mal auf die Klingel drückte, wurde die Haustür aufgerissen. Judith Hildebrand sah sie ungehalten an. Sie trug Sportkleidung und eine große Tasche unter dem Arm.

»Was ist denn los? Können Sie nicht einen Moment warten?«

»Frau Hildebrand, ist es richtig, dass Ihr Mann gesegelt ist?«

Sie blinzelte und zuckte unwillkürlich zurück.

»Ja ... Warum interessiert Sie das?«

»Hat er ein Segelboot besessen?«

»Ja. Können Sie mir vielleicht mal erklären ...?«

»Wo liegt das Segelboot? In welchem Segelclub war Ihr Mann aktiv?«

»Am Starnberger See«, sagte sie prompt. »Beim Segelclub Würmsee, direkt in Starnberg. Aber jetzt muss ich Sie doch bitten, sich zu erklären! Ich bin gerade auf dem Sprung und habe überhaupt keine Zeit, mit Ihnen über die Segelaktivitäten meines Mannes zu reden.«

Henri warf Lenz einen kurzen Blick zu.

»Wann waren Sie zuletzt auf dem Boot?«

»Ich?!« Ihre Stimme wurde schrill. »Ich war seit Ewigkeiten nicht mehr dort. Ich werde so leicht seekrank. Außerdem hat mich das Segeln immer gelangweilt.«

»Sie waren also auch nicht gestern Abend oder heute Nacht dort?«

»Was soll ich denn da? Sind Sie verrückt geworden? Was sollen diese Fragen?« Sie schnappte sich einen Schlüsselbund. »Ich muss los.«

»Daraus wird nichts, Frau Hildebrand. Sie werden mir jetzt erst mal verraten, wie dieses Boot heißt und wo es genau liegt, und dann werden Sie meinem Kollegen hier noch ein paar Fragen beantworten.«

»Wie kommen Sie dazu ...?«

Hinter ihnen fuhr ein Streifenwagen heran und hielt neben Henris Wagen. Er nickte den Kollegen zu.

»Also?«, wandte er sich wieder an Judith Hildebrand. »Wie heißt das Boot?«

Judith gab ihren Widerstand auf.

»*Esmeralda*.«

»Und wo liegt es genau?«

Sie zuckte mit den Achseln.

»Keine Ahnung.«

»Wie sieht es aus?«

»Es ist eine Balaton 18s, wenn Ihnen das was sagt.«

»Gibt es einen Schlüssel oder so was?«

Sie drehte sich zu dem Bord um, von dem sie vorher den Schlüsselbund genommen hatte und griff nach einem kleineren Schlüsselanhänger in Ankerform.

»Normalerweise sind da zwei Schlüssel. Ich habe keine Ahnung, wo der zweite ist. Vielleicht noch im Auto meines Mannes. Oder in einer seiner Taschen.«

Henri nahm den Schlüssel an sich.

»Wenn Sie etwas über den Aufenthaltsort von Elisa Gerlach wissen, wäre es besser, Sie sagen es mir jetzt gleich.«

»Wer soll das denn sein? Ich kenne keine Elisa Gerlach!«, erklärte Judith. Sie erwiderte seinen Blick, ohne mit der Wimper zu zucken.

»Ich fahr raus«, sagte Henri zu Lenz und setzte sich in Bewegung. »Ich muss Elisa finden.«

Lenz nickte und wandte sich an Judith.

»Und wir reden jetzt im Detail über den Ablauf der letzten Tage, Frau Hildebrand.«

Henri konnte noch hören, wie sie Lenz ankeifte.

»Ohne meinen Anwalt sage ich gar nichts mehr.«

»Ruf mich an, wenn du was für mich hast!«, rief Henri Lenz zu, bevor er ins Auto einstieg.

Elisa horchte auf. Waren das wieder Schritte, die sie draußen hören konnte? Ging jemand auf dem Steg an dem Boot vorbei, in dem sie gefangen war? Oder kam ihr Entführer zurück?

Elisa hielt die Luft an. Ihre Tränen versiegten augenblicklich. Ihre Aufmerksamkeit galt jetzt ganz den Geräuschen, die von außen an ihr Ohr drangen. Das waren eindeutig Schritte. Jemand lief auf dem Steg hin und her. Die Schritte entfernten sich und kamen kurz darauf wieder näher, doch niemand schien das Boot zu betreten. Elisas Entführer würde sicher nicht zögern, an Bord zu kommen, also musste da draußen jemand anderes sein.

Jemand, den sie unbedingt auf sich aufmerksam machen sollte. Elisa fing an, sich wild hin- und herzuwerfen, so weit ihre Fesseln es ihr erlaubten. Sie hoffte, das Boot damit in Bewegung zu versetzen, doch sie merkte selbst, dass sie jedes Schaukeln mit ihrer Gegenbewegung sofort wieder stoppte. Sie musste sich etwas anderes überlegen.

Wenn sie nur in das Gesichtsfeld der Person dort draußen gelangen könnte! Elisa streckte die Arme nach oben und schob sich Stück für Stück an der Metallstange hoch. Auch wenn sie selbst nicht durch das Fenster hinaussehen konnte, so war es vielleicht möglich, dass jemand von draußen hereinsah und ihre gefesselten Hände erblickte. Elisa brach erneut der Schweiß aus, doch sie schob und drückte sich mühsam weiter vorwärts, bis die Fesseln sie stoppten. Verzweifelt bog sie ihre Fingerspitzen über das Klebeband und versuchte, damit zu winken, doch sie waren so fest fixiert, dass sie sie nur gegeneinanderdrücken konnte. »Schau hier rein!«, beschwor sie die Person, die sie immer noch auf dem Steg vermutete. »Schau hier rein!« Die Schritte entfernten sich wieder. Hatte der Mensch da draußen sie gesehen oder nicht? Elisa hielt weiter die Spannung und drückte sich nach oben, in der Hoffnung, dass die Schritte bald zurückkamen. Doch es blieb still. Niemand kam auf den Steg, niemand kam auf das Boot.

Als Elisas Beine, die sie angezogen hatte, um sich mit aller Kraft nach oben zu drücken, zu kribbeln begannen, ließ sie sich langsam nach unten sinken. Vielleicht war das ihre letzte Chance gewesen, bevor der Entführer zurückkam. Irgendwann musste er doch wieder auftauchen. Es sei denn, er wollte sie hier auf dem Boot verrecken lassen. So oder so sah die Lage nicht gut aus für sie.

Eine Person würde sich bestimmt freuen, wenn Elisa nicht mehr zurückkam. Jette wäre sicher glücklich darüber, ihre neue Kollegin so schnell wieder loszuwerden. Schließlich hatte sie aus ihrer Abneigung keinen Hehl gemacht. Sie wollte innerhalb der Stadt-Redaktion keine Konkurrenz. Sie hatte Dennis und André gut im Griff, sie tanzten nach ihrer Pfeife, da brauchte sie keine Kollegin, die sowohl ihre Kompetenz als auch ihre Persönlichkeit infrage stellte.

Auch Carsten würde wegen Elisa keine Träne vergießen. Wahrscheinlich würde er sich nur in seiner Meinung bestätigt fühlen, dass sie ohne seine berufliche Unterstützung aufgeschmissen war und scheitern musste, sobald sie auf sich selbst gestellt war. Und tatsächlich hatte es nur bis zu ihrem dritten Arbeitstag gedauert, bis sie es sich mit dem Chefredakteur verscherzt hatte und bei der Recherche für die Story, mit der sie sich rehabilitieren wollte, in diesen Schlamassel geraten war. Wütend zerrte Elisa an ihren Fesseln, doch auch jetzt geschah kein Wunder. Das Klebeband löste sich nicht.

Ihre Familie würde sehr wohl um sie weinen. Allen voran Sasha. Ihre kleine Schwester wäre am Boden zerstört. Ihre Eltern, Jasper, Mattis, Mattis' Frau Nellie und ihre Kinder Tommy und Annika. Bei dem Gedanken, sie alle nie wiederzusehen, kamen Elisa erneut die Tränen. Warum war sie nur so weit weggezogen? War sie von allen guten Geistern verlassen gewesen? Sie hätte sich auch in Hamburg einen neuen Job suchen können, aber es hatte ihr ja nicht weit genug weg von Carsten sein können! »Ist das nicht ein bisschen extrem?«, hatte Sasha gefragt. Und damit sollte sie wohl recht behalten. Elisas Lage war mehr als extrem. Hätte sie es Carsten nicht beweisen wollen, dann hätte es auch eine weniger interessante Stelle bei einer weniger renommierten Zeitung getan. Dann säße sie jetzt in aller Ruhe in irgendeiner kleinen Redaktion ganz gemütlich vor ihrem PC und müsste nicht um ihr Leben fürchten.

Elisa wusste nicht, wie viel Zeit vergangen war, als sie plötzlich wieder Schritte auf dem Steg hörte. Jemand näherte sich im Laufschritt, einen Augenblick später waren die Schritte ganz nah auf dem Boot zu hören. Elisa spannte den Körper an, als sich jemand am Schloss der Kabinentür zu schaffen machte. Die Tür flog auf und Elisa erkannte Henri Wieland, in der einen Hand eine Waffe, im Gesicht grenzenlose Erleichterung, als er sie sah. Blitzschnell scannte er den kleinen Kabinenraum, steckte die Waffe weg und war mit zwei Schritten bei ihr.

»Elisa! Ich hab mir solche Sorgen um dich gemacht! Ich habe schon das Schlimmste befürchtet ... Ich bin so froh, dass du lebst! Aber du blutest!« Er beugte sich zu ihr hinunter, strich ihr die Haare aus dem Gesicht und musterte ihre Verletzung. »Die Blutung scheint aufgehört zu haben.«

Jetzt sah er ihr in die Augen und verstand endlich ihren flehentlichen Blick.

»Okay, ich reiß das Klebeband ab!«

Er riss nicht, sondern löste erst ganz vorsichtig die Ecken des Klebebands, um es dann genauso vorsichtig von ihrem Mund abzuziehen. Es tat trotzdem weh, aber es war nichts gegen die Kopfschmerzen, die sich von ihrer Schläfe im ganzen Kopf ausbreiteten.

»Ich hätte nie gedacht, dass ich mich mal so freuen würde, dich zu sehen«, stieß Elisa hervor. Nachdem er sie duzte, seit er auf dem Boot erschienen war, war es albern, ihn weiter zu siezen. Auch wenn sie nicht sicher war, ob das *Du* nur der Extremsituation geschuldet war und er sie am nächsten Tag wieder distanziert und gewohnt unfreundlich mit Sie anreden würde.

»Jetzt ist alles gut. Du bist in Sicherheit!«

Er nahm sie in den Arm und strich beruhigend über ihren Rücken. Über Henris Schulter hinweg konnte Elisa sehen, wie ein Polizist in Uniform hereinschaute, während ein zweiter hinter ihm auf das Boot sprang. Henri hörte die beiden und drehte sich zu ihnen um.

»Sie ist allein hier. Ich möchte, dass einer von Ihnen draußen das Boot sichert, der andere den Streifenwagen wegfährt und dann jemanden auftreibt, der das Tor öffnet. Wir wissen nicht, ob und wann der Täter zurückkommt.« Er drehte sich zu Elisa.

»Weißt du, wer es ist?«

Sie schüttelte den Kopf.

»Ich war ohnmächtig. Und ich hatte eine Augenbinde.« Sie deutete mit dem Kinn zu dem verdreckten Sweatshirt, das um ihren Kopf geschlungen worden war und nun neben ihr am Boden lag. »Ich habe keine Ahnung, wer mich hierher geschafft hat.«

Henri drehte sich wieder zu den beiden Uniformierten, die immer noch neugierig hereinschauten.

»Wenn Sie dann mal Ihre Positionen einnehmen könnten ...«

Die beiden verschwanden. Henri sah Elisa prüfend an und ließ sie erst jetzt wieder los. Vorsichtig strich er die Haare zurück, die erneut über ihre Kopfverletzung gefallen waren.

»Hast du Schmerzen?«, fragte er mitfühlend.

»Der Kopf. Der ganze Körper. Es tut alles weh.«

Er machte sich daran, ihre Fesseln zu lösen. Während er sich mit dem Klebeband, das um ihre Hände geschlungen war, abmühte, war Henri ganz nah vor ihr und sie roch sein Aftershave, das eine frische Zitrus-Note hatte. Elisa wurde bewusst, dass sie kein bisschen frisch roch, im Gegenteil. Doch Henri ließ sich nichts anmerken. Auch dann nicht, als er sich die Fesseln an ihren Füßen vornahm und dabei ihre nasse Hose bemerkt haben musste.

Elisa dehnte ihre Gelenke und wollte sich aufrichten, doch bei der schnellen Bewegung wurde ihr schwindlig.

»Langsam!« Henri hielt sie fest, bevor sie kippte, und sie lehnte ihren Kopf an seine Brust. Sie zitterte.

»Wenn du seit gestern Abend so eingeschnürt hier gelegen bist, musst du die Durchblutung erst wieder in Gang kommen lassen.«

Sie nickte nur und blieb einfach an ihn gelehnt. Henri drückte sie wieder an sich.

»Ich bin so froh, dass nichts Schlimmeres passiert ist!«, sagte er. Elisa hörte seinen Herzschlag, der hämmerte wie nach einem Hundert-Meter-Lauf. Er schien sich ernsthaft Sorgen um sie gemacht zu haben. Wer hätte das gedacht? Der harte Bulle, der bisher keine Gelegenheit ausgelassen hatte, seine Missbilligung zu demonstrieren. Er strich immer noch beruhigend über ihren Rücken und Elisa merkte, wie sich ihre Anspannung langsam löste.

»Wie hast du mich gefunden?«, fragte sie leise.

»Wir haben dein Handy orten lassen.«

»Wer hat mich denn vermisst gemeldet?«

»Wir haben heute Morgen gemerkt, dass dein Fahrrad nicht da war, und da ich es zuletzt in der Brunhildenstraße gesehen hatte, bin ich misstrauisch geworden. Als dann noch Carina Engl angerufen hat und herauskam, dass du dich nicht bei mir gemeldet hast, hatten wir genug Verdachtsmomente, um eine Ortung auszulösen.«

Mit *wir* meinte er eindeutig *ich*. Elisa lehnte sich zurück, um Henri ansehen zu können. Sein Blick war immer noch verdächtig mild und freundlich.

»Da bin ich aber froh, dass er meine Tasche mit dem Handy mitgenommen hat – wer auch immer mich hierher gebracht hat. Wahrscheinlich war ihm gar nicht klar, dass mein Handy darin lag.« Elisa seufzte. »Wo sind wir eigentlich?«

»In Starnberg, im Hafen des Segelclubs Würmsee. Das ist das Boot von Adrian Hildebrand.«

»Von Adrian Hildebrand? Wie ist das möglich?«

»Wir verdächtigen Judith Hildebrand. Hast du gestern mit ihr gesprochen? Über deinen Verdacht, dass ein Zusammenhang zwischen den Todesfällen besteht und dass Emily sterben musste, weil sie etwas über Adrians Tod wusste, das dem Täter gefährlich werden konnte?«

Elisa grinste.

»Das klingt so, als würdest du meine Theorie inzwischen für einigermaßen plausibel halten?«

»Äh ... ja ... ich habe darüber nachgedacht. Und die Tatsache, dass du verschwunden bist, nachdem du sie geäußert hast, hat ebenfalls dazu beigetragen. Hast du mit Judith Hildebrand darüber gesprochen?«

»Ja, ich war gestern Nachmittag bei ihr.« Elisa überlegte. »Ich habe sie gefragt, ob sie Emily kannte. Oder ihr Mann. Und ihr von meiner Theorie erzählt. Sie wollte aber nichts davon hören, dass der Tod ihres Mannes möglicherweise kein Unfall war.«

»Was hat sie gesagt?«

»Sie hat mir die Tür vor der Nase zugeknallt. Aber es hat nicht so gewirkt, als wolle sie etwas verbergen. Ich hatte eher den Eindruck, dass sie ungestört einen Telefonanruf entgegennehmen wollte.«

»Ein Anruf von wem?«

»Von einem Herrn Bauer, der sie wegen einer Metalltür sprechen wollte. Mehr habe ich nicht mitbekommen.« Elisa überlegte. »Glaubst du wirklich, dass Judith mich unbemerkt hier auf das Boot hätte schleppen können? Ich bin mindestens einen Kopf größer als sie und sie sieht nicht gerade wie eine starke Amazone aus.«

»Sie geht regelmäßig ins Fitnessstudio und scheint gut trainiert zu sein.«

Elisa war sehr schlank, aber allein aufgrund ihrer Körpergröße nicht leicht zu tragen. Es schien ihr schwer vorstellbar, dass die schmale Judith sie nicht nur überwältigt, sondern auch so weit transportiert haben sollte.

»Hat sie etwa ihren Mann getötet?«

»Es deutet immer mehr darauf hin. Die Spurensicherung hat festgestellt, dass die Gaszuleitung am Herd manipuliert war.« Henri runzelte die Stirn. »Sie ist die Einzige, die vom Tod Adrian Hildebrands profitiert. Testament. Unfallversicherungen. Lebensversicherungen. Da kommt eine ganze Menge zusammen.«

»Und Emily hat sie getötet, weil sie ihr auf die Spur gekommen ist?«

»Wir wissen es nicht. Mein Kollege vernimmt sie im Moment, aber sie verweigert die Aussage, bis ihr Anwalt zugegen ist.«

»Könnte ich mich doch nur an irgendetwas erinnern!« Elisa dachte fieberhaft nach. »Ich habe den Eindruck, dass ich zwischendurch mal zu mir gekommen bin ... ich habe schemenhafte Erinnerungen ... an seltsame Geräusche und Gerüche ... aber leider nichts Konkretes.«

»Ein Parfum?«

Elisa atmete seinen frischen Zitrusduft ein.

»Nein, daran kann ich mich nicht erinnern. Es ist, wie gesagt, nichts Konkretes. Wahrscheinlich fällt es mir erst wieder ein, wenn ich es rieche oder höre.«

»Das Seewasser?«

»Möglich. Ich weiß noch, dass ich mich gewundert habe ... Dass ich meine Eindrücke nicht einsortieren konnte.«

»Du hast ganz schön was auf den Kopf bekommen.« Wieder strich er vorsichtig ihr Haar nach hinten. »Wir sollten einen Arzt rufen. Am besten bringe ich dich ins Krankenhaus.«

»Nein, es geht schon«, wehrte Elisa ab. »Ich mag nicht ins Krankenhaus oder so. Ich habe nur mächtig Durst und Hunger.«

»Dann lass mich wenigstens die Wunde säubern und verbinden. Ich hab einen Verbandskasten im Auto. Und was zu trinken.« Henri umfasste ihren Arm am Ellbogen. »Komm, ich helfe dir.«

Er zog sie behutsam hoch. Elisa fühlte sich nicht mehr ganz so zittrig wie vorher. Sie griff nach ihrer Tasche und sah nach, ob alle Wertsachen darin waren. Ihr Portemonnaie. Ihr Schlüsselbund. Ihr Handy. Es war aus, inzwischen hatte der Akku seinen Geist aufgegeben.

»Alles okay?«, fragte Henri.

Elisa zögerte. »Es ist mir ein bisschen peinlich, aber ...«

Sie senkte kurz den Blick auf ihre nasse Jeans.

»Wenn du vorne deine Tasche drüber hängst, gebe ich dir von hinten Sichtschutz«, sagte Henri ganz sachlich. »Im Auto habe ich eine Tasche mit Sportklamotten. Da kannst du was Frisches anziehen.«

Er umfasste ihre Taille und führte sie aus der Kabine. Auch auf dem Boot blieb er immer direkt hinter ihr, sodass der Streifenpolizist, der draußen Wache hielt, ihre nasse Hose nicht sehen konnte.

»Nehmen Sie den Schlüssel«, sagte Henri zu ihm. »Ich schicke gleich die Spurensicherung los. Sorgen Sie dafür, dass in der Zwischenzeit niemand Unbefugtes das Boot betreten kann.«

Das helle Sonnenlicht blendete, Elisa blinzelte. Sie drehte sich noch einmal zurück, um vom Steg aus einen Blick auf das Boot zu werfen. *Esmeralda* stand in geschwungenen Buchstaben am Bug. Es war ein schönes Segelboot. Von außen war nicht zu erkennen, ob sich jemand in der Kabine hinter dem

Mast aufhielt. Wer auch immer vorher über den Steg gelaufen war, hatte ihre Hände bestimmt nicht sehen können.

Henri hielt sie immer noch umfasst, doch mit jedem Schritt fühlte Elisa sich sicherer auf den Beinen. Die *Esmeralda* lag an einem Steg in der hintersten Ecke des Yachthafens, nicht weit entfernt von dem Zaun, der das Gelände umschloss.

»Geht es?«

Sie nickte.

»Allein das Gefühl, in Sicherheit zu sein!« Sie drückte seinen Arm. »Danke!«

»Du musst mir nicht danken. Hätte ich gestern gleich auf dich gehört, wäre das alles nicht passiert.«

Er hatte also ein schlechtes Gewissen.

»Ich hätte mir denken können, dass du auf eigene Faust weiter recherchierst. Ich habe dein Fahrrad in der Brunhildenstraße stehen sehen. Aber da habe ich mir noch keine Gedanken darüber gemacht, dass du nicht da warst.«

»Du warst dort, als ich niedergeschlagen wurde?« Elisa blieb stehen und sah Henri fragend an.

»Ich war mit meinem Kollegen bei den Jacobis im *Delicat*. Als wir ankamen, habe ich dein Rad dort stehen sehen.«

»Und als ihr wieder aufgebrochen seid? War es da auch noch dort?«

»Ja, es stand immer noch in der Hofeinfahrt. Aber als wir vorhin danach gesucht haben, war es nicht mehr vorne an der Einfahrt, sondern hinten bei den Garagen im Gebüsch versteckt.«

Elisa überlegte.

»Das könnte heißen, dass der Täter wieder zurückgekommen ist, nachdem er mich hierher gebracht hatte, um das Rad verschwinden zu lassen.«

»Was wiederum dafür spricht, dass die Person dort in der Gegend wohnt.«

»Aber Judith Hildebrand? Sie hätte mich ja bis zu ihrem Haus zerren müssen, um mich in ihr Auto zu verladen. Das hätte sie nicht unbemerkt tun können!«

»Schon gar nicht mit der Journalistenmeute, die immer noch vor dem *Delicat* rumgehangen ist. Vielleicht hat sie dich erst in den Hof geschafft, der von den umliegenden Wohnungen nur schlecht eingesehen werden kann, und hat dann ihr Auto geholt.«

»Blöd, dass ich da nicht wieder zu mir gekommen bin.«

Er warf einen Seitenblick auf ihren Kopf.

»Du hast eine ganz schöne Beule. Sie muss dir einen heftigen Schlag verpasst haben. Ich schätze, du hast eine Gehirnerschütterung, wenn du das Bewusstsein verloren hast. Ist dir übel?«

»Nein. Nur flau im Magen, weil ich solchen Hunger habe.«

Henri deutete auf ein Tor im Zaun. Sein Auto stand auf dem Weg dahinter. »Ich bin hier drüber geklettert, um schnell auf das Gelände zu kommen. Schaffst du das?«

Elisa nickte. Sie griff nach dem Tor und zog sich hoch. Henri half ihr, fasste sie um ihre Hüfte und hob sie mehr oder weniger auf die andere Seite. Dann kletterte er hinter ihr her.

Einer der beiden Polizisten kam den Weg entlang zurückgelaufen.

»Ich habe den Streifenwagen am Strandbadparkplatz abgestellt.«

»Gut. Dann treiben Sie jetzt jemanden auf, der uns das Tor hier öffnet. Die Kollegen von der Spurensicherung werden nicht alle darüber klettern wollen.«

Der Polizist nickte, zog ein Handy aus der Tasche und entfernte sich zum Telefonieren. Henri holte eine Wasserflasche aus dem Kofferraum seines Wagens und gab sie Elisa. Während sie gierig trank, klappte er den Verbandskasten des Autos auf und machte sich daran, ihre Wunde zu reinigen. Vorsichtig entfernte er das Blut.

»Achtung, jetzt brennt es kurz«, sagte er und sprühte im gleichen Moment etwas Desinfektionsmittel auf. Elisa zuckte zusammen. »Es ist keine große Wunde und sie blutet auch nicht mehr, aber ich spanne trotzdem noch ein Pflaster darüber, um die Wundränder zusammenzubringen.«

Als er fertig war, musterte er Elisa. Seine dunklen Augen wurden noch dunkler, jegliche Härte war aus seinem Blick verschwunden. Er berührte noch einmal leicht ihre Wange.

»Es tut mir so leid!«

Elisa umfasste seine Hand und drückte sie fest.

»Ist ja alles noch mal gut ausgegangen!«

»Zum Glück!«

Er stieß die zwei Worte mit solcher Inbrunst aus, dass Elisa lachen musste.

»Sonst hätte deine Mutter schon wieder eine neue Mieterin suchen müssen.«

Lenz blickte durch das kleine Fenster in der Tür des Vernehmungsraums, in dem Judith Hildebrand mit ihrem Anwalt saß. Mit Hajo Hannemann, der bei seiner zahlungskräftigen Klientel so beliebt war, wie er bei Polizei und Staatsanwaltschaft unbeliebt war, denn er war bekannt für seine juristischen Tricks, die er aus dem Hut zauberte, sobald man ihm genug Geld gab. Er hatte bis jetzt noch immer irgendeinen Verfahrensfehler aufgedeckt und damit nicht selten Strafminderung oder Straffreiheit für seine Mandanten herausgeholt. Er war ein listiger Fuchs. Es konnte kein Zufall sein, dass Judith Hildebrand ihn engagiert hatte.

Tanja trat zu Lenz und Marius und sah demonstrativ auf die Uhr.

»Jetzt hatten sie lange genug Zeit, sich zu besprechen. Wir gehen rein.«
Sie drückte die Klinke nach unten und öffnete die Tür. Zu dritt betraten sie
den Raum. Hajo Hannemann grinste breit und zwinkerte Judith zu.

Lenz stellte seine Kollegen vor. Hajo ließ sich ihre Namen zweimal buch-
stabieren. Um sie richtig zu notieren, wie er sagte.

»Mit Ihnen beiden hatte ich noch nie zu tun«, sagte er, an Tanja und Marius
gewandt. »Wo ist Hauptkommissar Wieland? Sind Sie denn überhaupt Kriminalkommissare?«

Seine Stimme triefte vor Freundlichkeit. Marius ballte die Fäuste, doch
Tanja ließ sich nicht beirren.

»Sicher«, sagte sie kurz und nahm mit Lenz gegenüber von Judith und Hajo
am Tisch Platz. Marius blieb neben der Tür stehen. »Frau Hildebrand hat Sie
inzwischen informiert, über was ...«

»Ganz recht!«, unterbrach Hajo Tanja. »Sie hat mich über Ihre haltlosen
Verdächtigungen informiert. Es ist eine Unverschämtheit, wie Sie mit meiner
Mandantin umgehen. Sie trauert um ihren Mann und plötzlich machen Sie
aus einem Unfall einen Mord. Und dann wollen Sie ihr noch einen weiteren
Mord anhängen. An einem kleinen Mädchen!«

Hajo wurde lauter. Judith tupfte mit einem Taschentuch über ihre Augen.
Ihre langen roten Haare fielen wie ein Vorhang über die eine Hälfte ihres
Gesichts.

»Wenn Frau Hildebrand unschuldig ist, dann kann sie unseren Verdacht
schnell entkräften, indem sie uns Zeugen nennt, die sie zur Tatzeit an einem
anderen Ort gesehen haben«, sagte Lenz freundlich zu Hajo.

»Es ist wirklich eine Zumutung, dass Sie das von mir verlangen«, schluchzte Judith.

»Das mag Ihnen so vorkommen, tatsächlich ist das aber unsere ganz normale Ermittlungsroutine, wenn wir erfahren, dass es um ein Erbe und Versi-
cherungsprämien in Höhe von mehreren Millionen Euro geht«, erklärte
Lenz. Aus dem Augenwinkel sah er, wie Hajo seine Mandantin erstaunt anschaute. Mit so viel Geld hatte er offenbar nicht gerechnet.

»Wie kommen Sie darauf?«, fuhr Judith Lenz an. Je ruhiger er mit ihr
sprach, desto mehr regte sie sich auf.

»Wir haben uns erkundigt. Wenn man alle Vermögenswerte addiert, kommt
man auf mehrere Millionen Euro.«

»Das verstößt gegen den Datenschutz!« Judith drehte sich zu Hajo um.
»Sagen Sie ihm, dass sie das nicht dürfen!«

»Bei einem Mordfall ...«, setzte Lenz an, doch Judith unterbrach ihn.

»Es war ein Unfall!«

»Nein, Frau Hildebrand. Wir gehen inzwischen davon aus, dass Ihr Mann vorsätzlich getötet wurde. Die Gasleitung zu Ihrem Herd wurde manipuliert, sodass das Gas ungehindert ausgeströmt ist und ein kleiner Funke ausgereicht hat, um die Explosion auszulösen.«

»Die Gaszuleitung?« Judith rutschte auf dem Stuhl hin und her. Plötzlich lachte sie gekünstelt auf. »Sie werden ja wohl nicht behaupten wollen, dass *ich* die Gasleitung manipuliert habe!? Ich weiß überhaupt nicht, wie so etwas geht! ... Und außerdem wissen Sie genau, dass ich im Fitnessstudio war. Dafür gibt es mehr als genug Zeugen.«

»Das ist mir bekannt. Uns geht es mehr um Ihr Alibi für Montagnachmittag. Für den Zeitpunkt, als Emily Jacobi getötet wurde.«

»Dass Sie mir unterstellen ...«, zeterte Judith los. Hajo bremste sie, indem er eine Hand auf ihren Unterarm legte. Hatte er eingesehen, dass es für seine Mandantin besser war zu kooperieren?

»Sagen Sie ihm einfach, wo Sie waren, Judith.«

Sie sah zu ihrem Anwalt. Er nickte ihr zu.

»Ich war bei den Engls. Ich habe geschlafen und den ganzen Nachmittag die Wohnung nicht verlassen.«

»Waren die Engls auch anwesend?«, fragte Lenz.

»Carina musste noch mal für eine Stunde in die Schule, aber ich nehme an, dass sie den Rest der Zeit da war. Da ich geschlafen habe, kann ich es natürlich nicht hundertprozentig sicher sagen. Aber als der Typ vom Bestattungsunternehmen kam, war Carina längst zurück.«

»Von wann bis wann haben Sie genau geschlafen?«, hakte Tanja nach.

»Keine Ahnung. Ich habe nicht auf die Uhr gesehen.«

»Eine Stunde? Oder drei Stunden?«

Judith zuckte mit den Achseln.

»Es ging mir nicht gut. Eher länger.«

»Sie hätten sich in dieser Zeit aber auch unbemerkt aus der Wohnung schleichen können ...«

»Das ist bloße Spekulation«, fiel Hajo Tanja ins Wort. »Das bringt uns nicht weiter, wenn Sie dafür keinen Zeugen haben.«

»Behaupten das etwa die Engls?« Judith sah Tanja misstrauisch an. »Ist das so, dass die beiden ausgesagt haben, ich hätte die Wohnung unbemerkt verlassen können? Wenn das der Fall ist, dann kann ich Ihnen verraten: Sie sagen das nur, um mich reinzureiten. Wir hatten gestern einen Streit. Sie haben mich aus ihrer Wohnung geworfen. Und es würde mich nicht wundern, wenn sie jetzt schlecht über mich reden! Das ist Verleumdung!«

Judith warf energisch ihren Kopf zurück, ihre langen Haare flogen über ihre Schultern.

»Die Engls haben nichts dergleichen geäußert.«

Aber es schien angebracht, noch einmal mit ihnen über den Verlauf des Montagnachmittags zu sprechen.

Lenz sah zu Tanja und übernahm.

»Was können Sie uns über Ihre Begegnung mit Elisa Gerlach sagen, Frau Hildebrand?«

Der Themenwechsel irritierte Judith sichtbar, doch sie fing sich schnell und fand zu ihrem Zeterton zurück.

»Was haben Sie denn immer mit dieser Elisa Gerlach? Ich kenne keine Elisa Gerlach!«

»Elisa Gerlach ist die Journalistin, die darauf gekommen ist, dass ein Zusammenhang zwischen den beiden Todesfällen bestehen könnte.«

»Eine Journalistin?«, fragte Judith. Sie schien zu überlegen.

»Wissen Sie jetzt, von wem ich spreche?«

»Ich ... nein ... ich kenne diese Frau nicht. Ich verstehe auch gar nicht, was das alles miteinander zu tun hat. Was Ihr Kollege vorhin gemeint hat. Und was er auf Adrians Segelboot will ...«

»Elisa Gerlach ist gestern Abend spurlos verschwunden. Sie hat in Nymphenburg recherchiert und mit mehreren Leuten gesprochen. Und plötzlich war sie weg. Ihr Fahrrad liegt versteckt hinter einem Gebüsch. Wir konnten jetzt ihr Handy orten. In der Gegend des Yachthafens, in dem das Segelboot Ihres Mannes liegt.«

»Wollen Sie mir jetzt auch noch unterstellen, dass ich diese Journalistin entführt habe und dort gefangen halte?« Wieder lachte Judith ihr künstliches Lachen. »Sie sind ja vollkommen übergeschnappt! Wie hätte ich denn *diese* Frau überwältigen sollen?«

»*Diese* Frau? Wie meinen Sie das?« Tanja hatte Judiths Fehler sofort bemerkt. »Haben Sie sie etwa doch schon einmal gesehen?«

»Nein ... natürlich nicht.« Judiths Gesicht färbte sich unter den roten Haaren rosarot. »Ich habe keine Ahnung, wie sie aussieht. Ich habe das nur ganz generell gemeint. Wie sollte ich es denn überhaupt schaffen, eine andere Person zu überwältigen? Können Sie mir das sagen?«

Das konnte Tanja. Sie hatte ihre Hausaufgaben gemacht.

»Sie können leicht eine andere Person überwältigen, wenn Sie beim Karate kurz vor dem ersten Dan-Grad stehen. Wenn ich richtig informiert bin, hat Sie Ihr Trainer bereits zur Prüfung angemeldet. Oder irre ich mich?«

Während Elisa sich im Auto umzog, beorderte Henri die Spurensicherung nach Starnberg. Judith Hildebrand hatte angegeben, dass sie schon lange nicht mehr auf dem Boot ihres Mannes gewesen war. Wenn die Spurensicherung dort nun frische Fingerabdrücke von ihr sicherstellte, konnten sie nachweisen, dass sie gelogen hatte.

Danach rief Henri bei Lenz an.

»Warte!«

Henri hörte Schritte und Türgeklapper.

»Hast du Elisa gefunden?«, fragte Lenz.

»Ja, sie war auf dem Boot. Gefesselt und festgebunden. Leicht verletzt, hungrig und durstig, aber zum Glück im Großen und Ganzen wohlauf.« Henri sah durch die Heckscheibe in den Wagen. Elisa zog sich gerade ihr T-Shirt über den Kopf.

»Wer hat sie dorthin gebracht? Judith Hildebrand?«

»Sie weiß es nicht. Sie war ohnmächtig und kann sich nicht erinnern. Was hat Judith Hildebrand ausgesagt?«

»Sie streitet alles ab. Wir vernehmen sie gerade. Sie hat Hajo Hannemann engagiert.«

»Wow.« Hajo Hannemann hatte einen gewissen Ruf. »Sagt sie dann überhaupt noch etwas?«

»Nicht viel. Sie hat angegeben, dass sie sich zum Zeitpunkt von Emilys Tod in der Wohnung der Engls aufgehalten und geschlafen hat. Sie meint, dass die Engls das bestätigen können. Aus meiner Sicht klingt das sehr wacklig. Wir sollten unbedingt noch mal mit den Engls reden.«

»Das übernehme ich. Ich werde Elisa schnell mit was Essbarem versorgen und sie dann heimbringen. Danach fahre ich direkt zu den Engls.«

»Und wir setzen unser nettes Gespräch mit Judith Hildebrand und Hajo Hannemann fort. Sag mal, Henri, ist diese Elisa besonders kräftig? Wirkt sie vielleicht sogar bedrohlich?«

»Elisa? Nein! Wie kommst du darauf?«

»Judith Hildebrand hat zuerst behauptet, dass sie Elisa überhaupt nicht kennt. Aber kurz darauf hat sie uns gefragt, wie sie *diese* Frau hätte überwältigen sollen. Das hat sich so angehört, als wären sie sich doch schon begegnet.«

»Elisa ist ziemlich groß, aber sie wirkt nicht übermäßig kräftig. Sie ist schlank«, erklärte Henri. Er konnte sehen, wie Elisa auf der Rückbank herumturnte und mit ihren langen Beinen in seine Sweatshorts schlüpfte. »Für Judith Hildebrand wäre es bestimmt schwer, sie zu überwältigen. Elisa hat mir übrigens erzählt, dass sie gestern Nachmittag bei Judith war. Sie hat mit ihr über ihren Verdacht gesprochen, dass ein Zusammenhang zwischen den Todesfällen besteht, woraufhin Judith ihr die Tür vor der Nase zugeknallt hat.«

»Das ist ja interessant! Judith Hildebrand behauptet steif und fest, Elisa nicht zu kennen.«

»Sie muss sich ihrer Sache ziemlich sicher sein, dass es keine Zeugen gibt und dass Elisa sie nicht identifizieren kann.«

»Tanja hat noch etwas Interessantes herausgefunden. Judith ist eine angehende Karatemeisterin. Sie nimmt seit Jahren an den Karatekursen in ihrem Fitnessstudio teil. Es wäre leicht für sie, Elisa mit einem gezielten Schlag außer Gefecht zu setzen. Egal, wie groß sie ist.«

Henri pfiff durch die Zähne.

»Das ändert einiges. Aber solange es dafür keine Zeugen gibt ... Solange wir keine Beweise haben ... Hat die Spurensicherung auf Elisas Fahrrad Fingerabdrücke sicherstellen können?«

Elisa stieg aus dem Auto. Mit ihren Turnschuhen, Henris Shorts und seinem Knicks-Achselshirt sah sie aus, als ob sie zum Sport gehen wollte.

»Bis jetzt noch nicht. Ich hake noch mal nach.«

»Melde dich, wenn du was Neues hast.«

»Mach ich.«

Henri legte auf.

»Besser?«, fragte er Elisa.

Sie lächelte und rollte ihre Jeans zu einem kleinen Paket zusammen.

»Erheblich besser. Tolle Unterhose.«

Henri musste grinsen.

»Steht dir bestimmt genauso gut wie die Sportsachen!«

Ihm war noch nie aufgefallen, dass sie nicht nur ein hübsches Gesicht, sondern auch einen attraktiven Körper hatte. Ewig lange Beine, einen flachen Bauch und darüber einen weniger flachen Busen. Doch am besten gefiel Henri ihr Lächeln, das die blauen Augen strahlen ließ. Plötzlich hatte er das dringende Bedürfnis, dieses Lächeln am Leben zu erhalten.

»Du hast nicht zufällig auch noch etwas zu essen in deinem Auto?«, fragte sie.

»Nein, aber wir können sofort was besorgen. Was möchtest du?«

»Ich weiß nicht. Hauptsache, schnell und viel!«

»Currywurst oder Burger?«

»Burger wäre toll.« Ihre Augen leuchteten beim bloßen Gedanken daran.

»Wenn es nicht zu viele Umstände macht ...«

»Unsinn.«

Eine Viertelstunde später saßen sie bei McDonalds. Elisa hätte sich zwar auch mit dem DriveThru begnügt, doch Henri hatte ihr erklärt, dass er nach diesem Vormittag ebenfalls eine Pause vertragen konnte. Mit verklärtem Gesichtsausdruck biss sie in den XXL-Burger, den sie sich bestellt hatte.

Henri zog sein Handy heraus. »Ich muss Anna eine Nachricht schicken. Sie hat sich ganz schön Sorgen um dich gemacht!«

Henri tippte.

Alles ist gut, habe Elisa gefunden. Du kannst dich beruhigt auf die Schule konzentrieren!

Keine drei Sekunden später war Annas Antwort da.

Danke!!!

»Sie scheint sogar während des Unterrichts online zu sein«, meinte Henri. »Ich muss mal ein ernstes Wort mit ihr reden!«

»Schimpf nicht mit ihr! Wenn sie sich Sorgen gemacht hat ...«

»Ja, ist schon gut.«

»Darf ich mir ein paar Pommes klauen?«

Henri schob ihr sein Tablett entgegen.

»Ich kann noch eine Portion holen.«

»Reicht schon.«

Sie steckte sich drei Pommes in den Mund. Als ihr Blick auf eine der Steckdosen neben dem Tisch fiel, zog sie ihr Handy samt Ladekabel aus der Tasche und hängte es zum Aufladen an den Strom.

»Hast du mit deinem Kollegen gesprochen? Konnte er Judith Hildebrand inzwischen befragen?«

»Sie sind noch dabei, sie zu vernehmen. Es hat sich herausgestellt, dass Judith angehende Karatemeisterin ist. Könnte es sein, dass sie dich mit einem Karateschlag ausgeknockt hat?«

»Ein Karateschlag? Bekommt man dann so eine Beule? Ich kann es dir nicht sagen. Ich kann mich nicht erinnern. Es ging so schnell, plötzlich war alles schwarz.«

»Du kannst es nicht bestätigen, du kannst es aber auch nicht ausschließen?«

Elisa runzelte die Stirn, während sie überlegte, dann nickte sie.

»Was sagt sie zu ihrer Verteidigung?«

»Sie streitet alles ab. Das Problem ist, dass wir ihr bis jetzt nichts nachweisen können. Während der Explosion, bei der ihr Mann ums Leben kam, war sie im Fitnessstudio. Dafür gibt es Zeugen. Und als Emily getötet wurde, will sie sich bei den Engls aufgehalten haben.«

»Sie ist mit der Lehrerin befreundet, oder?«

»Anscheinend waren die beiden Paare befreundet und haben oft etwas zusammen unternommen. Carina Engl hat Judith Hildebrand sofort bei sich aufgenommen, als die Explosion einen Teil ihres Hauses zerstört hat.« Henri zögerte. Erst als Elisa von ihrem Burger aufschaute und ihn fragend ansah, sprach er weiter. »Heute Morgen hat Carina ihre Freundin allerdings bei mir verpfiffen. Sie hat gesagt, dass Judith ungewöhnlich schnell über den Tod ihres Mannes hinweggekommen ist. Dass ihr Verhalten nicht dem einer trauernden Witwe entspricht. Und dass er ihr einen Haufen Kohle hinterlässt.«

»Als ich Judith gestern befragen wollte, war ich zuerst bei den Engls, weil eine Nachbarin mich dorthin geschickt hatte. Von Herrn Engl habe ich erfahren, dass Judith nicht mehr dort wohnt, sondern in ein Hotel gehen wollte.«

»Anscheinend gab es Streit zwischen den Engls und Judith Hildebrand. Es erscheint mir immer dringender, noch mal mit Carina Engl zu sprechen.«

Elisas Handy gab auf einmal verschiedene Signaltöne von sich. Sie nahm es in die Hand und tippte kurz darauf.

»Du hast ja ganz schön oft versucht, mich zu erreichen«, stellte sie fest und lächelte wieder.

»Ich hab mir wirklich Sorgen gemacht.«

»Zum Glück! Sonst wäre ich auf diesem Boot verschimmelt.« Elisa tippte wieder. »Sasha rufe ich später an, aber ich glaube, ich sollte mich zumindest mal kurz in der Redaktion melden.«

Sie biss noch einmal in ihren Burger, dann wählte sie eine Nummer. Das Ladekabel, das immer noch in der Steckdose hing, ließ ihr nicht viel Spielraum. Sie musste näher an die Steckdose rücken, um telefonieren zu können.

»Hallo, Dennis«, sagte sie. »Nein, ich mache nicht blau. Ich wurde gestern Abend niedergeschlagen ... Ja, genau ... Ich wurde auf einem Boot gefangen gehalten ... Ich weiß nicht, wer ... Ja, es hat wahrscheinlich mit meinen Recherchen zu tun ... Ich weiß, aber ich hatte da so eine Idee ... Ja, genau dieser Kommissar hat mich gefunden.« Sie lächelte Henri zu, doch gleich darauf runzelte sie ihre Stirn. »Das musst du dem Chefredakteur nicht gleich auf die Nase binden ... Was? ... Nein, Dennis, lass das ... Hallo, Herr Sievers. Ja, es geht mir gut ... Doch, das haben Sie richtig verstanden ... Ja, ich weiß.« Sie bemühte sich, zerknirscht zu klingen, aber Henri fand, dass es ihr nicht besonders gut gelang. Zumindest nicht mit diesem angriffslustigen Funkeln in den Augen. »Ich wollte der Sache erst mal auf den Grund gehen, bevor ich mit Jette darüber spreche. Damit nicht wieder so ein Artikel wie beim letzten Mal herauskommt ... Ja ... Es scheint einen Zusammenhang zwischen den beiden Todesfällen zu geben. Emily muss bei der Explosion bei Adrian Hildebrand irgendetwas beobachtet haben ... Genau ... Die Polizei ... Ja ... Auf einem Boot ... Nein, ich war ohnmächtig, ich konnte den Täter nicht sehen ... Doch, die Polizei vernimmt gerade eine verdächtige Person, aber die streitet alles ab und es gibt keine Beweise ... Meinen Sie? Ich weiß nicht, ob das für die Leser so interessant ist, wenn wir nicht auch schreiben können, wer dahintersteckt ... Eine Seite?« Sie riss die Augen auf. »Wow, ja, ich denke schon. Ich bin jetzt noch in Starnberg ... Ja, die Polizei ... Okay ... Danke ... Bis später.«

Sie legte auf.

»Sie wollen, dass du einen Artikel schreibst?«

»Ja, eine ganze Seite.«

»Du solltest dich lieber ein bisschen ausruhen und erholen nach allem, was passiert ist.«

»Mir geht es wieder gut.« Sie stopfte sich eilig den letzten Bissen des Burgers in den Mund. »Ich habe gegessen und getrunken, frische Kleider an und mein Kopf tut kaum noch weh. Ich kann mich nicht ins Bett legen! Das ist meine Chance, denen zu zeigen, dass ich was draufhabe.«

»Zweifeln die etwa daran?«

»Haha, mach dich nur über mich lustig.« Diesmal funkelte sie *ihn* an.

»Das würde ich nie wagen.«

Henri freute sich, dass Elisas Lebensgeister sichtbar zurückkehrten. Und dass ihr Schlagabtausch freundschaftlich war, nicht mehr feindselig wie früher. Was sicher nicht an Elisa gelegen hatte ... Sie war von Anfang an offen und liebenswürdig gewesen. Karen und Anna hatten das erkannt, nur er Idiot hatte nichts davon wissen wollen. Doch Elisa schien nicht nachtragend zu sein.

»Es hat sich so angehört«, sagte sie und erwiderte sein Lächeln.

»Nicht doch! Als treuer Leser und Abonnent bin ich besorgt um das Niveau der *Morgenzeitung*. Sie können froh sein, wenn du mehr Qualität reinbringst. Manche Artikel sind inzwischen billigster Boulevardjournalismus.«

»Das geht auf das Konto meiner Kollegin Jette.«

»Gibt es niemanden, der noch mal über die Texte drüber liest und ein Veto einlegt?«

»An sich schon, aber die Herren der Schöpfung wollen es sich anscheinend nicht mit der blondgelockten Sexbombe verscherzen.«

»Dann kommt es sicher besonders gut an, wenn du jetzt in diesem Aufzug in der Redaktion aufschlägst, um allen zu zeigen, was du draufhast.«

»Vorhin hast du noch gesagt ...«, fing sie an.

Sein indirektes Kompliment hatte sie also doch wahrgenommen.

»Ja, ich weiß. Und ich finde immer noch, dass du in den Sportsachen gut aussiehst.«

Er versuchte, ihren Blick festzuhalten, doch Elisa lachte und sah auf den Colabecher in ihrer Hand.

»Na also! Dann kann ich doch so hingehen. Was mir viel mehr Kopfzerbrechen bereitet, ist die Frage, was ich schreibe.«

»Allein deine Gefangenschaft auf dem Boot füllt locker eine Seite.«

Sie trank den letzten Schluck ihrer Cola und überlegte.

»Darüber will ich eigentlich gar nicht viel schreiben. Das ist mir unangenehm. Die Leser wird sehr viel mehr interessieren zu erfahren, wer Emily getötet hat. Und Adrian. Und wie das alles zusammenhängt.« Sie richtete ihre blauen Augen auf Henri. »Darf ich mitkommen zu Carina Engl? Wenn sich dort die letzten Puzzlestücke zusammenfügen, dann entsteht das große Bild, das ich brauche, um einen guten Artikel zu schreiben.«

»Elisa! Das ist eine polizeiliche Befragung. Da kann ich keine Journalistin mitnehmen.«

»Aber ohne mich wüsstest du noch nicht mal, dass es einen Zusammenhang zwischen den beiden Todesfällen gibt. Wir können direkt hinfahren, du verlierst keine Zeit. Bitte, Henri! Ich halte mich auch vollkommen im Hintergrund.«

Henri musste wider Willen schmunzeln.

»Versprich nichts, was du nicht halten kannst.«

»Heißt das, ich darf mitkommen?« Sie griff nach seiner Hand und drückte sie fest. »Ich werde nichts schreiben, was dich in Schwierigkeiten bringt. Ich verspreche es hoch und heilig! Und ich werde es halten!«

Mit diesem Lächeln gelang es ihr sogar fast, das ungute Gefühl in Henris Bauch zu vertreiben.

Als Elisa in der Brunhildenstraße aus Henris Wagen stieg, schlenderten Moritz und Nico in kurzer Entfernung über den Bürgersteig. Auf dem Rücken trugen sie Schulranzen. Anscheinend war die Schule gerade aus, doch die Jungen hatten es nicht eilig, nach Hause zu kommen. Sie winkten Elisa zu.

»Sie sind ja doch nicht verschwunden!«, rief Nico.

»Nur vorübergehend. Jetzt bin ich wieder da!« Elisa sah zu Henri.

»Hast du mit ihnen gesprochen?«, fragte sie ihn leise.

»Sie waren die Letzten, die dich gesehen haben. Ich musste sie befragen«, erklärte er ebenso leise.

Als die Jungen näher kamen, grinste Moritz Elisa an.

»Coole Klamotten! Sind Sie Knicks-Fan?«

Elisa sah an dem blau-orangefarbenen Shirt herunter und hatte keine Ahnung, wovon er sprach.

»Wer ist das nicht?«, antwortete Henri für sie. »Wisst ihr, ob Frau Engl schon zu Hause ist?«

»Sie ist vor uns über den Schulhof gegangen«, sagte Moritz. »Ich glaube, dass sie schon daheim ist.«

»Dann schauen wir mal zu ihr rüber. Danke, Jungs!«

Henri überquerte die Straße. Elisa winkte Moritz und Nico zu und folgte ihm.

»Was hat es denn mit diesem Shirt auf sich?«, erkundigte sie sich. »Das scheint kein normales Trainingsshirt zu sein.«

Henri grinste.

»Das ist kein Shirt, das ist ein Statement. Das tragen nur eingefleischte Fans der New Yorker Knicks.«

»Wer sind denn die New Yorker Knicks?«

»Eine Basketball-Mannschaft aus New York.«

»Und du bist ein eingefleischter Fan?«

»Yes! Ich habe als Jugendlicher ein Jahr in New York verbracht und meine Gastmutter Lynn hat mich immer mit zu den Spielen genommen.«

»Oh, das ist also ein Erinnerungsstück!« Elisa strich vorsichtig über den glatten Stoff und bemerkte erst jetzt, dass er schon häufig gewaschen worden sein musste. »Ich werde besonders gut darauf aufpassen!«

»Ich bitte darum.«

Sie waren vor dem Haus der Engls angekommen und Henri drückte auf die Klingel. Beim Erklingen des Summers an der Haustür hielt er Elisa die Tür auf. Carina erwartete sie oben in der offenen Wohnungstür. Ihr Gesicht hellte sich auf, als sie Elisa sah.

»Frau Gerlach, das ist aber eine schöne Überraschung, Sie zu sehen! Herr Wieland hat sich heute Morgen ordentlich Sorgen um Sie gemacht. Zum Glück ist Ihnen nicht auch noch etwas zugestoßen!« Sie musterte Elisa. Ihr Blick blieb jedoch nicht an ihrer ungewöhnlichen Kleidung hängen, sondern an dem Pflaster an ihrer Schläfe. »Oder doch?«

Elisa nickte.

»Ich wurde gestern Abend unten vor dem Haus niedergeschlagen und von hier weggebracht!«

Carina riss ungläubig die Augen auf.

»Niedergeschlagen! Wer hat das getan?!?«

»Jemand, dem Elisas Fragen ähnlich lästig wurden wie Emilys«, antwortete Henri. »Frau Engl, ich habe Elisa auf dem Segelboot von Adrian Hildebrand in Starnberg gefunden. Zusammengeschnürt und -geklebt wie ein Paket.«

»Auf Adrians Boot?« Carina war anzusehen, wie es in ihrem Kopf arbeitete. »Aber wer würde ... ausgerechnet auf Adrians Boot?«

»Frau Engl, Sie haben selbst den Verdacht geäußert, dass Judith Hildebrand uns den Schock nach dem Tod ihres Mannes nur vorgespielt hat. Sie streitet zwar alles ab, aber letztendlich ist sie die Einzige, die einen Vorteil aus dem Tod von Adrian Hildebrand zieht. Wir müssen ihre Alibis noch mal hinterfragen und dafür benötigen wir Ihre Hilfe.«

»Sicher. Kommen Sie bitte herein.«

Henri schloss die Wohnungstür hinter ihnen. Sie blieben im Flur stehen. Elisa hielt sich im Hintergrund, wie sie es Henri versprochen hatte. Er war derjenige, der Carina Fragen stellte.

»Zum Zeitpunkt der Explosion hat sich Judith Hildebrand nachweislich in ihrem Fitnessstudio aufgehalten, was aber nicht ausschließt, dass sie die Gasleitung vorher manipuliert hat. Wichtiger ist für uns nun zu überprüfen, wo sie zum Zeitpunkt von Emilys Tod war. Sie behauptet, sie sei hier bei ihnen in der Wohnung gewesen und habe geschlafen. Können Sie das bestätigen?«

»Wann genau wurde Emily am Montag getötet?«

»Zwischen zwei und drei Uhr.«

Carina überlegte.

»Da war ich in der Schule. Montags von zwei bis halb vier bieten wir zusätzlichen Sprachunterricht für Migrantenkinder an.«

»Dann war Judith Hildebrand zu diesem Zeitpunkt allein hier in der Wohnung?«

Wieder dachte Carina nach.

»Michael, mein Mann, war hier. Er hat mir nachher erzählt, dass Judith geweint hat wegen Adrian und dass sie sich ins Gästezimmer zurückgezogen hat.«

»Sie hat also die Wohnung nicht verlassen?«

Carina zögerte.

»Das kann ich nicht sagen ... Ich weiß nicht, ob Michael es aufgefallen wäre, wenn sie sich aus der Wohnung geschlichen hätte. Das Gästezimmer ist gleich hier neben der Wohnungstür.« Sie deutete auf einen halb offenen Raum.

»Wann sind Sie zurückgekommen?«

»Ich war um kurz vor vier hier, gerade rechtzeitig zu Judiths Termin mit dem Bestattungsunternehmer. Eine Schülerin hatte mich nach der Förderstunde noch ein paar Dinge gefragt. Ich kann mich erinnern, dass ich mich beeilen musste, um pünktlich wieder hier zu sein.«

»Und Judith war anwesend, als Sie heimkamen?«

»Ja. Ich habe bei ihr an die Tür geklopft, als der Bestatter da war, und sie kam gleich darauf zu uns ins Wohnzimmer. Sie wirkte ziemlich abwesend, ich bin davon ausgegangen, dass sie geschlafen hatte, bis ich an die Tür geklopft habe.«

»Inwiefern wirkte sie abwesend?«

»Sie hat nicht richtig zugehört. Der Bestatter musste viele Fragen mehrmals stellen, bis er eine Antwort bekommen hat. Man hat ihr deutlich angemerkt, dass sie keinerlei Interesse hatte, die Beerdigung vorzubereiten. Danach hat sie zu mir gesagt, dass Adrian davon schließlich auch nicht wieder lebendig würde und dass es ihm ziemlich egal wäre, welche Blumen auf dem Sarg liegen und welche Musik bei der Trauerfeier gespielt wird.«

»Und Ihr Mann war den ganzen Nachmittag hier?«

»Während wir mit dem Bestatter gesprochen haben, hat er sich in die Küche zurückgezogen. Er hat montags nachmittags immer frei. Ich hatte ihn gebeten, unseren Toaster zu reparieren. Das hat er gemacht. Michael war die ganze Zeit hier in der Wohnung.«

»Dann müssen wir ihn fragen, ob es möglich gewesen wäre, dass Judith Hildebrand sich zur fraglichen Zeit aus der Wohnung geschlichen hat.«

Carina sah auf die Uhr.

»Michael hat gleich Mittagspause, er müsste also demnächst nach Hause kommen.«

»Wissen Sie zufällig, wo Judith Hildebrand sich gestern Abend aufgehalten hat?«, mischte sich Elisa nun doch ein. »Vor unserem Gespräch mit Moritz und Nico hatte ich sie zu Hause angetroffen, aber vielleicht haben Sie sie später noch gesehen?«

Carina schüttelte den Kopf.

»Nein. Wir hatten am Nachmittag Streit. Sie hat sich unmöglich aufgeführt; die ganze Zeit gelacht, Pläne für ihren Küchenneubau gemacht, sich über mich lustig gemacht, weil ich wegen Adrian und Emily geweint habe, und mit meinem Mann geflirtet. Ich habe sie rausgeschmissen. Sie hat meine Hilfe definitiv nicht mehr benötigt. Sie hat mir vorgeworfen, dass ich eine schlechte Freundin sei, und ist abgerauscht. Seither habe ich nichts mehr von ihr gehört.«

»Sie wissen also nicht, ob sie die Nacht wirklich in einem Hotel verbracht hat?«

»Keine Ahnung. Sie hat so was zu Michael gesagt, aber ich weiß nicht, ob sie es wirklich getan hat.«

Elisa fing einen kurzen Blick von Henri auf.

»Danke soweit, Frau Engl«, sagte er. »Ich muss kurz telefonieren. Wir warten unten auf Ihren Mann oder befragen ihn an der Schule.«

Sie verabschiedeten sich. Elisa folgte Henri die Treppe hinunter. Erst als Carina die Wohnungstür geschlossen hatte, drehte er sich zu ihr um.

»Immer noch nichts Konkretes! Sie kann sich rausgeschlichen und Emily getötet haben, aber wir werden ihr das nicht beweisen können, wenn es keinen Zeugen dafür gibt.«

Henri zog sein Handy heraus.

»Ich muss kurz mit meinem Kollegen Lenz sprechen«, sagte er und wählte. Elisa betrachtete sein ernstes Gesicht, während er telefonierte. »Lenz ... ja, ich warte ...« Er fuhr mit der Hand über seinen Bart. »Verstehe ... Lenz, habt ihr Judith Hildebrand nach einem Alibi für gestern Abend befragt? ... Elisa wurde zwischen sechs und halb sieben in der Brunhildenstraße niedergeschlagen ... Ein Karateschlag wäre möglich, das weiß sie aber nicht mit Sicherheit ... Ich würde annehmen, dass Judith Elisa nach hinten in den Hof verfrachtet, dann ihr Auto geholt und sie damit nach Starnberg gebracht hat ... Hm ... Fragt sie außerdem, in welchem Hotel sie übernachtet hat und überprüft dann ihre Angaben ... Arnie? Ist gut, ich rufe ihn an ... Ja ... Bis dann.«

Henri ließ sich auf eine der Treppenstufen sinken.

»Ich muss noch einen Anruf erledigen«, sagte er zu Elisa. »Ich setze mich hier hin, da muss Michael Engl ja vorbeikommen.«

»Dann hole ich mein Fahrrad aus dem Gebüsch.«

»Wenn es überhaupt noch da ist. Ich weiß nicht, ob die Kollegen von der Spurensicherung es mitgenommen haben.«

»Ich schaue mal nach!«

Henri wählte die Nummer seines Kollegen. Elisa lief die letzten Stufen der Treppe hinunter und verließ das Haus.

Lenz ging zurück in den Vernehmungsraum. Marius hatte seinen Platz am Tisch eingenommen. Lenz blieb direkt neben Judith stehen und unterbrach Hajo Hannemanns Tirade über das Recht seiner Mandantin, eine Pause einzulegen, wenn die Befragung sich übermäßig lang hinzog und sie anstrengte.

»Hätten Sie gleich zugegeben, dass Sie gestern Nachmittag mit Elisa Gerlach gesprochen haben, dann würde die Befragung nicht so lange dauern, Frau Hildebrand!«, sagte Lenz zu Judith.

»Ich habe es Ihnen doch schon erklärt: Ich wusste nicht, dass die Person, die bei mir geklingelt hat, Elisa Gerlach hieß. Sie hat ihren Namen nicht genannt.«

Lenz winkte ab.

»Was haben Sie nach dem Gespräch mit Elisa Gerlach gemacht?«

»Ich habe mit meinem Bauunternehmer gesprochen. In meiner Hauswand klafft ein großes Loch. Wenn ich dort wohne, fühle ich mich nicht sicher. Der Bauunternehmer hatte die Idee, anstelle der Küchentür eine abschließbare Metalltür einzusetzen, sodass der Rest des Hauses verschlossen werden kann, solange die Küche eine Baustelle ist.«

»Wie lange hat sich der Bauunternehmer bei Ihnen aufgehalten?«

Judith sah Lenz mit großen Augen an.

»Er war nicht bei mir. Wir haben am Telefon miteinander gesprochen.«

»Verstehe. Wie lange haben Sie telefoniert?«

»Ein paar Minuten. Ich habe ihn gebeten, die Metalltür sofort einbauen zu lassen, aber leider war das gestern nicht mehr möglich.«

»Was haben Sie dann getan?«

»Ich habe mich mit einer großen Packung Eis vor den Fernseher gesetzt.

Es war nichts mehr zu essen im Haus. Nur das Eis aus der Gefriertruhe im Keller.«

»Haben Sie sich dann ein Hotelzimmer gesucht?«

»Ein Hotelzimmer? Wie kommen Sie darauf?«

»Wenn Ihnen Ihr eigenes Haus zu unsicher erschien ...«

»Na ja ... es war ja nur für eine Nacht.«

»Sie haben also nicht in einem Hotel übernachtet?«

»Nein, ich habe in meinem Haus geschlafen.«

»Haben Sie das Haus im Lauf des Abends noch einmal verlassen?«

»Nein. Ich habe Ihnen doch schon gesagt, dass ich ferngesehen habe. Ziemlich lange sogar. Ich bin erst nach Mitternacht ins Bett gegangen.«

»Was sollen diese Fragen?«, mischte sich Hajo Hannemann ein.

Lenz ignorierte seinen Einwurf.

»Dann fasse ich noch mal zusammen: Sie haben mit Elisa Gerlach an der Tür gesprochen, gleich darauf mit Ihrem Bauunternehmer telefoniert und den Rest des Abends allein und ohne weitere Zeugen in Ihrem Haus verbracht. Ist das richtig?«

Judith sah Lenz trotzig an.

»Das heißt noch lange nicht, dass ich jemanden niedergeschlagen und auf Adrians Segelboot verschleppt habe!«

»Sagen Sie mir nur, ob meine Zusammenfassung korrekt ist.«

»Ja! Ich war allein zu Hause. Dafür gibt es keinen Zeugen. Das bedeutet nämlich *allein*. Da ist niemand sonst!« Judiths Augen füllten sich mit Tränen. Sie ließ ihren roten Haarvorhang vor das Gesicht fallen.

»Ich bin jetzt vollkommen allein«, schluchzte sie.

Elisa bog in die Einfahrt zu den Garagen ab und sah auf der linken Seite des Hofes, gegenüber von den Garagen und neben einer Batterie Mülltonnen, eine kleine Hecke aus Haselnusssträuchern. Die musste Henri gemeint haben. Elisa betrachtete die Sträucher genauer. Bei einigen waren die unteren Zweige abgeknickt, doch weit und breit war kein Fahrrad zu sehen. Sie bückte sich, als sie etwas hinter einem der Sträucher aufblitzen sah, aber es war nur eine leere Dose, die der Wind vermutlich dorthin geweht hatte. Rund um die überfüllten Mülltonnen hatten die Bewohner des Hauses Flaschen, Dosen und Müllsäcke abgestellt, die nicht mehr in die Tonnen gepasst hatten.

Plötzlich erklang ein Schiffshorn hinter Elisa – an diesem Ort ein ungewöhnlicher und trotzdem vertrauter Ton. Sie fuhr herum. Michael Engl kam über den Hof und zog ein Handy aus der Hosentasche. Das Schiffshorn war der Signalton. Elisa stöhnte. Das Entsetzen in seinem Blick, als er aufsah und Elisa erkannte, sprach Bände. Plötzlich fügte sich das Bild zusammen.

»Was machst du schon wieder hier? Wie kann es überhaupt sein ...?« Sein Gesicht war innerhalb von Sekundenbruchteilen wutverzerrt. Er hatte nicht mehr viel gemeinsam mit dem netten Mann, der Elisa am Vortag die Tür geöffnet hatte. Rote Flecken zeichneten sich auf seinem Gesicht und seinem Hals ab, die Kieferknochen mahlten unentwegt, seine Augen glitzerten wild, sein irrer Blick machte Elisa Angst.

Während der Schock noch ihren Körper lähmte, griff sich Michael eine leere Sektflasche, die neben den Mülltonnen am Boden stand, schlug auf dem Asphalt den unteren Teil der Flasche ab und stürzte sich auf Elisa.

»Warum hörst du blöde Kuh nicht auf, herumzuschnüffeln?«, zischte er, offensichtlich im Bemühen, die Konfrontation so leise wie möglich auszutragen, damit niemand auf sie aufmerksam wurde.

Elisa war klar, dass er diesmal nicht lange fackeln würde und dass sie gegen die rasende Wut, die ihn antrieb, allein nicht viel ausrichten konnte. Ihre einzige Chance bestand darin, Henri zu alarmieren. Er befand sich allerdings noch im Haus und würde kaum mitbekommen, was hier draußen vor sich ging. Elisa begann zu schreien, so laut sie konnte.

Carina legte das Telefon beiseite. Dass sie Michael ausgerechnet jetzt nicht erreichen konnte! Sie hätte ihm gern gesagt, dass die Polizei mit ihm sprechen wollte. Und sie hätte ihm gern ein paar Fragen gestellt.

Zum Beispiel, wo sich der Schlüssel zu Adrians Segelboot befand, den sie noch vor ein paar Tagen in ihrem Schlüsselkasten gesehen hatte. Als sie überprüft hatte, ob Judith sich einen Wohnungsschlüssel herausgenommen hatte. Jetzt war der Schlüssel nicht mehr da.

Carina sah sich in der Küche und im Wohnzimmer um. Sie hatte erst am Vorabend aufgeräumt und die von Judith überall stehen gelassenen Kaffeetassen in die Spülmaschine gestellt. Auf den ersten Blick war zu sehen, dass kein Schlüssel herumlag.

Carina ging ins Schlafzimmer. Der Schwangerschaftstest lag noch immer auf ihrem Nachttisch. Sie hatte sich so gefreut, als sie den blauen Streifen gesehen hatte. Und Michael auch! Er war gleich zu ihr gekommen, als sie ihn angerufen hatte. Er hatte sogar das Treffen mit seinem alten Freund sausen lassen, der sich kurzfristig bei ihm gemeldet hatte. Mit wem hatte er sich eigentlich treffen wollen?, überlegte Carina. Hatte er den Namen seines Freundes überhaupt erwähnt, als er sie angerufen hatte, um ihr zu sagen, dass er erst später am Abend heimkommen würde?

An einen Namen konnte Carina sich nicht erinnern. Egal. Das Baby war ihm wichtiger gewesen als sein alter Freund. Carina sah in Michaels Nachttischschublade. Kein Schlüssel. Nur ein Roman, den sie ihm vor kurzem empfohlen hatte. Michael las außer der Zeitung nicht viel, doch ihr zuliebe hatte er einen Blick hineinwerfen wollen. Das Lesezeichen steckte immer noch zwischen den ersten Seiten.

Carina überlegte, was Michael am Vortag getragen hatte. Sie fand seine Jeans und sein T-Shirt im Wäschekorb. Auch in der Tasche der Jeans war der Schlüssel nicht zu finden.

Wenn der Schlüssel nicht in der Wohnung war, trug Michael ihn dann bei sich? Carina sank auf ihr Bett und versuchte sich einzureden, es habe nichts zu bedeuten, dass der Schlüssel weg war. Und dass Michael nicht wie sonst zu Hause gewesen war zu dem Zeitpunkt, als Elisa Gerlach überwältigt und verschleppt worden war.

»Hallo, Arnie«, sagte Henri, als sich der Kollege aus der Spurensicherung meldete. »Lenz hat gesagt, dass ich dich anrufen soll. Geht es um die Fingerabdrücke auf Elisas Fahrrad?«

»Ja. Wir haben jede Menge darauf gefunden. Und auch hier auf dem Boot.«

»Seid ihr in Starnberg?«

»Wir haben das Fahrrad eingepackt und mitgenommen, als du uns hierher geschickt hast. Lenz hat schon die Fingerabdrücke von Judith Hildebrand genommen. Es wäre hilfreich, wenn wir auch die von Elisa Gerlach schnell bekommen könnten, um sie abzugleichen. Auf dem Fahrrad und auf dem Boot.«

»Ich kümmere mich darum.«

Henri stand auf und beendete das Gespräch. Er trat hinaus in die Sonne. Elisa war nicht zu sehen. Brauchte sie so lange, um festzustellen, dass ihr Rad nicht mehr da war? Henri bog in die Hofeinfahrt. Bevor er etwas sehen konnte, hörte er Elisa schreien. Er rannte los. Sie kämpfte vor den Sträuchern auf der Seite des Hofes mit einem Mann. Wer war das? Henri konnte sein Gesicht nicht sehen. Sie wälzten sich auf dem Boden. Erst als der Mann sich auf Elisa schob, war sein Gesicht Henri zugewandt. Er kam ihm bekannt vor. Er hatte ihn schon einmal gesehen … auf dem Schulhof … neben Carina Engl. Es war ihr Mann Michael, der dort mit Elisa kämpfte. Er hielt eine Flasche in der Hand, deren abgeschlagenen, gezackten Rand er gefährlich nahe an Elisas Hals brachte. Elisa wehrte sich nach Kräften. Sie versuchte, Michael mit den Füßen von sich zu drücken.

Henri zog seine Waffe und zielte, doch da die beiden sich ständig bewegten, war die Gefahr, Elisa zu treffen, zu groß.

»Aufhören!«, schrie Henri. »Lassen Sie sie los!«

Michael stöhnte, doch er ließ nicht von Elisa ab.

»Du blöde Kuh! Du hast alles kaputtgemacht!«, schrie er sie an. »Du bist selbst schuld!«

»Herr Engl, lassen Sie sie los! Machen Sie es nicht noch schlimmer, als es ohnehin schon ist!«

Michael Engl heulte auf. Henri bewegte sich auf die Kämpfenden zu. Er konnte ungezügelte Wut in Michaels Gesicht sehen. Mit seinem ganzen Gewicht drückte er Elisa zu Boden, verkrallte sich mit der freien Hand in ihrem Haar und schlug ihren Kopf wieder und wieder auf den Asphalt. Henri entsicherte die Waffe, doch er sah im letzten Moment, wie Elisa ein Bein unter Michaels Körper anzog. Wollte sie sich auf die Seite wälzen? Henri zögerte zu schießen. Gleich darauf verriet ein gequälter Schrei von Michael, dass Elisa ihm ihr Knie zwischen die Beine gerammt hatte. Was nicht dazu beitrug, ihn zu besänftigen.

»Du Schlampe! Das wirst du büßen!«, schrie er und drückte mit dem linken Unterarm ihren Oberkörper gewaltsam auf den Boden. Mit der rechten Hand führte er die abgebrochene Flasche an ihren Hals. Elisa wand sich unter seinem Körper, aber sie konnte ihn nicht zur Seite schieben.

»Lassen Sie sie los!«, forderte Henri ihn erneut auf. »Das ist meine letzte Warnung, bevor ich schieße.«

»Michael!« Carinas Schrei gellte hinter Henri über den Hof. »Was machst du denn da? Hör auf! Bist du wahnsinnig geworden!«

Michaels Hand stoppte in der Luft, als er Carinas Stimme hörte. Sie stürzte an Henri vorbei und entwand Michael die Flasche. Im gleichen Moment zog Henri ihn von Elisa herunter. Michael setzte sich nicht zur Wehr. Carinas Anwesenheit hatte seinen Wutanfall von einem Moment auf den anderen beendet. Er stand mit hängenden Schultern vor ihr, als hätte der Kampf, der gerade stattgefunden hatte, nichts mit ihm zu tun.

»Was hast du getan?« Carina trommelte mit den Fäusten gegen seine Brust. »Warum bedrohst du sie? Warum machst du so was?«

»Carina ...« Er hob die Hand, wollte sie an der Wange berühren, doch Carina wich zurück.

»Du warst es, oder? Du hast Adrian getötet! Und dann Emily! Und du hast sie« – mit der Hand deutete sie in Elisas Richtung – »auf Adrians Boot geschafft, als sie dir auf die Spur gekommen ist.«

»Lass es mich erklären, Carina! Ich wollte das alles nicht, aber dann sind ein paar Dinge schiefgelaufen ...«

Henri ließ ihm keine Zeit für weitere Rechtfertigungen. Er legte ihm die Handschellen an, die er sich am Morgen auf dem Parkplatz des Segelclubs in die Hosentasche gesteckt hatte, und befestigte das andere Ende kurzerhand an dem Maschendrahtzaun, der das Grundstück neben den Mülltonnen begrenzte.

»Herr Engl, ich nehme Sie fest wegen zweifachen Mordes und wegen versuchten Mordes …«

Michael reagierte nicht auf die Handschellen und hörte nicht zu, als Henri ihn über seine Rechte belehrte. Seine ganze Aufmerksamkeit galt Carina, die ihn fassungslos ansah.

Elisa lag immer noch am Boden und verfolgte die Szene zwischen Carina und Michael. Henri nahm ihre Hand.

»Bist du okay?«, fragte er. Das Pflaster an ihrer Schläfe war abgerissen und die Wunde blutete wieder. Außerdem hatte sie ein paar Kratzer im Gesicht und am Hals.

Sie schloss für einen Moment die Augen.

»Geht schon.«

Henri half ihr, sich aufzurichten. Elisa schwankte.

»Es tut mir so leid um dein Knicks-Shirt. Ich wollte doch gut darauf aufpassen«, sagte sie.

Henri strich über ihren Rücken.

»Mach dir keine Sorgen wegen des Shirts. Hauptsache, dir ist nichts passiert!« Und zum zweiten Mal an diesem Tag presste er sie erleichtert an sich.

»Dich kann man wirklich keine fünf Minuten alleinlassen.«

Sie lehnte sich zurück und lächelte.

»Ich weiß auch nicht, was los ist. Früher sind mir nie solche Sachen passiert, aber seit ich hierhergezogen bin …«

Jetzt kehrten die Lebenskräfte in ihren Körper zurück. Ihre Augen glänzten und sie hing nicht länger wie ein nasser Sack an ihm.

»Komm, ich helfe dir auf!«

Er zog sie hoch, hielt aber immer noch mit einer Hand ihren Arm umfasst. Mit der anderen Hand bediente er sein Handy.

»Ich rufe Verstärkung.«

Elisa löste sich von Henri und trat zu Carina Engl, die sich von ihrem Mann abgewandt hatte und mit tränenüberströmtem Gesicht vor den Garagen stand. Trotz der Hitze zitterte sie am ganzen Körper.

»Soll ich Sie hoch in Ihre Wohnung begleiten?«, fragte Elisa.

»Nein!«, rief Michael laut. »Carina, bitte hör mich an! Ich wollte niemals jemandem wehtun. Es ist einfach so passiert!«

»Ach ja? Sie haben einfach so die Zuleitung zu Adrian Hildebrands Gasherd manipuliert?«, fragte Henri.

»Nein, so war es nicht!« Michael antwortete Henri, doch sein Blick war ausschließlich auf Carina gerichtet. Er sprach schnell weiter, um zu verhindern, dass sie mit Elisa den Hof verließ. »Ich bin zu ihm gegangen, weil ich ihn zur

Rede stellen wollte. Ich hatte euch zusammen gesehen. Ihr wart so ... vertraut ... Ich wollte ihm sagen, dass er die Finger von dir lassen soll ...«

»Du hast uns gesehen?« Carina drehte sich zu ihm um. »Wo hast du uns gesehen?«

»Am Samstag. Eigentlich wollte Adrian mit mir segeln gehen, aber dann hat er abgesagt. Kurz darauf habe ich euch im Café gesehen.«

»Und deshalb gehst du am Sonntag zu Adrian und bringst ihn um?!? Warum redest du nicht mit *mir*?«

Er zuckte mit den Achseln, wollte einen Schritt auf Carina zugehen, doch die Handschellen hielten ihn am Zaun zurück.

»Ich weiß nicht. Du warst am Samstagabend so abweisend und in dich gekehrt. Ich dachte, Adrian hat sich an dich herangemacht. Ich weiß, dass er auf dich abgefahren ist. Er hat dich immer so angesehen.«

»Du spinnst! Ich habe mich am Samstag mit ihm getroffen, weil er so niedergeschlagen war. Er hatte wieder Streit mit Judith gehabt, das alte Thema ...«

Elisa wechselte einen Blick mit Henri. Das war ihre Chance, aus erster Hand etwas über Michaels Beweggründe zu erfahren. In dieser emotionalen Verfassung würde er gegenüber Carina mehr äußern als in jeder polizeilichen Vernehmung.

»Was war denn das alte Thema?«, erkundigte sich Elisa vorsichtig. Carina drehte sich zu ihr um.

»Adrian wollte immer eine große Familie haben, doch Judith war dazu nicht bereit. Sie wollte nicht auf ihre Bequemlichkeit verzichten, sie wollte nicht ihren perfekten Körper für Schwangerschaften opfern, sie wollte ihr Luxusleben in keiner Weise einschränken. Doch Adrian hatte genug von der Welt und vom Nachtleben gesehen und hatte den Wunsch, eine Familie zu gründen.«

»Nachdem er mit dir geredet hatte, ja?«, höhnte Michael.

»Nein, auf diese Idee ist er ganz allein gekommen. Das soll bei den meisten Menschen in einem bestimmten Alter ein ganz normales Bedürfnis sein«, gab Carina ruhig zurück.

Offensichtlich war das auch ein Thema zwischen Carina und Michael.

»Judith hat es also abgelehnt, schwanger zu werden?«, fasste Elisa zusammen. »Und Adrian war deswegen niedergeschlagen?«

»Ja, so war es. Schon vor einem Monat hat er erfahren, dass Judith bereits am Anfang ihrer Ehe ein Baby abtreiben lassen hat. Er hat zufällig eine alte Freundin von ihr getroffen, die Judiths Geheimnis ausgeplaudert hat.«

»Judith hat abtreiben lassen?« Michael sah Carina ungläubig an. »Warum hast du mir das nicht erzählt?«

»Ich ...« Sie stockte, wurde rot, fasste sich aber schnell wieder. »Adrian hat es mir unter dem Siegel der Verschwiegenheit anvertraut. Er wusste noch nicht mal, ob er Judith darauf ansprechen würde.«

»Hat er das am Samstag getan?«

»Er wollte mit ihr darüber sprechen, was sie aber abgelehnt hat. Sie hat ihm kategorisch mitgeteilt, dass sie niemals die Absicht hätte, Kinder zu bekommen, und dass er aufhören solle, sie damit zu nerven. Und dann ist sie zum Karate-Training verschwunden.«

»Daraufhin hat er sich an Sie gewandt?«, fragte Henri.

»Er musste sich ausheulen.«

»Und er wusste, dass du Verständnis haben würdest«, warf Michael ein. »Weil du selbst an nichts anderes mehr denken kannst! Und ihm hast du wahrscheinlich auch die Ohren mit dem Babythema vollgejammert.«

Carina fasste sich kurz an den Bauch.

»Na und? Er hat mich wenigstens verstanden!«

»Ach ja? Und ich etwa nicht? Wir haben es monatelang versucht, Carina! Behaupte nicht, dass ich dir deinen Wunsch abgeschlagen hätte!«

»Das sage ich ja gar nicht! Du bist nur so distanziert gewesen. So genervt von mir!«

»Ich? Genervt? Ich könnte niemals von dir genervt sein, Carina, das weißt du! Es ist einfach nicht toll für einen Mann, streng nach Zeitplan Sex zu haben, sich permanent unter Druck gesetzt zu fühlen.« Michael zerrte an den Handschellen. »Adrian hat behauptet, dass du mit ihm geschlafen hast! Carina, sag mir, dass das nicht wahr ist!«

Alle Augen richteten sich auf Carina und für einen kurzen Moment meinte Elisa, ein Flackern in ihren Augen zu sehen, doch dann sah sie Michael mit festem Blick an.

»Wie kommt er dazu, so etwas zu sagen?« Sie klang entrüstet.

»Ich habe ihm gesagt, dass ich die Wahrheit wissen will. Ob da was ist zwischen euch.«

»Du hast ihn bedroht!?«

»So kann man das nicht sagen, am Anfang nicht. Aber als er behauptet hat, dass er mit dir geschlafen hat, da ist bei mir die Sicherung durchgebrannt.«

»Was hast du getan?«

»Ich bin auf ihn losgegangen. Er hat Panik bekommen und mir versichert, dass es nur ein einziges Mal war. Aber ich habe genau gemerkt, dass er mich nur beschwichtigen wollte. Als ob das etwas ändern würde! Ich möchte nicht, dass meine Frau mit einem anderen schläft, nicht ein einziges Mal!«

»Was hast du mit ihm gemacht?«

»Ich habe ihn geschlagen und umgestoßen. Er ist mit dem Kopf auf die

Kante des Küchenblocks aufgeschlagen. Er war sofort tot.« Michael sah von Carina zu Henri. »Es war keine Absicht. Ich wollte ihm eine reinhauen für seine Behauptung, aber ich wollte nicht, dass er stirbt! Das müssen Sie mir glauben!«

»Tatsache ist, dass Adrian Hildebrand nicht mehr lebt. Und dass Sie sich dafür verantworten müssen«, antwortete Henri. »Die Gasexplosion haben Sie demnach inszeniert, um einen Unfall vorzutäuschen?«

»Nicht gleich. Ich war geschockt, als ich gemerkt habe, dass Adrian tot war. Ich bin vollkommen kopflos aus dem Haus gerannt. Emily ist auf der Straße mit dem Roller hin- und hergefahren, aber erst, als ich fast daheim war, ist mir klargeworden, dass die Polizei Zeugen suchen würde, wenn Adrian tot aufgefunden wird. Und dass Emily sich spätestens dann an mich erinnern würde. Vielleicht hatte sie sogar unseren Streit gehört. Alle Fenster standen offen.«

»Deshalb sind Sie zurückgegangen ...«

»Ich bin erst eine Weile durch den Park gelaufen und habe überlegt, was ich machen soll. Schließlich kam mir die Idee mit der Explosion, weil ich dachte, dass ein Feuer alle Spuren vernichten würde.«

Michaels Beichte galt nicht mehr ausschließlich Carina. Er wollte sich offensichtlich das, was geschehen war, und alle darauf folgenden Lügen von der Seele reden.

»Ich habe mich durch den Garten zurück ins Haus geschlichen, die Terrassentür stand offen. Ich habe eine Pfanne am Boden platziert, das Gas ausströmen lassen und zum Fenster eine Lunte gelegt, die ich dann von außen gezündet habe.«

»Sodass alle sofort davon ausgehen würden, dass es zu einer Explosion kam, als Adrian Hildebrand sich ein Frühstücksei in die Pfanne hauen wollte.«

Michael nickte.

»Aber Emily ist Ihnen in die Quere gekommen?«

»Ich dachte, die Explosion würde verhindern, dass die Polizei überhaupt nach weiteren Zeugen sucht. Dass Emily also gar keine Gelegenheit bekommen würde, zu erzählen, sie habe mich gesehen.«

»Aber Emily war nicht blöd«, warf Carina mit tränenerstickter Stimme ein. »Und sie war als Kopf der *Weißen Rose* immer auf der Suche nach einem neuen Fall.«

»Was ist denn die *Weiße Rose*?«, fragte Michael.

»Emilys Detektivclub.«

Er stöhnte. »Deswegen ist sie die ganze Zeit um mich herumscharwenzelt! Sie hat mir laufend Fragen gestellt zu Adrian und zu unserer Freundschaft. Und dann ist sie mir auch noch gefolgt!«

»Am Montag?«, hakte Henri nach.

»Ja, am Montag. Nach dem Mittagessen ist Carina zurück in die Schule zur Förderstunde gegangen. Ich habe es nicht mit Judith allein in der Wohnung ausgehalten. Deshalb bin ich auch zur Schule, obwohl ich montags nachmittags eigentlich freihabe. Ich wollte mich beschäftigen. Und da ist Emily mir gefolgt. Erst war ich nicht ganz sicher, aber schließlich ist sie mir sogar in den Park hinterhergefahren.«

»Die Meisterdetektivin war auf der richtigen Spur!«

Tränen liefen über Carinas Wangen. Emilys Schicksal ging ihr sichtlich nahe. Michael streckte die Hand nach Carina aus, aber sie ignorierte sie. Elisa sah, dass Michael lange Kratzer an den Unterarmen hatte. Sie waren nicht frisch. Vermutlich hatte Emily sie ihm zugefügt, als sie sich gegen seinen Würgegriff gewehrt hatte.

»Du bist ein Monster!«, schrie Carina Michael an. »Wie kannst du nur ein kleines Mädchen töten? Wie konntest du Emily umbringen?«

»Sie hätte alles verraten! Ich wollte sie nicht töten, wirklich nicht! Aber sie war so dickköpfig! Sie hat überhaupt nicht lockergelassen! Ich wollte ihr klarmachen, dass Adrians Tod ein Unfall war und nichts mit unserem Streit, den sie gehört hatte, zu tun hatte. Aber sie hat nicht aufgehört weiterzubohren ...«

Michael brach ab.

»Und Sie sind auf sie losgegangen wie auf Adrian und Elisa. Sie haben sie erwürgt.«

»Ich wollte nur, dass sie aufhört, Fragen zu stellen, dass ihr mal kurz die Luft wegbleibt. Aber plötzlich hat sie nicht mehr geatmet.«

»Und dann?«

Michael sah zu Henri.

»Ich dachte, wenn es wie ein Sexualverbrechen aussieht ... Ich habe sie zwischen die Bäume getragen und dort ausgezogen. Und als ich das Fahrrad in den See werfen wollte, ist mir die Luftpumpe aufgefallen. Ich dachte, es ist glaubwürdiger, wenn sie ... aber ich konnte es nicht ... deshalb habe ich die Luftpumpe genommen ...«

Carina trat näher zu Michael.

Wenn Blicke töten könnten ...

»Du bist Abschaum, weißt du das? Dass du zu so etwas in der Lage bist! Sie hatten alle recht, die mich vor dir und deinem Jähzorn gewarnt haben. Nur ich war so naiv zu glauben, dass du nicht so bist!«

»Carina! Ich bin auch nicht so! Du machst mich zu einem besseren Menschen! Ich würde dir nie auch nur ein Haar krümmen, das weißt du!«

»Das mag sein. Aber du hast einen Freund von mir getötet und ein kleines Mädchen, das ich zufällig auch sehr gern hatte ...«

»Ich hatte nie die Absicht, sie umzubringen!«

»Aber du *hast* es getan. Das ist es doch, was zählt!«

»Ich habe es doch nur getan, weil ich dich so liebe!«

Als Carina an Elisa vorbei über den Hof ging, sah Henri, dass Elisa ganz blass war. Ein Blutstropfen lief an ihrer Schläfe runter. Nachdem er nun eine grobe Vorstellung vom Tathergang hatte, hätte Henri sich am liebsten sofort um Elisa gekümmert, doch Michael wurde hysterisch, als er erkannte, dass Carina wegging.

»Carina, geh nicht, bitte! Ich liebe dich! Ich habe das doch alles nur getan, um dich nicht zu verlieren! Carina! Ich liebe dich!«, schrie er.

»Das soll Liebe sein? Du bist ja verrückt! Wenn deine Liebe zu so etwas führt, dann will ich sie nicht haben!«

Carina wandte sich ab und ging zur Straße.

»Carina!« Michaels Schrei gellte hinter ihr her, doch sie drehte sich nicht mehr um. Er zerrte an den Handschellen, aber er konnte sich nicht befreien. Henri hielt wohlweislich Abstand zu ihm, doch diesmal brach er nicht in wilde Raserei aus. Er schluchzte wie ein kleines Kind. »Ich wollte das alles nicht! Es tut mir so leid!« Er sah zu Elisa hinüber. »Ihnen wollte ich auch nicht wehtun! Aber Sie haben hier überall rumgeschnüffelt.«

»Und ich habe selbst zu Ihnen gesagt, dass ich einen Zusammenhang zwischen den beiden Todesfällen sehe. Als ich auf der Suche nach Judith Hildebrand war.«

Michael nickte.

»Ich habe durch das Fenster gesehen, wie Sie danach mit Moritz und Nico gesprochen haben. Und wie Carina dazukam. Ich habe befürchtet, dass Sie mir auf die Schliche gekommen sind.«

»Und deshalb haben Sie mich niedergeschlagen ...«

Elisa trat näher zu ihnen. Henri hielt sie am Arm fest. Er wollte sie nicht in Michaels Reichweite kommen lassen. Sie schien zu verstehen und nickte ihm kaum merkbar zu.

»Das war noch so eine Kurzschlusshandlung! Ich hatte oben neben der Tür ein Metallrohr stehen. Adrian hatte mich gebeten, am Heck der *Esmeralda* eine Metallstange anzubringen, an der man sich hochziehen kann, wenn man zum Baden im Wasser war. Als ich dann so wütend war und das Ding dort stand, habe ich es einfach genommen und bin runtergelaufen. Ich hab nicht groß darüber nachgedacht.«

»Und dann haben Sie es mir übergezogen?«

266

»Ich war so wütend! Ich kann mich nicht mehr genau erinnern, wie es passiert ist. Ich weiß nur noch, dass Sie dann am Boden lagen. Ich dachte, Sie wären tot. Ich wollte Sie verschwinden lassen, ganz weit weg von hier, damit niemand einen Zusammenhang zwischen einer verschwundenen Journalistin und den beiden anderen Toten sehen würde.«

Er wandte den Blick ab. Henri hielt sich zurück. Michael erklärte Elisa, was passiert war. Mit ihren Fragen hielt sie seine Beichte in Gang. Henri gegenüber war er sicher nicht so auskunftsfreudig.

»*Ganz weit weg* heißt *im See?*«

»Ich hatte den Zweitschlüssel vom Boot, weil Adrian und ich häufig rausgefahren sind, manchmal zusammen, manchmal allein. Ich wollte raussegeln und Ihre Leiche mitsamt Ihrem ganzen Kram im See versenken.«

»Ich bin froh, dass Sie Ihre Meinung noch mal geändert haben!«

»Na ja ... eigentlich habe ich das nicht. Ich musste meinen Plan nur ändern, weil Carina mich angerufen hat.«

»Das Schiffshorn. Ihren Handyklingelton habe ich gehört.«

Michael nickte.

»Carina hatte einen Test gemacht. Sie hat mir gesagt, dass es endlich geklappt hat, dass sie schwanger geworden ist. Sie wollte, dass ich heimkomme.«

»Und deshalb hatten Sie keine Zeit mehr, rauszusegeln und mich zu versenken.«

»Genau. Aber Sie sind während des Anrufs von Carina zu sich gekommen. Nicht so richtig, aber Sie haben gestöhnt. Deshalb habe ich Sie gefesselt und geknebelt. Ich wollte heute Abend zurückkommen, wenn nicht mehr so viele Boote draußen sind. Und jetzt wollte ich das Fahrrad verschwinden lassen.«

Er stutzte. »Wie haben Sie sich eigentlich befreien können?«

Elisa deutete mit dem Kopf zu Henri.

»Er hat mich aufgespürt.«

In der Ferne war ein Martinshorn zu hören. Michael begriff, dass die Polizei seinetwegen kam. Auf einmal interessierte er sich nicht mehr dafür, wie Henri Elisa gefunden hatte. Er flehte ihn an.

»Bitte lassen Sie mich noch einmal mit Carina sprechen! Nur ganz kurz! Bitte! Sie muss verstehen, dass ich sie liebe! Dass ich das alles nur ihretwegen getan habe! Sie können mich dann ins Gefängnis bringen ... Ich tue alles, was Sie wollen, wenn Sie mich vorher noch mal mit ihr sprechen lassen! Bitte!«

Das Martinshorn war nun ganz nah und Henri hörte, wie der Streifenwagen vorn an der Straße stoppte.

»Ihre Frau hat klargemacht, dass *sie* im Moment nicht mit Ihnen sprechen möchte. Sie wird Sie besuchen, wenn sie so weit ist.«

»Und wenn sie nicht kommt? Was ist dann?«

»Warten Sie ab, bis sie sich beruhigt hat.«

Henri ging den Kollegen entgegen, die gekommen waren, um Michael Engl abzuholen. Er gab ihnen den Schlüssel für die Handschellen und wies sie an, ihn zu zweit abzuführen. Michael trottete zwischen den beiden Beamten zur Straße. Erst als sie am Bürgersteig angekommen waren, kam wieder Leben in ihn. Er hob den Kopf und sah hoch zu seiner Wohnung.

»Carina!«, rief er mit kehliger Stimme. »Carina!«

Er versuchte, sich loszureißen, doch die Kollegen waren vorgewarnt. Sie hielten ihn eisern an den Oberarmen fest, so sehr er sich auch wand und wehrte. Ein Beamter öffnete die Tür des Streifenwagens, mit vereinten Kräften schoben sie ihn zu zweit hinein und fixierten seine Arme mit den Handschellen. Michaels verzweifelte Schreie waren noch zu hören, als sie die Autotüren geschlossen hatten.

»Carina!!!«

Elisa trat neben Henri, als der Streifenwagen davonfuhr. Sie klopfte das Knicks-Shirt ab und begutachtete es.

»Ich glaube, es ist nicht kaputtgegangen. Das ist nur Dreck, das lässt sich auswaschen.«

Henri schüttelte den Kopf.

»Du bist verrückt, weißt du das? Nach all dem« – er holte weit mit dem Arm aus – »ist deine einzige Sorge, ob das Shirt Schaden genommen hat! Hast du gerade mitbekommen, welchem Zufall du es zu verdanken hast, dass du nicht seit gestern Abend auf dem Grund des Starnberger Sees liegst?«

»Schon!« Elisa nickte und verzog gleich darauf das Gesicht. »Ich will lieber nicht darüber nachdenken.«

»Hast du Schmerzen?«

»Der Kopf tut ein bisschen weh. Na ja ... um ehrlich zu sein, noch ein bisschen mehr als vorher.«

»Kein Wunder, wie der ihn auf den Boden gerammt hat! Komm, ich klebe dir ein neues Pflaster drauf.«

Er zog sie zum Wagen und nahm den Verbandskasten heraus. Mit einem Desinfektionstuch wischte er das Blut ab, das an Elisas Schläfe heruntergelaufen war. Zumindest war die Wunde nicht weiter aufgeplatzt. Henri tastete ihren Kopf ab.

»Jetzt hast du noch eine zweite Beule. Hier am Hinterkopf. Soll ich dich nicht doch zum Arzt fahren?«

»Ich fürchte, da kann ein Arzt auch nicht viel machen. Eine Kopfschmerztablette kann ich auch so schlucken.«

Sie kramte in ihrer abgegriffenen Umhängetasche und förderte kurz darauf ein Tablettenblister zutage.

»Wasser?«

Er reichte ihr die Flasche, aus der sie vorher schon getrunken hatte.

»Danke.«

Sie schluckte eine Tablette und spülte mit dem Wasser nach.

»Was macht ihr jetzt mit ihm?«, fragte sie.

»Wir protokollieren seine Aussage. Ich hoffe, dass er weiter so gesprächig ist. Wenn nicht, musst du bezeugen, was er gerade gesagt hat.«

Sie nickte mit ernster Miene.

»Du bist immer noch wild entschlossen, dich jetzt nicht ins Bett zu legen, sondern in die Redaktion zu fahren und deinen Artikel zu schreiben, oder?«

»Mehr denn je. Jetzt, wo sich das ganze Bild zusammengefügt hat. Aber vorher möchte ich noch nach Carina Engl schauen. Sie tut mir so leid!«

Und dieser Teil der Story war definitiv noch nicht komplett.

Henri nahm aus dem Kofferraum ein Fingerabdruckset.

»Die Spurensicherung braucht deine Fingerabdrücke, um sie mit denen auf dem Boot und auf deinem Fahrrad abzugleichen.«

Elisa hielt ihm nacheinander ihre Hände entgegen, Henri nahm die Abdrücke.

»Ihr müsst vielleicht nicht alles abdrucken, was du erfahren hast ...«, begann er. Elisa fiel ihm ins Wort.

»Du denkst immer noch, dass ich eine sensationsgeile Reporterin bin, die über Leichen geht, oder?«

»Nein, das denke ich nicht, Elisa. Es ist nur so, dass du jetzt Detailinformationen hast, die wir nicht veröffentlichen wollen. Weil es niemanden etwas angeht oder weil wir bestimmte Fakten bis zum Prozess zurückhalten werden.«

»Du glaubst immer noch nicht, dass ich verantwortungsvoll mit meinem Wissen umgehen kann! Aber ich werde es dir beweisen.« Sie drückte ihm die Wasserflasche in die Hand und machte auf der Stelle kehrt. Ohne ihn noch einmal anzusehen oder sich zu verabschieden, stapfte sie quer über die Straße auf das Haus zu, in dem die Engls wohnten. Sie verschwand durch die offene Tür im Treppenhaus.

Henri wusste jetzt schon, dass er die Zeitung am nächsten Morgen mit gemischten Gefühlen aufschlagen würde.

Carina konnte vom Küchenfenster aus nicht zur Hofeinfahrt hinunterschauen. Sie hatte zwar das Martinshorn des Streifenwagens gehört, aber sie sah nur, wie der Streifenwagen kurz darauf wieder wegfuhr und Kommissar

Wieland mit Elisa Gerlach die Straße überquerte. Er holte einen Verbandskasten aus dem Auto und versorgte die Wunde an ihrer Schläfe. Die Ärmste! Michael war wie von Sinnen gewesen, als er ihren Kopf auf den Boden gedonnert hatte. Carina hatte ihn noch nie so erlebt. Tief in ihrem Inneren hatte sie immer Angst davor gehabt, diese Seite an ihm kennenzulernen. Gut, dass sie ihm den Brief aus dem Labor nie gezeigt hatte.

Während Carina noch überlegte, wo sie ihn damals versteckt hatte, klingelte es. Sie sah nach unten, konnte aber nur erkennen, wie Henri Wieland ins Auto stieg und wegfuhr.

Carina ging zur Sprechanlage, doch niemand antwortete ihr. Sie sah durch den Türspion hinaus ins Treppenhaus. Elisa Gerlach stand vor der Tür. Carina machte auf.

»Ich wollte mich vergewissern, dass es Ihnen gut geht«, sagte Elisa. »Das war gerade eine ziemlich heftige Situation für Sie. Noch dazu, wenn Sie schwanger sind.«

Carina musste lächeln. Unwillkürlich fasste sie an ihren Bauch.

»Es geht schon. Aber *Sie* haben ganz schön was am Kopf abbekommen. Es tut mir so leid!«

»Ich habe eine Kopfschmerztablette genommen, ist nicht so wild. Bei *mir* sind die Verletzungen nur äußerlich«, bemerkte sie mit vielsagendem Blick.

»Wollen Sie reinkommen?«

»Gerne.«

Carina schloss die Wohnungstür hinter ihr.

»Ich wollte mir gerade einen Tee machen. Möchten Sie auch eine Tasse?«

Elisa nickte, folgte Carina in die Küche und sah zu, wie sie den Wasserkocher anschaltete, zwei Henkelbecher aus dem Schrank holte und auf ein Tablett stellte.

»Fruchtbarkeitstee werden Sie nicht haben wollen. Ist Pfefferminz okay?«, fragte sie.

»Sicher.«

Carina hängte zwei Teebeutel in die Henkelbecher und goss das Wasser auf.

»Milch? Zucker?«

»Für mich nicht, danke.«

»Ich trinke normalerweise Kaffee«, erklärte Carina, »aber Kaffee ist nicht gut für das Baby. Wenn Sie lieber Kaffee wollen ...«

»Tee ist wunderbar«, erklärte Elisa und nahm das Tablett.

»Ich kann keinen Tee mehr sehen. Seit Monaten habe ich keinen Kaffee getrunken, weil ich gelesen hatte, dass Kaffee nicht nur schlecht für das Baby, sondern auch schlecht für die Fruchtbarkeit ist.«

»Dann haben Sie sich doch jetzt mal ein Tässchen verdient. Nach der ganzen Aufregung.« Elisa lächelte Carina zu. Sie stellte das Tablett auf dem Wohnzimmertisch ab und setzte sich auf einen Sessel. Carina ließ sich auf das Sofa sinken.

»Ich würde nie etwas tun, was dem Baby schaden könnte!«, widersprach Carina. »Jetzt habe ich so lange darauf gewartet, bis es endlich geklappt hat! Ich werde es hüten wie meinen Augapfel.«

»Sie haben gestern erst die Bestätigung erhalten, oder?«

»Ich habe einen Test gemacht. Beim Arzt war ich noch nicht, aber ich bin mir auch so ganz sicher. Ich kann es fühlen.« Carina fuhr sich über den Bauch. »Das Baby natürlich noch nicht, aber dass es da ist. In mir drin.«

»Das ist schön. Meinen Glückwunsch!«

»Danke!«

Carina konnte nicht anders als strahlen, sobald sie an das Baby dachte. Elisa erwiderte ihr Grinsen mit einem freundlichen Lächeln.

»Ich hatte mir Sorgen um Sie gemacht nach der Szene unten im Hof, aber es beruhigt mich zu sehen, dass das Baby Ihnen jetzt Kraft gibt.«

»Das Baby ist das Allerwichtigste!«

»Sie werden es wahrscheinlich erst mal allein großziehen müssen ...«

»Ja ... so sieht es aus.« Carina hatte noch keine Ahnung, was sie mit dem Baby machen würde, wenn sie unterrichtete, aber sie war zuversichtlich, dass sie eine Lösung finden würde. »Das schaffe ich schon irgendwie. Ich hätte nur gern noch mehr Kinder gehabt. Ich habe mir immer eine große Familie gewünscht.« Carina zog den Teebeutel in der Tasse, die auf ihrer Seite des Tabletts stand, hin und her. »Wissen Sie, ich war ein Einzelkind. Bei uns zu Hause war es immer totenstill. Meine Mutter hatte häufig Migräne, mein Vater hat als Steuerberater von zu Hause aus gearbeitet, da musste ich immer leise sein. Ich durfte nie Freunde mit nach Hause bringen. Deshalb war ich immer bei meiner besten Freundin. Die hat mit ihrer Familie in einer riesigen Villa gelebt, zusammen mit den Großeltern und der Familie ihrer Tante. Da waren sieben Kinder, das war toll! Genauso wollte ich es selbst auch haben!«

»Aber es hat nicht so einfach geklappt?«

»Leider nicht.« Carina musste lachen. »Wenn man bedenkt, wie penibel wir als Teenager aufgepasst haben, damit ich ja nicht schwanger werde. Und sobald wir es dann wollten, ging es einfach nicht.«

»Demnach kennen Sie Ihren Mann schon seit dem Teenageralter?«

Carina nickte und sah den vierzehnjährigen Michael vor sich, der sie wie eine Außerirdische anstarrte, als sie sich an ihrem ersten Tag in der neuen Schule zum ersten Mal begegneten. Dieser Moment hatte sein Leben verändert, wie er ihr später sagte.

»Als ich zwölf war, haben meine Eltern ein altes Haus von einer entfernten Tante geerbt. Wir haben die Stadt verlassen und sind raus aufs Land gezogen, in das kleine Dorf, in dem Michael aufgewachsen war. Sechshundert Einwohner, ein Maibaum, ein Tante-Emma-Laden, viele Bauernhöfe.«

»Ein Kulturschock für Sie?«

»So schlimm war es nicht. Ich habe nur meine Freundin entsetzlich vermisst. Und ihre ganze Familie. Aber Michael hat sich von Anfang an um mich gekümmert. Er war zwei Jahre älter als ich und hat mich unter seine Fittiche genommen. Erst als Spielkamerad, irgendwann wurde dann mehr daraus.«

»Sie haben vorhin angedeutet, dass Michael häufiger solche heftigen Wutanfälle hatte ...«

»Das stimmt so nicht! Ich habe ihn noch nie so erlebt!«

»Aber Sie sagten, dass man Sie vor seinem Jähzorn gewarnt hätte ...«

»Es gab ein paar Leute ... Aber ich wollte ihnen nicht glauben ... Ich hatte auch keinen Grund dazu! Mir gegenüber war Michael wie ein sanftes Lamm. All die Jahre.« Carina merkte, dass sie unbewusst schon wieder über ihren Bauch gestrichen hatte. »Er hatte einen gewalttätigen Vater, der Alkoholiker war. Wenn er getrunken hatte, hat er die ganze Familie verprügelt, er muss wahnsinnig jähzornig gewesen sein. Michael wollte nie, dass ich zu ihm nach Hause komme. Er hat niemals einen Tropfen Alkohol angerührt, weil er Angst hatte, dass er wie sein Vater wird.«

»Ihm war also bewusst, dass der Jähzorn auch in ihm steckte?«

»Sein Bruder und ein paar Freunde haben durchblicken lassen, dass Michael früher für seine Wutausbrüche bekannt war. Dass er Tiere und jüngere Kinder gequält hat, um sich Respekt zu verschaffen.«

»Bevor Sie ins Dorf gezogen sind?«

Carina nickte.

»Ich habe ihn nie so erlebt!«, beteuerte sie. »Ich habe gemerkt, dass die anderen Abstand gehalten haben, dass sie vorsichtig mit ihm waren. Aber er war groß und kräftig, da war es klar, dass sich niemand mit ihm anlegen wollte.«

»In der ganzen Zeit, die Sie ihn kannten, nicht?«

»Wenn da etwas war, dann muss er es gut vor mir geheim gehalten haben.« Carina merkte, wie ein Kribbeln in der Nase Tränen ankündigte. »Er hat gesagt, dass ich ihn zu einem besseren Menschen gemacht habe. Aber das stimmt nicht! Er war die ganze Zeit so, er hat es nur unterdrückt. Und ich habe es nicht gesehen. Bei anderen ist er schnell aufgebraust, nur mit mir hatte er immer eine Engelsgeduld. Er hat alles für mich getan.« Eine Träne kullerte über ihre Wange. »Er hat sogar zwei Menschen getötet ... aus Liebe zu mir!«

Wie eine Welle erfasste der Schmerz Carina – der innere Schmerz, den Elisa kommen gesehen hatte – und alles in ihr zog sich zusammen. Sie schluchzte laut, die Tränen liefen nun unaufhaltsam über ihr Gesicht. Elisa setzte sich neben sie auf das Sofa, legte den Arm um Carina und strich beruhigend über ihren Rücken, doch Carina spürte, wie die Welle ihren ganzen Körper durchwühlte und ihren Mageninhalt nach oben drückte.

»Ach du meine Güte! Wie siehst du denn aus?« Jette sah Elisa entsetzt an. Ihre dünn gezupften Augenbrauen gingen fast bis zur Mitte der Stirn nach oben. »Erst erscheinst du einfach nicht zur Arbeit und dann tauchst du in diesem Outfit hier auf! Das finde ich wirklich unangebracht.«

Dennis ließ den Döner, in den er gerade beißen wollte, auf die Papiere auf seinem Tisch fallen und sprang auf.

»Da bist du ja, Elisa!«

Er wälzte seinen Körper auf Elisa zu und drückte sie in einer festen Umarmung an sich.

»Ich habe gerade schon wieder angefangen, mir Sorgen zu machen.«

»Das sehe ich!« Elisa warf einen Blick auf den Döner und lachte.

»Wie geht es dir? Ist alles okay?«, fragte Dennis.

Elisa legte ihre Umhängetasche auf dem Schreibtisch ab.

»Mir geht's eigentlich ganz gut ...«

»Dann gibt es ja wohl keinen Grund, so abgerissen hier rumzulaufen«, blökte Jette von der anderen Seite des Tisches herüber.

»Deine Schwester hat schon ein paarmal versucht, dich anzurufen«, sagte Dennis. »Du sollst sie dringend zurückrufen.«

»Das mach ich gleich.«

Elisa startete ihren PC und griff nach dem Telefon, doch plötzlich stand André Sievers neben ihrem Tisch.

»Sie sind ja verletzt!«

Er musterte das Pflaster an Elisas Schläfe.

»Es ist nicht so wild. Ich habe eine Kopfschmerztablette genommen, jetzt geht es schon wieder.«

»Sind Sie sicher?

Wahrscheinlich wollte er keinen Ärger mit dem Betriebsrat bekommen.

»Ja, ich bin ganz sicher. Ich kann den Artikel schreiben.«

»Welchen Artikel?«, echote Jette.

»Es hat sich herausgestellt, dass ein Zusammenhang zwischen der Explosion und dem Mord an Emily besteht«, erklärte André ihr. »Elisa wird ab sofort die komplette Berichterstattung übernehmen. Du hast von Dennis ja schon was Neues bekommen.«

»Aber das ist nicht fair! Das ist *mein* Thema!« Jette wurde laut. »Ihr könnt mir doch nicht einfach so das Thema wegnehmen und der da geben! André, das kannst du nicht machen!«

»Hast du denn neue Informationen? Weißt du, wer der Mörder ist?«, fragte Elisa mit unschuldigem Lächeln.

»Woher soll ich das denn wissen? Die Polizei hat seither keine neue Pressemeldung rausgegeben. Wie willst du da besser informiert sein?«

»Ich weiß auch ohne Pressemeldung, wer der Mörder ist. Ich war zufällig dabei, als er gestanden hat.« Elisa kostete den Moment des Triumphs aus, als Jette die Kinnlade herunterfiel.

»Wer ist es?«, fragte André. Auch Dennis sah Elisa gespannt an.

»Ich werde diese Information nicht an die große Glocke hängen, bevor die Polizei ihre Pressemeldung herausgegeben hat«, sagte sie mit einem Seitenblick auf Jette.

»Wir gehen in mein Büro«, entschied André.

Elisa hätte Jette am liebsten die Zunge rausgestreckt. Sie nahm das neue Bildmaterial aus ihrer Tasche und folgte André zu seinem Glaskasten. Er hielt ihr die Tür auf.

»Sind Sie Knicks-Fan?«, fragte er.

Was hatten die Kerle nur alle mit diesen Knicks? Der Name der Mannschaft war nirgends aufgedruckt, nur auf dem Rücken ein winzig kleines Logo, und doch erkannte jeder die Kombination aus Blau und Orange.

»Sie auch?«, fragte Elisa zurück.

»Sicher! Ein tolles Team!«

André wies auf den Stuhl vor seinem Schreibtisch.

»Erzählen Sie!«, forderte er Elisa auf.

Sie setzte sich und überlegte kurz, bevor sie begann: »Es war der Mann von Emilys Lehrerin.« Sie berichtete von Michaels Geständnis und fasste dann chronologisch zusammen, was geschehen war: der Streit zwischen Michael und Adrian, Adrians Tod, die Explosion, die einen Unfall vortäuschen sollte, Emilys hartnäckige Detektivarbeit, Michaels zweite Wutattacke, der Emily zum Opfer fiel, Elisas Recherchen, Michaels erneute Panik, Elisas Gefangenschaft auf dem Boot, ihre Rettung und schließlich Michaels Geständnis.

»Dann waren Sie die ganze Nacht auf dem Boot gefangen?«, fragte André nach, als Elisa geendet hatte. »Gefesselt und geknebelt?«

»Gefesselt und zusammengeklebt würde ich eher sagen. Ich hatte eine Scheißangst!«

»Das glaube ich! Das hätte jeder gehabt!« André musterte Elisa prüfend. »Sind Sie wirklich sicher, dass Sie den Artikel schreiben können?«

»Absolut.«

Elisa breitete die Fotos, die sie von Carina bekommen hatte, vor André auf dem Tisch aus und erläuterte, wie sie den Artikel aufbauen wollte.

»Okay«, sagte er nur, als sie geendet hatte. Und: »Wir brauchen eine halbe Seite für die Eins und dann noch eine Seite innen. Ich will den Text sehen, sobald er fertig ist, noch vor dem Setzen.«

Er traute ihr immer noch nicht, aber Elisa würde es ihm beweisen!

»Klar«, sagte sie und schob die Fotos zu einem Stapel zusammen. Sie nickte ihm zu und verließ sein Büro. Als Erstes ging sie in die Bildredaktion, um die Fotos einscannen zu lassen.

»Hey, spielst du Basketball, Elisa?«

Lena, die Fotografin, stand plötzlich neben ihr und musterte Elisas Achselshirt. Elisa verdrehte die Augen.

»Nein, das Ding ist nur geliehen. Ich spiele Volleyball, Beach-Volleyball.«

»Ehrlich?!?« Lena grinste breit. »Wir brauchen dringend Verstärkung für unsere Volleyball-Mannschaft, nachdem ein paar Spielerinnen schwanger geworden sind. Hast du Lust, bei uns einzusteigen?«

Lena lief schon weiter, sie schien in Eile zu sein.

»Das klingt gut ...«

»Super, wir haben morgen Abend Training. Ich schick dir die Adresse von der Halle. Oder wir gehen einfach zusammen hin.«

Lena war schon fast am Ende des Flurs angekommen.

»Was hast du da am Kopf? Hast du dich verletzt?«

»Kannst du morgen in der Zeitung lesen.«

Elisa winkte Lena hinterher. Sie übergab die Fotos an einen der Bildredakteure. Während sie zu ihrem Arbeitsplatz zurückging, rief sie Sasha an.

»Endlich!«, rief ihre Schwester. »Ich habe mir langsam wirklich Sorgen um dich gemacht!«

»Das musst du nicht mehr, alles ist gut. Du kannst dir gar nicht vorstellen, was ich erlebt habe! Ich bin gestern Abend niedergeschlagen und auf ein Boot geschleppt worden, wo ich die ganze Nacht gefangen war.«

»Nein!« Sashas Stimme klang ungläubig.

»Doch, ich bin mit meinen Recherchen einem Mörder gefährlich nahegekommen. Er wollte mich eigentlich ersäufen, aber das Schicksal hat es gut mit mir gemeint. Er musste verschwinden, bevor er seinen Plan in die Tat umsetzen konnte. Und heute Morgen hat mich dann zum Glück der Sohn meiner Vermieterin gerettet.«

»Der Sohn deiner Vermieterin? Sorry, Elisa, ich kapiere gar nichts mehr. Was hat der denn damit zu tun?«

»Er arbeitet bei der Kriminalpolizei. Er hat mein Handy orten lassen.«

»Aha.« Sasha schien immer noch nicht mehr zu verstehen, aber Elisa hatte keine Zeit, ihr alles zu erklären.

»Ich ruf dich später an und berichte *en détail*, aber jetzt muss ich den Artikel meines Lebens schreiben.«

»Mach das! Ich treffe mich nachher mit dem Anwalt, von dem ich dir erzählt habe ...«

»Ich wünsch dir viel Spaß!«

»Werde ich haben!«

Elisa legte auf. Sie durchquerte die Redaktion und setzte sich an ihren Schreibtisch. Elisa spürte, dass Jette und Dennis zu ihr herübersahen. Sie ignorierte ihre Blicke. Sie blendete alles um sich herum aus und konzentrierte sich ganz auf den Text, den sie schreiben wollte.

Nach einer guten Stunde war der Artikel fertig. Elisa las den Text noch mal am Stück. Sie ersetzte einzelne Wörter, die sich wiederholten, und fügte Zwischenüberschriften ein. Dann druckte sie den Text aus, zog das Papier direkt aus dem Drucker und brachte es zum Büro des Chefredakteurs. Durch die Glasscheiben sah André sie kommen und nickte ihr zu. Elisa legte den Ausdruck wortlos vor ihm auf den Tisch und ging wieder hinaus.

Sie ging zur Toilette, holte sich einen Kaffee und einen Schokoriegel am Automaten und tat so, als sei sie weiter sehr beschäftigt. Tatsächlich wartete sie ungeduldig auf Andrés Urteil. Sie vermied es, zu ihm in den Glaskasten zu schauen. Aus dem Augenwinkel sah sie, wie er kurz darauf zu ihr an den Tisch trat. Jette glotzte ihn neugierig an.

»Der Artikel ist sehr gut!«, sagte er und lächelte Elisa zu. »Ich habe Sie unterschätzt.«

Er räusperte sich und beugte sich über den Schreibtisch zu Elisa hin. »Es tut mir leid.«

Wow, ein Mann, der zugab, einen Fehler gemacht zu haben. Der sich sogar entschuldigen konnte!

»Wir hatten einfach einen schlechten Start.« Elisa zog vorsichtig den Kaffeebecher unter ihm hervor und stellte ihn auf der anderen Seite des Tisches ab. André lachte, als er sah, was sie machte.

»Ja, leider.« Er gab ihr den Ausdruck zurück. »Kümmern Sie sich darum, dass der Text sofort gesetzt wird.«

»Klar.«

»Wissen Sie, was ich jetzt tun werde? Ich werde in der Personalabteilung anrufen, damit Ihr Vertrag ausgestellt wird.«

»Wirklich?« Elisa war misstrauisch angesichts so viel Freundlichkeit.

»Natürlich. Ich werde mir doch nicht eine Journalistin Ihres Kalibers entgehen lassen.«

Das war zu viel für Jette. Sie sprang auf und verließ eilig den Raum. André sah ihr hinterher, dann drehte er sich wieder zu Elisa.

»Gehen Sie nach Hause, wenn die Seiten stehen, und erholen Sie sich. Das war ein heftiger Tag!«

»Das kann man wohl sagen ...«

»Vielleicht können wir in den nächsten Tagen mal zusammen zum Mittagessen gehen und über die Themenverteilung in der Stadt-Redaktion sprechen ...«

Was war denn mit dem auf einmal los?

»Gerne«, brachte sie heraus. André lächelte und berührte sie kurz an der Schulter.

»Herzlich willkommen bei der *Morgenzeitung*!«

Henri stellte die zwei Tüten mit den Einkäufen auf dem Boden ab, nachdem Luna nicht aufgetaucht war, als er die Wohnung betreten hatte. Normalerweise begrüßte ihn der Hund immer freudig, denn Henris Ankunft bedeutete nicht selten eine Extralaufrunde im Park für Luna. Er durchquerte den Raum und sah zur Verandatür hinaus, aber auch im Garten war keine Luna und keine Anna zu sehen. Henri öffnete die Verandatür und trat hinaus. Er lief die Stufen zum Rasen hinab, um einen Blick in Annas Baumhaus zu werfen, selbst wenn es unwahrscheinlich war, dass sie dort oben war, ohne dass Luna unten am Baum lag. Als Henri sich wieder zum Haus umdrehte, sah er kurz nach oben. Auch die Tür von Elisas Dachterrasse war verschlossen. Es war niemand zu Hause.

Henri brachte seine Einkäufe in die Küche. Dort lagen zwei Zettel für ihn auf der Anrichte zwischen Küche und Esszimmer.

Im Kühlschrank ist Kartoffelsalat für euch zum Grillen, hatte seine Mutter geschrieben. Der andere Zettel war von Anna: *Bin mit Luna im Park, komme bis sieben zurück.* Henri sah auf die Uhr. Es war kurz vor sieben. Keine Zeit mehr zum Laufen. Aber er konnte noch ein paar Takte spielen. Das hatte eine ähnlich entspannende Wirkung.

Henri setzte sich an den Flügel. Ihm war nach Chopin. Claire hatte Chopin geliebt, deshalb war auch Henris Repertoire an Chopin-Stücken, die er ohne Noten spielen konnte, beachtlich. Er begann mit dem furiosen Auftakt der *Fantasie Impromptu*. Henri spielte zwar fehlerfrei, aber trotzdem fühlte es sich falsch an. Es war Claires Musik. Er sah sie vor sich, wie sie sich als Klavierschülerin von Karen erst schwergetan hatte mit der *Fantasie Impromptu*. Wie sie immer und immer wieder die gleichen Stellen geübt hatte. Und wie sie schließlich Jahre später bei ihren Konzerten tausende Zuhörer mit ihrer gefühlvollen Interpretation verzaubert hatte. Henri brach ab.

Er schlug die *Mondscheinsonate* an, aber die getragene Stimmung des Stückes passte nicht zu seiner Gemütsverfassung. Sie hatten einen verworrenen Fall abgeschlossen. Auch wenn sie selten feierten – schließlich wurden die Toten nicht wieder zum Leben erweckt, weil sie ihre Mörder verhafteten –, es war ein befriedigendes Gefühl, wenn ein Fall aufgeklärt war. Keine Moll-Stimmung, sondern Dur.

Mozart vielleicht. Henri überlegte nicht lange. Er spielte *Eine kleine Nachtmusik*. Claire hatte das Stück gehasst, doch Henri mochte es, seit Karen es ihm als kleiner Junge beigebracht hatte. Und auch jetzt trug die Musik ihn davon. Weg vom Alltag, weg von den Toten.

Henri hörte nicht mal, wie die Haustür aufging. Erst als Luna zu ihm gelaufen kam und ihn begeistert bellend begrüßte, bemerkte er, dass Anna aus dem Park zurück war. Sie folgte Luna in die Bibliothek.

»Das hört sich cool an, Papa!«, sagte sie. »Viel besser als bei Omas Schülern.«

Henri stand auf und drückte Anna kurz an sich.

»Wie war's im Park?«

Anna ging nie mit Luna bis zum Park. Sie ließ sie immer schon an der kleinen Grünfläche auf der anderen Straßenseite ihr Geschäft machen.

»Gut!« Anna lachte. »Luna hat sich richtig ausgetobt.«

Mehr kam nicht. Aber immerhin war sie sichtbar guter Laune.

»Hast du Hunger?«, fragte Henri.

»Und wie!« Anna lief durch das Wohnzimmer in die Küche, Henri folgte ihr. »Oma hat Kartoffelsalat für uns gemacht, bevor sie zu ihren Mädels gegangen ist.«

Anna warf einen Blick in den Kühlschrank.

»Für wen hast du denn so viel Fleisch gekauft? Kommt Lenz zum Essen?«

Henri schüttelte den Kopf.

»Seinem Vater geht's nicht gut.«

»Ist das dann alles für uns zum Grillen?«

»Ich wusste nicht, auf was du Lust hast«, wich Henri aus.

Anna nahm die Schüssel mit dem Kartoffelsalat aus dem Kühlschrank und holte sich eine Gabel aus der Schublade.

»Ich muss mal probieren«, sagte sie mit vollem Mund. Henri fiel auf, dass ihre Nägel nicht schwarz, sondern mit einem leuchtenden Pink lackiert waren.

»Wie geht es Elisa?«, fragte Anna und schob sich eine weitere Gabel Kartoffelsalat in den Mund.

Henri zuckte die Achseln.

»Gut genug, dass sie in ihre Redaktion verschwunden ist, um einen Artikel über alles zu schreiben.«

»Ist sie nicht inzwischen heimgekommen?«

»Ich glaube nicht.«

Anna stellte die Schüssel ab.

»Ich gehe mal oben nachschauen.«

Henri wusch das Fleisch. Anna war gleich darauf wieder zurück.

»Sie ist nicht da.«

Anna hatte ihre klobigen Schuhe an der Garderobe gelassen und war jetzt barfuß. Nicht nur die Fingernägel, sondern auch die Fußnägel glänzten in dem leuchtenden Pink.

»Der Kartoffelsalat ist lecker!« Sie nahm sich noch eine Gabel voll Salat.

»Oma hat wohl Angst, dass wir verhungern, wenn sie nicht da ist.«

»Sieht so aus. Dabei habe ich auch einen Salat gekauft. Und Maiskolben.«

»Mmmmh, Maiskolben! Die mag ich ...« Anna unterbrach sich selbst, als Luna den Kopf hob und gleich darauf zu hören war, dass jemand die Haustür aufschloss.

»Das wird Elisa sein!«

Noch bevor Anna aus der Küche war, klopfte es an der Wohnungstür. Henri hörte, wie Anna die Tür aufriss.

»Da bist du ja! Ich freu mich so, dass es dir gut geht!«

»Und ich erst!« Jetzt war Elisas Lachen zu hören. Dann Papiergeraschel.

»Gibst du das bitte deinem Vater, Anna?«

»Papa!«, rief Anna prompt.

Henri wischte sich die Hände ab und ging zur Tür. Elisa stand in seinem Knicks-Shirt im Flur und sah erschöpft aus, aber sie lächelte.

»Ich hab dir einen Ausdruck meines Artikels mitgebracht. Wenn irgendwas, was ich geschrieben habe, nicht korrekt ist oder nicht an die Öffentlichkeit soll, dann kann ich das noch ändern. Gedruckt wird die Zeitung erst später.«

Wunder geschehen! Sie ließ sich ihren Artikel von ihm absegnen.

Henri nahm das Papier. Ein großes Foto der lachenden Emily fiel ihm ins Auge.

»Ich schaue es mir gleich an. Magst du reinkommen?«

»Willst du nicht mit uns essen?«, fragte Anna dazwischen. »Wir grillen gleich und Papa hat wahnsinnig viel Fleisch gekauft. Das reicht locker für uns drei.«

»Ich weiß nicht ...« Elisa sah unschlüssig von Anna zu Henri.

»Bitte!« Anna verlegte sich aufs Betteln. »Komm schon, Elisa, du hast doch bestimmt auch Hunger!«

»Schon. Aber ich müsste noch dringender mal unter die Dusche.«

»Du kannst leicht noch duschen. Papa muss ja erst mal den Grill anheizen.«

Henri nickte.

»Aber …« Elisa sah Henri fragend an. »Ist es dir wirklich recht?«

»Natürlich.« Er hielt ihren Blick fest. »Ich würde mich freuen.«

Endlich lächelte sie wieder.

»Dann beeile ich mich«, sagte sie.

»Und ich lese.«

Elisa lief die Treppe hoch zu ihrer Wohnung. Henri nahm den mehrseitigen Ausdruck mit hinaus in den Garten. Er entzündete die Kohle und setzte sich unter die Pergola neben dem Grill.

Elisas Artikel hatte nicht das Geringste mit den sensationslüsternen Texten ihrer Kollegin Jette gemeinsam. Jette Jasmund hätte ihre Gefangenschaft dramatisiert und ihre eigene Rolle bei der Aufklärung der Fälle in den Mittelpunkt gestellt, dessen war sich Henri sicher. Elisa erwähnte dagegen ihre persönliche Beteiligung und deren Folgen nur am Rande. Auch das Porträt des Täters war nicht reißerisch. Elisa war es gelungen, Michael Engls Gratwanderung zwischen unkontrollierten Wutanfällen und dem durchaus überlegten Bemühen, seine Taten zu verdecken, sachlich darzustellen. Sie hatte die Fakten durch Informationen über seine Familie und seine Kindheit ergänzt, ohne damit seine Taten zu entschuldigen. Letztendlich hatte sie sich aber dafür entschieden, nicht ihn – den Mörder – in den Mittelpunkt ihres Artikels zu stellen. Sie erzählte vielmehr Emilys Geschichte. Die Geschichte vom sinnlosen Tod eines unschuldigen, pfiffigen, neugierigen Mädchens, das zur falschen Zeit am falschen Ort gewesen war und mit seinen Fragen aus einem Fall, den die Polizei ohne ihr Zutun wahrscheinlich als Unfall zu den Akten gelegt hätte, einen zweifachen Mord gemacht hatte.

Henri legte die Papierblätter auf den Tisch. Er sah hoch zu Elisas Wohnung, die Dachterrassentür stand nun sperrangelweit offen. Elisa war nicht zu sehen.

Der Artikel war das letzte Puzzlestück, das das Bild von Elisa komplett machte.

Wie hatte er nur dermaßen falschliegen können?

Mit dem Dreck, dem Blut und dem Schweiß hatte Elisa die letzte Anspannung des Tages weggeduscht. Sie trocknete sich ab, kämmte ihre Haare und entschied sich für ein schlichtes blaues Sommerkleid. So blau wie deine Augen, hatte Carsten erst vor Kurzem festgestellt. Ob er zu dem Zeitpunkt schon mit Suki herumgemacht hatte?

Egal. Carsten war Vergangenheit.

Elisa klebte sich ein neues Pflaster auf die Wunde an der Schläfe, die beim Abtrocknen wieder aufgegangen war und etwas geblutet hatte. Das Kopfweh, das durch die Schmerztablette gedämpft worden war, machte ihr jetzt zu schaffen, nachdem der Adrenalinschub in ihrem Körper abgeklungen war. Im Vorbeigehen warf Elisa von der Terrasse einen Blick in den Garten hinab. Henri hantierte am Grill, während Anna ein Tablett mit Geschirr über den Rasen trug. Henri sagte etwas zu Anna, die daraufhin lachte. Er hielt ein Glas Rotwein in der Hand.

Das sieht verführerischer aus als eine Kopfschmerztablette. Elisa schlüpfte in ihre Flipflops und warf einen kurzen Blick auf ihr Handy. Von Sasha war eine Nachricht gekommen.

Bin jetzt weg und wahrscheinlich (hoffentlich!) heute nicht mehr zu erreichen! Schönen Abend!

»Das wünsche ich dir auch«, sagte Elisa halblaut, während sie tippte. »Morgen mehr!«

Elisa war nervös, als sie die Treppe nach unten ging. Der Chefredakteur war von ihrem Artikel begeistert gewesen. Wenn Henri nun ein Veto einlegte und verlangte, dass sie etwas änderte, dann würde das André nicht gefallen. Er würde keine Informationen zurückhalten wollen, weil ein Kriminalpolizist das forderte. Elisa fühlte sich Henri gegenüber jedoch verpflichtet. Nicht nur, weil er sie gerettet hatte, sondern auch, weil sie ihm beweisen wollte, dass sie nicht die schlagzeilengeile Nullachtfünfzehn-Reporterin war, für die er sie hielt.

Henri und Anna hatten die Tür zu ihrer Wohnung angelehnt gelassen, sodass Elisa in den Garten hindurchgehen konnte. Als sie jedoch die Familienfotos an der Wand sah, blieb sie stehen. Das Hochzeitsfoto von Karen und ihrem Mann war eine Schwarz-Weiß-Aufnahme. Karen war eine elegante Braut in einem schmal geschnittenen Kleid mit halblangem Spitzenschleier gewesen. Ihr Mann war noch ein Stück größer als sie und hatte die gleichen dunklen Augen mit dem gleichen intensiven Blick wie Henri. Das war also der Architekt, der dieses Elysium geschaffen und in Elisas Wohnung gearbeitet hatte. Sie mochte seinen verschmitzten Gesichtsausdruck, der auch auf den Familienbildern zu erkennen war, die neben dem Hochzeitsfoto hingen. Klein-Henri war darauf mit seinen Eltern zu sehen und schließlich ein zweiter Junge, der ihm sehr ähnlichsah. Das musste sein Bruder sein. Henri mit einer großen Zahnlücke. Henri voller Besitzerstolz auf einem neu glänzenden Fahrrad. Sein Lachen war verhaltener als das seines kleinen Bruders, der auf jedem Foto strahlte.

Die Bilder auf der rechten Seite waren erst später hinzugefügt worden, sie steckten in anderen Bilderrahmen. Henris Hochzeitsfoto. Seine Frau war ein zartes, ätherisch wirkendes Wesen. Obwohl Henri auf einem Stuhl saß und sie neben ihm stand, waren sie fast gleich groß. Sie wirkte schmal und zerbrechlich. Der Blick aus ihren großen Augen war fest auf die Kamera gerichtet, während Henri sie verliebt ansah. Es musste schrecklich für ihn gewesen sein, sie zu verlieren.

Neben dem Hochzeitsfoto hingen zwei Familienbilder an der Wand. Auf dem einen waren Anna und ihr Bruder noch Kleinkinder, auf dem anderen waren sie etwa im Grundschulalter. Beide hatten wenig Ähnlichkeit mit ihrer Mutter. Sie strahlten die Robustheit der Wielands aus. Anna lachte fröhlich. Ihre Haare waren hellbraun, ihre Kleidung bunt. Sie sah aus wie ein anderer Mensch.

Durch die offene Verandatür blickte Elisa hinaus. Keine Spur von Anna. Henri war dabei, Maiskolben auf den Grillrost zu legen. Der Tisch unter der Pergola war bereits gedeckt. Von oben hatte Elisa gesehen, wie Anna Windlichter angezündet und bunte Servietten auf die weißen Teller gelegt hatte.

Elisa trat hinaus auf die Veranda. Sie wurde von einem kurzen Bellen von Luna begrüßt, die unter dem Kirschbaum lag. Prompt beugte sich Anna durch die Eingangsluke des Baumhauses heraus.

»Hallo, Elisa. Das Essen ist noch nicht fertig. Magst du hochkommen? Ich zeig dir mein Baumhaus.«

»Gerne. Ich muss nur erst mit deinem Vater klären, ob mein Artikel gedruckt werden kann.«

Elisa sah hinüber zu Henri, der sich zu ihr umgedreht hatte.

»Wow, wie ein Phönix aus der Asche ... Du siehst ... gut ... erholt aus.«

»Die Dusche hat einen neuen Menschen aus mir gemacht.« Elisa lächelte.

»Und du hast einen neuen Menschen aus ihr gemacht«, sagte er so leise, dass Anna ihn nicht hören konnte. »Sie lädt selten jemanden in ihr Baumhaus ein. Diese Gelegenheit solltest du dir nicht entgehen lassen.«

Er nickte auffordernd.

»Ist der Artikel okay oder muss ich noch etwas ändern?«

»Elisa, was für eine Frage!« Henri lachte laut heraus. »Der Artikel ist mehr als okay. Ich finde ihn großartig.«

»Wirklich?«

»Wirklich! Aus Sicht des Kriminalkommissars, vor allem aber aus Sicht eines Abonnenten der *Morgenzeitung*. Sie können sich glücklich schätzen, dich in ihrem Team zu haben, wenn man bedenkt, wie tief das Niveau gesunken war.«

Elisa stimmte erleichtert in sein Lachen ein. Sie streifte die Flipflops von den Füßen und kletterte die Strickleiter barfuß hoch. Oben schob sie sich durch die Eingangsluke. Anna rutschte nach hinten. Zwei Personen hatten gut Platz im Baumhaus, nur die Decke war etwas niedrig, wenn man so groß wie Elisa war. Auf dem Boden hatte Anna eine Fleecedecke und Kissen ausgebreitet, auf einem Regalbrett an der Wand standen einige Blechdosen, Notizhefte und Bücher.

»Ich muss dir unbedingt was erzählen!«, sprudelte Anna los. »Nach der Schule habe ich heute zufällig mitbekommen, wie Tim sich mit ein paar Kumpels im Englischen Garten verabredet hat. Du weißt schon, der Junge aus meiner Parallelklasse, von dem ich dir erzählt habe.«

Elisa nickte. Anna redete schon weiter.

»Ich bin dann *zufällig* da, wo sie abgehangen haben, mit Luna spazieren gegangen. Und weißt du, was passiert ist?«

»Nein. Ich hoffe, du verrätst es mir!«

»Tim hat mich angesprochen, als seine Kumpels heimgegangen sind! Er findet Luna toll, er hat mit ihr gespielt. Er hätte auch gern einen Hund.« Anna lächelte glücklich. »Und er kannte meinen Namen.«

»Erzähl mehr!«

»Tim ist so nett! Er hat mich bis nach Hause begleitet, als ich gesagt habe, dass ich heimmuss. Wir haben über alles Mögliche geredet, die Schule, die Lehrer. Tim kann unheimlich toll Leute nachmachen, wir haben uns schlapp gelacht.«

»Dann hat dich dein Gefühl doch nicht getrogen! Das freut mich sehr für dich!«

Anna umarmte Elisa stürmisch.

»Wir wollen uns morgen wieder im Park treffen. Tim hat mich gefragt, ob ich jeden Tag mit Luna dort bin.«

»Ab jetzt wahrscheinlich schon, oder?«

Sie lachten.

»Ihr scheint euch ja gut zu amüsieren!«, rief Henri von unten herauf.

Anna legte den Finger auf die Lippen und blinzelte verschwörerisch.

»Sag bloß nichts zu Papa, der flippt sonst aus.«

»Das kann ich mir nicht vorstellen.« Elisa sah nach unten, konnte aber nur Henris Rücken sehen. »Er würde sich bestimmt mit dir freuen.«

»Aber es ist ja noch gar nichts Richtiges ...« Plötzlich sah Anna verzagt aus. »Wir treffen uns nur ...«

»Was nicht ist, kann ja noch werden! Wenn du es mir erzählt hast, kannst du es deinem Vater doch auch erzählen.«

»Das ist was anderes.« Anna kaute auf ihrer Unterlippe. »Er ist so ...«

»Das Essen ist fertig!«, rief Henri von unten.

Elisa hätte gern noch erfahren, was Anna über ihren Vater sagen wollte, aber das Mädchen quetschte sich an Elisa vorbei aus dem Baumhaus und kletterte geschickt die Strickleiter hinab. Elisa folgte ihr. Henri stellte eine Platte mit Grillfleisch in die Tischmitte. Anna stürzte sich darauf.

»Trinkst du einen Wein mit?«, fragte Henri Elisa.

»Gerne.«

Henri füllte ein Glas für Elisa. Sie stieß mit ihm an.

»Danke für die Lebensrettung.«

»Danke für die Ermittlungshilfe.«

Elisa lächelte Henri zu. Er setzte an, um etwas zu sagen, doch Anna war schneller.

»Willst du von Omas Kartoffelsalat?«, fragte sie und hielt Elisa eine Schüssel hin.

»Unbedingt. Wo ist Karen eigentlich? Isst sie nicht mit uns?«

»Sie trifft sich mit ihren Freundinnen«, erklärte Anna.

Elisas Magen knurrte bereits. Sie lud sich den Teller voll Salat und Fleisch, bis sie Henris belustigten Blick bemerkte.

»Hast du Hunger?«

»Ja, sehr ...«

»Dann hau rein! Du hast es dir verdient nach deiner Gefangenschaft.«

Elisa griff nach dem Besteck und schob sich als erstes eine große Ladung Kartoffelsalat in den Mund, dann machte sie sich über das Fleisch her.

»Erzähl mal!«, forderte Anna sie auf. »Papa hat mir am Telefon nur eine Kurzzusammenfassung gegeben.«

»Hier kannst du alles nachlesen«, meinte Henri. Er reichte Anna den Ausdruck von Elisas Artikel.

Anna klemmte das Papier seitlich unter ihren Teller und begann zu lesen, während sie in einen Hähnchenschenkel biss. Elisa bemerkte, dass Henri zu ihr herübersah. Der Blick, mit dem er sie betrachtete, war durch und durch freundlich. Von seiner früheren Gereiztheit war nichts mehr zu spüren.

»Wo hast du die Fotos zu dem Artikel her?«, erkundigte er sich.

»Von Carina Engl.« Elisa nagte einen Hühnerflügel ab.

»Das habe ich mir gedacht. Wer sonst hätte dir ein Foto von Adrian Hildebrand und Michael Engl zusammen auf dem Segelboot geben können? Hat sie die freiwillig rausgerückt?«

»Na klar, was denkst du denn?« Elisa tat entrüstet, lachte dann aber. »Ich habe ihr erklärt, dass ich hauptsächlich über Emily schreiben möchte. Sie mochte die Kleine sehr und hat angefangen, in ihren Fotos zu kramen. Sie hatte ganz viele Aufnahmen von den Schulausflügen, die sie mit den Kindern gemacht hat. Und dann ist sie auf die Segelfotos gestoßen. Sie hat mich selbst gefragt, ob ich die brauchen kann.«

»Cooler Artikel!«, sagte Anna dazwischen.

»Danke.« Elisa lächelte ihr zu, wandte sich aber gleich wieder an Henri. »Ich glaube, Carina Engl hat es gutgetan, über alles zu reden. Sie hat mir so viel erzählt. Über ihre eigene Kindheit, über ihren Mann, über ihren Kinderwunsch.«

»Michael Engl war bei der Vernehmung nicht mehr so gesprächig wie vorher. Wir werden ihn uns morgen noch mal in Ruhe vornehmen.«

Elisa hatte die Pressemitteilung gelesen, die die Polizei zur Aufklärung der zwei Mordfälle herausgegeben hatte. Henri und seine Kollegen hatten sich auf die allernötigsten Fakten beschränkt. Keine der anderen Zeitungen würde am nächsten Tag so detailliert berichten wie die *Morgenzeitung*.

»Ich stehe als Zeuge gern zur Verfügung, falls er nicht mehr reden möchte.«

Elisa biss in einen Maiskolben. Das Essen schmeckte unfassbar gut.

»Meinst du, dass du seine Frau überreden könntest, ihn zu besuchen?«

»Ich weiß nicht, ob sie dazu bereit ist.«

»Wie geht es ihr?«

»Sie ist geschockt, dass Michael zu solchen Taten fähig ist. Ihr gegenüber war er immer lammfromm.« Elisa nahm sich einen Maiskolben. »Andererseits macht die Schwangerschaft sie sehr glücklich. Ich nehme an, dass das Baby ihr über vieles hinweghelfen wird.«

Elisa zögerte.

»Was ist?«, fragte Henri.

»Sie wird ihr Leben lang Schuldgefühle haben.« Elisa warf einen Blick auf Anna. Sie hatte Elisas Artikel in die Hand genommen und betrachtete die Fotos; sie hörte nicht auf das, worüber Elisa und Henri sprachen. Trotzdem senkte Elisa ihre Stimme.

»Als Carina in ihrer Fotokiste gekramt hat, ist ein Brief herausgefallen. Sie hat sich kurz darauf eine neue Taschentuchpackung geholt, da konnte ich einen Blick darauf werfen. Es war das Ergebnis eines Labortests, nach dem Michael Engl nicht in der Lage war, Kinder zu zeugen.«

»Aber sie ist dennoch schwanger geworden ...«

»Michael hat gesagt, Adrian habe bei ihrem Streit behauptet, dass Carina einmal mit ihm geschlafen hat. Nur ein einziges Mal.«

»Du meinst, sie hat das getan, um schwanger zu werden?«

»Möglich wäre es. Anscheinend hatte sie den Laborbericht in der Fotokiste vor Michael versteckt.«

Henri überlegte.

»Von wann war der Laborbericht datiert?«

»Es war noch nicht lange her. Sie hat es erst vor einem Monat erfahren.«

»Und Adrian hat vor einem Monat erfahren, dass Judith am Anfang ihrer Ehe abgetrieben hat«, erinnerte Henri Elisa.

»Was willst du damit sagen?«

»Stell dir vor, sie sind sich in dieser Situation begegnet. Beide dürften ziemlich deprimiert gewesen sein – nach diesen Neuigkeiten. Es ist doch nicht auszuschließen, dass sie sich gegenseitig getröstet haben.«

»Du meinst, dass sie zusammen im Bett gelandet sind? Dieses eine Mal?«

»Carina hat es weder zugegeben noch abgestritten, als Michael sie mit Adrians Behauptung konfrontiert hat.«

»Sie wird ihn im Glauben lassen wollen, dass er der Vater des Kindes ist. Das war ihr ursprünglicher Plan und daran scheint alles, was seither geschehen ist, nichts zu ändern.«

»Auch wenn zwei Menschen gestorben sind.«

»Damit wird sie leben müssen. Sie kann nur gehofft haben, dass Michael niemals einen Vaterschaftstest fordert.«

Henri lehnte sich zurück und legte die Füße auf den Rand von Annas Stuhl.

»Ich habe ein Foto von Adrian gesehen. Michael hat eine gewisse Ähnlichkeit mit ihm. Sie könnte damit durchkommen.«

Henri schien Elisas Gedankengang plausibel zu finden, doch sie zögerte nun selbst.

»Wir wissen nicht, ob es sich wirklich so abgespielt hat. Es war nur so eine Idee.«

Henri sah Elisa fragend an.

»Von diesem Verdacht hast du in deinem Artikel überhaupt nichts geschrieben ...?«

»Nein.« Sie hielt seinem Blick stand. »Ich kann es nicht beweisen. Und ich denke, dass es Carinas Privatsache ist. Schließlich hat *sie* niemanden getötet. Es wird für sie auch so schwer genug sein. Das muss nicht alles in der Zeitung breitgetreten werden. So eine Journalistin bin ich nicht!«

Das Letzte klang trotziger, als Elisa beabsichtigt hatte. Henri lächelte.

»Das habe ich jetzt auch verstanden. Du hast für deinen Artikel eine gute Auswahl aus den Informationen getroffen, die dir zur Verfügung standen«, meinte Henri. »Sachlich, aber mit tiefem Mitgefühl.«

Elisa spürte, dass sie rot wurde. Sein Lob freute sie. Mehr als das von André.

»Danke!«

»Deine Kollegin wird nicht begeistert gewesen sein, als sie den Text gelesen hat.«

»Sie ist abgerauscht, als sie mitbekommen hat, dass der Chefredakteur meine Probezeit für beendet erklärt und mir einen festen Vertrag angeboten hat.«

Elisa lachte. Sie und Jette würden in diesem Leben keine Freunde mehr werden.

»Demnach hat dem Chefredakteur der Text auch gut gefallen?«

»Zum Glück.« Sie legte ihr Besteck zusammen und lehnte sich zurück. »Jetzt kann ich es ja zugeben. Ich hatte noch keine feste Stelle und habe mir schon Sorgen gemacht, ob ich die Miete bezahlen kann. Ein alter Studienkollege hat mir den Job vermittelt und ich hatte ihn so verstanden, dass es sich um eine feste Stelle handelt. Als ich am Montag dort angefangen habe, habe ich erfahren, dass ich mich erst mal bewähren muss!« Sie malte Anführungszeichen in die Luft.

»Das ist dir ja nun gelungen.«

»Unter Einsatz deines Lebens«, fügte Anna hinzu und legte Elisas Artikel auf den Tisch zurück. »Kann ich aufstehen? Ich sollte meine Englischvokabeln noch mal kurz anschauen. Kann sein, dass wir morgen einen Test schreiben.«

»Das fällt dir aber reichlich früh ein!«, meinte Henri. Er stapelte die Teller aufeinander. »Dann nimm gleich das Geschirr mit rein.«

Anna verdrehte die Augen, doch sie griff nach dem Stapel und ging zum Haus. Luna trottete hinter ihr her. Elisa legte ihre nackten Füße auf den Stuhl, auf dem Anna vorher gesessen hatte, und streckte sich.

»Jetzt geht es mir wieder richtig gut! Heute Morgen hätte ich mir nicht träumen lassen, dass der Tag so enden würde. Dass ich hier mit dir sitzen und einen Wein trinken würde.«

Sie prostete ihm zu. Henri stieß mit ihr an. Als er Elisas Füße sah, stutzte er kurz.

»Hat Anna *deinen* Nagellack benutzt?«

»Warum nicht?«

»Sonst trägt sie nur schwarzen Nagellack. Sonst ist alles schwarz an ihr. Und jetzt plötzlich bunter Nagellack und lautes Gekicher. Ist das dein Einfluss?«

»Ich glaube eher, das ist die erste Liebe.« Elisa legte den Finger auf die Lippen. »Pst ...«

»Sie ist verliebt? In wen?«

»Sie wird dich einweihen, wenn sie so weit ist. Sie ist selbst ganz überwältigt von ihren Gefühlen.«

»Sie ist vierzehn!« Henri fuhr mit der Hand über den kurz gestutzten Bart. »Du hast nicht viel Zeit für Anna, oder?«

»Mal mehr, mal weniger. Aber selbst wenn, dann schottet sie sich ab. Ich komme nicht an sie heran.«

»Hör nicht auf, es zu versuchen! Sie ist ein tolles Mädchen.«

Henri sah Elisa nachdenklich an.

»Und du bist eine tolle Frau!«, platzte er heraus.

Was waren das auf einmal für Töne?

»Ist meine Anwesenheit dem Sohn meiner Vermieterin etwa nicht mehr ganz so unangenehm wie in den letzten Tagen?«, spottete Elisa.

Henris Gesicht nahm einen zerknirschten Ausdruck an, sein Blick heftete sich fest auf Elisa.

»Ich war ein Idiot, es tut mir wirklich leid.«

Er griff nach Elisas Hand und umschloss sie mit beiden Händen. »Ich habe mich total daneben benommen. Aber ich kann es erklären!«

»Da bin ich aber gespannt ...« Elisa bemühte sich, weiter spöttisch zu klingen. Uninteressiert.

»Meine Mutter glaubt, dass ich dringend eine neue Frau brauche, und hat ihre letzten Mieterinnen einzig und allein unter diesem Gesichtspunkt ausgewählt. Sie findet, dass ich selbst nicht genug Initiative zeige, deshalb meint sie, dass sie mich verkuppeln muss.«

Elisa fiel Karens Verhör ein. Kaum, dass sie angekommen war, hatte sie sich erkundigt, ob Elisa liiert war.

»Bisher war sie anscheinend nicht sehr erfolgreich.«

»Na ja ...« Henri druckste herum. »Das waren schon hübsche Frauen. Deiner Vormieterin bin ich durchaus näher gekommen ...«

»Verstehe ...«

»Aber es hat sich dann schnell herausgestellt, dass sie mehr wollte als ich.«

»Und dann nervt es plötzlich, wenn sie im gleichen Haus wohnt und man sie nicht so leicht auf Abstand halten kann, oder?«, meinte Elisa belustigt.

»Genau. Es war ziemlich unangenehm. Man versucht, sich aus dem Weg zu gehen, aber sie hat mir immer wieder aufgelauert, um mich zur Rede zu stellen. Bis ich irgendwann deutlich geworden bin und das hat ihr erst recht nicht gepasst. Nach einer unerfreulichen Schmoll-, Vergebungs- und Wutzeit ist sie dann endlich ausgezogen.«

»Und du hast dir geschworen, dass du die nächste Mieterin von Anfang an so unfreundlich behandelst, dass sie gar nicht erst auf den Gedanken kommt, dir nachzustellen.«

Henri lächelte verlegen.

»Ich war ziemlich ekelhaft, oder?«

»Ja, das stimmt. Dein Plan ist voll aufgegangen.« Elisa entzog ihm ihre Hand und griff nach dem Weinglas. »Dabei hättest du dir gar nicht solche Mühe geben müssen.«

»Nein?« Er zog die Augenbrauen fragend nach oben.

»Nein! Jede romantische Anwandlung meinerseits wurde bereits im Keim erstickt, als ich gehört habe, dass deine Mutter dich *Bärchen* nennt!«

Elisa lachte laut, Henri stimmte nur halbherzig mit ein.

»Wie nennt sie denn deinen Bruder?«

Er zögerte einen Moment.

»Tiger.«

»Im Ernst?«

Elisa konnte nicht aufhören zu lachen.

»Das ist nicht witzig!«, meinte Henri.

»Doch!« Sie streckte ihm ihr Glas entgegen. »Komm schon, sei froh, dass du hier mit mir sitzen kannst und keine Gefahr läufst, dass ich über dich herfalle. Du wirst sehen, ich bin eine unkomplizierte und pflegeleichte Mieterin. Normalerweise gerate ich nicht mal in Lebensgefahr.«

Sein Blick wurde noch dunkler, als er ohnehin schon war.

»Heute war ein verrückter Tag«, sagte er. »Ich habe mir solche Sorgen um dich gemacht.«

»Weil du ein schlechtes Gewissen hattest?«

»Anfangs ja«, gab er zu. »Aber dann ... Elisa, ich habe gemerkt, dass ich vollkommen falschlag. Mit dir ist es anders ... Ich finde dich attraktiv ... keine Frage ... aber das ist nicht alles. Ich mag dich ... sehr ...«

Nein! Sie hatte es sich geschworen! Keine problematischen Beziehungen mehr! Nie wieder mit einem Vorgesetzten! Und schon gar nicht mit dem Sohn der Vermieterin dieser schönen Wohnung. Ihr Elysium, das sie nicht aufgeben wollte, nur weil er ihrer irgendwann überdrüssig wurde.

»Du weckst Gefühle in mir, Elisa. Ich hätte nicht gedacht, dass ich das jemals wieder zu einer Frau sage ...« Er holte tief Luft.

Elisa unterbrach ihn, indem sie das Glas mit einem Klirren zurück auf den Tisch stellte.

»Ich habe gerade genug von komplizierten Beziehungen.« Sie wich seinem Blick aus. Henri schwieg für einen Moment.

»Was ist passiert?«, fragte er dann.

»Mein Freund hat mich betrogen. Ich habe ihn mit einer anderen Frau im Bett erwischt.«

»Autsch!«

Elisa sah hoch. Henri schien nicht gekränkt zu sein, dass sie ihn zurückgewiesen hatte. Er sah Elisa mitfühlend an.

»Warst du lange mit ihm zusammen?«

»Über zwei Jahre. Ich habe schon die Hochzeitsglocken läuten hören, ich Schaf! Ich wollte auch mehr als er.«

»Und um ihn nicht mehr sehen zu müssen, bist du möglichst weit weggezogen?«

»Carsten war mein Vorgesetzter. Er war der Chefredakteur der Zeitung, bei der ich gearbeitet habe. Dort konnte ich auf keinen Fall bleiben. Da Dennis mir von der freien Stelle bei der *Morgenzeitung* erzählt hatte, habe ich nicht lange überlegt.«

Henri nahm einen Schluck Rotwein.

»Trauerst du ihm noch hinterher?«

Elisa überlegte.

»Nein, ich muss manchmal an ihn denken, aber es wird immer weniger. So gesehen funktioniert das mit der völlig neuen Umgebung.«

Auch sie trank einen Schluck.

»Trauerst du noch um deine Frau?«, fragte sie. »Anna hat mir von dem Unfall erzählt ...«

»Anna?!? Sie hat mit dir darüber geredet?!«

»Wir kamen auf ihren Bruder zu sprechen. Dass er so alt war wie Emily, als er starb.«

Henri nickte.

»Das ist richtig.«

Er sprach nur zögernd weiter: »Ich trauere immer noch um Jonathan, meinen Sohn. Deshalb war der Mord an Emily ein schwieriger Fall für mich. Alles war wieder so präsent. Die ganzen Gefühle von damals, die Verzweiflung.« Henri sah Elisa offen an. »Um Claire trauere ich nicht mehr. Ich war sehr wütend auf sie, weil sie den Unfall verschuldet hat. Sie hat nicht darauf geachtet, dass Jonathan sich anschnallt, und sie ist zu schnell gefahren, weil sie spät dran war. Sie war unter Termindruck. Hat Anna dir erzählt, dass Claire eine gefeierte Pianistin war?«

Elisa schüttelte den Kopf.

»Nach Jonathans Geburt hatte sie pausiert und nur vereinzelt Konzerte gegeben. Als der Unfall passierte, war sie gerade dabei, ihr Comeback in ganz großem Stil vorzubereiten. Heimlich. Sie hat mit ihrem Manager eine Riesentournee organisiert und wollte mich dann vor vollendete Tatsachen stellen.«

Das zarte, feenhafte Wesen war doch nicht so hilflos und zerbrechlich gewesen, wie es auf dem Familienfoto gewirkt hatte.

»Da wäre ich auch wütend gewesen.« Elisa sah zu Henri. »Aber hat die Wut nicht irgendwann nachgelassen? Hast du sie dann nicht vermisst?«

»Nein.« Henri fixierte einen Punkt vor sich auf dem Tisch. »Der Unfall und alles, was ich danach erfahren habe, hat mir die Augen geöffnet. Über Claire. Über unsere Beziehung. Ich hatte mir ziemlich lange etwas vorgemacht. Unsere Liebe war niemals das, wofür ich sie gehalten habe. Das, was ich mir wünsche.«

Er fuhr mit dem Finger über den Rand des Glases.

»Was wünschst du dir denn?«

Hatte sie das wirklich laut gesagt?

Anscheinend, denn Henri hob den Kopf und sah ihr in die Augen.

»Keine Spielchen. Ich wünsche mir eine gleichberechtigte Partnerschaft auf Augenhöhe. Mit Kopf und Herz. Mit Humor. Mit gemeinsamen Träumen. Mit gemeinsamen Plänen ...«

Er fasste wieder nach Elisas Hand. Diesmal überließ sie sie ihm.

»Nähe. Ehrlichkeit. Keine falschen Kompromisse ...«

Plötzlich ertönte Karens Stimme von der Verandatür: »Bist du da draußen im Garten, Bärchen?«

Henri fluchte. Elisa lachte.

»Fast hättest du mich gehabt.«

Sie zog ihre Hand weg. Henri stöhnte.

»Mama, wir müssen reden!«

Danksagung

Vielen Dank, liebe/r Leser/in, dass Sie *Liebe. Schmerz. Tod.* gekauft und gelesen haben. Ich hoffe, Sie hatten unterhaltsame und spannende Lesestunden. Über eine Rückmeldung würde ich mich sehr freuen, gerne per E-Mail an kontakt@livmorus.de oder in Form einer Rezension auf Ihrem bevorzugten Bücherportal.

Ein Buch zu schreiben ist eine überwiegend einsame Tätigkeit, doch zum Glück war ich nicht alleine dabei! Ein großes Dankeschön an meine Familie und an meine Freundin Alexandra für jegliche Unterstützung, Ermutigung, Ideen, Anmerkungen und Korrekturen.

Herzlichen Dank an meine Lektorin Anke Höhl-Kayser für den intensiven Textfeinschliff und an die brillante Coverdesignerin Anne Gebhardt, die meinen Büchern ein unverwechselbares Gesicht gibt.

Wenn Sie noch mehr über Elisa, Henri und andere Figuren erfahren wollen, dann schauen Sie auf www.livmorus.de vorbei. Dort finden Sie zusätzliches Bonusmaterial und Sie können sich zum Newsletter anmelden, der Sie über das Erscheinen weiterer Bände der Krimireihe informiert.

Ihre Liv Morus